詩緝

中册

〔宋〕嚴粲撰
李輝點校

中華書局

詩緝卷之十二

嚴粲述

秦　國風

《譜》曰：「秦者〔一〕，隴西谷名，於《禹貢》近雍州鳥鼠山。堯時有伯翳者，實皋陶之〔二〕子，佐禹治水，賜姓曰嬴。歷夏、商興衰，亦世有人焉。周孝王使其末孫非子養馬於汧、渭之間，封爲附庸，邑之於秦谷。至曾孫秦仲，宣王又命作大夫，始有車馬禮樂侍御之好，國人美之，秦之變風始作。秦仲之孫襄公，平王之初，興兵討西戎以救周。平王東遷王城，乃以岐、豐之地賜之，始列爲諸侯，遂有周西都宗周畿内八百里之地，其封域在荆、岐、終南、惇物之野。至玄孫德公〔三〕，又徙於雍云。」汧音牽。○疏曰：「秦，今秦州也。伯益、伯翳聲轉字異，猶一人也。其後費昌，當夏桀之時，爲湯御，以敗桀。中衍之後，遂世有功，以佐殷。其玄孫曰中潏，在西戎，保西垂，生蜚廉。蜚廉生惡來，惡來有力，蜚廉善走，父子俱以材力事紂。」潏音聿。○《西漢·志》曰：「天水、隴西及安定、北地、上郡、西河，皆迫近戎狄，脩習戰備，高上氣力，以射獵爲生。漢興，六郡良家子選給羽林、期門，以材力爲官，名將多出焉。」○朱氏曰：「岐、豐之地，文王用之以興。二南之化

〔一〕「譜曰秦者」四字，底本殘泐，據本復補。
〔二〕「皋陶之」三字，底本殘泐，據復本補。
〔三〕「公」，原作「父」，據顧本、畬本、薈本、復本及《毛詩正義》卷六之三改。

如彼，其忠且厚也。秦人用之，未幾而一變其俗，見於《詩》者，大抵尚氣概，先勇力，已悍然有招八州而朝同列之氣矣。蓋雍州土厚水深，其民重厚質直，不爲浮靡，以善導之則易以興起，以猛驅之則其彊毅果敢之資，亦足以彊兵力農，而成富彊之業也。論至於此，以見厚重彊直者之可與有爲，而又以見上之導民，不可不謹其所之也。」

魏、唐，堯、舜、禹之故都，至是而風亦變，則帝王風教、中國禮義蕩然，而夷狄乘之。故次以《秦》，中國將變於夷矣。

《車鄰》〔一〕**，美秦仲也。**疏曰：「秦仲以字配國者，附庸未得爵命，無謚可稱。」**秦仲始大，**《補傳》曰：「秦仲未爲諸侯，謂之始大，蓋視其先爲大耳。」**有車馬禮樂侍御之好焉。**曰：秦仲詩，宣王時。

秦反周之政者也，秦興而帝王之影響盡矣，《車鄰》其濫觴也。世道升降之機在是歟〔二〕？

〔一〕按，《車鄰》一詩，底本所在頁上截殘缺，今全詩據復本替换配補。

〔二〕「世道」下，復本及諸本有「興衰」二字。按，底本殘泐部分只容二字，又元劉瑾《詩傳通釋》卷六引嚴氏説亦作「世道」，故僅據補「世道」二字。

有車鄰鄰，《傳》曰：「鄰鄰，衆車聲。」○曹氏曰：「密比之意，言車之衆。」○今曰：「杜子美詩云『車轔轔』，其字從車，古字通。」**有馬白顛。**《傳》曰：「白顛，的顙也。」○疏曰：「的，白也。顙，額也。額有白毛，今之戴星馬也。」**未見君子，寺人之令。**平聲。○曰：寺人，閹官也。○疏曰：「齊有寺人貂，晉有寺人披。」○蘇氏曰：「凡此皆人君之常禮，而秦之先君昔所未有也。」

秦仲有車甚衆，其車鄰鄰然密比，有馬甚多，其中有白額之馬，舉一以見其餘也。是時又始有寺人閹官，未見君子秦仲之時，必先令寺人通之，然後得見。言侍御使令之備也。秦前此所未有，故詩人美其始有也。

阪有漆，阪音反。○《釋地》曰：「可食者曰原，陂者曰阪，下者曰隰。」陂音坡。○釋曰：「三者地形雖有高下不平，皆可種穀給食。陂陀不平而可食者名阪。」○曹氏曰：「阪，山脅也。《前·地理志》隴西有隴坻，師古曰：『隴坻謂隴阪，即今之隴山也。此郡在隴之西，故曰隴西。』《三秦記》云：『其阪九回〔一〕，不知高幾許，欲上者，七日乃越高處，東望秦川。』然則阪固秦地所有也。」坻音底。**隰有栗。**《釋地》曰：「下濕曰隰。」○漆、栗，解見《定之方中》。**既見君子，並坐鼓瑟。**解見《關雎》。**今者不樂，**音洛。**逝者其耋。**音迭。○《傳》曰：「耋，老也。八十曰耋。」○疏曰：「《離卦》『大耋

〔一〕「回」，復本作「曲」，授本、聽本同，據他本及辛氏《三秦記》改。

之嗟』，注云：『年踰七十。』僖九年《左傳》『伯舅耋老』，服虔云：『七十曰耋。』耋有七十、八十，無正文也。」

興也。阪則有漆木，隰則有栗木，猶國君之有禮樂也。士之既見此君子秦仲也，則與之燕飲相樂，並坐而鼓瑟，曰：今者若不爲樂，則自此以往，其將老矣。言貴生前得意，否則虚老歲月耳。此彊毅果敢之氣，勇於有爲，已有「安能邑邑以待數十百年」之意矣。秦之能彊者在此，而周人之氣象變矣。《詩記》曰：「『既見君子，並坐鼓瑟』，簡易相親之俗也；『今者不樂，逝者其耋』，悲壯感慨之氣也。秦之彊以此，而止於爲秦者亦以此。」

阪有桑，隰有楊。《釋木》曰：「楊，蒲柳。」○郭璞曰：「《左傳》所謂董澤之蒲。」○釋曰：「楊一名蒲柳，生澤中，可爲箭笴。」笴，歌之上。○山陰陸氏曰：「楊，今有黄、白、青、赤四種。白楊葉圓，青楊葉長。赤楊霜降則葉赤，材理亦赤。黄楊木性堅緻，難長，俗云：歲長一寸，閏年倒長一寸。《易·大過》云：『枯楊生稊。』《齊民要術》云：『白楊性勁直，堪爲屋材，寧折終不曲撓。榆性懦軟〔一〕，久無不曲。』」緻音治。**既見君子，並坐鼓簧。**曰：笙之簧也。解見《鹿鳴》。**今者不樂，逝者其亡。**

〔一〕「懦」，諸本同，底本殘存文字作「儒」。按，陸佃《埤雅》卷十三正作「懦」，故從復本。

錢氏曰：「亡，死也。」

《車鄰》三章，一章四句，二章章六句。

《駟驖》，美襄公也。驖音鐵。○疏曰：「秦仲生莊公，莊公生襄公。」**始命。**句。○《箋》曰：「始命爲諸侯也。」○疏曰：「秦自非子以來，世爲附庸，未得王命。平王封襄公爲諸侯，賜之岐西之地。」**有田狩之事、園囿之樂焉。**疏曰：「有蕃曰園，有牆曰囿。囿者，域養禽獸之所。」○曰：秦襄公詩，平王時。

平王以秦之救周而命之，異時諸夏之憂，反生於所救，事之倚伏，可預料邪？是故禦戎以自治爲上策。

駟驖孔阜，《傳》曰：「驖，驪也。」○疏曰：「《檀弓》云：『夏后氏尚黑。』戎事乘驪，則驪黑色。驖者，色黑如鐵。」○朱氏曰：「阜，肥大也。」**六轡在手。**疏曰：「每馬兩轡，四馬八轡。兩驂之内，轡納之於觖，故在手者六轡耳。」觖音決。**公之媚子，**朱氏曰：「媚，愛也。」**從公于狩。**《傳》曰：「冬獵曰狩。」

襄公駕四馬，皆鐵色之驖[一]，甚肥大矣，言馬之良也。御者執六轡於手，馬之遲速

〔一〕「驖」，畬本、仁本作「驪」。

在我，言御之良也。公所親愛之人，從公而往冬狩，見便嬖足使令於前也。○馬之有轡，所以制馬之出入，使之隨人意也。在手，言把握其轡，能制馬之遲速，惟手之是聽也。在，如「師之耳目，在吾旗鼓」之在，舊説六轡在手而已，不須控制之，令不從。

奉時辰牡，《傳》曰：「時，是也〔一〕。辰，時也。冬獻狼，夏獻麋，春秋獻鹿豕羣獸。」○疏曰：「皆《天官·獸人》文。獸之供食，各有時節，故謂之時牡。」**辰牡孔碩。公曰左之，**曰：射必中左，乃爲中殺。○董氏曰：「五御，三曰逐禽左，自左膘而射之，達于右腢爲上殺。」膘音縹。腢音愚。詳見《車攻》。**舍拔則獲。**舍拔音捨跋。○《傳》曰：「拔，矢末也。」○《箋》曰：「括也。」○疏曰：「以鏃爲首，故拔爲末。」

襄公田獵之時，虞人奉此時節之牡獸，驅以待公之發。此時牡甚碩大矣。公謂御者，令左其車，以射獸之左。公舍放矢末，則應弦而獲其獸。曹氏曰：「所謂命中也。」

遊于北園，四馬既閑。《傳》曰：「閑，習也。」**輶車鸞鑣，**輶，有、由二音。○鑣音標。○《傳》曰：「輶，輕也。」○《箋》曰：「輕車，驅逆之車。」○疏曰：「《夏官·田僕》『掌設驅逆之車』，注：『驅，驅禽使前

〔一〕「也」，《毛詩正義》卷六之三無，諸本作「日」，仁本校云：「『日』字衍。」

趨獲。逆，御還之〔一〕，使不出圍。』故知輕車即驅逆之車。若君所乘，則謂之田車。鸞在衡，和在軾，謂乘車之鸞也。此云鸞鑣，則鸞在於鑣，異於乘車也。」○朱氏曰：「鸞，鈴也，效鸞鳥之聲。」○今曰：「鑣，馬銜外鐵也〔二〕。」**載獫歇驕。** 獫音聚斂之斂。驕音枵。○《傳》曰：「獫，田犬也。」○《補傳》曰：「毛云：『長喙曰獫，短喙曰歇驕。』今田犬長喙，誠然，短喙非田犬也。《爾雅》改歇驕皆從犬，以合毛氏，不若謂犬性驕逸，以車載之，所以歇其驕逸也。」○朱氏曰：「韓愈《畫記》有『騎擁田犬者』，亦此類。」

田事已畢，遊于北園，四馬既調習而閑矣，乃以驅逆之輕車，置鸞鈴於馬銜兩旁之鑣，載田犬之獫，歇其驕逸，謂休其足力也。田而獲，獲而休，常事也。秦人美之者，亦喜其見之新也。

《駟驖》三章，章四句。

《小戎》，美襄公也。備其兵甲，以討西戎。西戎方彊，而征伐不休。國人則矜其車甲，婦人能閔其君子焉。 曰：秦襄公詩，平王時。○李氏曰：「《史記》：『秦仲誅西戎，西戎

〔一〕仁本校云：「御，《周禮》注作銜，《釋文》云：『本又作御，同，五嫁反。』」

〔二〕「銜」，原作「御」，據諸本改。按，本章章指云「置鸞鈴於馬銜兩旁之鑣」，即作「銜」。

殺之。宣王召其子莊公，與兵七千人，使伐西戎，破之。至殺幽王驪山下，襄公將兵救周，有功，平王封襄公爲諸侯。十二年，伐戎至岐而卒。』善乎！蘇東坡有言云：『秦民好戰之心，囂然而未已也，是故不可與休息而至於亡。夫爲國家者，豈可使其風俗有好戰之心哉？觀后稷之稼穡，則可以知周家卜世卜年之過；其歷觀襄公之使民矜其車甲，則可以知秦之傳祚二世而不及其期，非一朝一夕之故，其所由者有漸矣。』」○朱氏曰：「西戎方彊，則征伐宜休矣而不休；征伐不休，則國人宜怨矣而不怨，反爲詩以美其上，而聖人亦有取焉，何哉？西戎者，秦之臣子不共戴天之讎也。襄公上承天子之命，以報君父之讎，其所以不能自已者，豈忮忿之私心哉？乃人倫之正，天理之發，以大義驅其人而戰之，敵之彊弱，戰之勝負，皆不暇有所顧，而惟知仇讎之不可以不復。此襄公所以能用其人，而秦人所以樂爲之用也。聖人有取乎此，亦《春秋》大復讎而與討賊之意歟？」

《小戎》之詩，鋪陳兵車器械之事，津津然夸説不已。以婦人閔其君子，而猶有鼓勇之意，其真《秦風》也哉！

小戎俴收，俴音踐，前之上濁。○《傳》曰：「小戎，兵車也。俴，淺也。收，軫也。」○疏曰：「軫，車之前後兩端之横木也，所以收斂所載，故名收焉。兵車言淺軫者，對大車平地載任之車爲淺也。兵車當輿之内，從前軫至後軫，惟深四尺四寸。大車前軫至後軫，其深八尺。兵車之軫，比之爲淺。人之升車也，自後登之，入於車内，故以深淺言之。」**五楘梁輈。**楘音木。輈音舟。○《傳》曰：「楘，歷録也。梁輈，輈上句衡也。」録音禄。句音鉤。○曰：五楘者，輈上五處，以皮束之，歷録然有文章也。曰：梁輈者，輈轅如梁也。

輈者，轅也。衡者，服馬之軛也。轅直一木，從後軫至前軫，稍曲而上，以便服馬之進退，至衡則駕於衡之上而轡下句之。衡居於輈下，而輈形穹隆上曲，如屋之梁，謂之梁輈。懼輈之不堅，一輈之上，五分其穹，每處以皮革束之。**游環脅驅**，曰：游環者，以環貫驂馬之靷，游移無定處，所以止驂馬之外出也。曰：脅驅者，以皮繫衡軫之兩端，當服馬之脅，所以止驂馬之内入也。○疏曰：「游環在服馬之背上，驂馬欲出，此環牽之。脅驅，以一條皮上繫於衡之兩端，後繫於軫之兩端，驂馬欲入，則此皮約之。」**陰靷鋈續**。靷，羊晉反。鋈音沃。○陰，曰：陰者，陰板也。○《傳》曰：「陰，揜軓也。」○《箋》曰：「揜軓在軾前。」○今曰：「以板横側置車之前及左右三面，以陰映車軓，故謂之陰也。軓舊無音，言在軾前當音犯，字作軓，解見《匏有苦葉》『濟盈不濡軓』。」○靷，曰：陰靷者，陰板之上，繫驂馬之靷也。○《傳》曰：「靷，所以引也。」○疏曰：「靷以皮爲之，令驂馬引之。車衡之長，唯六尺六寸，止容二服馬而已。驂馬頸不當衡，別爲二靷以引車，前繫驂馬之頸，後繫於車前陰板之上，此所謂靷也。」○鋈續，曰：鋈者，沃也。續者，靷端續靷之環也。鋈續者，以白金灌沃續靷之環也。○《傳》曰：「鋈，白金也。續，續靷也。」○疏曰：「銷此白金，以鋈灌靷環，非訓鋈爲白金也。金、銀、銅、鐵總名爲金，此兵車之飾，或是白銅，未必皆白金也。靷言鋈續，則作環相續。」

文茵暢轂，音谷。○文茵，曰：文茵者，以虎皮爲茵褥，車中所坐也。○疏曰：「茵，褥也，以虎皮爲之，有文采也。」○暢轂，《傳》曰：「暢轂，長轂也。」○《説文》曰：「轂，輻所湊也。」○疏曰：「言長於大車之轂也。」○今曰：「《考工記》輪人爲輪，注：『兵車之轂，三尺二寸。』車人爲車，注：『大車轂徑尺有五寸。』」**駕我騏馵。**音其注。○騏，《傳》曰：「騏，騏文也。」○疏曰：「色之青黑者名爲綦。」○馵，《釋畜》曰：「馬後右足白，驤；左白，馵。」○疏曰：「謂後左足也。」**言念君子，**曰：婦人謂其夫也。**温其如玉。在其板屋，**《傳》曰：「西戎板屋。」○疏曰：「《漢·地理志》云：『天水、隴西山多林木，民以板爲屋。』秦之西垂，民亦板屋。念想君子伐得而居之也〔一〕。」**亂我心曲。**錢氏曰：「心之委曲也。」

國人夸其兵車之善，言我兵車，其收軫淺短也，其輈轅穹隆上曲，如屋之梁，五節，以皮束之。楘謂歷録然有文章也。驂馬欲出，則有游移之環，貫驂之外轡，以止其出；驂馬欲入，則有皮爲脅驅，繫於衡軫，以止其入也。又於陰板之上，繫驂馬之靷，靷端作環相接，謂之續，以白金鋈灌之也。其車中所坐，有虎皮文章之茵褥也。其貫車輪之轂，又暢而長也。又駕騏馬及馵馬也。婦人言其君子以此車馬往伐西戎，我念君子温然如玉，今乃在西戎板屋之中，思而不得，見亂我心中之委曲也。閨門之情，若曰戰陣乃武勇者之事，而我君子之温然，恐其不堪勞苦。《序》所謂閔也。

〔一〕「念」，原作「此」，據《毛詩正義》卷六之三改。

四牡孔阜，朱氏《駟驖解》曰：「阜，肥大也。」**六轡在手。**在手，解見《駟驖》。**騏駵是中，**駵音留。〇《箋》曰：「赤身黑鬣曰駵。」〇疏曰：「《釋畜》：『有駵曰駁。』説者皆以駵爲赤色，若身鬣俱赤則爲騂，故爲赤身黑鬣。」〇朱氏曰：「中，兩服馬也。」**騧驪是驂。**騧驪音瓜离。〇《釋畜》曰：「黑喙，騧。」〇《傳》曰：「黄馬黑喙曰騧。」〇驪，解見《駟驖》。**龍盾之合，**盾，純之上。〇《傳》曰：「畫龍其盾也。合，合而載之。」〇今曰：「盾，干也，以木爲之，畫龍於上。」〇曹氏曰：「《夏官·司兵》『掌五盾』，注云：『五盾，干櫓之屬。』先儒以爲干、櫓、伐皆盾也。其大者謂之櫓，中者謂之伐，干盾亦其類也。」〇疏曰：「合而載之車上，以爲蔽也。」**鋈以觼軜。**音決納。〇疏曰：「驂馬内轡之末，鋈金以爲觼。馬之有轡者，所以制馬之左右，令之隨逐人意。驂馬欲入，則偪於脅驅，内轡不須牽挽，故知軜者，納驂内轡，繫於軾前，其繫之處，以白金爲觼也。」〇朱氏曰：「觼，環之有舌者。」**言念君子，温其在邑。**朱氏曰：「西鄙之邑也。」**方何爲期？**朱氏曰：「方，將也。」**胡然我念之？**

四牡之馬，甚肥大矣，言馬之良也。六轡在手，馬之遲速在我，言御之良也。騏與駵是其中之服馬也，騧與驪是其外之驂馬也。又以木爲干盾，畫龍於上，合二盾而載之，以爲車之前蔽也。又於軾前以白金鋈其觼環，以納驂馬之内轡，謂之觼軜也。婦人言其君子以此車馬往伐西戎，我念君子温然，在西鄙之邑，方將何以爲歸期乎？何爲使我念之極也？

俴駟孔羣，疏曰：「用淺薄之金，以爲駟馬之甲。」○《箋》曰：「甚羣，言和調也。」○李氏曰：「不和則不得羣居。」**厹矛鋈錞。** 厹音求。錞音隊〔一〕。○《傳》曰：「厹矛，三隅矛也。錞，鐏也。」鐏，存之去聲，徂寸反。○疏曰：「厹矛刃有三角。《曲禮》云：『進戈者，前其鐏，後其刃。進矛戟者，前其鐓。』是矛之下端，當有鐓也。彼注云：『鋭底曰鐏，平底曰鐓。』言鐓鐏者，取類相明，非訓爲鐏也。」錞、鐓同。**蒙伐有苑，**曰：蒙伐者，畫蒙雜羽文，以爲干伐也。○《傳》曰：「蒙，討羽也。伐，中干也。苑，文貌〔二〕。」○《箋》曰：「蒙，厖也。討，雜也。」○疏曰：「畫雜鳥之羽，以爲盾飾。《夏官·司兵》『掌五盾』，其名未盡聞也。言辨其等，則盾有大小。襄十年《左傳》説『狄虒彌建大車之輪，而蒙之以甲，以爲櫓』。櫓是大盾，故以伐爲中干。干、伐皆盾之别名也。」虒音斯。**虎韔鏤膺。** 韔音暢。鏤音漏。○《傳》曰：「韔，弓室也。」○《箋》曰：「鏤，刻金飾也。」○《補傳》曰：「韔以虎皮爲之，而以金鏤飾其膺也。膺，胸也，謂弓室之胸也。《爾雅》：『金謂之鏤。』」**交韔二弓，竹閉緄縢。** 音衮縢。○《傳》曰：「閉，紲也。緄，繩也。縢，約也。」紲音薛。○疏曰：「《既夕禮》説明器之弓云『有柲』，注云：『柲，弓檠也。弛則縛之於弓裏，以竹爲之。』竹閉一名柲也。紲，繫也，以繩繫之，因名柲爲紲。所紲之事，即緄縢是也。謂以繩約弓，然後納之韔中也。」○朱氏曰：「檠

〔一〕「隊」，畲本作「憞」。按，陸德明《經典釋文》卷五曰：「錞，徒對反，舊徒猥反，一音敦。」

〔二〕「貌」下，畲本有「苑音尹」。

弓體使正也。」**言念君子，載寢載興。厭厭良人，**厭音淹。○《傳》曰：「厭厭，安靜也。」**秩秩德音。**

蘇氏曰：「秩秩，有序也。」○德音，解見《假樂》。

以淺薄之金爲駟馬之甲，欲其輕而便於馳逐。孔羣則駟馬和調也。又有三角刃之厹矛，其下端平底曰錞，以白金鋈之也。又有中干曰伐，畫蒙雜鳥羽以爲飾，苑然有文也。又以虎皮爲弓室，謂之韔，以金鏤弓室之胸也。又交二弓於韔中，顛倒安置之，以備壞折也。又以竹爲弓檠，謂之竹閉。置弓於柲内，以緄繩縢約之，然後納之韔中也。婦人言其君子以此兵甲往伐西戎，我思君子之深，既寢又興，朝夕未嘗忘也。厭厭然安静之良人，其德音秩秩然有序，何爲親此勞苦之事乎？亦閔之也。○《傳》以膺爲馬帶，疏釋之爲婁胸之鞶，即鉤膺之膺〔一〕，然《采芑》「鉤膺鞗革」，《崧高》「鉤膺濯濯」，《韓奕》「鉤膺鏤錫」，上下文皆言車馬之飾，則膺當爲馬胷之帶，此首言「虎韔」，繼言「鏤膺」，下文又言「交韔二弓，竹閉緄縢」，則皆言弓耳，不得以此鏤膺爲彼鉤膺也。《補傳》義長。

〔一〕「之膺」，味本作「之」，他本作「也」。

《小戎》三章，章十句。

《蒹葭》，音兼加。**刺襄公也。未能用周禮，將無以固其國焉。**曰：秦襄公詩，平王時。○蘇氏曰：「蒹葭之方盛也，蒼蒼其彊勁，而不適於用。至於白露凝戾爲霜，然後堅成，可施用於人。秦起於西垂，與戎狄雜居，本以彊兵富國爲先。襄公耕戰自力，而不知以禮義終成之，豈不蒼然盛哉？然君子以爲未成，故其後世狃於利而不知義。至商君厲之以法，卒以此勝天下。既勝之後，二世而亡，其數有以取之矣。」戾，《祭義》爲燥之義。○曹氏曰：「禮者，國之幹也。有禮則雖弱而猶存，無禮則雖彊而必亡。昔齊桓公欲取魯，仲孫湫曰：『魯秉周禮，周禮，所以本也。國將亡，本必先顛，而後枝葉從之。魯不棄周禮，未可動也。』其後景公患陳氏之偪，問於晏子。晏子曰：『惟禮可以已之。君令臣恭，父慈子孝，兄愛弟敬，夫和妻柔，姑慈婦聽，禮之善物也。』然則禮者，豈直威儀文辭之末節而已哉？蓋有所謂辨上下而定民志者焉。是以先王尚之，爲國者不可一日而忘也。襄公久處戎狄之中，以戰爭爲國。今始命爲諸侯，土地益廣，車甲日多，而不知以禮漸變其俗，其風聲氣習，末流益甚，專以詐力取勝，終以滅亡。詩人識微，所以刺焉。」湫，子小反。事見閔元年。

周弱而繇，秦彊而顛，由其禮之存亡異焉耳。

蒹葭蒼蒼，曰：蒹也、葭也、萑也，三物共十一名。○蒹，曰：小者，蒹、薕、菼也，一物而三名也。《釋草》

云：「蒹，薕。」釋云：「蒹，一名薕。」郭璞云：「江東呼爲薕荻，似萑而細，高數尺。」陸璣云：「蒹，水草也。牛食之，令牛肥彊。」山陰陸氏云：「今人以爲薕箔，因此得名。蒹，萑之小者。菼，葦之小者。」〇葭，曰：大者，葭、蘆、葦也，又名華，一物而四名也。解見《豳・七月》。〇萑，曰：中者，菼、薍、萑也，又名鵻，一物而四名也。解見《豳・七月》。菼，覃之上濁。薍，頑之去。萑音完。〇今曰：「此詩蒹葭，舉小與大者言之；《豳風》萑葦，舉中與大者言之。三物皆待霜凝戾而後可用，三物共十一名，説者多混而難考，故辨之。」〇《傳》曰：「蒼蒼，盛也。」**白露爲霜。所謂伊人，**陳氏曰：「伊人，斥襄公也。」**在水一方。**朱氏曰：「一方，彼一方也。」〇曹氏曰：「秦地在黃河之西，言其僻處西河，不與中國通其朝聘會盟，孤陋而無與也。」**遡洄從之，**遡洄音素回。〇《傳》曰：「逆流而上曰遡洄。」**道阻且長。遡游從之，**《傳》曰：「順流而涉曰遡游。」**宛在水中央。**《箋》曰：「宛，坐見貌。」

興也。蒹葭雖蒼蒼然盛，必待白露凝戾爲霜，然後堅實。譬秦雖彊盛勁健，必用周禮，然後堅固也。伊人指襄公也。在水一方，謂水中別一所在也。喻襄公僻處一隅，陷溺於夷狄之俗，不聞中國之禮義也。將使之逆流而上，以往求攸濟歟？則路險阻而且長遠，喻其狃於功利，以道爲遠而難致，必不能彊勉而行之也。將使之順流以涉，而聽其所止歟？則宛然唯在水之中央，喻由今之道，無變今之俗，終夷狄而已矣。道本非遠，而秦人以爲遠，所謂「安能邑邑以待數十百年而爲帝王」也〔一〕。故詩人因秦人之意，以「道阻且長」言之。

蒹葭淒淒，音妻，本亦作萋。○《傳》曰：「淒淒，猶蒼蒼也。」**白露未晞。**音希。○《傳》曰：「晞，乾也。」**所謂伊人，在水之湄。**音眉。○《釋水》曰：「水草交爲湄。」**遡洄從之，道阻且躋。**《傳》曰：「躋，升也。」○《箋》曰：「升者，言其難至如升阪。」**遡游從之，宛在水中坻。**音遲。○《傳》曰：「坻，小渚也。」○《釋水》曰：「小沚曰坻。」○疏曰：「《傳》以渚易知，故繫渚言之。」○《甫田·箋》曰：「坻，水中之高地也。」

白露未晞，則未爲霜也。蒹葭雖淒淒然盛，不適於用也。

蒹葭采采，朱氏曰：「采采，言其盛而可采也。」**白露未已。所謂伊人，在水之涘。**音俟上濁。○曰：涘，厓也。解見《王·葛藟》。**遡洄從之，道阻且右。**疏曰：「若正與相當，行則易到。今乃出其右，是迂迴難至也。其左亦迂迴，『右』取韻耳〔二〕。」**遡游從之，宛在水中沚。**音止。○《傳》曰：「小

〔一〕「十百」，味本、姜本、薈本、授本、聽本、復本作「百十」。按，此語出《史記·商君列傳》，以作「十百」爲是，嚴氏於《車鄰》一章章指亦引此語爲説。
〔二〕「取韻耳」，《毛詩正義》卷六之四作「取其與涘、沚爲韻」。

渚曰沚。」

白露未已，亦未爲霜也。**蒹葭**雖可采，而不適於用也。

《蒹葭》三章，章八句。

《終南》，戒襄公也。能取周地，始爲諸侯，受顯服，大夫美之，故作是詩以戒勸之。

曰：秦襄公詩，平王時。○歐陽氏曰：「案，《史記》：『平王封襄公爲諸侯，賜之以岐西之地。襄公十二年，伐戎，至岐而卒。子文公立，十六年，以兵伐戎，戎敗走，遂取周餘民而有之，地至岐。』蓋自戎侵奪岐、豐，周遂東遷，雖以岐、豐賜秦，使自攻取，而終襄公之世不能取之。但嘗一以兵至岐，至文公，始逐戎而取岐、豐之地。」○朱氏曰：「襄公雖未能遽有周地，然既有天子之命矣。穀梁子云：『王者無外，命之則成矣。』」○《補傳》曰：「周地雖有王命，尚爲戎有。戒其無負天子之託，而勸其必取也。」

終南何有？《傳》曰：「周之名山中南也。」○疏曰：「昭四年《左傳》云：『荆山、中南，九州之險。』此一名中南也。」○李氏曰：「終南西距鳳翔、武功，北距萬年、長安。」**有條有梅。**條，《傳》曰：「條，槄也。」槄音叨。○《釋木》曰：「槄，山榎。」榎音假，檟同。○郭璞曰：「今之山楸。」○陸璣曰：「皮葉白，色亦白，宜爲車板。」○梅，《釋木》曰：「梅，柟。」柟音髯。○郭璞曰：「似杏，實酢。」酢音醋，酸也。**君子至止，錦衣狐裘。**曰：狐白裘也。錦衣狐白裘，諸侯在天子朝廷之服，其歸在國，則不服之。○疏曰：「白狐皮爲裘〔一〕，其上加錦衣以爲裼，其上又加皮弁服也。《玉藻》云：『君衣狐白裘，錦衣以裼之。』注云：『君衣狐白毛之裘，則以素錦爲衣，覆之使可裼也。袒而有衣曰裼，必覆之者，裘，褻也。《詩》云「衣錦褧衣，裳錦褧裳」，然則錦衣復有上衣，明矣。天子狐白之上，衣皮弁服歟？凡裼衣象裘色也。』是鄭以錦衣之上有皮弁服也。正以錦文大著上有衣，衣象裘，裘是狐白，則上服亦白〔二〕。皮弁服，以白布爲之。衣之白者，唯皮弁服耳。《玉藻》又云：『錦衣狐裘，諸侯之服也。』諸侯與其臣，皮弁以視朔，朝服以日視朝。《論語》云：『素衣麑裘。』云素衣〔三〕，諸侯視朔之服。諸侯在國視朔，及受鄰國之聘，其皮弁服皆服麑裘，不服狐白。此言狐裘爲朝廷之服者〔四〕，謂諸侯在天子之朝廷，服此服耳。諸侯受天子之賜，歸則服之以告廟而已，於後不復服之。知視朔、受聘服麑裘，此美其受賜而歸，故言『錦衣狐裘』。」

○今曰：「《邶·簡兮》『赫如渥赭』。」**其君也哉？**朱氏曰：「言容貌衣服稱其爲君也。」**顏如渥丹，**《箋》曰：「渥，厚漬也。」

賦也。周都豐、鎬，面對終南，故《天保》祝君，《斯干》考室，《節南山》刺師尹，皆指

〔一〕「皮」，原作「毛」，據仁本及《毛詩正義》卷六之四改。

〔二〕「服」，原無，據授本、復本及《毛詩正義》卷六之四補。

〔三〕仁本校云：「『裘』『云』間恐脱『注』字。」按，今本《毛詩正義》卷六之四「云」上無「注」字。《論語·鄉黨》「素衣麑裘」，邢疏引鄭玄注云：「素衣，諸侯視朔之服。」《儀禮·士冠禮》賈疏：「《鄉党》説孔子之服云『素衣麑裘』，鄭云：『視朔之服。』」可知孔疏此言，其意實出於鄭注，仁本校是也。

〔四〕「狐」，原無，據授本、聽本、復本及《毛詩正義》卷六之四補。

此山也。平王以岐西之地賜襄公，岐西之地，其名山莫如終南，舉終南則可以該岐西。此終南山，其中何所有乎？有條又有梅。地有名山，山多材木，夸言雍州之爲上腴隩區也。以素錦爲裼衣，其下有狐白裘，諸侯之服也。顏如厚漬之丹，容貌之盛也。言岐西山高木茂，氣象葱鬱，我襄公自周受命而歸，其將被顯服，正顏色，儼然君臨於此土也哉？「其」者，將然之辭。「哉」者，疑而未定之辭。天子賜之，則爲其有矣，猶爲疑之之辭，未能取之也，此所以戒勸之，而勉其爲必取之計也。「君哉舜也」，有歎美不盡之意；「與君王哉」，有諷諫不盡之意；「其君也哉」，有戒勸不盡之意[一]。○《前·地理志》「終南在武功縣東」，張衡《西京賦》云「於前則終南、太一」，李善云：「終南，南山之總名。太一，一山之别號耳。」是終南在長安之南也。豐、鎬在長安之西而近。李善引《説文》云：「鎬在上林苑中。」故長樂劉氏云：「終南，在鎬京之南也。以其在南，故曰南山。」班固《西都賦》云：「表以太華、終南之山。」太華雖高而在東，不若終南在前，舉頭則見，故周詩多以南山言之。

〔一〕「戒勸」，淡本作「感」。

終南何有？有紀有堂。程子曰："紀，稜角。堂，平寬。"○《傳》曰："堂，畢道平如堂也。"○《箋》曰："畢，終南山之道名。"**君子至止，黻衣繡裳。**黻音弗。○《傳》曰："黑與青謂之黻，五色備謂之繡。"○朱氏曰："黻之狀亞，兩己相戾也。"○疏曰："黻皆在裳。衣，大名，言衣與裳，異其文耳。"**佩玉將將，**音鏘。○朱氏曰："將將，佩玉聲。"**壽考不忘。**《補傳》曰："戒之無忘，乃勸之必取也。"

終南有廉角處，又有平寬處，亦夸言其山之美也。言此土地、命服出於天子之賜，襄公宜壽考而勿忘也，亦勸戒之也。○說者多以山有草木爲興，有條有梅，其說猶可通，至紀、堂，則無說矣。今考詩中凡一句各指一物者，興也。蓋興則意在於物，故每句中專指其一，以寓丁寧之意，如"山有榛，隰有苓"之類是也。凡一句疊言二物者，皆賦也。蓋賦則敷陳其物之多，意在"有"之一字，而不在於所指之物，故疊言之。如"有熊有羆"，但言獸之多；"有鱣有鮪"，但言魚之多；"有驪有黄"，但言馬之多，別無興也。此詩不泛說山而指終南，正是平王所賜之地，詩人之意在終南，不在條、梅、紀、堂也。

《終南》二章，章六句。

《黄鳥》，哀三良也。國人刺穆公以人從死，而作是詩也。曰：秦穆公詩，襄王時。○疏曰：「穆公任好，德公之子，於襄公爲玄孫之子。《左傳·文六年》：『秦伯任好卒，以子車氏之三子奄息、仲行、鍼虎爲殉，皆秦之良也。國人哀之，爲之賦《黄鳥》。』殺人以葬，環其左右曰殉。不刺康公而刺穆公，是穆公命從己死，此人乃自殺從之。」任音壬。○朱氏曰：「《春秋傳》云：『秦穆公之不爲盟主也宜哉！死而棄民，先王違世〔一〕，猶貽之法，而況奪之善人乎？今縱無法以遺後嗣，而又收其良以死，難以在上矣。君子是以知秦之不復東征也。』又案《史記》：『秦武公卒，以人從死者六十六人。至穆公遂用百七十七人，而三良與焉。』蓋其初特出於戎翟之俗，而無明王賢伯以討其罪，於是習以爲常，則雖以穆公之賢而不免，論其事者，亦徒閔三良之不幸，而歎秦之衰。至於王政不綱，諸侯擅命，殺人不忌，至於如此，則莫知其爲非也。嗚呼！俗之敝也久矣。其後始皇之葬，後宫皆令從死，工匠生閉墓中，尚何怪哉？」○董氏曰：「陳乾昔、魏顆從其治命，不以爲殉，君子美之。康公得無罪乎？詩人方責穆公死而棄民，故舉其重者。」乾音干。○東坡蘇氏《和陶淵明三良詩》曰：「此生泰山重，忽作鴻毛遺。三子死一言，所死良已微。賢哉晏平仲，事君不以私。我豈犬馬哉？從君求蓋帷。殺身固有道，大節要不虧。君爲社稷死，我則同其歸。顧命有治亂，臣子得從違。魏顆真孝愛，三良安足希？仕宦豈不榮？有時纏憂悲。所以靖節翁，服此黔婁衣。」

〔一〕「違」，原作「遺」，據仁本、復本及朱熹《詩集傳》卷六改。

此秦夷狄之俗，雖居我岐、豐，變於夷矣。

交交黄鳥，李氏曰：「交交，飛而往來之貌。」○曹氏曰：「黄鳥聲音顔色之美，人所愛悦，猶三良爲人之所愛也〔一〕。」**止于棘。誰從穆公？子車奄息。**車音居。○《傳》曰：「子車氏，奄息名。」**維此奄息，百夫之特。**王氏曰：「特，特出也。」**臨其穴，**《箋》曰：「穴，壙也。」**惴惴其慄。**《傳》曰：「惴惴，懼也。」○《箋》曰：「悼慄〔二〕。」**彼蒼者天，殲我良人。**殲音尖，徐音纖。○《傳》曰：「殲，盡也。」○今考莊十七年經書「齊師殲于遂」，注云：「盡殺之也。」**如可贖兮，人百其身。**

興也。三良爲國人所愛，猶黄鳥然。黄鳥交交然飛而往來，止於棘木，得其所也。今良臣從死，非其所也。誰從穆公死乎？有子車氏名奄息也。此奄息乃百夫之中特出者，而乃從死，是可惜也。秦人傷之，臨其壙穴之上，惴惴然恐懼而悼慄，呼天而愬

〔一〕按，嚴氏引李氏、曹氏説，二説不同，一以「交交」爲飛而往來之貌，一以爲黄鳥之聲音。劉燦《嚴氏詩緝補義》以後説爲是，引毛奇齡説：「交交，正黄鳥之以聲。……按《集韻》交通膠，鳥聲。《詩·雞鳴》『膠膠』是也。又通作咬，嵇康詩『咬咬黄鳥』，則直用此句。」劉氏並引詩爲證，曰：「漢樂府《長歌行》『黄鳥飛相追，咬咬弄音聲』，夏侯湛《春可樂賦》『鶯交交以弄音，翠翻翻以輕翔』。」

〔二〕「悼慄」，原作「慄悼」，仁本作「悼慄也」，他本作「慄悼也」。按，《鄭箋》：「秦人哀傷此奄息之死，臨視其壙，皆爲之悼慄。」嚴氏本章章指亦言「悼慄」，據改。

之曰：盡殺我善人乎？此奄息之死，若可以他人贖代之，則當以百人之身贖之。言百人不如一賢也。奄息爲百夫之特，故願以百身贖之。朱氏曰：「三人死非其義，詩人特哀之而已，死不爲義，不足美也。」

交交黄鳥，止于桑。誰從穆公？子車仲行。音航。○《箋》曰：「仲行，字也。」○疏曰：「《傳》以奄息爲名，仲行亦爲名。」維此仲行，百夫之防。曹氏曰：「言其壯勇可禦百夫之侮。」臨其穴，惴惴其慄。彼蒼者天，殲我良人。如可贖兮，人百其身。

交交黄鳥，止于楚。誰從穆公？子車鍼虎。鍼音鈐。○疏曰：「鍼虎亦名。」維此鍼虎，百夫之禦。今曰：「禦，猶防也。」臨其穴，惴惴其慄。彼蒼者天，殲我良人。如可贖兮，人百其身。

《黄鳥》三章，章十二句。

《晨風》，刺康公也。疏曰：「康公罃，穆公任好子。」罃音鶯。忘穆公之業，始棄其賢臣焉。曰：秦康公詩，襄王時。

康公本心既失，無所不薄也。觀此詩見棄而不忘君，知其人之賢矣。

鴥彼晨風，鴥音聿。○《傳》曰：「鴥，疾飛貌。」○《釋鳥》曰：「鸇，晨風。」鸇音氈。○陸璣曰：「似鷂，青黄色〔一〕，燕頷句喙，嚮風摇翅，乃因風飛急疾，擊鳩鴿燕雀食之。」句音鉤。○山陰陸氏曰：「《列子》云：『鷂之爲鸇，鸇之爲布穀，布穀久復爲鸇也。』《禽經》云：『鳳好風，鸆好雨，今鸇亦去來有時。』」○程子曰：「以晨風興君子者，取其去來之疾。」**鬱彼北林。**《傳》曰：「鬱，積也。北林，林名也。」**未見君子，憂心欽欽。如何如何？忘我實多。**

興也。此穆公舊臣所作，言晨風之鳥，鴥然疾飛，入于鬱積茂盛之北林。喻己初慕秦國之盛大而趨赴之也，今穆公死而康公立，我舊臣廢棄不用，不得親近進見，拳拳之忠，日望君之召己。故言未見君子，而憂心欽欽然，不忘其敬也。望之久而杳然無聞，故問之云：如何乎？如何乎？復歎多是不記憶我矣。言不復得見也，此所謂予日望之，而王莫予追也。

山有苞櫟，音歷。○曰：櫟，柞櫟也，橡斗也。○《釋木》曰：「櫟，其實梂。」梂音求。○釋曰：「梂，盛實之房也。」○孫炎曰：「櫟實，橡也。」○陸璣曰：「秦人謂柞櫟爲櫟，河内人謂木蓼爲櫟，即橡斗也。言有梂彙自裹，椒樧之屬也。其子房生爲梂，木蓼子亦房生。故説者或曰木蓼也。此秦詩宜從方土之言，柞櫟是

〔一〕「青」，原無，據《毛詩正義》卷六之四引陸《疏》補。仁本校亦云：「『黄』上，今本陸《疏》有『青』字。」

也。東海及徐州謂之木蓮，其葉始生，食之味辛。其梂子，八月中成，摶以爲燭，明如胡麻燭，研以爲羹，肥如胡麻羹。」椴音殺。○今曰：「《詩》有二柞櫟，《唐·鴇羽》苞栩，亦曰柞櫟，其子曰皂斗，與此相似。苞，解見《唐·鴇羽》。」**隰有六駮。**音剥。○疏曰：「郭璞引《山海經》云：『有獸名駮，如白馬，黑尾，倨牙〔一〕，音如鼓，食虎豹。』陸璣《疏》云：『駮馬，梓榆也。其木皮青白駮犖，遥視似駮馬，故謂之駮馬。下章云「山有苞棣，隰有樹檖」，皆山隰之木相配，不宜云獸。』」○王肅云：「言六，據所見而言也。」**未見君子，憂心靡樂。**音洛。**如何如何？忘我實多。**

興也。山有叢生之柞櫟，隰有駁木，其數六。山隰有草木，可以大國而無賢人乎？

山有苞棣，《傳》曰：「棣，唐棣也。」○解見《何彼襛矣》〔二〕。**隰有樹檖。**音遂。○《釋木》曰：「檖，赤羅。」○郭璞曰：「今楊檖也。」○陸璣曰：「一名山梨，實如梨，但小而酸耳。一名鹿梨，一名鼠梨，極有脆美者。」○山陰陸氏曰：「其文細密如羅，故曰羅。又有白者。赤羅文棘，白羅文緩，雖皆文木，赤羅爲上。」**未見君子，憂心如醉。**今曰：「昏而不醒也。」**如何如何？忘我實多。**《詩記》曰：「秦之寡恩，於《晨風》《權輿》二詩見之。」

〔一〕「倨」，味本、仁本同，他本作「鋸」。仁本校云：「『倨』，一本作『鋸』。」

〔二〕「襛」，原作「穠」，據仁本及《詩經》定本改。

《晨風》三章，章六句。

《無衣》，刺用兵也。秦人刺其君好攻戰，好去聲。**亟用兵，**亟音器。○疏曰：「康公以文七年即位，十八年卒。案《春秋》文七年，晉人、秦人戰于令狐。十年，秦伯伐晉。十二年，晉人、秦人戰于河曲。十六年，楚人、秦人滅庸。見於經傳者已如是，是其好攻戰也。」令平聲。**而不與民同欲焉。**今曰：「秦康公詩，頃王時。」○朱氏曰：「襄公以王命攘戎狄，報君父之讎，故征伐不休，而詩人美之。康公令狐、河曲之戰，修私怨，逞小忿，故好攻戰，亟用兵，而詩人刺之。」

今考康公唯初年令狐之役，在襄王時。辛丑，魯文七，襄三十二。其後伐晉，甲辰，魯文十，頃二。戰河曲，丙午，魯文十二，頃四。皆頃王時。此詩刺亟用兵，則不在令狐初戰之時矣。《補圖》列之襄王。

豈曰無衣？與子同袍。今曰：「子者，行伍相爾汝也。」○《傳》曰：「袍，襺也。」襺，古顯反，亦作繭。○疏曰：「《玉藻》云：『纊爲襺，緼爲袍。』純用新緜名爲襺，雜用舊絮名爲袍[一]。」**王于興師，**《六月》·

[一]「名」，原無，據畲本及《毛詩正義》卷六之四補。

箋》曰：「于，曰也。」**脩我戈矛**，戈，解見《候人》。○《傳》曰：「矛長二丈。」○疏曰：「謂酋矛也。夷矛長二丈四尺。《記》又云：『攻國之兵用短，守國之兵用長。』此言興師，知用二丈之矛。」○今曰：「不必專指爲酋矛也。」**與子同仇。**陳氏曰：「仇，怨也。」

秦人苦康公之亟用兵，而述古以刺之。謂古者戍役在行陳之間，語其同事者曰：吾君豈以汝無衣而與汝同袍乎？然有王命以興師，則脩治戈矛，與汝同其仇怨，而不敢憚也。謂不必遺衣以爲惠，而大義自不可違耳。此述襄公之事也。今康公非有王命而逞私忿，豈衆心之所同哉？

豈曰無衣？與子同澤。《箋》曰：「澤，褻衣，近汙垢。」○朱氏曰：「澤，裏衣也。以其親膚近垢澤，故謂之澤。」**王于興師，脩我矛戟，**《箋》曰：「戟，車戟常也。」○疏曰：「常長丈六。」**與子偕作。**《傳》曰：「作，起也。」

豈曰無衣？與子同裳。王于興師，脩我甲兵，與子偕行。《傳》曰：「行，往也。」

《無衣》三章，章五句。

《渭陽》，康公念母也。康公之母，晉獻公之女。文公遭麗姬之難，麗音离。難去聲。

未反，而秦姬卒，穆公納文公，康公時爲大子，大音泰。**贈送文公于渭之陽，念母之不見也。我見舅氏，如母存焉。及其即位，思而作是詩也。**曰：秦康公詩，襄王時。○范氏曰：「見舅而思其母，此人之情也。人能充是心，則孝亦無不至矣。若康公者，未能充之也，然其以是心而作是詩，亦足以爲孝矣。」

念母者，康公之良心也，既而不能自充〔一〕，亟脩晉怨，此之謂失其本心。

我送舅氏，《釋親》曰：「母之昆弟曰舅。」**曰至渭陽。**《箋》曰：「秦是時都雍，至渭陽者，蓋東行送舅氏於咸陽之北〔二〕。」○疏曰：「雍在渭南。」○《穀梁傳》曰：「水北爲陽。」**何以贈之？路車乘黄。**乘去聲。○董氏曰：「巾車金路以封同姓，象路以封異姓，革路以封四衛，木路以封蕃國，皆諸侯也。故人君之車曰路車。」○朱氏曰：「四馬皆黄也。」

送舅涉渭，至水之北，送之遠也。何以贈舅氏乎？唯路車乘馬而已。歉然猶以爲薄，意有餘也，如《采菽》云「雖無予之，路車乘馬」也。見殷勤繾綣於舅，而思母之

〔一〕「充」，原作「克」，據諸本改。按，此云康公擴充其念母之良心，即上引范氏之意，故以作「充」爲是。

〔二〕「北」，授本、聽本、仁本、復本及《毛詩正義》卷六之四作「地」。按，據下文引疏、《穀梁傳》及本章章指「至水之北」句，可知嚴氏引《箋》說自是作「北」。

意，隱然於不言之中矣。

我送舅氏，悠悠我思。何以贈之？瓊瑰玉佩。瑰，古回反。○《傳》曰：「瓊瑰，石次玉〔一〕。」○疏曰：「瓊者，玉之美名，非玉名也。瑰是美石之名也。成十七年《左傳》：『聲伯夢，或與己瓊瑰。』」○瓊，解見《衛·木瓜》。○曹氏曰：「玉佩，珩、璜、琚、瑀之屬。」○《補傳》曰：「以瓊瑰爲佩也。」

送舅而有所思，則思母也。此詩念母而不言母，但言見舅而勤拳不已，自有念母之意，讀之者但覺其味悠然深長也。瓊瑰玉佩，雖贈之貴矣，然未足以舒我心之思也。

《渭陽》二章，章四句。

《權輿》，刺康公也。忘先君之舊臣與賢者，有始而無終也。曰：秦康公詩，襄王時。

由《伐木》而觀《晨風》《權輿》，周、秦氣象判然矣。

於我乎！句。**夏屋渠渠，**《傳》曰：「夏，大也。」○蘇氏曰：「渠渠，深廣也。」**今也每食無餘。于嗟乎！**句。○于音吁。**不承權輿。**《傳》曰：「承，繼也。」○《釋詁》曰：「權輿，始也。」○陳氏曰：「造衡自權始，造車自輿始。」

〔一〕「石次玉」，原作「玉次石」，據仁本、復本及《毛詩正義》卷六之四改。又，《毛詩正義》「石」下有「而」字。

言康公其初之待我，在渠渠然深廣之大屋，其後待賢之意浸衰，供億浸薄，賢者每食而無餘。即飲食一節，以見其待賢之意已衰〔一〕。非責其禮也，於是歎之，言不能承繼其始也。朱氏曰：「楚王戊不設醴，穆生去之，曰：『豈爲區區之禮哉？』」**於我乎！**句。**每食四簋，**疏曰：「簋是瓦器，亦以木爲之。圓曰簋，内方外圓也，以盛黍稷；方曰簠，内圓外方也，以貯稻粱，皆容一斗二升。公食大夫禮，是國君與聘客禮食，故宰夫設黍稷六簋。今惟四簋，蓋謂之每食，則燕食耳，非禮食也。」**今也每食不飽。于嗟乎！**句。**不承權輿。**李氏曰：「不飽，非特無餘矣，見有始無終也。」

《權輿》二章，章五句。

〔一〕「已衰」，味本、李本、姜本、顧本、畲本、薈本作「也衰」，授本、聽本、仁本、復本作「衰也」。

詩緝卷之十三

嚴粲述

陳　國風

《譜》曰：「陳者，太皞虙犧氏之墟。帝舜之冑有虞閼父者，爲周武王陶正。武王賴其利器用，與其神明之後，封其子嬀滿於陳，都於宛丘之側，是曰陳胡公，以備三恪。妻以元女大姬。其封域在《禹貢》豫州之東，其地廣平，無名山大澤，西望外方，東不及明豬。大姬無子，好巫覡禱祈鬼神歌舞之樂，民俗化而爲之。五世至幽公，當厲王時，政衰，大夫淫荒，所爲無度，國人傷而刺之，陳之變風作矣。」閼音遏。嬀音規。明音孟。明豬，即《爾雅》孟諸。覡音檄。○疏曰：「《左傳》史趙云：『胡公不淫，故周賜之姓，使祀虞帝。』則胡公姓嬀，武王所賜。鄭《駁異義》云：『三恪尊於諸侯，卑於二王之後。』《樂記》云：『武王未及下車，封黄帝之後於薊，封帝堯之後於祝，封帝舜之後於陳。下車乃封夏后氏之後於杞，投殷之後於宋。』則明陳與薊、祝共爲三恪。」薊音計。○朱氏曰：「今陳州是也。」

陳詩十而七爲淫，靈公之事，世變已極，《詩》訖於此。《詩》訖於陳靈公。下於《秦》，夷之也。

《宛丘》，刺幽公也。疏曰：「幽公寧，慎公圉戎子。」**淫荒昏亂，游蕩無度焉。**曰：陳幽公詩，厲王時。

幽公之遊蕩，爲人所厭，此詩殆蹙頞而相告者歟〔一〕？

子之湯兮，湯如字，又去聲。○李氏曰：「子，稱幽公也。」○《傳》曰：「湯，蕩也。」**宛丘之上兮。**《傳》曰：「四方高、中央下曰宛丘。」○《釋丘》曰：「宛中，宛丘。」○疏曰：「言其中央宛宛然，是爲四方高、中央下也。郭謂中央隆峻，與此《傳》正反。」○《補傳》曰：「宛丘自爲地名。」**洵有情兮，**洵音荀。○《傳》曰：「洵，信也。」**而無望兮。**今曰：「望，謂威儀也，如『遠之則有望』〔二〕。」

好樂者，人之情也。欲不可縱，樂不可極，必以禮節之。今子幽公之流蕩，在宛丘之上，信有好樂之情矣，然無威儀可瞻望也。淫荒昏亂，不復敬謹其威儀。民因其出遊，見其容貌顏色而生慢易之心，所謂「望之不似人君」也。

坎其擊鼓，《傳》曰：「坎坎，擊鼓聲。」**宛丘之下。無冬無夏，值其鷺羽。**值，持之去。○朱氏曰：「值，遇也。」○《傳》曰：「鷺羽可以爲翳。」翳音意。○《箋》曰：「翳，舞者所持。」

〔一〕「頞」，顧本作「頻」，他本作「額」。按，《孟子·梁惠王下》云：「疾首蹙頞而相告」。

〔二〕「遠」，原作「近」，據仁本、復本及《中庸》改。又，仁本校云：「『有望』下，疑脱『之望』二字。」葉校則謂：「『之望』不須有，嚴書此比多矣。」

言雖祁寒大暑，亦遇其遊蕩，厭之之辭也。

坎其擊缶，音否，方有反。○《傳》曰：「盎謂之缶。」盎，於浪反。○疏曰：「郭璞云：『盎，盆也。』此云擊缶，則缶是樂器，《易·離卦》：『九三，不鼓缶而歌，則大耋之嗟。』案《坎卦》『六四，樽酒簋二，用缶』，又是酒器也。襄九年，『宋災，具綆缶』，又是汲器。然則缶是瓦器，可以節樂，若今擊甌；又可以盛水、盛酒，即今之瓦盆也。」○曹氏曰：「李斯云：『夫擊甕、叩缻、彈箏、拊髀而歌呼嗚嗚〔一〕，快耳目者，真秦聲也。』秦王嘗爲藺相如鼓缶矣〔二〕。楊惲言家本秦也，能爲秦聲，酒後耳熱，仰天鼓缶〔三〕，而歌烏烏〔四〕。」缻、缶音同。髀，俾、陛二音。惲音允。**宛丘之道。無冬無夏，值其鷺翿。**音導。○《傳》曰：「翿，翳也。」

《宛丘》三章，章四句。

《東門之枌》，音焚。**疾亂也。幽公淫荒，風化之所行，男女棄其舊業，亟會於道路，**

〔一〕「歌呼嗚嗚」，薈本同，淵本作「歌呼烏烏」，他本作「歌嗚呼」。

〔二〕「鼓」，諸本作「擊」。

〔三〕「鼓」，薈本、畬本作「拊」。

〔四〕「歌」，仁本及楊惲《報孫會宗書》作「呼」。

亟音棄。**歌舞於市井爾。**曰：陳幽公詩，厲王時。〇疏曰：「古者井田之制，當井之中，以二十畝爲廬舍，因爲市交易，故稱市井。」〇曹氏曰：「幽公淫荒遊蕩，嘗爲國人之所患苦，及其久也，民更化之，痛哉風俗之移人也！」

《後序》附益講師之説，時有失詩之意者，一斷之以經，可也。《首序》之傳，源流甚遠。方詩作之時，非國史題其事於篇端，雖孔子無由知之。或欲併《首序》盡去之，不可也。古説相傳，猶不之信，千載之下，一一以胸臆決之，難矣。《桑中》《溱洧》之詩，或謂淫者自言其如此，此詩亦爲男女聚會，而賦其事以相樂。蓋不用《首序》「刺奔」「刺亂」「疾亂」之説耳，如此則凡刺詩之作，皆淫人動於淫思，發爲淫辭，非止乎禮義者矣。聖人何取淫人之言，著之爲經，而使天下後世諷誦之邪？故凡刺詩，皆作者刺淫者，非淫者自作也。味此詩「不績其麻」，正是誚責之辭，非相樂之辭。《首序》未易盡去也。

東門之枌，《傳》曰：「枌，白榆也。」〇解見《唐·山有樞》。**宛丘之栩。**音許。〇曰：栩，柞也，櫟也，杼也。解見《唐·鴇羽》。**子仲之子，**《傳》曰：「子仲，陳大夫氏。」〇今曰：「子，女子也。」**婆娑其下。**婆音梭。〇張子曰：「婆娑不必是舞，但裴徊翱翔之義。士大夫之子不得過市，今也遨遊於市井中爾。」

陳都宛丘之側，其東門與丘之間，乃國之交會。其處又有枌、栩二種之木，可以休息，故陳大夫子仲氏之女，乃婆娑遨遊於其下，蓋以相誘説也。遊蕩之俗，以貴族猶爲之，何責於小民乎？ 次章言「不績其麻」，知子仲之子爲指女子也。

穀旦于差，音釵。○《傳》曰：「穀，善也。」○疏曰：「旦，早朝也。善旦[一]，謂無陰雲風雨。」○《箋》曰：「差，擇也。」**南方之原。**李氏曰[二]：「毛、鄭以原爲陳大夫氏，不若歐陽氏以爲南方原野，其説簡徑。」**不績其麻，**《七月》疏曰：「績，緝麻之名。」**市也婆娑。**

既已相誘，於是差擇穀善之朝，晴明無風雨，相會于國南之原野。其婦人不緝績其麻，復由市中遨遊而往所會之地，何爲也哉？

穀旦于逝，《傳》曰：「逝，往也。」**越以鬷邁。**鬷音椶。○《箋》曰：「越，於也。鬷，總也[三]。」○《傳》

[一]「善旦」，味本、授本、聽本作「善曰」，李本、顧本作「善者」，薈本作「○曰」。按，《毛詩正義》卷七之一曰：「見朝日善明，無陰雲風雨。」「善旦」二字，當爲嚴氏據孔疏釋義而增。

[二]「李」，原作「季」，據諸本及李樗《毛詩集解》卷十五改。

[三]「總」，原作「緫」，據畬本、薈本、授本、聽本、仁本、復本及《毛詩正義》卷七之一改。

曰：「邁，行也。」**視爾如荍，**音翹。○郭璞曰：「荍，荆葵也，似葵，紫色。」○《釋草》曰：「荍，芘芣。」二字音毗浮。○陸璣曰：「似蕪菁，花紫緑色，可食，微苦澁。」○〔一〕謝氏云：「小草，多花少葉，葉又翹起。」**貽我握椒。**

於穀善之旦〔二〕，往所會原野之地，男女於是皆往也。男女交會而相説，曰：我視女之顔色，美如荆葵，女乃遺我一握之椒，交情好也。椒實芬香，故以相遺。

《東門之枌》三章，章四句。

《衡門》，衡如字。**誘僖公也。**朱氏曰：「誘，進也。」○疏曰：「僖公孝，幽公寧子。」**愿而無立志，**愿音願。**故作是詩，以誘掖其君也。**《箋》曰：「掖，扶持也。」○曰：陳僖公詩，宣王時。

《衡門》與《魏·園桃》《檜·羔裘》意同。

衡門之下，疏曰：「衡，古文横字也。」○曹氏曰：「衡門，横一木爲門，貧者之居也〔三〕。」**可以棲遲。**棲

〔一〕「○」，原無，據顧本、畬本補。
〔二〕「旦」，原作「日」，據仁本、復本改。
〔三〕「之居」，李本、顧本作「之門」，他本作「居之」。

音西。○《傳》曰：「棲遲，遊息也。」**泌之洋洋，**泌音秘。○《傳》曰：「泌，泉水也。」○疏曰：「《邶風》有『毖彼泉水』，知泌爲泉。」○今曰：「『毖彼泉水』，乃毖然流貌。毛以此泌與彼毖字異義同，亦當爲泉水之流貌，非謂泌爲泉水也。」○朱氏曰：「洋洋，安流廣長貌。」**可以樂飢。**樂，毛音洛，鄭音療。

僖公自謂國小，不足以有爲，意氣消縮，無奮然自立之志。故詩人欲誘掖之，謂横木爲門，雖至淺陋，亦可以棲遲遊息於其下。泌然而流之泉水，洋洋然廣長，玩之亦可以樂而忘飢。喻陳國雖小，亦足以有爲。《孟子》曰：「今滕絶長補短，將五十里也，猶可以爲善國。」

豈其食魚，必河之魴？音房。○曰：魴，鯿也。鯿音邊。○《釋魚》曰：「魴，魾。」魾音丕。○釋曰：「魴，一名魾，江東呼爲鯿。」○陸璣曰：「今伊、洛、濟、潁魴魚也，廣而薄，肥甜而少肉〔一〕，細鱗，魚之美者也。漁陽、泉州及遼東梁水魴，特肥而厚，尤美於中州魴，故其鄉語曰：『居就糧，梁水魴。』是也。」○山陰陸氏曰：「魴，今之青鯿也，《郊居賦》云『赤鯉青魴』。細鱗，縮項，闊腹，蓋弱魚也。其廣方，其厚褊，故一曰魴魚，一曰鯿魚。魴，方也。鯿，褊也。里語曰：『洛鯉伊魴，貴於牛羊。』言洛以深〔二〕，宜鯉；伊以清淺，宜魴

〔一〕「甜」，畲本作「脆」，仁本校云：「『肥甜而少肉』，今本陸《疏》作『肥恬而少力』，諸家所引并同。」

〔二〕仁本校云：「『以深』間，《埤雅》有『渾』字。」

也。河性宜魚，故曰河之魴、河之鯉。」**豈其取妻，**取音娶。**必齊之姜？**《箋》曰：「齊，姜姓。」○《解頤新語》曰：「姜、子，女之貴者〔一〕。」**豈其食魚，必河之鯉？**解見《魚麗》。**豈其取妻，必宋之子？**《箋》曰：「宋，子姓。」

喻不必大國而後可爲政也。

《衡門》三章，章四句。

《東門之池》，刺時也。疾其君之淫昏，而思賢女以配君子也。曰：陳僖公詩，宣王時〔二〕。

淫昏不可告語，而惟思賢女以配之。蓋外此無策矣。

東門之池，《傳》曰：「池，城池也。」○《補傳》曰：「《陳風》三詩言東門，蓋指所見以起興也。」**可以漚麻。**漚，謳之去。○錢氏曰：「漚，久浸也〔三〕。」**彼美淑姬，**疏曰：「黄帝姓姬，炎帝姓姜，二姓之後，子孫

〔一〕「子女」，味本、仁本同，他本誤作「女子」。葉校云：「齊之姜、宋之子，其女之貴可知。」

〔二〕「時」下，畲本有：「○鄭氏曰：『觀《齊·雞鳴》之詩，其相警戒之言，則閨門之奥，笑歌晤言，固足以浸漬其君之心而革其惡，此《東門》之詩，所以思賢女也。』」

〔三〕「久浸也」，味本、姜本、薈本、授本、聽本作「之浸也」，「之」爲「久」之形訛，仁本、復本作「浸之也」，李本、顧本作「浸漬之也」。

昌盛，其家之女，美者尤多，遂以姬、姜爲婦人之美稱。」○董氏曰：「周姬姓，陳因元女以封，故詩人猶言淑姬。」**可與晤歌。**晤音悟。○《箋》曰：「晤，猶對也。」

興也。東門城池之中，可以漚漬其麻。麻漚水中，朝夕浸漬，然後柔韌也。韌音刃。彼美好之善女〔一〕，可與僖公晤對而歌。僖公與賢妃相處，夙夜警戒，庶幾改化也。僖公荒淫，忠臣良士之言，無由可入矣，其君子無可奈何，但因其好色，思得淑女爲其配耦，庶幾優柔而漸入之，如池之漚麻，漸漬而化之也。

東門之池，可以漚紵。除之上濁。○朱氏曰：「紵，麻屬也。」○陸璣曰：「宿根在地中，至春自生，不歲種也。荆、揚之間，一歲三收。」**彼美淑姬，可與晤語。**

東門之池，可以漚菅。音姦。○郭璞曰：「菅，茅屬也。」○陸璣曰：「柔韌宜爲索。」○解見《白華》。**彼美淑姬，可與晤言。**

《東門之池》三章，章四句。

〔一〕「善女」，畲本作「善姬」，味本、姜本、薈本作「善」，授本、聽本、仁本、復本作「姬」。

《東門之楊》，刺時也。昏姻失時，男女多違。親迎，去聲。**女猶有不至者也。**曰：陳僖公詩，宣王時。

《陳·東門之楊》與《鄭·丰》皆親迎而女不至，言刺時，猶言刺亂，以時使然也。

東門之楊，曰：楊，蒲柳也。解見《車鄰》。**其葉牂牂。**音臧。○《傳》曰：「牂牂然盛貌。」○曹氏曰：「自九月以後，正月以前，昏姻正時也。楊葉茂盛，則春既莫。」**昏以爲期，明星煌煌。**朱氏曰：「煌煌，大明貌。」

興之不兼比者也。秋冬爲昏姻之時，今東門之楊木，其葉牂牂然盛，則春莫而昏姻失時矣。親迎以昏爲期，而至明星煌煌然大明，夜已深而竟不至，淫風行而女有他志也。李氏曰：「毛氏以秋冬爲婚姻之時，則以《荀子》云『霜降逆女，冰泮殺止』，《家語》云『羣生閉藏乎陰，而爲化育之始』，故聖人以合男女，窮天數也。霜降而婦功成，嫁娶者行焉。冰泮而農桑起，昏禮殺於此。鄭氏以仲春爲婚姻之時，則以《周官》云『仲春之月，會男女之無夫家者』。觀此兩説，毛氏爲勝。按《匏有苦葉》之詩云『士如歸妻，迨冰未泮』，是秋冬之間，可以嫁娶之時也。鄭氏於『士如歸妻，迨冰未泮』，以爲請期，二月可以昏矣。據詩言歸妻，則實已逆矣，安得以歸妻爲請期乎？然據《周禮》言『仲春之月，會男女之無夫家者〔一〕』，於下文又言『於是時也，奔者不禁』，則是於霜降之後、冰泮之前，使民皆得以行嫁娶之禮。及至仲春之月，猶有男女之無夫家者，則以媒氏會之，是以有奔者不禁之事。先王立法，不應專用仲春之月。」殺，色戒反。

東門之楊，其葉肺肺。音沛。○《傳》曰：「肺肺〔二〕，猶牂牂也。」**昏以爲期，明星晳晳。**音制。○《傳》曰：「晳晳，猶煌煌也。」

《東門之楊》二章，章四句。

《墓門》，刺陳佗也。佗音駝。○疏曰：「佗，文公圉子，桓公鮑之弟。《世家》以佗爲厲公，躍爲利公。案經傳五父與佗一人，厲公即是躍，無復利公矣。馬遷誤也。」**陳佗無良師傅，以至於不義，惡加於萬民焉。**曰：陳厲公詩，桓王時。○疏曰：「《春秋》桓五年正月，『甲戌，己丑，陳侯鮑卒』。《左傳》云：『再赴也。於是陳亂，文公子佗殺太子免而代之。公疾病而亂作，國人分散，故再赴。』」免音問。○陳氏曰：「此詩雖以刺佗，乃是耆舊之賢者，備見始末，追咎先君不能爲佗置良師

〔一〕「者」，原作「蓋」，據李樗《毛詩集解》卷十五改。
〔二〕「肺肺」，諸本無。

傳，致有弒逆之事也。」

觀陳佗親仁善鄰之言，見其性質本非不美，未幾，往鄭涖盟，而歃如忘，蓋已有蠱惑之者，故詩人歸咎於無良師傅也。《左傳》隱六年，鄭伯請成于陳，陳侯不許，五父諫曰：「親仁善鄰，國之寶也。」七年，陳及鄭平，五父及鄭伯盟，歃如忘。洩伯曰：「五父必不免，不賴盟矣。」鄭良佐如陳涖盟，亦知陳之將亂也。歃，色洽反。忘，去聲。洩，息列反。

墓門有棘，曰：棘，荊棘也。解見《楚茨》。**斧以斯之。**《傳》曰：「斯，析也。」○《釋言》曰：「斯，離也。」**夫也不良，**《傳》曰：「夫，傅相也。」相去聲。○今曰〔一〕：「夫也，猶言此人。《檀弓》：『曾子曰：「夫夫也。」』注：『上音扶，下如字，猶言此丈夫也。』」**國人知之。知而不已，**程子曰：「已，去也。」○今曰：「《論語》『三已之』，《孟子》『士師不能治士〔二〕，則已之』，皆謂廢退之也，與《節南山》『式夷式已』同。」**誰昔然矣。**

興也。言佗性本非不善，以失教導而流於不善，如墓道之門，人所稀行，失於修治而荊棘生之，猶《孟子》言「爲間不用，則茅塞之」矣。此墓門既有棘，必用斧以斯析

〔一〕「今曰」，顧本作「曰」，他本無。
〔二〕「士」，原作「事」，據仁本、復本及《孟子・梁惠王上》改。

之：佗有不善，必用良師傅以教誨之。今傅相之人不良，國人皆知之，則當去之也。知其不良而不去之，誰從來如是乎？ 蓋歸咎於前人也。「夫也」，謂傅相之人，當時必有所指也。

墓門有梅，有鴞萃止。 鴞，户嬌反，《泮水》音遥。○曰：鴞，怪鴟也，鵩也，鵂鶹也，即《瞻卬》之「爲鴟」也。鵩音服。鵂鶹音休留。○《傳》曰：「惡聲之鳥也。」○陸璣曰：「鴞大如斑鳩，緑色，入人家，凶。賈誼所賦鵩鳥是也。」今人謂之鵂鶹，亦名怪鴟。《内則》云：「鵠、鴞胖。」古人尚之。胖音判。注云：「謂脅側薄肉也。」○山陰陸氏曰：「俗云禍鳥也。《莊子》云：『見彈而求鴞炙。』」一曰鵩似鴞，則鴞又非鵩矣。其肉甚美，可爲羹臛，又可爲炙。」炙音柘。臛音壑，羹臛也。○《傳》曰：「萃，集也。」**夫也不良，歌以訊之。**《傳》曰：「訊，告也。」**訊予不顧，顛倒思予。**

棘以喻佗後來之爲惡，梅以喻佗性質之本美。言梅本美木，生於墓門荒僻之處，而惡聲之鴞乃萃集焉。萃集非止一鴞，喻羣小附和之衆，縱臾之爲惡也。縱，子勇反。臾，讀曰勇。 此傅相之人不良，有歌其惡以訊告之者，訊之而不予顧[一]，至於顛倒，然後思予，則悔無及矣。

〔一〕「者訊之」三字，諸本無。

《墓門》二章，章六句。

《防有鵲巢》，憂讒賊也。宣公多信讒，疏曰：「宣公杵臼，莊公林弟。」君子憂懼焉。曰：陳宣公詩，僖、惠之間。

此詩憂讒賊者，詩人爲賢者憂之也。

防有鵲巢，《傳》曰：「防，邑也。」**邛有旨苕。**邛音窮。苕音條。○《傳》曰：「邛，丘也。」○《詩記》曰：「《後漢・郡國志》陳縣〔一〕，注：『《博物記》云：「邛地在縣北，防亭在焉。」』」○《箋》曰：「旨，美也。」○曰：此旨苕，苕饒也，非《小雅・苕之華》所謂「陵苕」也。○疏曰：「《苕之華・傳》云：『苕，陵苕。』此《傳》直云『苕，草』，彼陵苕之草好生下濕，此則生於高丘，與彼異也。」○陸璣曰：「苕，苕饒也。幽州人謂之翹饒。蔓生，莖如勞豆而細，葉似蒺藜而青〔二〕，其莖葉緑色，可生食，如小豆藿。」○長樂劉氏曰：「旨者，地荒則草美茂也〔三〕。」**誰侜予美？**侜音舟。○李氏曰：「《説文》云：『侜，壅蔽也。』」○程子曰：「予美，心

〔一〕「郡國」，原作「地理」，據薈本及吕祖謙《吕氏家塾讀詩記》卷十三改。按，《後漢書》無《地理志》。

〔二〕「藜」，原作「槷」，據姜本、顧本、畬本及《毛詩正義》卷七之一改。

〔三〕「美茂也」，味本、李本、姜本、畬本、薈本、聽本、仁本、復本作「美盛也」，顧本作「盛貌」。

所賢者〔一〕。」○今曰：「《唐・葛生》言『予美』，則婦人稱其夫；此詩『予美』，則詩人稱賢者也。」**心焉忉忉。**音刀。○《齊・甫田・傳》曰：「忉忉，憂勞也。」

興也。言防邑有鵲巢，邛丘有旨美之苕饒。陳人指其地之所見也，鵲巢積累而成，喻爲讒之積漸；苕草延蔓而生，喻所讒之浸廣。誰壅蔽予所美之賢者，使我心忉忉然憂勞也。

中唐有甓，音霹。○《釋宮》曰：「廟中路謂之唐，堂塗謂之陳，瓴甋謂之甓。」瓴甋音零滴。○疏曰：「堂塗，堂下至門之徑也。唐之與陳，廟庭之異名耳，其實一也。」○今曰：「毛以中爲中庭，唐爲堂塗，不必分也。中唐，猶言唐中耳。」○郭璞曰：「甓，瓴甋也。」甋音鹿。**邛有旨鷊。**音逆，鶂音同。○《傳》曰：「鷊，綬草也。」○郭璞曰：「有雜色，似綬也。」**誰侜予美？心焉惕惕。**音趯。○程子曰：「惕惕，懼也。」

中唐，乃堂下至門之徑。有甓，非一甓也，亦以積累而成功。邛有旨美之鷊草，雜衆色以成文，猶讒言交織以成惑〔二〕，義與貝錦同〔三〕。

〔一〕「程子曰」云云，畬本作：「程氏曰：『侜，謂侜張餘迴。誣罔人者，必迂曲以致其惡也。』」

〔二〕「成惑」，李本、顧本作「惑人」。

〔三〕「義」上，味本、姜本、薈本、授本、聽本、仁本、復本有「美」字。葉校疑「美義」爲「取義」之誤。

《防有鵲巢》二章，章四句。

《月出》，刺好色也。好去聲。**在位不好德而説美色焉。**説音悦。○曰：陳宣公詩，僖、惠之間。

月出皎兮，皎音皦。○今曰：「皎，月光皎潔。」**佼人僚兮。**佼音攪。僚音了。○疏曰：「佼，好也。」○今曰：「《孟子》云：『子都之佼。』」○《傳》曰：「僚，好貌。」**舒窈糾兮，**窈音杳。糾，喬之上濁。○《傳》曰：「舒，遲也。窈糾，舒之姿也。」○今曰：「舒而脱脱兮。」**勞心悄兮。**悄，鍬之上。○《傳》曰：「悄，憂也。」○錢氏曰：「默憂也。」

興也。當月出皎潔之時，感其所見，興佼好之人，顏色僚然而好，其明艷白晳，如月之初出而皎潔，其行止舒遲窈糾然，姿態之美也。思而不可得，則勞心悄然，憂愁而靜默也。○宋玉《神女賦》云：「其少進也，皎若明月舒其光。」正用此詩也。又云「步裔裔兮曜後堂」，又云「動霧縠以徐步」，皆形容舒之意。

月出皓兮，皓音鎬，豪之上濁。○今曰：「皓，月光之白也。」**佼人懰兮。**懰音柳。○蘇氏曰：「懰，好也。」**舒懮受兮，**懮音酉。○蘇氏曰：「懮受，舒之姿也。」**勞心慅兮。**慅音草。○王氏曰：「慅，言不安而慅動。」

月出照兮，佼人燎兮。燎音療。○蘇氏曰：「燎，明也。」**舒夭紹兮，**夭音妖。○李氏曰〔一〕：「夭紹，亦舒之姿也。」**勞心慘兮。**王氏曰：「慘，言不舒而憂愁。」

《月出》三章，章四句。

《株林》，株音誅。**刺靈公也。**疏曰：「靈公平國，共公朔子。」**淫乎夏姬，**夏，遐之上濁。○箋曰〔二〕：「夏姬，陳大夫妻，夏徵舒之母，鄭女也。徵舒字子南，夫字御叔。」○疏曰〔三〕：「宣九年《左傳》稱：『陳靈公與孔寧、儀行父通於夏姬。』十年經云：『陳夏徵舒弒其君平國。』《傳》云：『陳靈公與孔寧、儀行父飲酒於夏氏，公謂行父曰：「徵舒似汝。」對曰：「亦似君。」徵舒病之。公出，自其廄射而殺之。』昭二十八年《左傳》：『叔向之母論夏姬云：「是鄭穆公少妃姚子之子，子貉之妹也。子貉早死，而天

〔一〕「李」，原作「季」，據味本、李本、畬本、授本、仁本、復本改。葉校云：「蘇氏《詩集傳》曰：『窈糾、懮受、夭紹，皆舒之姿也。』」按，李樗《毛詩集解》卷十六亦曰：「懮受、夭紹，皆舒之姿也。」可知「季」應爲「李」之形訛，不必改字作「蘇」。

〔二〕「箋」，原作「疏」，仁本校云：「『疏』當作『箋』。」按，據《毛詩正義》卷七之一，「夏姬」至「御叔」爲《箋》語，據改。

〔三〕「○疏曰」，原無，仁本校云：「『宣九年』上宜補『○』及『疏曰』二字。」按，據《毛詩正義》卷七之一，「宣九年」以下爲疏語，據補。

鍾美於是。」』《楚語》云：『昔陳公子夏爲御叔娶於鄭穆公女，生子南。子南之母亂陳而亡之。』是言夏姬所出及夫、子名字。」御如字，一音禦。貉音陌。**驅馳而往，朝夕不休息焉。**曰：陳靈公詩，定王時。

《株林》，夏南之辭迫切矣，而靈公猶不知羞惡也。

胡爲乎株林？《傳》曰：「株林，夏氏邑也。」**從夏南。匪適株林，從夏南。**

夏南，夏姬之子也。夏姬之事太褻，詩人不欲斥言之。故託辭於其子，謂夏南非有見焉，不足往見也[一]。今公之命駕，何爲欲往株林以從夏南乎？又自解之曰：必非往株林以從夏南也，恐有他往耳。依違言之，而譏之最切矣。《補傳》曰：「不斥夏姬而言夏南，夏南實主其家。國人亦豫憂其禍必作於夏南也。」

駕我乘馬，乘去聲。**説于株野。**説音税。○《箋》曰：「説，舍也。」**乘我乘駒，**上乘平聲，下乘去聲。**朝食于株。**

始見公之命駕，謂必非往株林以從夏南。既而駕一乘之馬，則舍説于株林之野；乘一乘之駒，則又朝食于株。元無他往，朝朝暮暮，只往株林，何爲也哉？

[一]「也」下，畲本有小字：「《禮記》：『寡婦之子，非有見焉，勿與爲友。』」

《株林》二章，章四句。

《澤陂》，刺時也。言靈公君臣淫於其國，男女相說，音悦。**憂思感傷焉。**思音伺。○今曰：「陳靈公詩，定王時。」○王氏曰：「《東門之枌》、《宛丘》之應也。《澤陂》、《株林》之應也。」此詩言「寤寐無爲」，刺靈公君臣惟知好色，而不知其他〔一〕。知爲作者刺淫者，變風多男女之詩，或疑似後世艷曲，聖人宜删之，非也。刺淫之詩，非淫者自作，乃時人作詩，譏刺其如此，所謂「思無邪」也。聖人存之以立教，使後世知爲不善於隱微之地，人得而知之，惡名播於無窮，而不可湔洗，欲其戒謹恐懼也。讀《詩》者，能無邪爾思，則凜然見聖人立教之嚴矣。《詩記》曰：「變風始於《雞鳴》，終於《澤陂》，凡一百二十八篇，而男女夫婦之詩四十有九，抑何多邪？曰：有天地然後有萬物，有萬物然後有男女，有男女然後有夫婦，有夫婦然後有父子，有父子然後有君臣，有君臣然後有上下，有上下然後禮義有所錯。男女者，三綱之本，萬事之先也。正風之所以爲正者，舉其正者以勸之也；變風之所以爲變者，舉其不正者以戒之也。道之升降，時之治亂，俗之污隆，民之死生，於是乎在。録

〔一〕「而」下，李本、顧本有「已」字，從上讀。「他」下，李本、顧本無，他本有「焉」字。

之煩悉，篇之重複，亦何疑哉？」

彼澤之陂，董氏曰：「澤，水之鍾也。」○《傳》曰：「陂，澤障也。」障音帳。**有蒲與荷。**《説文》曰：「蒲，似莞而褊，有脊，滑柔而温。」莞音官。○山陰陸氏曰：「蒲，水草也，生於水厓，可以爲席，故男執蒲璧，言有安人之道也。」○今曰：「《斯干》『下莞』，《箋》云：『小蒲。』則莞精蒲麤矣。」○《釋草》曰：「荷，芙蕖。其莖茄，其葉蕸，其本蔤，其華菡萏，其實蓮，其根藕。」茄音加。蕸音遐。蔤音密。○陳氏曰：「皆以美物相依。」**有美一人，傷如之何？寤寐無爲，涕泗滂沱。**泗音四。○《傳》曰：「自目曰涕，自鼻曰泗。」○疏曰：「經傳言隕涕、出涕，皆謂淚出於目。」○今曰：「《漸漸之石》『俾滂沱矣』，疏以爲雨盛，此言涕泗如雨也。」

興也。蒲葉柔滑，荷花紅艷，皆物之美而可愛者。彼澤之陂，有蒲與荷，言美物相依也。今有一美好之女，不得如蒲荷之相依。我心之傷，奈之何也？或寤而覺，或寐而寢，更無他事，但目涕鼻泗俱下，滂沱如雨而已。譏而鄙之也。

彼澤之陂，有蒲與蕑。音艱。○《傳》曰：「蕑，蘭也。」**有美一人，碩大且卷。**音權。○《傳》曰：「卷，好貌。」○李氏曰：「《盧令》『其人美且鬈』，字雖不同，其義則一。」○《釋文》曰：「鬈，髮好貌。」**寤寐無爲，中心悁悁。**音淵。○《傳》曰：「悁悁，猶悒悒也。」

蘭是芬香之草，喻女美也。或疑碩大非婦人之稱，遂疑此爲慕賢之詩。觀《衛風》以碩人稱莊姜，《車舝》稱「辰彼碩女」，則詩以碩大稱婦人，多矣。

彼澤之陂，有蒲菡萏。菡，酣之上濁。萏，談之上濁。菡、頷、憾同音。萏、禫、髧同音。○《傳》曰：「菡萏，荷華也。」**有美一人，碩大且儼。**《傳》曰：「儼，矜莊貌。」**寤寐無爲，輾轉伏枕。**輾音展。○輾轉，解見《關雎》。○朱氏曰：「伏枕而思也。」

《澤陂》三章，章六句。

詩緝卷之十四

嚴粲述

檜　國風

《譜》曰：「檜者，古高辛氏火正祝融之墟，國在《禹貢》豫州外方之北，滎波之南，居溱、洧之間。祝融氏名黎，其後八姓，惟妘姓檜者處其地焉。周夷王、厲王之時，檜公不務政事而好絜衣服，大夫去之，於是檜之變風始作。其國北鄰於虢。」〇〔一〕王肅云：「周武王封祝融之後於濟、洛、河、潁之間，爲檜子。」

檜、曹思周道，疾亂也〔二〕。檜世次莫考，詩不言何君，曰夷、厲之間者，鄭《譜》也。平王初，鄭武始滅檜，前乎平，何以知其非幽也？當幽之時，仲爲檜君。史伯云：「檜仲恃險。」言不刺仲也。前乎幽，又何以知其非宣也？周道復興之時，不得有《匪風》之思也，非幽非宣，夷、厲當之矣。

〔一〕「〇」，原無，據薈本補。

〔二〕「疾」，原作「習」，據薈本改。按，《檜風·匪風·序》：「思周道也。」《曹風·下泉·序》：「思治也。」此爲「思周道」之所本；二風其他詩多有諷刺之意，則爲「疾亂」之所本。畲本作「閔」，與「疾」之意相近，亦通。仁本作「習」，與勤有堂本同，點讀作「檜曹，思周道習亂」，意謂周道之習于亂也。意有未愜。

《羔裘》，大夫以道去其君也。國小而迫，君不用道，好絜其衣服，好去聲。**逍遥遊燕，而不能自彊於政治，故作是詩也。**案《譜》，當夷、厲之間。

諫不行，言不聽則去，爲臣之道也。此大夫之去，正爲其不能自彊於政治耳。詩言衣裘之鮮絜，所以形容其宴安無爲之意，非以絜其衣服爲大故而去之也。

羔裘逍遥，狐裘以朝。音潮。○蘇氏曰：「狐白裘也。」○今曰：「狐裘有白有青有黄，《玉藻》云：『君衣狐白裘，錦衣以裼之。』此狐白裘也。《玉藻》又云：『君子狐青裘，豹褎，玄綃衣以裼之。』此狐青裘也。《玉藻》又云：『狐裘，黄衣以裼之。』此狐黄裘也。鄭氏以狐白之上加皮弁服，天子以日視朝，諸侯在天子之朝，亦服之。以黄衣狐裘爲大蜡之後，作息民之祭則服之。《郊特牲》云：『黄衣黄冠而祭，息田夫也。』引此爲證，以狐青爲臣下之服，諸侯不服之。《玉藻》稱君子狐青裘，注以君子爲大夫士也。此詩狐裘不指何色，鄭氏以爲黄衣狐裘，謂檜君以祭服而朝也。蘇氏以爲狐白，謂檜君以朝天子之服，而聽其國之朝也。二説不同。狐青爲臣下之服，非檜君所服，檜君好絜其衣服，亦必不服狐黄，當從蘇氏以爲狐白。然詩人之意，不在此也。」褎與袖同。蜡音乍，亦作䄍。**豈不爾思？勞心忉忉。**音刀。○《齊・甫田・傳》曰：「忉忉，憂勞也。」

羔裘、狐白裘，皆諸侯之服。檜君服之，非過也。此大夫去之者，謂檜國之微，迫於大國之間，將有危亡之禍，爲檜君者當深思遠慮，孜孜汲汲，求所以爲自彊之計。今乃服其羔裘，逍遥暇豫，服其狐裘，以之視朝而已。此外不能有所爲，是偷安歲月，坐而待亡也。大夫諫而不聽，故去之。雖去國而不忘君，故言我豈不思爾乎？實思之而勞心忉忉也。○舊説緇衣羔裘，諸侯之朝服也，檜君乃服之以遊燕；錦衣狐裘，諸侯朝天子之服也，檜君乃服之以聽其國之朝，故大夫去之。此非大惡，其大夫何爲而遽去乎？此大夫非以羔裘、狐裘爲大故，而以逍遥、翺翔爲可憂也。

羔裘翺翔，《傳》曰：「翺翔，猶逍遥也。」**狐裘在堂。**《傳》曰：「堂，公堂也。」○疏曰：「謂正寢之堂。人君出視朝，乃退適路寢，以聽大夫所治之政。」**豈不爾思？我心憂傷。**

服其狐裘，塊然在堂而已，不能有所爲也，故憂傷之。

羔裘如膏，音告。○今曰：「膏之也。」**日出有曜。豈不爾思？中心是悼。**

凡人憂勞戒懼，則不暇鮮其衣。禹惡衣，文王卑服，衛文大布之衣是也。今檜君羔裘之色潤澤，如以脂膏膏漬之[一]，日出照之，則有光曜，其衣服之鮮明如此，其志慮凡近可見矣。安其危而樂其亡，故我心傷悼之也。

[一]「膏膏」，諸本作「膏」。按，「脂膏」合言，如《庭燎》孔疏：「灌以脂膏也。」《信南山》孔疏：「以脂膏，合之黍稷。」「膏漬」合言，「膏」作動詞，即嚴氏所注「膏之也」。

《羔裘》三章，章四句。

《素冠》，刺不能三年也。范氏曰：「檜當夷、厲之時已如此，則孔子、孟子之世可知也。」

自夷、厲之時。上下相習而廢禮久矣。孔子存此《序》，即他日所以告宰予者，其關於人倫風教者大矣。

庶見素冠兮，李氏曰：「毛以素冠爲練冠，謂練布使熟，其色益白，是以謂之素。三年之喪，十有三月而練。冠既練，則衣亦練，故曰素衣素韠也。鄭以素冠爲既祥素紕之冠，謂經傳之言素者，皆謂白絹，未有以布爲素者，則知素冠非練也。黑經白緯曰縞，其冠用縞，以素爲紕，故謂之素冠也。至於素衣，則素裳也。毛氏謂思見練服，練是十三月之服，未足以見其不能三年也，不如鄭氏之説爲有據。《玉藻》云：『縞冠素紕，既祥之冠也。』注：『紕，緣邊也。既祥祭而服之。』《喪服小記》云：『除成喪者，其祭也朝服縞冠。』注：『成，成人也。』《士冠禮》：『主人玄冠朝服，緇帶素韠[一]。』鄭氏以素爲祥服，皆本於禮。」本注紕音皮。**棘人欒欒兮，**欒音鸞。○《傳》曰：「棘，急也。欒欒，瘠貌。」○朱氏曰：「喪事欲其縱縱爾，哀遽之狀。」音總。**勞心慱慱兮。**慱音團。○《傳》曰：「慱慱，憂勞也。」

[一]「緇」，原作「絹」，據授本、聽本、仁本、復本及李樗《毛詩集解》卷十六改。

素冠者，縞冠素紕之冠也，既祥祭則服之。今不行三年之喪，則無服此冠者，故詩人云：庶幸見服素冠者，是棘急哀遽之人，欒欒然瘠。今無此人可見，故我勞心慱慱然憂勞也。

庶見素衣兮，《箋》曰：「除成喪者，其祭也朝服縞冠。朝服緇衣素裳〔一〕。」○疏曰：「裳而言衣，衣是大名，《曲禮》云『兩手摳衣』，謂摳裳也〔二〕。」**我心傷悲兮，聊與子同歸兮。**

若得見服此素衣之人，欲與子同歸，愛慕之辭也。

庶見素韠兮，韠音畢。○《箋》曰：「祥祭朝服素韠者，韠從裳色。」○朱氏曰：「韠，蔽膝也，以韋爲之。冕服謂之韍，其餘曰韠。」**我心蘊結兮，**蘊音允。○朱氏曰：「蘊結者，思之不解也。」**聊與子如一兮。**

三年之喪，天下之通義，人心之同然也。與子同歸，與子如一，得我心之同然也。

《素冠》三章，章三句。

《隰有萇楚》，萇音長。**疾恣也。國人疾其君之淫恣，而思無情慾者也。**

〔一〕「裳」下，薈本及《毛詩正義》卷七之二有「然則此言素衣，謂素裳也」十字。

〔二〕「裳」下，仁本及《毛詩正義》卷七之二有「緝」字。「也」下，仁本及《毛詩正義》卷七之二有「是裳得稱衣」五字。

隰有萇楚，《釋草》曰：「萇楚，銚弋〔一〕。」銚音遥。○郭璞曰：「今羊桃也。」○陸璣曰：「一名銚弋，葉如桃而光，尖長而狹，花紫赤色，其枝莖弱，過一尺，引蔓于草上。」○疏曰：「或云鬼桃。」**猗儺其枝。**猗儺，阿那之上聲。○疏曰：「猗儺，枝條柔弱也。」**夭之沃沃，**夭音妖。沃音屋。○《傳》曰：「夭，少也。」○今曰：「『厥草惟夭』『桃之夭夭』，皆少之意。『其葉沃若』，爲潤澤之意。草木生意方盛，則沃然潤澤。」**樂子之無知。**樂音洛。○李氏曰：「《樂記》：『好惡無節於内，知誘於外。』注：『知，猶欲也。』」

興也。萇楚始生，猶能自立，長尺以上，則引蔓于草上。故言隰有萇楚，其枝條猗儺然，柔弱牽蔓，如人之既長，多慾而可惡也。回思其夭少沃沃然，生意方盛之時，如人之少時，無知欲而可愛也。男女居室，人之大倫，非可絶也，然不能以禮節之，而至於肆情縱慾，則不如少小無知之爲愈，所以甚言淫恣之可疾也。《詩記》曰：「生意沃沃，此所謂赤子之心也。此檜君未有知識、未有室家之時也。」

隰有萇楚，猗儺其華。夭之沃沃，樂子之無家。《箋》曰：「謂無室家之道。」○今曰：「《行露》云：『誰謂女無家。』」

〔一〕「弋」下，畲本有「萇音長」三字。

隰有萇楚，猗儺其實。夭之沃沃，樂子之無室。朱氏曰：「無室猶無家。」

《隰有萇楚》三章，章四句。

《匪風》，思周道也。國小政亂，憂及禍難，去聲。**而思周道焉。**《詩記》曰：「《匪風》《下泉》，思周道之詩，獨作於曹、檜，何也？曰：政出天子，則彊不陵弱，各得其所；政出諸侯，則徵發之煩，供億之困，侵伐之暴，唯小國偏受其害，所以睠懷宗周爲獨切也。戰國時，房喜謂韓王曰：『大國惡有天子，而小國利之。』以此二詩驗之，其理益明。賈誼欲衆建諸侯而少其力，雖其言略而不精，亦可謂少知治體矣。」

《匪風》思周而宣王中興[一]，天下謳吟思漢而光武再造，其浹洽於人心者，深矣。

匪風發兮，錢氏曰：「發，風大起也。」○今曰：「俗呼大風爲風發。」○陳氏曰：「迅烈也。」**匪車偈兮。**偈音揭，《廣韻》音桀。○《傳》曰：「偈，疾驅也[二]。」○陳氏曰：「軒輊不定。」○張子曰：「人之不安，常如

[一]「思周」上，淡本有「怛弔」二字。按，與下文「天下謳吟思漢」相對，似有「怛弔」二字爲上。

[二] 仁本校云：「『偈疾驅』，今本《毛傳》作『偈偈疾驅』，下無『也』字。」

在風中車上。」**顧瞻周道，**《箋》曰：「迴首曰顧。」○朱氏曰：「周道，適周之路也。」**中心怛兮。**怛，都達反。○《傳》曰：「怛，傷也。」

此檜國之人憂及禍難，言非風之大作也，非車之疾驅也，我回首反顧昔日周道之盛，心自傷怛也。言生於亂世，非風非車，自如風中車上之不得安。傷今而思古也。晉王尼暮宿車上，常歎曰：「滄海橫流，處處不安。」以車上不安，喻世之亂也。○舊説匪風非有道之風，匪車非有道之車，今不從。

匪風飄兮，飄音標，本注符遥反，又必摇反，從又音。**匪車嘌兮。**嘌音漂，批驕反。○朱氏曰：「嘌，漂摇不安之貌。」**顧瞻周道，中心弔兮。**《傳》曰：「弔，傷也。」

今考《釋天》云：「扶摇謂之猋[一]。」孫炎云：「迴風從下上曰猋。」郭云：「暴風從下上。」此詩言風之暴，當音標，與猋同音也。《釋天》又云：「迴風爲飄。」與猋音義別[二]。蓋迴風謂之飄，其迴風自下而上則謂之猋。

誰能亨魚？亨音烹。○《傳》曰：「亨魚煩則碎，治民煩則散。」**溉之釜鬵。**溉音概。鬵音尋。

[一]「猋」，原作「焱」，據諸本及《爾雅注疏》卷六改。下同。

[二]「音」上，諸本有「同」字。

〇《傳》曰：「溉，滌也。」〇疏曰：「鬵是甑，非釜類。亨魚用釜不用甑，雙舉者，以其俱是食器，故連言耳。」〇張子曰：「溉，沃之使水多也。水寬則魚不壞，政亦務寬。」〇錢氏曰：「亨魚者，滌其釜鬵而已，無事煩碎。」**誰將西歸？**《箋》曰：「檜在周之東，故言西歸。」**懷之好音。**陳氏曰：「懷，安也。」〇今曰：「好音，猶好語也。」

治民若亨小鮮，誰能亨魚，而溉滌其釜鬵乎？誰將西歸鎬京，而安我以好音乎？言唯周道平易，人若歸之，是好消息，將有平治之望也。《匪風》作於夷、厲之時，周猶都鎬，故言西歸。

《匪風》三章，章四句。

詩緝卷之十五

嚴粲述

曹　國風

《譜》曰："曹者，《禹貢》兗州陶丘之北，地名。周武王既定天下，封弟叔振鐸於曹，今濟陰定陶是也。其封域在雷夏、菏澤之野。昔堯嘗遊成陽，死而葬焉。舜漁於雷澤，民俗始化，其遺風重厚，多君子，務稼穡，薄衣食，以致蓄積。夾於魯、衛之間，又寡於患難，末時富而無教，乃更驕侈。十一世當周惠王時，政衰，昭公好奢而任小人，曹之變風始作。"

《蜉蝣》，音浮由。**刺奢也。昭公國小而迫，**疏曰："昭公班，僖公夷子。"**無法以自守，**陳氏曰："有法則儉，無法則奢。"**好奢而任小人，**好去聲。○陳氏曰："儉則寡欲[一]，寡欲則小人無所投；奢則多欲，多欲則小人得以中其欲而自售。小人得志，則其國家必有危亡之禍，而彼致禍之人，亦且立而觀之耳，因而挻之耳，孰與圖其難而共其憂哉？"○李氏曰："小人事君，必逢君以奢侈。君既奢侈驕恣，則舉國將惟我所爲。此小人之志也。是以好奢者，其所任必小人。"○《補傳》曰："《蜉蝣》

[一]「儉」上，畲本有「有法則儉，無法則奢」八字。

之詩，不及小人。序詩者以其將無依〔一〕，知其所用皆小人，故不足恃。」**將無所依焉。**曰：曹昭公詩，惠王時。

奢則國必弊，大猶不堪，況小而迫乎？刺奢而言「衣裳楚楚」，舉一端耳。

蜉蝣之羽，樊光曰：「蜉蝣，糞中蝎蟲。」○《釋蟲》曰：「蜉蝣，渠略。」○郭璞曰：「似蛣蜣，身狹而長，有角，黄黑色，叢生糞土中〔二〕，朝生暮死，豬好噉之。」蛣音詰。○陸璣曰：「大如指，長三四寸，甲下有翅能飛。夏月陰雨時〔三〕，地中出。今人燒炙噉之，美於蟬也。」**衣裳楚楚。**《傳》曰：「楚楚，鮮明貌。」○今曰：「楚楚，猶今言濟楚也〔四〕。《賓之初筵》言『籩豆有楚』，同。」**心之憂矣，於我歸處。**音杵。○《詩記》曰：「蓋欲如楚芋尹申亥舍靈王於家之爲也。」

興也。蜉蝣小蟲，雖其羽鮮明而朝生夕死，不能久也。猶昭公小國之君，雖整飭其衣

〔一〕「詩」上，畬本無，他本有「諸」字。按，范處義《詩補傳》卷十四無。「依」上，畬本及范處義《詩補傳》卷十四有「所」字。

〔二〕「叢」，原作「聚」，味本同，據他本及《爾雅注疏》卷九改。「土」，原無，據李本、姜本、畬本、薈本、授本、聽本、復本及《爾雅注疏》卷九補。

〔三〕「月」，原作「日」，據仁本及《毛詩正義》卷七之三改。

〔四〕「濟楚」，授本、聽本、復本作「濟濟」。仁本校云：「『濟楚』，一本作『濟濟』。」

裳，楚楚然鮮明，而迫於大國，亦不能久也。我心憂其然，若其危亡而無所依，其於我歸處乎？見當時在位無一可倚仗者，蓋慘然以亡國爲憂矣。《補傳》曰：「不必言小人，意自見於言外也。」

蜉蝣之翼，采采衣服。程子曰：「采采，華飾也。」**心之憂矣，於我歸息。**

蜉蝣掘閱，疏曰：「此蟲土裏化生，掘地而出〔一〕。」○今曰：「更閱，謂升騰變化也。」**麻衣如雪。**《箋》曰：「麻衣，深衣也。」○疏曰：「諸侯之禮，夕深衣。」○《傳》曰：「如雪，言鮮潔。」**心之憂矣，於我歸說。**音税。○《箋》曰：「舍息也。」

《蜉蝣》三章，章四句。

《候人》，刺近小人也。共公遠君子，而好近小人焉。共音恭。遠去聲。○疏曰：「共公襄〔二〕，昭公班子。」○今曰：「曹共公詩，襄王時。」

〔一〕「出」下，畲本有「掘，一作堀」四字。

〔二〕「共」上，味本、李本、姜本、授本、聽本、仁本、復本有「諸侯之禮」四字。按，此嚴氏檃栝孔疏所引《史記·曹世家》之語，無「諸侯之禮」四字並其義。

彼候人兮，《傳》曰：「候人，道路送迎賓客者。」○疏曰：「《夏官・候人》：『上士六人，下士十有二人，徒百有二十人。』身何戈祋。謂候人之屬，非候人之官長也。」**何戈與祋。**何，河之上濁。祋音對。○《傳》曰：「何，揭也。」○疏曰：「揭，擔揭也。」○《詩記》曰：「《曲禮》疏云：『戈，鉤孑戟也。如戟而横安刃，但頭不嚮上爲鉤也。直刃長八寸，横刃長六寸，接柄處長四寸，並廣二寸。』《冬官》『戈柲六尺有六寸』，注：『柲，猶柄也。』」柲音祕。○《傳》曰：「祋，殳也。」殳音殊。○殳，解見《衛・伯兮》。**彼其之子，**其音記。**三百赤芾。**音弗。○今曰：「芾字當作韍，古字通也。蔽膝之韍從韋，黼黻之黻從黹。」○《采菽・箋》曰：「芾，太古蔽膝之象也。冕服謂之芾，其他服謂之韠，以韋爲之。」○《采菽》疏曰：「古者佃漁而食，因衣其皮。先知蔽前，後知蔽後。後王易之以布帛，而猶存其蔽前者。重古道，不忘本也。士服爵弁，以韎韐配之，則服冕者以芾配之，故知冕服謂之芾。芾、韠俱是蔽膝之象，其制則同，但尊祭服，異其名耳。」○《傳》曰：「一命緼芾黝珩，再命赤芾黝珩，三命赤芾葱珩。大夫以上赤芾乘軒。」緼音温，赤黄之色。黝音酉，黑色。○疏曰：「《玉藻》説韠之制云：『下廣二尺，上廣一尺，長三尺，其頸五寸，肩革帶博二寸[一]。』芾之形制，亦同於韠，别言之，則祭服謂之芾，他服謂之韠。『一命』至『葱珩』，皆《玉藻》文。」

彼賢人爲候人之屬，掌道路送迎賓客，何揭其戈與祋，供勞賤之事。彼小人乃有三百

〔一〕「革」，原作「華」，據李本、姜本、畬本、薈本、授本、聽本、仁本、復本及《毛詩正義》卷七之三改。

人，皆服赤色之芾，何爲者也？　曹蕞爾國，而小人衆多如此，君子何所容乎？　晉文公入曹，數之以不用僖負羈，而乘軒者三百人。　詩即史也。　事見《左傳·僖二十八年》。○李氏曰：「一小人用事猶不可，况於三百乎？」

維鵜在梁，鵜音題。○郭璞曰：「鵜鶘也，好羣飛，沈水食魚，故名洿澤，俗呼之爲淘河。」鶘音胡。○陸璣曰：「鵜形似鶚而大，其鳴自呼，喙長尺餘，直而廣，口中正赤，頷下胡大如數升囊。若小澤中有魚，便羣共抒水，滿其胡而棄之，令水竭盡，魚在陸地，乃共食之，故曰淘河。」喙，虚穢反。○山陰陸氏曰：「魚不畏網而畏鵜鶘。」**不濡其翼。彼其之子，不稱其服。**稱去聲。

興也。鵜鶘當入水中食魚，今乃在魚梁之上，竊人之魚以食，未嘗濡濕其翼，如小人居高位竊禄，不稱其服也。

維鵜在梁，不濡其咮。音晝。○《傳》曰：「咮，喙也。」**彼其之子，不遂其媾。**溝之去。○曹氏曰：「遂，終也〔一〕。」○今曰：「《屯卦》『匪寇婚媾』，言好合也。」○《補傳》曰：「小人見利而争先，利盡而交疎。」

赤芾三百，小人以利合者，暫焉耳，豈能終遂其好合哉？　必自相攻也。

〔一〕「終」下，畬本有「婚媾，言好合也」六字。

薈兮蔚兮，薈，烏外反，又烏會反。蔚音畏。○程子曰：「薈蔚，草木鬱茂之狀。」**南山朝隮。**曹氏曰：「隮，升也。」**婉兮孌兮，**《傳》曰：「婉，少貌。孌，好貌。」**季女斯飢。**

薈然蔚然，草木盛多，樵者朝升於南山之上而采之，婉孌然少好季女，不妄從人，幽居而飢，喻小人肆志趨利於上，君子守道而困窮於下也。

《候人》四章，章四句。

《鳲鳩》，鳲音尸。**刺不壹也。在位無君子，用心之不壹也。**今曰：「曹共公詩，襄王時。」

鳲鳩在桑，曰：鳲鳩，布穀也，即郯子所謂「鳲鳩氏，司空也」。鳲鳩平均，故爲司空，平水土。○《釋鳥》曰：「鳲鳩，鴶鵴。」音吉菊，亦作秸鞠。秸音戛。○郭璞曰：「今布穀也，江東呼穫穀。」《方言》云：『戴勝。』」○陸璣曰：「一名擊穀。一名桑鳩。仲春，鷹所化爲鳩也。或謂之題肩，齊人謂之擊正。」○山陰陸氏曰：「一名搏黍，江東呼爲郭公。馮衍《逐婦書》云『口如布穀』，言其多聲也。」○李氏曰：「今乃鵠鴿也。」○舊説凡十一名，李氏與舊説異，姑兼存之。**其子七兮。**今曰：「但謂鳲鳩於其子，使之各得養，無使偏而已，不必以爲朝從上而下、暮從下而上也。」**淑人君子，其儀一兮。其儀一兮，心如結兮。**

興也。鳲鳩養子，平均如一，喻古人用心之一也。蓋善人君子，其儀有常而專一，由其心如物之結，言堅固也。○此詩以鳲鳩均養起興，刺爲政之不均，而言威儀帶弁，何也？蓋夫人容貌服飾之間，皆可以覘其心之所存，其心平則見於起居動作之間，皆有常度。曾子所貴乎道者三，皆以驗其中之所養，非徒曰容貌、顔色、辭氣而已也。《都人士》衣服不貳，從容有常，以齊其民，與此詩之意同。

鳲鳩在桑，其子在梅。淑人君子，其帶伊絲。其帶伊絲，《箋》曰：「伊絲，謂大帶也。大帶用素絲，有雜色飾焉。」**其弁伊騏。**音其。○《傳》曰：「弁，皮弁也。騏，騏文也。」○疏曰：「知此是皮弁者，以其韋弁以即戎[一]，冠弁以從禽。弁經又是弔凶之事，且不得與絲帶相配，唯皮弁是視朝之常服。馬之青黑色謂之騏，此字從馬，則謂弁色如騏馬之文也。」經音迭。

鳲鳩常在桑，其子或飛在梅，或飛在棘，或飛在榛。子無常處，而母不離於桑，以有常待之也。其帶以絲爲之，其弁則有騏文，有常服也。蘇氏曰：「從其在梅，則失其在棘；從其在棘，則失其在榛。是故居一以待之，而無不及者。」○李氏曰：「若母無常處，則其子不知所在。其服有常，見其心之一也。」

[一]「以其」，原作「以」，味本、李本、姜本、薈本、授本、聽本、復本作「周以」，畲本作「周制」，據仁本及《毛詩正義》卷七之三改。

鳲鳩在桑，其子在棘。曰：棘，酸棗也。解見《邶·凱風》。**淑人君子，其儀不忒。**朱氏曰：「差，忒也。」**其儀不忒，正是四國。**

其心一，故其儀不差忒，可以正四方之國矣。

鳲鳩在桑，其子在榛。榛，解見《邶·簡兮》。**淑人君子，正是國人。正是國人，胡不萬年？**

四方之遠，猶且觀而象之，況國人乎？思古人不可復見，曰：何不使之萬年壽考乎？

《鳲鳩》四章，章六句。

《下泉》，思治也。曹人疾共公侵刻，下民不得其所，憂而思明王賢伯也。今曰：「曹共公詩，襄王時。」

詩言田萊多荒，以見民之不得其所。《序》推原其故，以爲其君侵刻之所致也。《鄭·褰裳》思大國之見正，蓋齊桓未霸也。鄭忽出奔，在魯桓十一年，歲在庚辰。齊桓始霸，在魯莊十五年，歲在壬寅。曹共之時，晉文霸業方盛，襄王命之爲侯伯，《下泉》顧思明王賢伯，何邪？曹固可罪，而文於曹虐矣，執其君，分其田，以私憾故，觀騈脅，事見僖二十三年。將甘心焉，僅以貨免，文寧能帖曹乎？《下泉》愧《木瓜》

矣。《詩記》曰：「程氏《易・剥・上九・傳》云：『諸陽消剥已盡，獨有上九一爻尚存，如碩大之果不見食，將有復生之理。上九亦變，則純陰矣。然陽無可盡之理，變於上則生於下，無間可容息也。陰道極盛之時，其亂可知。亂極則自當思治，故衆心願戴於君子。君子得輿也。《詩・匪風》《下泉》所以居變風之終也。』」○陳氏曰：「亂極而不治，變極而不正，則天理滅矣。聖人於變風之極，則繫之以思治之詩，以示循環之理，以言亂之可治，變之可正也。」○《詩記》曰：「《匪風》《下泉》皆思周道之詩，然《匪風》作於東遷之前，此一時也；《下泉》作於齊桓之後，此又一時也。」

洌彼下泉，洌音列。○今曰：「洌旁三點者，從水也，清也，絜也；旁二點者，從冰也，寒也，《易》：『井洌寒泉食。』爲絜，當從水。此『洌彼下泉』及《大東》『有洌氿泉』，《傳》皆訓寒，則當從冰。今字乃從水，當爲清也，與《大東》『有洌氿泉』異也。」○《傳》曰：「下泉，泉下流也。」**浸彼苞稂。**郎、梁二音。○王氏曰：「苞，叢生也。」○《傳》曰：「稂，童粱也。」○疏曰：「禾之秀而不實者。」○曹氏曰：「田萊多荒可知〔一〕。」**愾我寤嘆，**愾音慨。○《箋》曰：「愾，嘆息之意。」**念彼周京。**

泉源深遠則流清，今洌然而清者，是下流之泉也。泉流自上而下，可以及物，宜其灌良苗也。今其所浸，乃叢生之稂。稂莠之盛，見田野荒蕪，民不得其所也。曹人愾然

〔一〕「萊」，仁本同，他本作「業」。

寤覺而嘆，思念周京，厭亂而思治也。○《匪風》思周而宣王中興，《下泉》思周而周不復興，無其人也。

洌彼下泉，浸彼苞蕭。曰：蕭，香蒿也，牛尾蒿也。解見《蓼蕭》。**愾我寤嘆，念彼京周。**疏曰：「周京，與京周、京師一也，因異章而變文耳。」

苞蕭、苞蓍，言田畝之間，野草叢密也。

洌彼下泉，浸彼苞蓍。音尸。○朱氏曰：「蓍，筮草也。」○陸璣曰：「似藾蕭，青色，科生。」**愾我寤嘆，念彼京師。**

芃芃黍苗，陰雨膏之。膏音告。**四國有王，郇伯勞之。**郇音荀。勞去聲。○《傳》曰：「郇伯，郇侯也。」○疏曰：「郇侯爲伯也，《左傳》富辰稱『畢、原、酆、郇，文之昭也』，知郇伯是文王之子也。嫌是伯爵，故言郇伯、郇侯也。」○今曰：「毛以爲二大伯，鄭以爲牧下二伯，孔以爲大伯唯有周、召，無郇侯者，當從鄭也。」

田野荒蕪，所見惟稂、莠、蕭、蓍之類，因思周之盛時，五穀熟而風雨時，芃芃然盛之黍苗，得陰雨以膏澤之。四國既有明王，又得郇侯爲伯，以勞來之，傷今不復見也。

《下泉》四章，章四句。

詩緝卷之十六

嚴粲述

豳　國風

《譜》曰〔一〕：「豳者，后稷之曾孫曰公劉者，自邰而出，所徙戎狄之地名，今屬右扶風栒邑。公劉以夏后太康時失其官守，竄於此地，猶脩后稷之業，勤恤愛民，民咸歸之，而國成焉。其封域在《禹貢》雍州岐山之北、原隰之野。至商之末世〔二〕，大王又避戎狄之難，而入處於岐陽。成王之時，周公居東，思公劉居豳，憂念民事，至苦之功，以比序己志〔三〕，故別其詩，以爲豳國變風焉。」邰音台。栒音荀。○疏曰：「邰，今始平武功縣所治斄城是也。《國語》云：『昔我先世后稷〔四〕，以服事虞、夏。及夏之衰，棄稷不務。我先王不窋用失其官，而自竄於戎狄之間。』不窋，后稷之子也。韋昭注《國語》以爲不窋當太康之時，公劉乃不窋之孫，不應亦當太康之世。夏之衰也，自太康始，故繫太康言之。周公王朝卿士，不得專名一國，因其上陳豳公，故爲豳之變風。」斄、邰同。窋，知律反。○《詩記》曰：「《文中子》：『程元問曰：「敢問《豳風》何

〔一〕按，「譜曰」以下至本段末「變而克正也」，底本殘損嚴重，今據復本替換配補。

〔二〕「末世」，復本作「末」，味本、李本、姜本、薈本、仁本作「世」，據《毛詩正義》卷八之一補。

〔三〕「比」，底本殘存文字作「此」。按，《毛詩正義》卷八之一正作「比」，故從復本。

〔四〕「先」下，復本有「王」字，衍，據李本刪。仁本校云：「《四庫全書考證》云：『「昔我先世后稷」，刊本「世」上衍「王」字，據《詩疏》及《國語》刪。』」

風也？」文中子曰：「變風也。」元曰：「周公之際，亦有變風乎？」曰：「君臣相誚，其能正乎？成王終疑，則風遂變矣。非周公至誠，其孰能卒正之哉？」元曰：「居變風之末，何也？」曰：「夷王以下，變風不復正矣。夫子蓋傷之也，故終之以《豳風》，言變之可正也。唯周公能之，故繫之以正。變而克正，危而克扶，始終不失其本〔一〕，其惟周公乎？繫之豳，遠矣哉！」』○劉氏曰：「《豳》，實周公詩耳。周者，畿内國也。畿内諸侯上繫於王，不得國別風也。何不編於魯？魯者，伯禽封耳，周公不之魯也。周公作詩，意在於豳，而周公之詩無所可繫，故因謂之《豳》也。何以不列之於雅？曰：列之於雅，是爲變雅。成王雖始疑周公而終任之，君臣之道，亦無間矣。君子成人之美，故不使成王之世有變雅之聲，而攝引其詩，使還周公也。」○范氏曰：「豳居風、雅之中〔二〕，何也？風之所爲終，而雅之所爲始也。變風終於《曹》，思明王賢伯之不可得，於是次之以《豳》，反之於周公，而後至於《鹿鳴》，言周之所以盛者，由周公也。」○《補傳》曰：「《豳》，周公之詩，不列之正風，何也？豳非周之列國，而周公乃爲遭變而作，不得謂之正風也。《公劉》入於雅，《七月》不入雅，何也？雅所言王者之事，《七月》之詩，以周公之故，屈居於風也。國史以豳、秦皆戎地，故《豳》《秦》以類而次之。孔子處《豳》於變風之末，實尊之也。尊之者何？變而克正也。」

〔一〕「其」，復本作「於」，據呂祖謙《呂氏家塾讀詩記》卷十六改。葉校：「『於』，『其』之誤。」

〔二〕仁本校云：「《詩記》引范氏『中』作『間』。」

變風迄《豳》，反周之初，世道不終窮也。《齊》《豳》《秦》《魏》《唐》《陳》《檜》《曹》，季札所觀大師樂歌之次第也。今《詩》之次第，孔子所定也。降《秦》於《唐》，而挈《豳》以終之，蓋一經聖人之手，而旨趣深矣。

《七月》，陳王業也。周公遭變，《箋》曰：「管、蔡流言，避於東都。」**故陳后稷先公風化之所由，致王業之艱難也。**疏曰：「故陳后稷及居豳地之先公，其風化之所由緣，致此王業之艱難之事。處豳地之先公，公劉、大王之等耳。不陳后稷之教，今輒言『后稷』者，以先公脩行后稷之教，故以后稷冠之。」

《七月》陳豳民農桑之事，而《首序》謂之王業，猶《孟子》謂之王道也。蓋周以農事開國，而豳者，豐、鎬之基也。周公因管、蔡流言，將壞成業，念先公之初，避狄居豳，艱難積累〔一〕，歷十數世之久，以致今日，何忍一旦壞之？所以感悟成王也。《七月》之詩，一言蔽之〔二〕，曰：豫而已。凡感節物之變，而脩人事之備，

〔一〕「豳，艱難」三字，底本殘泐，據復本補。
〔二〕「七月之詩，一言」六字，底本殘泐，據復本補。

皆豫爲之謀也〔一〕。程子曰〔二〕：「《七月》大意，憂深思遠，不惟《豳風》當如此。又成王中變，自然起發，周公言終久意思。此詩欲成王知先公、先王致王業之由，民之勞力趨時，稼穡之艱難如此。此詩多陳節物，大要言歲序之遷，人事當及時耳。所言或與《月令》異者，《月令》舉其始，此但言其有時，不必始有也。」○王氏曰：「仰觀星日霜露之變，俯察蟲鳥草木之化，以知天時，以授民事，女服事乎内，男服事乎外，上以誠愛下，下以忠利上，父父子子，夫夫婦婦，養老而慈幼，食力而助弱，其祭祀也時，其燕饗也節，此《七月》之義也。」○曹氏曰：「不窋之居於豳，未能國也。至其孫公劉，始立國焉。先公兼指公劉而言也。」

七月流火，張子曰：「《七月》之詩，皆以夏正爲斷。」○曹氏曰：「公劉正當夏時，所用者夏正也。」○朱氏曰：「所謂改正朔者，以是月爲歲首耳。月固不易也。」○今曰：「《詩經》皆夏時。」○《傳》曰：「流，下也。火，大火也。」○疏曰：「《左傳》張趯云：『火星中而寒暑退。』服虔云：『大火，心也。季冬十二月平旦正中在南方，大寒退。季夏六月黄昏火星中，大暑退。』」趯音剔。**九月授衣。一之日觱發，**觱音必。**二之日栗烈。**《傳》曰：「一之日，十之餘也。一之日，周正月也。觱發，風寒也。二之日，殷正月也。栗烈，寒氣也。」○疏曰：「一之日、二之日，猶言一月之日、二月之日。數從一起，而終於十，更有餘月，還以一二

〔一〕「節物」至「之謀」十五字，底本殘泐，據復本補。
〔二〕「程子曰」至本段末「先公兼指公劉而言也」，底本殘泐嚴重，據復本替換配補。

紀之也。仲冬之月，待風乃寒；季冬之月，無風亦寒。」○朱氏曰：「一之日，謂一陽之月；二之日，謂二陽之月。變月言日，言是月之日也[一]。」○錢氏曰：「謂十一月、十二月也。」**無衣無褐**，音曷。○《箋》曰：「褐，毛布也。」○疏曰：「賤者所服，今夷狄作褐，皆織毛爲之。」**何以卒歲？**《箋》曰：「卒，終也。」**三之日于耜**，音似。○疏曰：「于，於也。於是始脩耒耜。」○《釋文》曰：「耜，耒下耓也，廣五寸。耒，耜上句木也。」耓，勑丁反。句音溝。○《説文》曰：「耜，耒端木也。耒，手耕曲木也。」○今曰：「《繫辭》云：『斲木爲耜，揉木爲耒。』」**四之日舉趾**。音止。○《傳》曰：「豳土晚寒，故至周之四月，民無不舉足而耕矣。」○疏曰：「《月令》季冬，命農計耦耕事，脩耒耜，具田器。孟春，天子躬耕帝籍，然則脩治耒耜，當以季冬之月；舉足而耕，當以孟春之月。今以正月脩耒耜，二月始耕，故云豳土晚寒。《鄭志》答張逸云：『寒晚，温亦晚，故脩耒耜、始耕皆校中國遲一月也[二]。』」**同我婦子，饁彼南畝**，饁音葉。○《傳》曰：「饁，饋也。」○孫炎曰：「饁，野之餉。」○李氏曰：「郤缺耕於野，其妻饁之。是妻饁其夫也[三]。有童子以黍肉餉，是子餉其父也。」郤音隙。○王氏曰：「畝，大抵以南爲正，故每曰南畝。」○《補傳·大田》解曰[四]：「田事

[一]「是」，原作「二」，據仁本、復本及朱熹《詩集傳》卷八改。
[二]「遲」，原無，味本同，據他本及《毛詩正義》卷八之一補；「一」，底本殘泐，據復本補。
[三]「饁」，原作「餉」，據諸本及李樗《毛詩集解》卷十七改。
[四]「補傳大田解曰」六字，底本殘泐，據復本補。

喜陽而惡陰，南東向陽則茂遂，西北傍陰則不實。」**田畯至喜**〔一〕。畯音俊。○《傳》曰：「田畯，田大夫也。」○《甫田・箋》曰：「田畯，司穡，今之穡夫也〔二〕。」○疏曰：「《釋言》云：『畯，農夫也。』孫炎云：『農夫，田官也〔三〕。』」

一章兩節，總言衣食之急也〔四〕。餘章推廣其意，豳公教民〔五〕，以衣食爲本，民從其教，勤於務本。故感時序之遷，汲汲於農桑之務〔六〕，皆先事而豫圖之，曰：大火心星，六月之昏，加於正南午位，當東西之中。至七月之昏，則流下而西，暑退而寒將至矣〔七〕。至九月霜降始寒，可相授以冬衣矣。當流火之候，而豫興授衣之念，非太早計也。衣裘若不早備，迨至建子一陽之日，風寒觱發；建丑二陽之日，寒氣栗烈，無風亦寒。當此之時，無衣無褐，將何以終其歲乎？不可大寒而後索衣裘也。此言衣爲急也。建寅三陽之日，於是脩耒耜；建卯四陽之日，無不舉足而耕矣。豳土氣候晚而多

〔一〕「北傍」至「畯至」九字，底本殘泐，據復本補。
〔二〕「甫田」至「穡今」九字，底本殘泐，據復本補。
〔三〕「孫炎」至「官也」八字，底本殘泐，據復本補。
〔四〕「總」「之」二字，底本殘泐，據復本補。
〔五〕「教民」二字，底本殘泐，據復本補。
〔六〕「於農」二字，底本殘泐，據復本補。
〔七〕「寒」，底本殘泐，據復本補。

寒，故耕事較之中國遲一月也。我婦我子，同致饋饁於南畝之中。田大夫職掌農事，來至而見其勤農則喜也。此言食爲急也。○西北温晚，寒當早也。毛言豳土晚寒，當謂氣候晚而多寒，故耕事遲耳。鄭云寒晚，非也。范氏曰：「民生本乎衣食，天下之務，莫實於此矣。禮義之所以起，孝悌之所以生，教化之所以成，人情之所以固也。故勤儉之俗，莫如《豳風》。」○朱氏曰：「此章前段言衣之始，後段言食之始，二章至五章終前段之意，六章至八章終後段之意。」

七月流火，九月授衣。春日載陽，《箋》曰：「載，則也。陽，温也。」**有鳴倉庚。**曰：倉庚，黄鳥也。解見《葛覃》。**女執懿筐，**《傳》曰：「懿筐，深筐也。」**遵彼微行，**《傳》曰：「微行，墻下徑也。五畝之宅，樹之以桑。」○疏曰：「循彼微細之徑道。」**爰求柔桑。**《箋》曰：「柔桑，穉桑也。蠶始生，宜穉桑也。」**春日遲遲，**《傳》曰：「遲遲，舒緩也。」**采蘩祁祁。**曰：蘩，白蒿也。解見《采蘩》。○《傳》曰：「蘩，所以生蠶。祁祁，衆多也。」○山陰陸氏曰：「今洗蠶種〔一〕，尚用蒿。」○今曰：「《采蘩》『被之祁祁』，《傳》云：『祁祁，舒遲也。』《甫田》『興雨祁祁』，《傳》云〔二〕：『徐也。』《韓奕》『祁祁如雲』，《傳》云：『徐靚也。』皆爲舒

〔一〕「洗」，仁本校及陸佃《埤雅》卷十五作「覆」。按，據本章章指「祁祁然皆出，采蘩草以洗之」，似嚴氏所見《埤雅》即作「洗」，不作「覆」。

〔二〕「傳」，底本殘泐，據復本補。

遲之意。此《七月》及《出車》『采蘩祁祁』〔一〕、《玄鳥》『來假祁祁』，皆爲衆多。」**女心傷悲**，朱氏曰：「豫以遠其父母爲悲也。」**殆及公子同歸。**殆音待。○錢氏曰〔二〕：「殆，猶將也。」○疏曰：「《公羊傳》説築王姬之館云〔三〕：『於羣公子之舍，則以卑矣。』是諸侯之女稱公子也，謂公子子也〔四〕。」○程子曰：「庶幾得如富貴之子，及時而行也。」○《葛覃·傳》曰：「婦人謂嫁曰歸。」

二章、三章皆終首章無衣之意，二章述蠶桑爲昏嫁之備也。豳民以流火爲授衣之漸，不可不豫圖之。故於春日，則求桑而蠶，春爲秋計也。言春日則已陽温矣。又有鳴者，是倉庚之鳥矣。是將蠶之候也。蠶之新出者，女執深筐，遵小徑，求柔稺之桑以養之。蠶之未出者，女當春日舒緩之時，祁祁然皆出，采蘩草以洗之。女心傷悲，念蠶事之勤苦，蓋豫爲衣裝之備，庶幾他日將如女公子及時而嫁也。民家以昏嫁爲重事，用帛尤多，故雖自念其勞而不敢憚也。○舊説謂女感陽氣而思男，處子作此想，

〔一〕「此七月」三字，底本殘泐，據復本補。
〔二〕「殆音」至「錢氏」五字，底本殘泐，據復本補。
〔三〕「公羊」至「之館」九字，底本殘泐，據復本補。
〔四〕「公子也謂公子」六字，底本殘泐，據復本補。又，仁本校云：「以本注考之，『公子子』當作『公女子』。」葉校則據孔疏以爲原作「豳公之子」，傳寫奪「豳」字，又誤「之子」爲「子子」。按，畲本正作「謂公之子也」。

恐非《豳風》淳固之俗也。謂豫有離親之感，雖非經意，却無害於義。

七月流火，八月萑葦，音完偉。○萑，曰：中者，菼、薍、萑也，生成之異名也。又名鵻，一物而四名也。郭云：「菼，似葦而小。」又云：「蒹〔一〕，似萑而細。」是蒹小於萑，萑小於葦，故曰中者也。菼，覃之上濁。薍，頑之去聲。○疏曰：「初生爲菼，長大爲薍，成則名爲萑。」○葦，曰：大者，葭、蘆、葦也，生成之異名也。又名華，亦一物而四名也。○疏曰：「初生爲葭，長大爲蘆，成則名爲葦。」○山陰陸氏曰：「《明堂位》云葦籥、葦管、中籥，則萑小而葦大矣。」○《釋草》曰：「葭，葦〔二〕。蒹，蘼。葭，蘆。菼，薍。」○釋曰：「葭，一名葦〔三〕，即今蘆也，葦之未成者。葭，一名蘆。菼，一名薍。」○《衛・碩人》疏曰：「如李巡云，蘆、薍共爲一草；如郭云，則蘆、薍別草。《大車・傳》云：『菼，鵻也〔四〕，蘆之初生。』則毛意以葭、菼爲一草。以今驗

〔一〕「蒹」，原作「蘼」，據諸本及《爾雅注疏》卷八改。按，《爾雅・釋草》云：「蒹，蘼。」郭璞注「似萑而細」，應是釋「蒹」，據改。下同。

〔二〕「葦」，原作「華」，據《爾雅注疏》卷十改。按，阮元《爾雅注疏校勘記》云：「按，『華』當作『葦』，字之誤也。」下文邢疏云：「葭，一名葦。」可證。

〔三〕「葦」，原作「華」，據《爾雅注疏》卷十改。

〔四〕「鵻」，原作「薍」，據授本、聽本、復本及《毛詩正義》卷三之二改。按，嚴氏於《大車》及《中谷有蓷》首章章指引《毛傳》皆作「鵻」。

之〔一〕，則蘆、薍別草也。」○又解見《秦・蒹葭》。**蠶月條桑。** 程子曰：「當蠶長之月也〔二〕，計歲氣之早晚〔三〕，不可指定幾月也。」○《箋》曰：「條桑，枝落采其葉也。」○疏曰：「謂斬條於地，就地采之也。」**取彼斧斨，**音鏘。○疏曰：「隋銎曰斧，方銎曰斨。斨即斧也，唯銎孔異耳。」隋，湯果反，又音駝。銎音芎，曲容反，斤斧受柄處。○《釋文》曰：「隋孔形狹而長也。」○今曰：「『墮山喬嶽』之墮，吐果反，與此『隋銎』之隋同音。《釋山》云：『巒，山墮。』釋云：『凡物狹而長者謂之墮。』此言山墮者，謂山形狹長者，一名巒也。墮山與隋銎，皆狹長也。」**以伐遠揚，猗彼女桑。** 猗音倚，徐音伊。○朱氏曰：「取葉存條曰猗。」○《補傳》曰：「猗，倚也。『猗重較兮』『猗于畝丘』，皆訓倚。」○今曰：「倚猶依也，就樹采之也。《釋木》云：『女桑，荑桑。』郭璞云：『今俗呼桑樹小而條長者爲女桑樹。』」**七月鳴鵙，**扃之入。○《釋鳥》曰：「鵙，伯勞。」○疏曰：「樊光云：『《春秋》伯趙氏，司至。伯趙，鵙也，以夏至來，冬至去。』陳思王《惡鳥論》云：『伯勞以五月鳴，應陰氣之動。陰爲殘賊，蓋賊害之鳥也。其聲鵙鵙，故以其音名云。』《月令》：『仲夏，鵙始鳴。』」○《補傳》曰：「鵙，仲夏始鳴，至七月則鳴之極而將去矣。」**八月載績。** 疏曰：「績麻爲布。績者，緝麻之名。」**載玄載黃，**《傳》曰：「玄，黑而有赤也。」**我朱孔陽，**《傳》曰：「朱，深纁也。祭服玄衣纁裳。

〔一〕「今」下，《毛詩正義》卷三之二有「語」字。
〔二〕「蠶」，底本殘泐，據復本補。
〔三〕「之」，底本殘泐，據復本補。

陽，明也。」〇今曰：「《載見》『龍旂陽陽』。」**爲公子裳。**曹氏曰：「《祭義》云：『歲既單矣，世婦卒蠶，遂獻繭于夫人。及良日，夫人繅，三盆手，遂朱緑之，玄黄之，以爲黼黻文章。君服之以祀先王先公，敬之至也。』」繅音騷。

三章述蠶事終而復始，及絲事畢，而麻事又起，其勤未嘗息，而且知義也。七月流火，民知將寒之候，故於八月萑葦既成，豫蓄之以爲養蠶之曲薄，今年爲明年之計也。至於明年蠶長之月，乃條其桑，謂斬取其條也。桑樹之高大者，其枝條遠人而揚起，人手所不能及，故取斧斨以伐其條，然後就地采其葉，而棄其條，即上文所謂「條桑」也。桑性以斬伐而始茂，故條桑者，又豫爲明年之計也。女桑乃桑樹之低小者。猗，倚也。倚取之者，不斬其條，但就樹以采其葉也。上章柔桑，乃桑葉之嫩者，嫩葉始生未多，故以筐筥求之，養新出之蠶耳。蠶有新出者，又有未出者，故同采蘩言之，皆言蠶事之始也。此章女桑，乃桑樹之小者，大樹既條取之，小樹又猗取之，蠶已大食，故桑之大小，取之無遺，蓋言蠶事之成也。桑麻之事，相接續而起。五月伯勞始鳴，應一陰之氣；至七月猶鳴，則三陰之候，而寒將至矣。故七月聞鵙之鳴〔一〕，先時感

〔一〕「故」，底本殘泐，據復本補。

事；至八月，則又緝績其麻也；絲麻既成，或染之以爲玄，或染之以爲黃，其朱色者尤鮮明，將供公子之衣裳，不敢言爲豳公之裳，而託言公子也。豳民禮義之俗如此。張子曰：「『我朱孔陽』，則己欲爲公子裳；『取彼狐貍』，則己欲爲公子裘。民愛豳公，待之如家人，其愛之深如此。」○女桑，小桑樹也。郭説甚明，物之小者稱女，猶今稱女牆也。毛云：「角而束之曰猗。」疏引《左傳》「諸戎掎之」，然此猗從犭，音倚，《左傳》從扌，音紀，與此異也。《箋》以豳地晚寒，故鶪以七月鳴。曹氏又引王肅之説，五訛爲七，義皆未安。《離騷》「恐鵜鴂之先鳴兮，使百草爲之不芳」，朱氏《集注》云：「鶪也。蓋鴂、鶪聲相近，陰氣至則先鳴而草死也。」此與舊説異，姑存之。鵜鴂音題決。

四月秀葽，音腰。○《釋草》曰：「華，榮也。木謂之華，草謂之榮，不榮而實者謂之秀〔一〕。」○《箋》曰：「物成自秀葽始。」○曹氏曰：「葽，遠志也。《釋草》云：『葽繞，蕀蒬〔二〕。』注云：『今遠志也。其上謂之小

〔一〕仁本校云：「『不榮』，《爾雅釋文》云：『衆家并無「不」字。』」阮元《爾雅注疏校勘記》：「當從衆家無『不』字。」按，《毛傳》云：「不榮而實曰秀葽。」孔疏引《釋草》亦作：「不榮而實者謂之秀。」可知不僅《爾雅》有異文，各文獻間亦有出入，今姑不删，以存嚴氏引書之舊。

〔二〕「蒬」，原作「菀」，據李本、姜本、薈本、授本、聽本、仁本、復本及《爾雅注疏》卷八改。下同。

草。』《説文》云：『劉向説葽味苦，謂之苦葽。』《本草》云：『遠志，一名蕀蒬，一名葽繞〔一〕，一名細草。四月采根葉，陰乾。』參訂諸説，知葽爲遠志矣。四月陽氣極於上，而微陰已受胎於下，葽感之而早秀。」○今曰：「葽，毛不指爲何草，鄭疑爲王萯，陸璣亦無明説。唯曹氏以爲遠志，證據甚明。劉向説爲苦葽，今遠志苦澀之甚，醫家以甘草熟煮之，乃可用。」**五月鳴蜩。**音條。○曰：蜩，蟬也，諸蟬之總名也。○今曰：「《釋蟲》云：『蜩，蜋蜩，螗蜩。』郭璞引《夏小正》云：『蜋蜩者，五色具。螗蜩者，蝘，俗呼爲胡蟬。』是蜋蜩、螗蜩二種蟬也。故《爾雅》疏云：『蜩者，目諸蟬也。』今從之。《詩》疏引《方言》云：『楚謂蟬爲蜩，宋謂之螗蜩，陳、鄭謂之蜋蜩，秦、晉謂之蟬。』陸璣又云：『蟬，通語也，一曰胡蟬，一名蝘。』如《方言》及陸璣之説，則諸蟬皆一物也，無區別矣，今不從。《蕩》詩『如蜩如螗』，不得以爲一物〔二〕。毛氏於彼《傳》云：『蜩，蟬也。螗，蝘也。』其説是矣。於此詩乃云『蜩螗者』〔三〕，蓋舉其類以相明，非以蜩爲螗，自爲異同也。」螗音唐。蜋音郎。蝘音偃。**八月其穫，**音鑊。○《釋文》曰：「穫，刈穀也。」**十月隕蘀。**音允託。○《傳》曰：「隕，墜也。」○疏曰：「落葉謂之蘀。」○《箋》曰：「四者皆物成而將寒之候。」**一之日于貉，**音鶴。○《箋》曰：「于，往也。」○《釋獸》曰：「貉子，貆。」貆音暄。○釋曰：「《字林》云：『貉似狐，善睡，其子

〔一〕「葽繞」，原作「繞葽」，據仁本、復本改。
〔二〕「不」，底本殘泐，據復本補。
〔三〕「詩」，底本殘泐，據復本補。

名貆。』」○疏曰：「禮無貉裘，唯孔子狐貉以居，明貉賤也。」**取彼狐貍，爲公子裘。二之日其同，**程子曰：「同，謂會聚共事也。」○曹氏曰：「唯田與追胥竭作。」**載纘武功。**《傳》曰：「纘，繼也。」**言私其豵，**音樅。○《傳》曰：「豕一歲曰豵。」**獻豜于公。**豜音堅。○《傳》曰：「二歲曰豜。大獸公之，小獸私之。」

四章終首章「無褐」之意，言取皮爲裘，以助布帛，因及田獵奉上之事也。物生於陽而成於陰，四月純陽之月，極處必反，微陰胎萌。五行皆胎養在長生之前，五月一陰生，則亦四月陰胎萌也。葽草感之而早秀矣。物成自秀葽始也。曹氏曰：「首舉四月者，言陰氣之來，從微至著，蓋有漸也。」五月一陰生，蜩感之而鳴矣。八月正秋物成，穀之早熟者可刈穫矣。十月陰氣極，殺氣盛，木葉皆隕墜於地而爲蘀矣。四者皆陰氣漸至，而將寒之候也。西北地寒，非狐貉之厚，無以禦之。故至隕蘀之時，則往取貉皮，以爲自用之裘，取狐貍之皮，以爲公子之裘。賤者以自奉，貴者以奉公也。孟冬天子已裘，此仲冬，乃豫取皮，乾之爲明年用也。又因說獵之事，至二之日，會同以出田獵，而繼纘武事，歲以爲常，不忘武也。私有其一歲之豵豕，而獻其二歲之豜豕于公，薄於己而厚於君也。○舊說《夏官·大司馬》仲冬教大閱，豳地晚寒，故用季冬。此自說豳俗，不必

律以周禮也。

五月斯螽動股，螽音終〔一〕。○曰：斯螽，蚣蝑也，蚱蜢也。舊説以爲即螽斯，非也。考見《周南・螽斯》。蚣蝑音嵩須。○《釋蟲》曰：「蜤螽，蚣蝑。」《廣韻》蜤作蟴。○舍人曰：「今所謂春黍也。」○陸璣曰：「幽州人謂之春箕，蝗類也。長而青，長脚，長股，股鳴者也。或謂似蝗而小，斑黑，其股似玳瑁。又五月中，以兩股相切作聲，聞數十步。江東人呼爲吒蛨。」二字音摘麥。○山陰陸氏曰：「江東謂之蚱蜢，善害田稺。」**六月莎雞振羽。**莎音蓑。○曰：莎雞，絡緯也，促織之類也。○《釋蟲》曰：「螒天雞。」螒音厚〔二〕。○樊光曰：「小蟲，黑身，赤頭，一名莎雞。」○陸璣曰：「莎雞如蝗而斑色，毛翅數重，其翅正赤。六月中，飛而振羽，索索作聲。或謂之天雞，今絡緯蟲是也。」○山陰陸氏曰：「《古今注》云：『莎雞，一名絡緯，謂其鳴如紡緯也。促織一名投機，謂其聲如急織也。』」**七月在野，八月在宇。**《釋文》曰：「屋四垂曰宇。《韓詩》云：『宇，屋霤也。』」霤，力救反。○朱氏曰：「檐下也。」**九月在户，十月蟋蟀入我牀下。**八字句。○曰：蟋蟀，促織也。解見《唐・蟋蟀》。**穹窒熏鼠，**《傳》曰：「穹，窮也。窒，塞也。」○疏曰：「熏鼠令出其穴。」**塞向墐户。**墐音覲。○《傳》曰：「向，北出牖也。墐，塗也。庶人

〔一〕「螽音」二字，底本殘泐，據復本補。

〔二〕「厚」，仁本、復本作「螒」。

蓽户。」○疏曰：「蓽户以荆竹織門，以其荆竹通風，故泥之也。」**嗟我婦子，曰爲改歲，**爲去聲。**入此室處。**

五章述既有衣褐，則改歲可以禦寒，終首章「卒歲」之意也。豳民言五月則斯螽動其股而鳴矣，至六月則莎雞振其羽而鳴矣。五月一陰，六月二陰，二蟲先秋作聲，感陰氣之萌也。自七月在野，至十月入我牀下，皆謂蟋蟀也。七月蟋蟀之蟲在野，至八月乃在檐宇之下，寒則依人也。九月則在室户之内，十月則入我牀下，小蟲愈近於人，知大寒至矣。故穹窮窒塞其室之孔穴，熏鼠令出，又塞其北向之牖，又以泥墐塗荆竹之户。告妻及子，言我所以爲此者，爲改歲大寒，當入此居處也。

六月食鬱及薁，音郁。○曰：鬱，雀李也，車下李也，唐棣之屬也。曰：薁，薁李也，唐棣也，蘡薁也，鬱類而小别也。蘡音纓。○疏曰：「劉稹云：『鬱樹高五六尺，其實大如李而正赤，食之甜。』《本草》云：『一名雀李，一名車下李，一名棣。』則與棣相類。《晉宫閣銘》云：『華林園中有車下李三百一十四株，薁李一株。』車下李即鬱也，薁李即薁也。」○今曰：「疏云『鬱是車下李，薁是薁李』，則薁李非車下李矣。陸璣既以唐棣爲薁李，又云『薁李，一名車下李』。《本草》有郁李仁〔一〕，亦云『一名車下李』，則薁李又有車下之名。蓋由

〔一〕「仁」，原作「人」，據仁本、復本改。

二者相類，故名稱相亂也。」○棣，解見《召・何彼襛矣》〔一〕。**七月亨葵及菽。**亨音烹。○李氏曰：「葵可茹，公儀所拔是也。」○山陰陸氏曰：「《齊民要術》云：『今世葵有紫葵、白葵二種。』《左傳》云：『鮑莊子之智不如葵，葵猶能衛其足。』今葵心隨日光所轉，輒低覆其根。」○朱氏曰：「菽，豆也。」○菽，解見《小宛》。**八月剥棗，**音撲〔二〕。○《傳》曰：「剥，擊也。」○今曰：「就樹擊而落之。」**十月穫稻。**稻，解見《唐・鴇羽》。**爲此春酒，**《傳》曰：「春酒，凍醪也。」○疏曰：「凍時釀之，即《酒正》三酒中清酒也，冬釀接夏而成。」**以介眉壽。**《箋》曰：「介，助也。」○疏曰：「人年老者〔三〕，必有豪毛秀出〔四〕。」○王氏曰：「眉壽衰矣，養氣體焉，以助之也。」**七月食瓜，八月斷壺，**疏曰：「斷取而食之。」○李氏曰：「壺性蔓生，斬之，故曰斷。」○《傳》曰：「壺，瓠也。」○長樂劉氏曰：「枯者可爲壺，嫩者可爲茹。」**九月叔苴。**音趨，考見《關雎》。○《傳》曰：「叔，拾也。苴，麻子也。」**采荼薪樗，**荼音徒。樗音攄。○荼，解見《緜》。○《傳》曰：「樗，惡木也。」○疏曰：「樗唯堪爲薪。」○解見《我行其野》。**食我農夫。**食音嗣。

〔一〕「襛」，原作「穠」，據仁本及《詩經》定本改。

〔二〕仁本校云：「『音』上恐脱『剥』字。」

〔三〕「年老」，原作「老年」，據李本及《毛詩正義》卷八之一改。

〔四〕「豪毛」，原作「毫眉」，畬本作「眉毛」，他本作「毛眉」，據薈本及《毛詩正義》卷八之一改。「出」下，諸本有「也」字，《毛詩正義》卷八之一作「者」。

六章述老壯之養有厚薄也。六月食鬱、薁二李，七月亨煮葵菜及菽豆，八月剝擊樹上之棗而落之，十月刈穫禾稻而爲凍醪。此以上皆以養老，介助秀眉壽老之人也。七月食瓜，八月斷取壺瓠，九月叔拾麻子。茶，苦菜也，則采之；樗，惡木也，則薪之。此以上皆以爲壯者之食，故曰以養農夫也。優老而薄壯，豳俗之厚也。朱氏曰：「自此至卒章，皆言農圃、飲食、祭祀、燕樂，以終首章後段之意。」

九月築場圃，《傳》曰：「春夏爲圃，秋冬爲場。」○《箋》曰：「場、圃同地，自物生之時〔一〕，耕治之以種菜茹，至物盡成熟，築堅以爲場。」**十月納禾稼。**禾，解見下。**黍稷重穋，**重平聲。穋音六。○黍稷，解見《王·黍離》。○疏曰：「先種後熟謂之重，後種先熟謂之穋。」○重穋，詳解見《閟宫》。**禾麻菽麥。**疏曰：「禾是大名，非徒黍、稷、重、穋四種而已。麻與菽、麥則無禾稱，故於麻、菽、麥之上，更言禾字，以總諸禾也。」**嗟我農夫，我稼既同。**今曰：「同，齊也。」**上入執宫功，**《傳》曰：「入爲上，出爲下。」○李氏曰：「田野入都邑，故謂之上。」○范氏曰：「宫功，公室之役也。」**晝爾于茅，**今曰：「于，於也。於是取茅，猶『三之日于耜』也。」**宵爾索綯。**《傳》曰：「綯，絞也。」○疏口：「繩之絞也。」○程子曰：「綯，所用蓋

〔一〕按，阮元《毛詩正義校勘記》云：「相臺本『自』作『耳』。案，『耳』字是也，屬上斷。」而葉校以下文「至物盡成熟」云云，「自」與「至」相應，是嚴氏所見《箋》正作「自」。故今仍舊，不據《校勘記》改。

屋。」**亟其乘屋，**亟音棘。○《傳》曰：「乘，升也。」○《箋》曰：「急當治野廬之屋。」○疏曰：「上文『塞向墐户』，是都邑之屋，此謂野廬之屋也。」○今曰：「《信南山》『中田有廬』，《箋》云：『農人作廬於田中，以便田事〔一〕。』」**其始播百穀。**疏曰：「播，種也。」

七章述農事終而復始，其勤勞未嘗息也。九月豫築圃爲場，十月則就此場，納禾稼於倉。其禾有黍有稷，有先種後熟之重，有後種先熟之穋。禾是大名，有非一種之禾，又有麻有菽有麥。農事了畢，農夫自相告戒，云：嗟我農夫，稼穡收穫既齊矣，野中無事，我當上入都邑，執公室之役。不待督責而從，見豳人尊君親上，禮義之俗也。既執宮功之後，又自相戒云：晝日於是取茅草，將以蓋屋；夜則作索綯，將以縛屋。凡爲此者，當急升野廬之屋而修之，以明年又播百穀也。謂之「始播」，終而復始也。宮功方畢，即治野廬，豫爲明年之計。豳民之敏於趨事如此。黍稷麻麥，但因「納稼」之文，廣舉禾稼之類，以見其多，謂至十月，則此等諸種皆成熟矣，不專是十月納之也。《月令》五月登黍，四月登麥，非十月也。呂氏曰：「此章終始農事，以極憂勤艱難之意。」○孔氏謂取茅

〔一〕「事」下，畲本有：「○王氏曰：『楊泉《無理論》云：「稻粱菽各二十種爲六十，蔬果之實助穀各二十，凡爲百穀。」』」

索綯，以待明年蠶用，與下文「乘屋」不相接，其説固非也。諸家雖以取茅索綯爲乘屋之用，然以屋即是公宫，又與「始播百穀」意不聯接，公宫蓋屋，必不用茅，茅又不可爲索綯。今以屋爲野廬，其屋用茅蓋之，又作繩索以縛此屋，而修治之，上下文意始分曉。

二之日鑿冰沖沖，音蟲。○朱氏曰：「鑿冰，謂取冰於山也。」○《左傳》曰：「古者日在北陸而藏冰，深山窮谷，固陰冱寒，於是取之。」注：「陸，道也，謂夏十二月，日在虚危。」○曹氏曰：「沖沖，和也。」**三之日納于凌陰**。凌去聲，又音陵。○《傳》曰：「凌陰，冰室也。」○疏曰：「《天官·凌人》十二月斬冰，即納之。豳土晚寒，故正月藏之。」○朱氏曰：「豳土寒多，故正月風未解凍，冰猶可藏也。」**四之日其蚤**，音早〔一〕。○疏曰：「其早朝。」**獻羔祭韭**。疏曰：「《月令》仲春獻羔開冰。」**九月肅霜，十月滌場**。滌音敵。○《傳》曰：「滌，埽也。」**朋酒斯饗**，《傳》曰：「兩樽曰朋。」**曰殺羔羊。躋彼公堂**，王氏曰：「公堂，人君之堂也。」○《傳》曰：「學校也。」**稱彼兕觥**，兕，詞之上濁。○解見《卷耳》。**萬壽無疆**。《傳》曰：「疆，竟也。」竟音境。○今曰：「有疆境則有限止，無疆境則長遠無限止也。」

末章述祭祀燕饗祝頌之事，見君民相親，所以爲艱難積累之始也。季冬陽氣尚微，盛

〔一〕「早」，原作「蚤」，據姜本、仁本、復本改。

陰固閉，不能自達，乃豫於深山窮谷，鑿取其冰以達之，陽氣達而沖沖然和也。至孟春，乃藏冰於冰室。仲春之早朝，開冰用之，以獻羔祭韭，以時韭新出，故薦之也，將言歲功成而樂之。故又言九月有嚴肅之霜，十月滌埽其場，將以納禾稼也。民相戒以速畢場功，當設兩樽朋酒，以爲燕饗之禮，相命殺小羊〔一〕，升君之公堂，舉兕觥酌公，以酒祝之，萬壽無疆境也。《詩記》曰：「豳之先公，國容未備，無君臣之間〔二〕。」○曹氏曰：「十二月陽氣尚微，於是鑿冰以達之。至二月，四陽大壯，恐其太過，則微陰幾於息滅〔三〕，於是開冰而頒之，逮火出而畢賦，所以節其過也。聖人裁成天地之道，有在於此，而賓食喪祭，因以致其用焉耳。獻羔，祭司寒也。祭韭，薦寢廟也。」○《補傳》曰：「君民之間，上下相親，不啻如家人父子。周之王業，由於得民，世三十，年八百，其基於此歟？國人以羔羊朋酒，自詣公堂，其禮甚野，其意甚真。雖在立國之初，庶事草草，然非三代之時，安得此風俗也？」

《七月》八章，章十一句。

〔一〕「命」，授本、聽本、復本作「與」。

〔二〕「臣」，吕祖謙《吕氏家塾讀詩記》卷十六作「民」。

〔三〕「陰」，味本、薈本、姜本、授本、聽本、仁本作「陽」。仁本校云：「《世本古義》引曹氏，『微陽』作『微陰』，可從。」

《鴟鴞》，音笞遥。**周公救亂也。成王未知周公之志，公乃爲詩以遺王，**遺音位。**名之曰《鴟鴞》焉。**朱氏曰：「管、蔡流言，使成王疑周公矣。其挾武庚及淮夷以叛，蓋以周公爲辭也〔一〕。周公雖已滅之，然成王之疑未釋，則亂未泯也。故周公作此《鴟鴞》之詩以遺王，告之以王業艱難，不忍毁壞之意，所以爲救亂也。」

三監雖平，而君臣之疑未釋，則亂猶在也。此詩不知者以爲公之自明耳，曰「周公救亂」者，用《春秋》書法也。此《序》經聖人之手矣，周公既出而作《七月》，未還而作《鴟鴞》，既還而作《東山》，著公之出入也。

鴟鴞鴟鴞，曰：鴟鴞，鴟類也。鴟，惡聲之鳥。鴟鴞爲鴟類，則亦惡聲之鳥也。郭璞以爲鴟類，陸璣以爲巧婦，陸農師是璞而非璣。○《釋鳥》曰：「鴟鴞，鸋鴂。」二字音寧决。○《詩記》曰：「郭景純、陸農師得之。鸋鴂，鴟鴞之别名。《方言》云：『自關而東謂桑飛曰鸋鴂。』此乃陸璣《疏》所謂巧婦，似黄雀而小，其名偶與鴟鴞之别名同，與《爾雅》之所載，實兩物也。毛、鄭誤指以解詩。歐陽氏雖知其失，乃併與《爾雅》非之，蓋未考景純之注耳。」**既取我子，無毁我室。**曹氏曰：「鳥以巢爲室，如雀入燕室也。」**恩斯勤斯，鬻子之閔斯。**鬻音育，義同。

〔一〕「辭」，諸本作「亂」。

鴟鴞，惡聲之鷙鳥，喜破鳥巢而食其子，託爲鳥之愛其巢者，呼鴟鴞而告之曰：汝先已取我子食之矣，無更毀我巢也。時管叔、武庚雖亡，爲惡之黨猶在，喻爲惡者既陷管、蔡於罪矣，無更謀危王室也。恩愛勤勞，鬻養此子，誠可傷閔。今既取之，其毒甚矣，況又毀我巢乎？ 程子曰：「鴟鴞謂爲惡者，子喻管、蔡，室喻王室。」○吕氏曰：「殷民流言中傷周公，謀危王室，故周公曰：管、蔡親也，爾既以惡污染，使陷於罪，是害我兄弟矣，又欲謀危王室，則不可也。」

迨天之未陰雨，《傳》曰：「迨，及也。」**徹彼桑土，**音杜。○朱氏曰：「徹，取也。」○《傳》曰：「桑土，桑根也。」**綢繆牖户。**綢音儔。繆，莫彪反。《箋》曰：「綢繆，猶纏綿也。」○朱氏曰：「牖，巢之通氣處。户，其出入處也。」**今此下民，或敢侮予。**

又託爲鳥言：我及天未陰雨之時，剥取桑根，綢繆纏綿其巢之隙穴，及出入之户，使之堅固，以備陰雨之患，以勤勞之故，惜此巢室。今巢下之民，或敢侮慢我，欲毀我巢室，其可乎？ 王肅曰：「言先王致此大功，至艱難，而其下民敢侵侮我周道，不可不遏絶，以全周室。」

予手拮据，音吉居。○《傳》曰：「拮据，撠挶也。」音戟菊。○疏曰：「撠，持也。撠挶謂以手拘持草也[一]。」

[一]「拘」，薈本及《毛詩正義》卷八之二作「挶」。

予所捋荼，捋，鑾之入。荼音徒。○朱氏曰：「捋，取也。」○《傳》曰：「荼，萑苕也。」萑苕音完條。○疏曰：「薍爲萑，萑苕謂薍之秀穗也。《出其東門・箋》云：『荼，茅秀。』然則茅、薍之秀，其物相類，故皆名荼也。」薍，頑之去聲。○三荼，考見《邶・谷風》。○朱氏曰：「可藉巢者。」**予所蓄租，**程子曰：「蓄，積也。租，取也。」**予口卒瘏，**音徒。○王氏曰：「卒，盡也。」○《傳》曰：「瘏，病也。」**曰予未有室家。**

又託爲鳥言：予手拘持者，是予所捋取萑苕也。予所蓄積租取，而予口盡病也。我作之至苦如是者，曰：我未有室家之故也，豈可室成而爲鴟鴞所毁乎？周公以喻己不憚勤勞者，以王業未成故也，豈可業成而爲殷民所毁乎？手拮据而捋荼，蓄租而口卒瘏，交錯言之也。

予羽譙譙，音樵。○《傳》曰：「譙譙，殺也。」殺，色界反，減削也。**予尾翛翛，**音消。○《傳》曰：「翛翛，敝也。」**予室翹翹。**《傳》曰：「翹翹，危也。」**風雨所漂摇，**漂音飄。**予維音嘵嘵。**音枵。○錢氏曰：「嘵嘵，叫呼也。」

又託爲鳥言：我營巢之苦〔一〕，非特手勞口病也。予羽譙譙然殺減，予尾翛翛然敝

〔一〕「託爲」至「我營」六字，底本殘泐，據復本補。

敗〔一〕，予室翹翹然危，風雨又漂蕩而摇動之，予恐其隕墜，維音嘵嘵然而叫呼也。周公以喻己盡瘁經理王室，如鳥之作巢甚苦，王室新造，成王幼沖，如鳥巢之甚危，殷民又爲流言以摇撼之，如風雨之漂摇，故作此詩以哀鳴，如鳥音之嘵嘵也。

《鴟鴞》四章，章五句。

《東山》，周公東征也。周公東征，三年而歸，勞歸士。勞去聲。**大夫美之，故作是詩也。一章言其完也，二章言其思也，**思去聲。**三章言其室家之望女也，**女音汝。**四章樂男女之得及時也。**樂音洛。**君子之於人，序其情而閔其勞，所以説也。**説音悦。**「説以使民，民忘其死」，其唯《東山》乎？**

《東山》，周公所作以勞歸士，猶《杕杜》勞還役也。《後序》言大夫美之，非也。《杕杜》述家人望歸之情，《東山》述歸士思家之情，其意則一，然《杕杜》之辭簡，《東山》之辭詳。蓋周公與歸士居東三年，患難同之，情之繾綣，言之諄複，

〔一〕「予屋」至「敝敗」七字，底本殘泐，據復本補。

宜與《杕杜》不同也。《後序》又分一章言其全軍而歸，二章言行者之思，三章言居者之望，亦非也〔一〕。今以前三章皆爲述歸士在途思家之情，後山詩所謂「住遠猶相忘，歸近不可忍」，蓋别家之情，於久住之處，猶或相忘，至於歸心已動，行而未至，則思家之情最切。故序其在途之情以慰勞之。《采薇》《出車》言「今我來思」，皆言在途之事，與此正同。末章因述自途而至家，故四章皆以「我來自東，零雨其濛」發之。

我徂東山，慆慆不歸。慆音叨。○《傳》曰：「慆慆，言久也。」**我來自東，**今曰：「來，歸也。」**零雨其濛。**疏曰：「零，落也。」○錢氏曰：「濛濛細雨貌。」**我東曰歸，**今曰：「曰歸，猶言歸也。」**我心西悲。制彼裳衣，勿士行枚。**行，王音航，毛音衡，鄭音銜〔二〕。枚音梅。○《傳》曰：「士，事也。」○疏曰：「《大司馬》大閱云：『遂鼓銜枚而進〔三〕。』注云：『枚如箸，銜之，有繣結項中。軍法止語，爲相疑惑。』」繣

〔一〕「三章言居者之望，亦」八字，諸本無。按，據下文「今以前三章」云云，可知諸本闕誤。

〔二〕仁本校云：「『鄭』，陸誤，《校勘記》辨之詳。」按，阮元《毛詩正義校勘記》云：「行，古讀杭，銜從行，金聲，絶不在古人讀如、讀若、讀爲、讀曰之例。……此《釋文》云『鄭音銜』者，自是陸氏之誤。」

〔三〕仁本校云：「『鼓銜』間，《周禮》有『行徒』二字。」

音畫，又呼麥反。**蜎蜎者蠋，**蜎音淵。蠋音蜀。○錢氏曰：「蜎蜎，蟲微動貌。」○《傳》曰：「蠋，桑蟲也。」○郭璞曰：「大蟲如指似蠶。」**烝在桑野。敦彼獨宿，**敦音堆。○朱氏曰：「敦，獨處不移之貌。」○今曰：「諺云：『敦敦不動〔一〕。』」**亦在車下。**

三監在周之東，周公自西徂東以征之，軍屯必依山爲固，故以東山言之。此詩乃軍士已歸之後，周公不忘其往時之勞，歷述其在途思家之情以慰勞之，以見上之知其憂勞也。人之思家，於歸而在途，思之最切，此設爲軍士自道之辭，反覆委折，曲盡人情之私。謂爾軍士在途之時，若曰：我向之往東山，以征三監也，慆慆然久而不歸，及我來歸自東，又道遇細雨濛濛然，是尤苦也。行役最以雨爲苦，言雨之濛濛，形容得羈旅愁慘之意。我自東言歸，行而未至，我心念家之在西而悲也。征役久則衣破敝，故思到家之時，當更制裳衣，願自今勿復從事於行陣而銜枚也。在途經行桑野，因感所見而自歎曰：彼蜎蜎然微動之桑蟲，久在桑野之葉中，如我敦然不移而獨宿，亦在車下也。古之用車，止則爲營衛，故士卒宿于車下。言獨宿思室家也，見上之體其情

〔一〕淡本有：「王建《新嫁娘》詩云：『家人渾不識，牀上坐堆堆。』」按，此條釋「敦」字，諸本皆無，今姑按於此。又，「家人渾」，王建《新嫁娘》本作「鄰家人」。

也。○烝有三義，衆也，進也，久也。此詩言「烝在」者二，以爲進，則可以言蠋，不可以言瓜；以爲衆，則喻獨宿〔一〕，不取衆義。此詩皆言久役之情，則久義爲勝。

我徂東山，慆慆不歸。我來自東，零雨其濛。果贏之實，贏，力果反。○《釋草》曰：「果贏之實，栝樓。」○釋曰：「果贏之草，其實名栝樓，實即子也。」○疏曰：「孫炎云：『齊人謂之天瓜。』《本草》云：『栝樓如瓜，葉形兩兩相拒值〔二〕，蔓延，青黑色。六月華，七月實。』」**亦施于宇。**施音異。○陳氏曰：「施，延也。」○曰：宇，屋垂也〔三〕。解見《七月》。**伊威在室，**《傳》曰：「伊威，委黍也。」○陸璣曰：「一名鼠婦，在壁根下甕底土中生，似白魚者是也。」**蠨蛸在户。**蠨蛸音蕭梢。○《傳》曰：「蠨蛸，長踦也。」踦音欺，脚也。○陸璣曰：「喜子也，小蜘蛛長脚者，俗呼喜子。此蟲來著人衣，當有親客至。」**町畽鹿場，**町音挺。畽，湍之上，本又作疃，字又作墥。○程子曰：「町畽，廬傍畦壠也。」**熠燿宵行。**熠音揖。燿，字亦作曜、耀。○疏曰：「熠燿，螢火也。」**不可畏也，伊可懷也。**

〔一〕「以爲衆，則喻」，薈本、畬本同，味本、姜本作「以衆爲則喻」，李本作「之衆爲則喻」，他本作「以衆爲喻則」，皆誤。

〔二〕葉校云：「《詩疏》作『葉形兩兩拒值』，《爾雅疏》作『葉形兩兩相值』，此作『相拒值』者，三處不同，當由本作『相值』，《詩疏》誤『相』爲『拒』，此又誤增『拒』字，故有三本之不同。」

〔三〕「垂」，授本、聽本作「霤」。按，嚴氏於《七月》「八月在宇」注引《釋文》曰：「屋四垂曰宇。《韓詩》云：『宇，屋霤也。』」然此章章指云「蔓延于屋垂之下矣」，則當以作「屋垂」爲是。

此章亦述軍士在途遇雨，勞苦而思家。蓋室廬將近，則家事纖悉，一一上心，此人之情也。我久征役，無人在家，田廬必是荒廢。想見栝樓之實，蔓延于屋垂之下矣。壁落間，伊威小蟲，必以無人而出行于室矣。蠨蛸小蜘蛛，必結網當户矣。廬傍畦壠，必爲麋鹿之場矣。螢火夜必飛行室中矣。此五物不足畏也，乃可懷感也，謂久而不歸也。此言歸士無室家者，聞之趙虚齊云。即末章歸而新昏者也。

我徂東山，慆慆不歸。我來自東，零雨其濛。鸛鳴于垤，鸛音貫。垤音迭。○陸璣曰：「鸛似鶴。」○王氏曰：「垤，丘垤也。」**婦歎于室。洒埽穹窒，**洒，鰓之上。埽音噪。**我征聿至。有敦瓜苦，**敦音團。○程子曰：「敦，圓成之貌〔一〕。」**烝在栗薪。**《箋》曰：「烝，久也。」○錢氏曰：「栗之可爲薪者。」○程子曰：「瓜之苦者，人所不取，常在其所。」**自我不見，于今三年。**

天將陰雨，鸛性好水，長鳴于丘垤之上，亦道間遇雨所見也。此時想其婦在家，必念行人而悲歎，且曰：今當洒埽其室，窮塞鼠穴，我征夫將至矣。望我之歸也。「聿」者，將遂之辭，實未至也。又想其婦見有瓜之苦者，人所不取，敦然圓成，久在栗薪之

〔一〕「圓」，淡本作「團」。「貌」下，淡本有：「又音團，近是。瓜苦即瓜蔞。韓文公詩曰：『黄團係門衡。』指瓜蔞，則團音爲長。」諸本皆無，今姑按於此。

上，如我之匏繫于東，必歎曰：自我不見者，今三年矣。此皆想其婦在家之歎望。蓋行人念家之情，如白居易詩云「想得家中夜深坐，還應説著遠行人」也。此説歸士有室家者，即末章所言「其舊如之何」也。

我徂東山，慆慆不歸。我來自東，零雨其濛。倉庚于飛，熠燿其羽。《箋》曰：「熠燿，鮮明也。」**之子于歸，皇駁其馬。**駁音剥。○《釋畜》曰：「黄白，皇。騂白，駁。」○孫炎曰：「馬色黄白，有黄處，有白處。騂，赤色也。騂白，有騂處，有白處。」**親結其縭，**音离。○曰：縭，婦人帨巾也。解見《野有死麕》。○《傳》曰：「縭，婦人之褘也。母戒女施衿結帨。」褘音暉。衿，禽之去聲，繫佩帶也。帨音稅。○疏曰：「婦人之褘謂之縭。孫炎以褘爲帨巾，郭璞以爲今之香纓，此言結縭，當是帨，非香纓也。」**九十其儀。**朱氏曰：「九其儀，十其儀，言其儀之多也。」**其新孔嘉，其舊如之何？**

末章述到家之樂，以慰悦之。言在途遇雨則勞，自途至家則喜。至家之時，適及仲春，倉庚之飛，其羽鮮明，人情和悦，與景相會。我軍士未受室者，可以及時而婚姻。此女子之歸于夫家，其馬有皇有駁〔一〕。女之母親結其帨巾，其儀多也。其新昏者甚

〔一〕「有駁」二字，底本殘泐，據復本補。

美矣，其舊昏相見之歡，當如何哉？

《東山》四章，章十二句。

《破斧》，美周公也。周大夫以惡四國焉。惡，烏路反。○《傳》曰：「四國，管、蔡、商、奄也。」○朱氏曰：「四方之國，從管、蔡之亂者。」

既破我斧，今曰：「《易・旅卦》『得其資斧』，注：『斧所以斫除荆棘。』」**又缺我斨。**音鏘。○今曰：「斧、斨，解見《七月》。伐木用之，非指兵器。」**周公東征，四國是皇。**《傳》曰：「皇，正也。」**哀我人斯，亦孔之將。**《傳》曰：「將，大也。」

詩人言兵器，必曰弓矢干戈矛戟，無專言斧斨錡銶者，斧雖兵器所用，而以斨並言，乃豳民所用以採桑者。又錡爲鑿屬，銶爲木屬，以類言之，知皆非兵器矣。周公奉王命以討罪，有征無戰，四國聞王師之至，即窮蹙自守。周公又遲之三年，不爲急攻之計，故未嘗從事於戰陣。惟行師有除道樵蘇之事，斧斨之用爲多〔一〕，歷時之久，則必弊。

〔一〕「多」下，畬本有小字：「《易・旅卦》『得其資斧』，注：『斧，所以除荆棘。』」

故此詩言管、蔡之亂，何能爲哉，但能破我之斧而已，又缺我之斨而已，其兵器元無損也。蓋周公東征，唯四國是正而已，即《孟子》言「征者正也，各欲正己也，焉用戰」。彼雖自外於周，周公一視同仁，均爲我民，不忿疾之，乃哀矜之。周公之德，如天地之無不覆載，豈不大哉？大周公，所以惡四國也。○舊説破斧缺斨爲戰陳殺戮之多，至於如此，且《東山·序》云「一章言其完也」，孔氏云「東征無戰陳之事」，然則破斧缺斨，非爲戰也。周公提王師以臨武庚之小醜，若用其兵力，一鼓滅之，何待三年之久乎？觀《尚書》所載，周公化商之事，勤拳懇惻，如父兄之愛其子弟，真所謂「哀我人斯」也。若以爲殺戮之多，至於破斧缺斨，則是與之血戰而僅勝之，亦疲敝甚矣。與下文「哀我人斯」及吪、嘉、遒、休之意，皆不相類。血流漂杵，孟子所不信；揮刀紛紜，韓氏之陋也。

既破我斧，又缺我錡。音奇。○《傳》曰：「鑿屬曰錡。」**周公東征，四國是吪。**音訛。○《傳》曰：「吪，化也。」**哀我人斯，亦孔之嘉。**化之而已，不殺之也。嘉，言德之甚善也。

既破我斧，又缺我銶。音求。○《傳》曰：「木屬曰銶。」○《釋文》曰：「《韓詩》云：『鑿屬。』一解云：

『今之獨頭斧。』」**周公東征，四國是遒。**慈秋反。○曹氏曰：「遒，聚也。」**哀我人斯，亦孔之休。**聚之，言不使之離散失所也。休，言四國平而天下和也。

《破斧》三章，章六句。

《伐柯》，音哥。**美周公也。周大夫刺朝廷之不知也。**程子曰：「《伐柯》，乃既得罪人之後，周公遲留未歸，士大夫刺朝廷不知所以還周公之道。」○《詩記》曰：「觀《金縢》所載，二公之知周公至矣。今曰朝廷，則二公亦與焉。蓋大臣與國同體者也〔一〕。主未悟而事未回，國人所當責，而二公所當受也。」

伐柯如何？《傳》曰：「柯，斧柄也。」**匪斧不克。**朱氏曰：「克，能也。」**取妻如何？**取音娶。**匪媒不得。**有問伐木以爲斧柄者，當如何乎？非斧則不能，其理易知，何必問也；有問取妻者，當如何乎？非媒則不得，其理亦易知，何必問也。今欲周公之歸，何必問人，但以禮迎之而已。下章言之。

〔一〕「體者」，味本、姜本、畬本、薈本誤作「休者」，「休」或因俗體「体」字而誤；授本、聽本、仁本、復本作「休戚」，蓋因「休」之誤而改「者」作「戚」也。

伐柯伐柯，其則不遠。《箋》曰：「則，法也。」**我覯之子，**覯，溝之去。○《箋》曰：「覯，見也。之子，周公也。」**籩豆有踐。**○《釋器》曰：「竹豆謂之籩，木豆謂之豆。」○《傳》曰：「踐，行列貌。」

所伐之柯，即此手中之柯，比而視之，舊柯短則如其短，舊柯長則如其長。其法則不遠，亦易知也。我欲見周公，當陳其籩豆，踐然有行列，隆禮以迎之而已。

《伐柯》二章，章四句。

《九罭》，音域。**美周公也。周大夫刺朝廷之不知也。**《補傳》曰：「是詩與《伐柯》相類，然《伐柯》則言朝廷不能以禮迎周公，是詩則言周公不當久處外地〔一〕。」

九罭之魚，鱒魴。鱒，存之上濁。○疏曰：「九罭，魚網也。」○孫炎曰：「謂魚之所入有九囊。」○陸璣曰：「鱒似鯶而鱗細於鯶，赤眼。」鯶音混。○曰：魴，鯿也。解見《陳·衡門》。**我覯之子，袞衣繡裳。**朱氏曰：「袞衣繡裳，九章：一曰龍，二曰山，三曰華蟲，雉也，四曰火，五曰宗彝，虎蜼也，皆繢於衣，六曰藻，七曰粉米，八曰黼，九曰黻，皆繡於裳。天子之龍，一升一降，上公但有降龍，以龍首卷然，故謂之袞也。」蜼，

〔一〕「地」，諸本作「也」。按，范處義《詩補傳》卷十五正作「地」。又，此下，畲本有：「○程子曰：『周公居東未反，士大夫始刺朝廷不知反周公之道，《伐柯》是也；既又思之切，刺之深，責在朝廷之人不速還公也。』」

位、柚、壘三音。卷音捲。

興也。言設九罭之常網，則僅可以得鱒、魴之常魚，喻常禮非所以處周公也。故我欲見之子周公，當用龍衮之衣及絺繡之裳上公禮服往逆之。服其服則居其位矣，欲朝廷復相之也。○九罭，毛以爲小網，諸家或以爲大網，郭璞言有百囊網，則九囊者不得爲大網，又有不及九囊者，則九囊亦不爲甚小，蓋常網也。鱒、魴，毛以爲大魚，今赤眼鱒及鯿魚，皆非大魚。

鴻飛遵渚，《傳》曰："遵，循也。"**公歸無所，於女信處。**女音汝。處音杵。

西人欲公之歸，謂東人曰：鴻飛宜戾天，而乃遵循於洲渚；周公宜在朝廷，而乃留滯於東土。豈公歸無其處所，遂於汝東土誠安處乎？公歸則朝廷有以處之，不久留於汝東土也。此所以諷朝廷也。

鴻飛遵陸，《釋地》曰："高平曰陸。"**公歸不復，於女信宿。**程子曰："宿，安息也。"

豈公歸不復其舊位，而於汝東土誠安留乎？公歸必復其舊位矣。

是以有衮衣兮，無以我公歸兮，無使我心悲兮。

東人欲公之留，答西人曰：汝固有衮衣，以迎公之歸矣，然願無以我公歸，而使我心悲也。言衮衣者，因首章西人欲以衮衣繡裳迎公也。

《九罭》四章，一章四句，三章章三句。

《狼跋》，音撥，又蒲末反。**美周公也。周公攝政，遠則四國流言，近則王不知。周大夫美其不失其聖也。**《補傳》曰：「《後序》推本其初而言之〔一〕，觀詩之所詠〔二〕，乃周公東歸復辟後事，故曰『德音不瑕』，謂其終始無瑕也。」

狼跋其胡，狼，解見《齊·還》。○《傳》曰：「跋，躐也。」○疏曰：「狼之老者，頷下垂胡〔三〕。」○朱氏曰：「胡，頷下懸肉也〔四〕。」**載疐其尾。**疐音致，舊又音帝，今不從。○《傳》曰：「疐，跲也。」跲，其劫反，礙不行也。○今曰：「疐音致者，跲也；音帝者，本也。此詩但當音致，《中庸》言『前定則不跲』，注：『跲，躓也。』躓音致。《說文》云：『跲，躓。』躓即疐也。」○《釋言》曰〔五〕：「跋與疐皆顛倒之類，進則躐其胡而前

〔一〕「之」，畲本及范處義《詩補傳》卷十六無。
〔二〕「詩」下，味本有「曰」字，他本又改作「人」字。
〔三〕「胡」下，畲本有「跋音撥，又蒲末反」七字。
〔四〕「下」，原無，據朱熹《詩集傳》卷八補。
〔五〕「曰」上，原有「釋」字，衍，據諸本刪。又，薈本校云：「案，《爾雅·釋言》無此語，此『釋言曰』三字，應有誤。」

倒，退則卻頓而倒於尾上〔一〕。」公孫碩膚，孫，鄭音遜，毛如字。○程子曰：「遜，避而弗居也。」○《傳》曰：「碩，大也。膚，美也。」赤舄几几。舄音昔。○《詩記》曰：「鄭氏《屨人》注云：『王舄有三等，赤舄爲上，冕服之舄，《詩》云：「王錫韓侯，玄衮赤舄。」』則諸侯與王同。複下曰舄，襌下曰屨。」襌音丹。○王氏曰：「几，人所憑以爲安，故几几，安也。」○程子曰：「狼，獸之貪者，猛於求欲，故陷於機穽羅縶。周公無利欲之蔽，故雖在危疑之地，安步舒泰，赤舄几几然安也〔二〕，異於狼之跋疐矣。」○范氏曰：「其德備者，其容亦盛。赤舄几几，則其餘可見矣。夫神龍或潛或飛，能大能小，其變化不測，然得而畜之若犬羊然，有欲故也，唯其可以畜之者，是以亦得醢而食之。凡有欲之類，莫不可制焉。唯聖人無欲，故天地萬物不能易也。富貴貧賤死生，如寒暑晝夜，相代乎前，吾豈有心乎哉〔三〕？亦順受之而已矣。舜受堯之天下，而不以爲泰。孔子阨於陳、蔡，而不以爲戚。周公遠則四國流言，近則王不知，而赤舄几几，德音不瑕，其致一也。」

興也。老狼以貪欲之故，陷於機穽，其在機穽之時，欲進則跋躐其胡，欲退則疐跲其尾，求脱不能，喻人有貪欲，則陷於患難，進退失措也。周公遜其大美，不以德盛自

〔一〕「頓而倒」，畲本作「躓而頓」。

〔二〕「安」，吕祖謙《吕氏家塾讀詩記》卷十六引程氏説無。

〔三〕「有」下，姜本、畲本、薈本、授本、聽本、復本有「二其」二字。按，朱熹《詩集傳》卷八引范氏説亦有「二其」二字，而吕祖謙《吕氏家塾讀詩記》卷十六引范氏説則無，嚴氏引書與吕氏多同。又，此句李本作「吾豈二心乎哉」。

矜，不以功大自伐，無一毫私欲之累，故雖處流言之變，其赤舄几几然，步履安詳，無異平日，所謂「不失其聖」也。凡人處利害之變，則舉趾不安其常，懼者或至於喪屨，喜者或至於折屐，詩人以「赤舄几几」見周公之聖，其善觀聖人矣。○狼，猛健之獸，雖善兵者禦之，亦不能免。平時不至跋疐，其老者雖項下垂胡〔一〕，若在平地，亦無跋之之理。所言跋胡疐尾者，謂其落機穽之時，進退求脱不能耳。

狼疐其尾，載跋其胡。公孫碩膚，德音不瑕。《箋》曰：「不可疵瑕也〔二〕。」○程子曰：「大舜謂『汝惟不矜，天下莫與汝争能；汝惟不伐，天下莫與汝争功』。使周公有貪欲崇高得名之心，其能得天下之與如是乎？惟其處己也，夔夔然存恭畏之心，存誠也，蕩蕩然無顧慮之意，所以不失其聖，德音所以不瑕也。先儒以狼跋疐不失其猛，興周公不失其聖，奚若虎豹〔三〕，胡獨取狼也？古之詩人，比興以類也，是以香草譬君子，惡鳥譬小人，豈有以豺狼興聖人乎？且以上二句言跋言疐，安有『几几』『不瑕』之義？但此詩體與他詩不同，故不通耳。」

《狼跋》二章，章四句。

〔一〕「項」，仁本作「頷」。

〔二〕「疵」，原作「玼」，據畲本及《毛詩正義》卷八之三改。

〔三〕「奚」上，畲本有「猛」字，《程氏經說》卷三有「不失其猛」四字。

詩緝卷之十七

嚴粲述

鹿鳴之什　小雅

《譜》曰：「小雅、大雅者，周室居西都豐、鎬之時詩也。」○程子曰：「自《鹿鳴》以下二十二篇，各賦其事而用之，其周公之爲乎？與《二南》同也。」○陳氏曰：「周家之治，至於文武，其禮文浸以煩縟，故周公因一事以作一詩，其目二十有二，以發揚其誠意。太史録之，其後或舉是事，則復歌是詩焉。」○朱氏曰：「正小雅，燕饗之樂也。」○《補傳》曰：「季札觀周樂，歌大雅，則曰『文王之德』；歌小雅，則曰『周衰有遺民』。意其一時觀樂，豈能盡歌？工人於大小雅間，取一二以審其音耳。大雅所歌，必受命等篇，故曰『文王之德』；小雅所歌，必思古等篇，故曰『周衰有遺民』。」

正小雅二十二篇，皆《中庸》尊賢、親親、體羣臣、柔遠人、懷諸侯，爲天下國家之大經，非政之小也。

《鹿鳴》，燕羣臣嘉賓也。既飲食之，飲食音蔭嗣。**又實幣帛筐篚，**音匡匪。**以將其厚意**〔一〕。

〔一〕「將其」二字，底本殘泐，據復本補。

疏曰：「飲有酬賓送酒之幣，食有侑賓勸飽之幣。」**然後忠臣嘉賓，得盡其心矣。**

古者上下交而爲泰，於《鹿鳴》諸詩見之。《儀禮》注云：「《鹿鳴》，君與臣下及四方賓燕之樂歌也。」故《序》以「羣臣嘉賓」兼言之，詩不言羣臣，唯言嘉賓，則總謂羣臣爲嘉賓，以禮待臣之厚也。詩中求規益，《序》所謂盡心，謂忠告無隱也。上下之情不通，則忠臣嘉賓，雖欲盡心以告君，而其勢分隔絶，有不可得者。義在「得」字，非謂必待燕而後盡其心也。杜甫云：「聖人筐篚恩，實欲邦國活〔一〕。」得古人用詩之意矣。

呦呦鹿鳴，呦音幽。○程子曰：「呦呦，和聲也。」**食野之苹。**音平。○《傳》曰：「苹，蓱也。」○《箋》曰：「藾蕭也。」藾音賴。○陸璣曰：「葉青白色，莖似箸而輕脆〔二〕。始生香，可生食，又可烝食。」脆，七歲反。**我有嘉賓，**今曰：「總稱羣臣及賓客也。」**鼓瑟吹笙。**瑟，解見《關雎》。○《廣雅》曰：「笙，以匏爲之，十三管列匏中，而施簧管端。」○李氏曰：「瑟者，包羲氏所作。笙簧，女媧氏所作。」**吹笙鼓簧，**簧，解見《王・君子陽陽》。○疏曰：「吹笙之時，鼓其笙中之簧。」○今曰：「鼓，謂動其聲。《易・繫辭》『鼓之以雷霆』，注：『鼓，動

〔一〕「欲」，畬本作「願」。按，杜甫《自京赴奉先縣詠懷五百字》「欲」一本作「願」。
〔二〕「莖」，原無，據諸本及《毛詩正義》卷九之二補。

也。』吹笙則動其簧而發聲。」**承筐是將。**《箋》曰：「承，猶奉也。」○《傳》曰：「筐，篚屬。將，行也。」**人之好我，**好去聲。**示我周行。**示，毛如字，鄭作寘。行，毛如字，鄭音航。○朱氏曰：「周行，大道也〔一〕。」○《傳》曰：「周，至也。」○周行，有考，見《卷耳》。

興也。鹿得野苹而呦呦然和聲，呼其類以共食之，興君有飲食，召羣臣嘉賓，與之燕樂也。我有此嘉賓，爲之鼓其瑟，吹其笙。吹笙之時，動其笙中之簧，又奉承箱篚，以盛幣帛而將其意，情文相稱，驩欣交通，庶乎人之好愛我者，示我以大道矣。以告我者爲相愛，蓋道之使言也。《燕禮》「於旅也語」，所以通下情，求規益，豈曰耽樂飲酒乎哉？○《釋草》苹有二種，一云：「苹，蓱。其大者蘋。」此水生之苹也，解見《采蘋》；一云：「苹，藾蕭。」郭璞云：「今藾蒿也。」此陸生之苹也，即鹿所食是也。

呦呦鹿鳴，食野之蒿。呼毛反。○蒿，解見《蓼莪》。**我有嘉賓，德音孔昭。**德音，解見《假樂》。**視民不恌，**音挑。○朱氏曰：「恌，薄也。」○曹氏曰：「視民，與『視民如傷』同義。」**君子是則是傚。我有旨酒，嘉賓式燕以敖。**《傳》曰：「敖，遊也。」○今曰：「言其禮之從容也。」

〔一〕「大」，原作「人」，據諸本及朱熹《詩集傳》卷九改。

嘉賓教益於我，皆有德之言，甚昭明矣，其視民則不薄之，謂所言皆仁厚也。雖君子之人，猶法則之，視傚之，言可爲善類之師表也。我與之燕飲而敖遊，庶乎從容款洽，而有磨礱浸潤之益，非徒遊燕而已。○《箋》破上章「示我」之示爲寘，故以此章「視民」之視爲示，今皆如字，則此視爲瞻視之視。

呦呦鹿鳴，食野之芩。 音琴。○《傳》曰：「芩，草也。」○陸璣曰：「莖如釵股，葉如竹，蔓生澤中下地鹹處，牛馬亦喜食之。」**我有嘉賓，鼓瑟鼓琴。鼓瑟鼓琴，和樂且湛。** 音耽，字又作耽。○《傳》曰：「湛，樂之久也。」**我有旨酒，以燕樂嘉賓之心。**

非徒養其氣體也，以之燕飲而樂其心，庶其罄竭而無隱耳。

《鹿鳴》三章，章八句。

《四牡》，勞使臣之來也。 勞、使並去聲。○疏曰：「事畢來歸也。」**有功而見知，則説矣。** 説音悦。○李氏曰：「《四牡》五章皆言其勞，則是深知之矣。」

人臣之事，皆職分所當爲，不計其君之知不知也。此特序詩者之辭，以爲使臣有馳驅之勞，而其君能深體之，其心之喜説當如何，非使臣必待見知而後説也。

四牡騑騑，音非。○《傳》曰："騑騑，行不止之貌。"**周道倭遲。**倭音威。○《詩記》曰："使臣初發，自周道以往。"○《傳》曰："倭遲，歷遠之貌〔一〕。"**豈不懷歸？王事靡盬，**音古。○李氏曰："王事者，公事也。"○解見《唐·鴇羽》〔二〕。**我心傷悲。**

使臣既還，文王燕饗以勞之，而歌是詩焉。述其在途之情，而設爲使臣自道之辭，若曰：我乘四牡，騑騑然行而不止，由岐周之道而往他國，倭遲然回遠，我豈不思歸乎？特以王事不可以不堅固，不敢徇私以廢公。是以我心自傷悲耳。所悲之事，謂念父母也，下章言之。○文王未嘗稱王而言王事者，諸侯受天子之命以治其國，西伯受天子之命以統諸侯，使臣往來皆王事也。朱氏曰："爲臣者奔走王事，特以盡其職分之當爲，何敢自以爲勞哉？然君之心，則不以是而自安也。臣勞於事而不自言，君探其情而代之言，上下之間，可謂各盡其道矣。"○《傳》曰："思歸者，私恩也；靡盬者，公義也；傷悲者，情思也。"○《箋》曰〔三〕："無私恩，非孝子也；無公義，非忠臣也。君子不以私害公，不以家事辭王事。"○范氏曰："臣之事君也，

〔一〕"歷"，味本、仁本同，他本作"回"。按，據《毛詩正義》卷九之二當作"歷"，下嚴氏章指"倭遲然回遠"云云，乃用程氏"倭遲，回遠也"之説。

〔二〕"羽"下，畲本有："○《説文》煮海爲鹽，煮池爲盬，盬苦而易敗，故《傳》以不堅訓之。"

〔三〕"曰"，原作"云"，據諸本改。按，依體例，當作"曰"。

必先公而後私；君之勞臣也，必先恩而後義。」

四牡騑騑，嘽嘽駱馬。嘽音灘。駱音洛。○《傳》曰：「嘽嘽，喘息之貌。白馬黑鬣曰駱。」○嘽嘽，考見《崧高》。○山陰陸氏曰：「今之駱馬，最耐勞。」**豈不懷歸？王事靡盬，不遑啓處。**音杵。○《釋言》曰：「啓，跪也。」○釋曰：「《莊子》云：『擎跽曲拳。』《説文》云：『跽，長跪也。』」跽音起。○《傳》曰：「處，居也。」○項氏曰：「古者席地，故有跪有坐。跪即起身，居則坐也。《孝經》：『居，吾語汝。』坐而有所敬則跪。」○今曰：「跪者，雙膝著地而直身也；坐者，雙膝著地而坐也。」○李氏曰：「大意爲不暇居處之義。」

駱馬耐勞苦，今以勞之故，猶嘽嘽然喘息，人勞可知矣。

翩翩者鵻，翩音篇。鵻音追。○朱氏曰：「翩翩，飛貌。鵻，俗字也，當作隹。凡鳥之短尾者，皆隹屬。」○曰：鵻，鵓鳩也，即郯子祝鳩氏司徒也。鵻一鳥而十四名，鵻也、隹其也、鵓鳩也〔一〕、祝鳩也、鳺鴀也、䳕鳩也、鵾鶻也〔二〕、楚鳩也、鳻鳩也、荆鳩也、乳鳩也、鵴鳩也、䳘鳩也、䳫鳩也。隹其，亦作鵻鶀。鳺鴀音孚浮，亦作夫不。䳕音浮。鵾音昆。鳻音汾。鵴音菊。䳘音役。䳫音葵。○《左傳》注曰：「祝鳩孝，故主教民。」

〔一〕「鵓鳩」，原作「䳕鳩」，與下「䳕鳩」重，據諸本改。按，據音注「䳕」在「鳺鴀」後，可知此處作「䳕」誤。

〔二〕「鶻」，味本同，他本作「鳩」。

○陸璣曰：「如小鳩〔一〕。」○山陰陸氏曰：「壹宿之鳥。鳩性慈孝慤謹，故《聽聲考詳篇》云：『雀聲慘毒，鳩聲慈念，鳲鳩性壹而慈，祝鳩性壹而孝。』鵻，鳥之短尾總名也。」**載飛載下，**《箋》曰：「載，則也。」**集于苞栩。**音許。○曰：栩，柞也、櫟也、杼也。解見《唐·鴇羽》。**王事靡盬，不遑將父。**《傳》曰：「將，養也。」

興也。設爲使臣之言，謂在途之時，思念父母。因見孝鳥鵻鳩，其飛貌翩翩然，或飛或下，集止於叢生之栩木。鵻鳩性壹，飛止不離常處，故得遂其孝養，我以王事不可不堅固，行役無常處，不暇將養其父，鵻鳩之不如也。

翩翩者鵻，載飛載止，集于苞杞。音起。○曰：杞，枸杞也，一名枸檵。枸音苟。檵音計。○今曰：「《本草》有枸杞，一名仙人杖，一名西王母杖。山谷有《顯聖寺庭枸杞》詩云：『養成九節杖，持獻西王母。』天隨子又言常食杞菊。東坡有《後杞菊賦》，即此杞也。其根名地骨，其莖榦三五尺，作叢。春作羹茹，微苦。相傳蓬萊縣南丘村多枸杞，高者一二丈。」**王事靡盬，不遑將母。**

《詩》有三杞，《將仲子》「無折我樹杞」，柳屬也；《有臺》「南山有杞」、《湛露》「在彼杞棘」，山木也；此詩「集于苞杞」、《杕杜》《北山》「言采其杞」、《四月》「隰有杞桋」，枸杞也。

〔一〕仁本校云：「『如』，今陸《疏》作『今』。」

駕彼四駱，載驟駸駸。驟，愁之去。駸音侵。○《釋文》曰：「驟，馬步疾也。」○今曰：「走馬曰馳，不馳而步疾爲驟。」○錢氏曰：「駸駸，馬前進貌。」**豈不懷歸？是用作歌，將母來諗。**音審。○《箋》曰：「諗，告也。」○疏曰：「《左傳》云：『辛伯諗周桓公。』」

設爲使臣之言，謂我駕彼四駱，疾步而驟，駸駸然前進，豈不念親而懷歸乎？所以作此歌詩，以養母之情，來告於君也。此詩本君令作之，以勞使臣，非使臣所作，然五章皆設爲使臣自述之辭。故末章託言使臣作此詩以來告，蓋臣有此勞苦之情，不敢自言，君探其情而代之言，示君之知其涉苦以勞之也。獨言「將母」，承上章之文也。

《四牡》五章，章五句。

《皇皇者華》，君遣使臣也。李氏曰：「先遣而後勞，則《皇皇者華》當在《四牡》之前，蓋三百篇之本末，多有顛倒者。如《載馳》衛懿公之詩，乃在於文公之後；《清人》鄭文公之詩，乃在於突、忽之前；《葛藟》平王之詩，乃在於桓王之後；《皇皇者華》君遣使臣之詩，乃在於《四牡》之後；而《豳風》之《破斧》，乃在於《東山》之後。雖其顛倒如此，亦非詩之本意也。」○《詩記》曰：「作是詩以遣使臣，在文王時；至於周公制禮作樂之後，凡遣使臣，無不用是詩以遣之也。」**送之以禮樂，**曹氏曰：「燕以遣之，所謂禮也；歌以樂之，所謂樂也。」**言遠而有光華也。**疏曰：「光顯其君，常不辱命於彼。」

○歐陽氏曰：「稱美其能將君命，爲國光華於外爾。」○程子曰：「天子遣使四方，以觀省風俗，采察善惡，訪問疾苦，宣道化於天下，下國蒙被聲教，是以光華〔一〕。」

遣使以禮樂，歸又勞之，體羣臣也。

皇皇者華，《傳》曰：「皇皇，猶煌煌也。」○疏曰：「草木之華。」**于彼原隰。**《釋地》曰：「廣平曰原，下濕曰隰。」○今考《釋地》云：「高平曰陸。」《傳》於原陸皆曰高平，當以《釋地》爲正。**駪駪征夫，**駪音莘。○《傳》曰：「駪駪，衆多之貌。」○《箋》曰：「征夫，衆行夫也。」○李氏曰：「使臣之屬也。」**每懷靡及。**今曰：「懷，念也。」

興也。使臣還則勞之，遣則勉之。言皇皇然光明者，草木之華，于彼原隰之間，猶使臣能將命，爲國光華於遠近也。駪駪然衆多之行人，皆敏於赴功，每念不及於事，唯恐不逮也。征夫如此，使臣可知。遣使之初，預道其忠勤，以勉其能然也。曹氏曰：「說者以爲使臣被君之光寵以出，遠近高下皆有光華。此爲使臣之辭則可，以爲君遣之之辭則不可。」

〔一〕「華」下，畲本有：「○程子曰：『人君出使臣于千里之外，苟無以發其懽忻之誠心，則臣下意氣衰落。』○呂氏曰：『孔疏之說，作詩之意也；程氏之說，用詩之意也。二家之說，雖有廣狹，其義一也。』」

我馬維駒，音俱，解見《漢廣》。**六轡如濡。**音需〔一〕。○《箋》曰：「如濡，言鮮澤也。」○李氏曰：「羔裘如濡。」**載馳載驅，周爰咨諏。**沮之平。○歐陽氏曰：「周，徧也。」○《箋》曰：「爰，於也。」○《釋詁》曰：「諏，謀也。」○程子曰：「採察求訪，使臣之職。」○范氏曰：「王者遣使於四方，教之以咨諏善道，將以廣聰明也。」

所乘之馬維駒，在手之六轡，其鮮澤如水沾濕之。乘是車馬，馳驅疾行，當周徧其所而詢問之，以廣人君之耳目，亦勉之也。諏謀度詢，皆訪問之意，不必分咨事咨難之類。

我馬維騏，騏，解見《小戎》。**六轡如絲。**李氏曰：「如絲，言調直也。」**載馳載驅，周爰咨謀。**

我馬維駱，駱，解見《四牡》。**六轡沃若。**《説文》曰：「沃，灌溉也。」○《補傳》曰：「沃，潤澤也。」○今曰：「猶『如濡』也。」**載馳載驅，周爰咨度。**音鐸。

我馬維駰，音因。○《傳》曰：「陰白雜毛曰駰。」○駰，詳解見《駉》。**六轡既均。**《傳》曰：「均，調也。」**載馳載驅，周爰咨詢。**音荀。

《皇皇者華》五章，章四句。

〔一〕「需」，原作「濡」，據諸本改。又，「音」上，李本有「濡」字。

《常棣》，音第。**燕兄弟也。閔管、蔡之失道，故作《常棣》焉。**疏曰：「《左傳》富辰云：『昔周公弔二叔之不咸，故封建親戚，以藩屏周。召穆公思周德之不類，故糾合宗族於成周，而作詩曰：「常棣之華，鄂不韡韡。」』《外傳》云：『周文公之詩曰：「兄弟鬩于牆，外禦其侮。」』則此詩自是周公所作，但召穆公虎見厲王之時，兄弟恩疏，重歌此周公所作之詩以親之耳。故鄭答趙商云：『凡賦詩者，或造篇，或誦古。』」○朱氏曰：「文武之際，固有燕兄弟之詩矣。周公以管、蔡之爲亂也，故制作之際，更爲是詩，委曲致意，以申兄弟之好。蓋燕兄弟者，文武之政；而閔管、蔡者，周公之心也。夫燕兄弟之詩，當極其和樂以篤兄弟之好，而此詩專言死喪急難之事，其志切，其詞哀。蓋處兄弟之變，《孟子》所謂『其兄關弓而射之，則已垂涕泣而道之』之義也。文武燕兄弟之詩，雖不可見，然意其詞意和平〔一〕，必異於此，故《序》者以閔管、蔡之失道發之。」

讀此詩，知《後序》亦有不可廢者矣。

常棣之華，曰：常棣，玉李也。○《釋木》曰：「唐棣，栘。常棣，棣。」栘音移。○舍人曰：「唐棣，一名栘；常棣，一名棣。」○郭璞曰：「今關西有棣樹，子如櫻桃，可食。」○程子曰：「今玉李也，花鄂相承甚力。」○李氏曰：「《何彼穠矣》言『唐棣之華』，與《論語》所舉『偏其反而』，則《爾雅》所謂栘也；此《常棣》與《采薇》言『維常之華』，則《爾雅》所謂棣也。」**鄂不韡韡。**鄂音諤。韡音偉。○《箋》曰：「承華者曰鄂。」○疏

〔一〕「意」，味本、仁本同，他本作「氣」。

曰：「鄂比於弟，華比於兄。」○錢氏曰：「鄂與蕚同。」○《傳》曰：「韡韡，光明也。」**凡今之人，**范氏曰：「言舉世之人也。」**莫如兄弟。**

興也。玉李其華繁密，其鄂豈不韡韡然光明乎？華以覆鄂，鄂以承華，華鄂相承覆而光明，猶兄弟相承覆而榮顯也。凡今之人，與我交接者，皆莫如兄弟之至親也。凡今之人，總言下文朋友妻子也。○一章發端，姑言兄弟之常，而辭氣抑揚之間，已有感歎不盡之意，其斯周公之心乎？

死喪之威，《傳》曰：「威，畏也。」**兄弟孔懷。**《傳》曰：「懷，思也。」**原隰裒矣，**裒，薄侯反。○《傳》曰：「裒，聚也。」○王氏曰：「不得保其常居，患難之時也。」**兄弟求矣。**

一章以華鄂相輝，喻兄弟之榮顯〔一〕，姑以安樂之時言之，既而斷以凡人皆不如兄弟，則安樂之時，未足以見其情之切至。於是二章以下，皆以死喪急難之事驗之。死喪可畏怖之事，他人未必相念，維兄弟甚相思念也。方困窮流離，羣聚於原野之時，維兄弟則相求以相依也。《詩記》曰：「疏其所親而親其所疏，此失其本心者也。故此詩反覆言朋友

〔一〕「榮」，畬本、復本同，他本作「求」。

之不如兄弟，蓋示之以親疏之分，使之反循其本也。本心既得，則由親及疏，秩然有序。兄弟之親既篤，而朋友之義亦厚矣。初非薄於朋友也，苟雜施而不孫，雖曰厚於朋友，如無源之水，朝滿夕除，胡可保哉？」

脊令在原，令音零。○曰：脊令，雪姑也。○《釋鳥》曰：「䳭鴒，雝渠。」○郭璞曰：「雀屬也，飛則鳴，行則搖。」○陸璣曰：「大如鷃雀，長脚，長尾，尖喙，背上青灰色，腹下白，頸下黑，如連錢，故杜陽人謂之連錢。」鷃音晏。○山陰陸氏曰：「《義訓》云：『䳭鴒，錢母。』《物類相感志》云：『俗呼雪姑，其色蒼白似雪，鳴則天當大雪，極爲驗矣。』」○程子曰：「言䳭鴒首尾相應[一]，兄弟急難之際，其相應如是也。」**兄弟急難。**如字，又去聲。**每有良朋，況也永嘆。**平聲，又去聲。○《傳》曰：「況，茲也。」

脊令飛則鳴，行則搖，在原者，是其行時也，非在原，不見其行，故以在原言之。脊令行而在原，則搖其身，首尾相應，如兄弟急難相救也。世以手足喻兄弟，亦謂如左右手之相救，一體同氣，天性自然，至親至切之喻也。每，猶凡也。當急難之時，凡有良朋，於此長嘆而已，未必能相救也。李氏曰：「林回云：『彼以利合，此以天屬也。夫以利合者，迫窮禍患害，相棄也；以天屬者，迫窮禍患害，相收也。』」○《小宛》取義在於飛則鳴，故曰「題

[一]「䳭鴒」，顧本作「䳭令」，畬本作「脊令」。按，程頤《程氏經説》卷四作「鶺鴒」。

彼脊令，載飛載鳴」，此詩取義在於行則搖，故曰「脊令在原」。程子以爲脊令首尾相應，是也。鄭氏以爲水鳥宜在水中，在原則失其常處，故飛鳴以求其類，非也。今雪姑非水中之鳥，若失其常處，而飛鳴以求其類，凡鳥皆然，何獨脊令哉？

兄弟鬩于牆，鬩，許歷反。○《傳》曰：「鬩，很也。」**外禦其務。**如字，讀者又音侮。○今曰：「禦，止也。務，猶事也。《箋》訓侮[一]。」**每有良朋，烝也無戎。**曹氏曰：「烝，衆也。」○《傳》曰：「戎，相也。」相去聲。

兄弟或不相得，鬩很於牆内[二]，非令兄弟也，然有他人來侵侮之，則同心以外禦爲務，不以小忿而敗親也。當他人侵侮之時，良朋雖衆，然無相助者，言兄弟之不令者，猶勝朋友之良者也。朱氏曰：「此章正爲管、蔡啓商之事而發，以明兄弟恩情之篤也。」

喪亂既平，既安且寧。雖有兄弟，不如友生。

情義之輕重，當於死喪患難之時觀之。若喪亂既平，安寧無事之時，則以爲兄弟不如友生矣，何不於死喪患難之時觀之乎？○或謂友生約我以禮義，兄弟所不如，非此

[一]「箋」下、「侮」下，畲本分別有「云」「也」，他本分別有「曰」「也」。
[二]「於牆」二字，底本殘泐，據復本補。

詩重兄弟之意。或曰：及其安寧，乃謂兄弟不如友生，可乎？文意不順。

儐爾籩豆，儐音鬢。○《傳》曰：「儐，陳也。」**飲酒之飫。**於之去〔一〕。○蘇氏曰：「飫，饜也。」**兄弟既具，和樂且孺。**樂音洛。○程子曰：「孺，親慕之義。小兒親慕父母謂之孺子。」

死生患難之時〔二〕，惟兄弟義重，則平安之時〔三〕，不可忘兄弟也。宜燕兄弟以親睦之，儐陳爾之籩豆，飲酒至於饜飫，兄弟具集，和樂而相親慕也。

妻子好合，好去聲。**如鼓瑟琴。兄弟既翕，**《傳》曰：「翕，合也。」**和樂且湛。**音耽。○《鹿鳴·傳》曰：「湛，樂之久也。」

薄俗多知妻子之愛，而忘兄弟之重，故言爾於妻子好合和睦，如鼓瑟琴，其聲相應，然必兄弟翕合相聚，然後其樂湛久也。兄弟不相合，而唯樂其妻子，其樂淺矣。

宜爾室家，樂爾妻帑。音奴，依字吐蕩反，經典通爲「妻孥」字。○《傳》曰：「帑，子也。」**是究是圖，**

〔一〕「於之去」，味本、姜本、薈本、授本、聽本作「飫之去聲」，仁本、復本作「沃之去聲」，李本、顧本作「之去聲」，「之」上空一字格。

〔二〕「死」，諸本無。

〔三〕「平安」，原作「安平」，據諸本改。

亶其然乎？《傳》曰：「亶，信也。」

承上章之文，言爾能與兄弟翕合，則可以宜爾之家室，樂爾之妻帑。爾試窮究之，圖謀之，庶幾信吾之言乎？蓋必深長思之，而後以吾言爲然也。家室言妻帑所在，妻帑即家室之人也。○此詩專以死喪急難之事，明兄弟恩義之至切，雖朋友妻子皆不如兄弟之重。八章之中，勤拳反覆，蓋周公處兄弟之變，其事雖已往，而懇切哀傷之心，其痛猶未定也。詩中雖不言管、蔡之事，而閔管、蔡之心，惻然溢於言辭之表矣。坡詩云：「周公與管、蔡，恨不茅三間。」此最説得周公之心出。

《常棣》八章，章四句。

《伐木》，燕朋友故舊也。自天子至于庶人，未有不須友以成者，親親以睦，友賢不棄，不遺故舊，則民德歸厚矣〔一〕**。**

《後序》之言，無害於理，而以説此詩，則支離矣。

〔一〕「矣」，原無，據諸本及《毛詩正義》卷九之三改。

伐木丁丁，陟耕反，音近争。○劉氏曰：「丁丁，聲相應也。」**鳥鳴嚶嚶。**音鶯。○《箋》曰：「嚶嚶，兩鳥聲也。」**出自幽谷，**《傳》曰：「幽，深也。」**遷于喬木。**《傳》曰：「喬，高也。」**嚶其鳴矣，求其友聲。**《箋》曰：「遷處高木者，呼其尚在深谷者。」**相彼鳥矣，**相去聲。○《箋》曰：「相，視也。」**猶求友聲。矧伊人矣，**《傳》曰：「矧，況也。」**不求友生？神之聽之，終和且平。**程子曰：「和謂相好。」○今曰：「平謂不争。」

興也。山中伐木，其聲丁丁然相應，是與人共伐之，有朋友之義焉。鳥在木上，聞伐木之聲，則嚶嚶然驚鳴而飛，自深谷之中，遷徙于他木之上，其驚飛倉卒之際，猶不忘其類，作求其友之聲，喻朋友相求相援也。視彼鳥之無知，尚作求友之聲，況以人而不求友生乎？神其聽聞之[一]，吾儕相與爲友，當終久相與和平也。

伐木許許，音虎。○朱氏曰：「許許，衆人共力之聲。《淮南子》云：『舉大木者呼邪許。』蓋舉重勸力之歌也。」**釃酒有藇。**釃音師。藇，徐之上濁。○《傳》曰：「以筐曰釃，以藪曰湑。藇，美貌。」○疏曰：「筐，竹器也；藪，草也。漉酒者或用筐，或用草。用草者，用茅也。僖四年《左傳》云：『爾貢包茅不入，王祭不供，

[一]「其」，姜本無，他本作「之」。

無以縮酒。』是也。」**既有肥羜，**音紵，除之上濁〔一〕。○《傳》曰：「羜，未成羊也〔二〕。」○郭璞曰：「今俗呼五月羔爲羜。」**以速諸父。**《箋》曰：「速，召也。」○朱氏曰：「諸父，朋友之同姓而尊者。」○《傳》曰：「天子謂同姓諸侯，諸侯謂同姓大夫，皆曰父，異姓則稱舅。」○疏曰：「《禮記》注云：『稱之以父與舅，親親之辭也。』長曰伯，少曰叔，天子稱朝廷公卿則無文，蓋依諸侯之例。」**寧適不來，微我弗顧。**《傳》曰：「微，無也。」○《箋》曰：「顧，念也。」**於粲洒埽，**於如字，舊音烏。洒，鰓之上。埽音譟。○《傳》曰：「粲，鮮明貌。」**陳饋八簋。**饋音匱。簋音軌。○簋，解見《權輿》。○曹氏曰：「八簋，言其盛也。《正義》以爲《周官·掌客》云『五等諸侯，簋皆十二』，又《公食大夫禮》用六簋，毛云『天子八簋』者，據待族人設食之禮而言耳。然《序》云朋友故舊，何止族人，此乃文王詩，其事猶在商世。周禮皆出於周公制作以後，豈得拘以爲制哉？」**既有肥牡，**疏曰：「肥羜之牡。」**以速諸舅。寧適不來，微我有咎。**《傳》曰：「咎，過也。」

上章以伐木共事爲朋友之義，故下章每言伐木以題之。言伐木者衆人共力，其聲許許然，有朋友相資之義也。以筐釃酒而去其糟，其酒藇然而美，又有肥羜，以召同姓朋友曰諸父者而燕樂之，寧使彼適然有故而不來，無使言我不顧念也。於是粲然鮮

〔一〕「上濁」二字，底本殘泐，據復本補。
〔二〕「成羊也」三字，底本殘泐，據復本補。

明，洒埽其室庭，陳其飲食，有八簋之盛，又有肥牡以召異姓朋友曰諸舅者而燕樂之〔一〕，寧使彼適然有故而不來，無使我有過咎也〔二〕。

伐木于阪，音返。○阪，解見《東門之墠》。**釃酒有衍。**上、去二音。○今曰：「衍，水溢也。言酒之滿。」**籩豆有踐，**解見《伐柯》。**兄弟無遠。**上、去二音。○朱氏曰：「兄弟，朋友之同儕者。」**民之失德，乾餱以愆。**餱音侯，字亦作糇。○今曰：「餱，乾食也。《公劉》『乃裹餱糧』，《王制》『乾豆』，注云：『乾，謂腊之以爲豆實〔三〕。』疏云：『豆實非脯，而云乾者，謂作醢及臡，先乾其肉。』」腊音昔。臡音泥。**有酒湑我，**湑，須之上。○《傳》曰：「湑，莤之也。」莤音縮。○《釋文》曰：「與《左傳》縮酒同義，謂以茅泲之而去其糟。」泲音濟，子禮反。○今曰：「即毛氏上文『以藪曰湑』也。」**無酒酤我。**酤，鄭音沽，又音顧，毛音户。○《箋》曰：「酤，買也。」○疏曰：「《論語》『酤酒市脯，不食。』」**坎坎鼓我，**《宛丘·傳》曰：「坎坎，擊鼓聲。」**蹲蹲舞我。**蹲音逡。○《傳》曰：「蹲蹲，舞貌。」**迨我暇矣，**《箋》曰：「迨，及也。」**飲此湑矣。**

〔一〕「者」，原無，據李本、顧本、畲本補。按，上文「以召同姓朋友曰諸父者而燕樂之」可證。

〔二〕「有」下，味本、姜本、畲本、授本、聽本、仁本、復本有「故」字。又，葉校云：「『無使』下，盧奪『言』字，章指上文言『無使言我不顧念也』，有『言』字可證。」

〔三〕「乾謂」二字，底本殘泐，據復本補。

釃酒有衍而滿，籩豆有踐而成行列。朋友同儕曰兄弟者，無有疏遠，皆使召之而與之燕也。民之失德者，不能厚朋友故舊之禮，或因乾餱之食，不分於人，以獲愆過，此可爲戒。故我命有司設燕者，曰：有酒則爲我以茅湑莤之〔一〕，無酒則爲我酤買之，非必無酒，設言縱使無酒，猶當酤之，篤於朋友，不以有無爲辭也。下文言「飲此湑」，知不待酤也。又令鼓人坎坎然爲我擊鼓，又令舞人蹲蹲然爲我興舞，今正及我閒暇矣〔二〕，與朋友飲此所湑之酒也。當燕飲之時言此者，見恩厚之意常存，前此特未得暇耳，示殷勤也。○此言無酒，設言之耳。《前漢·食貨志》「羲和魯匡言：承平之世，酒酤在官，和旨便人」，非經意也。一詩之内凡言「我」，皆燕朋友者自我也，曰「微我有咎」「微我弗顧」「迨我暇矣」及「湑我」「酤我」「鼓我」「舞我」，皆同。鄭氏以爲族人陳王之恩，則是臣答君之辭，非君燕臣之辭矣。君燕臣之樂歌，但當述己待臣之意，不當述其臣感己之辭也。

《伐木》三章，章十二句。毛氏六章章六句，今從劉氏，每章首言「伐木」，是也。

〔一〕「湑」，諸本無。
〔二〕「閒」，原作「間」，據諸本改。

《天保》，下報上也。君能下下，以成其政，今考「下下」，本注俱去聲，韻注：「上字音暇，降也，自上而下也。下字，遐之上濁，底也，元在物下也，然上濁讀爲去聲。」**臣能歸美以報其上焉。**《箋》曰：「下下，謂《鹿鳴》至《伐木》皆君所以下臣也。臣亦歸美於上，以答其歌。」○蘇氏曰：「人君以《鹿鳴》以下五詩宴其羣臣，《天保》者豈以答是五詩，於其燕也，皆用之歟？」

此報上之樂歌也，謂答上篇五詩以相成也。

天保定爾，《箋》曰：「保，安也。」○朱氏曰：「爾指君也。」**亦孔之固。**《傳》曰：「固，堅也。」**俾爾單厚，**單，鄭音丹，毛音亶。○今曰：「俾爾，猶《卷阿》言『俾爾彌爾性』。」○《箋》曰：「單，盡也。」**何福不除。**音筯。○程子曰：「除，有消去之義。其受之也，皆若消去而未嘗有。」○朱氏曰：「除舊而生新也。」**俾爾多益，**《補傳》曰：「曰厚，亦取厚下之意；曰益，亦取益下之意。」**以莫不庶。**《箋》曰：「莫，無也。」○《傳》曰：「庶，衆也。」

天下無德外之福，故詩人祝君以福，必本之以德。言天安定爾位，亦甚堅固矣。使爾每事盡厚，則何等福不消受也；使爾多行利益，則民物無不蕃庶也。厚謂忠厚，益謂利益於民。損上益下則益矣，損下益上則損矣。民物蕃庶，即君之大福也。○此詩曰「厚」、曰「益」、曰「穀」，皆以「俾爾」言之，祝君之德也；曰「除」、曰「庶」、曰「宜」、曰「興」、曰「增」，皆以「無不」「莫不」言之，祝君之福也。「俾爾單厚」，則欲其每事皆厚；「俾爾多益」，則欲其每事皆益；「俾爾戩穀」，則欲其每事皆善，謂有一之未厚、未益、未善，則不足爲君德之全。歸美之中，有責難者寓，若盡以爲言福禄，則全篇皆容悦之辭，豈古者君臣相與之義邪？凡詩人頌福，多兼德言之。

天保定爾，俾爾戩穀。戩音翦。○朱氏曰：「戩與翦同，盡也。穀，善也。言盡善云者〔一〕，猶其曰『單厚』『多益』也。」**罄無不宜，**《傳》曰：「罄，盡也。」**受天百禄。降爾遐福，**《傳》曰：「遐，遠也。」**維日不足**〔二〕。

使爾盡善，則無所不宜，宜君宜王，宜民宜人，宜兄宜弟，無所不順也〔三〕。故能受天之百禄，降爾以遐遠之福。滿招損，謙得益，故福禄雖盛而不自止足，所謂「吉人爲善，惟日不足」也。

天保定爾，以莫不興。如山如阜，如岡如陵。《釋地》曰：「高平曰陸，大陸曰阜，大阜曰陵。」**如川之方至，以莫不增。**

〔一〕「言」，朱熹《詩集傳》卷九無。

〔二〕「足」，底本殘泐，據復本補。

〔三〕「所」，底本殘泐，據復本補。

上言福除矣、庶矣、宜矣，此又欲其福之興，興言興盛也。如山之高矣，又復如山脊之岡，則愈高矣；如阜之大矣，又復如大阜之陵，則愈大矣，此所謂興也。山阜岡陵，猶有定體，故又欲其福之增。增，言加益也。川本源深流長，而方至則又盛長之初，其增不可量也。

吉蠲爲饎，蠲音鵑。饎音熾。○《傳》曰：「吉，善也。蠲，潔也。饎，酒食也〔一〕。」**是用孝享**。《傳》曰：「享，獻也。」**禴祠烝嘗**，禴音藥。○疏曰：「自殷以上則禴、禘、烝、嘗，《王制》文也。至周則去夏禘之名，以春禴當之，更名春曰祠。」○曹氏曰：「此詩云禴祠烝嘗，蓋追作於成王世耳。」**于公先王**。《箋》曰：「先公謂后稷至諸盩。」盩音籌，又音舟。○疏曰：「文王時，祭所及先公，不過祖紺、亞圉、后稷而已。言『后稷至諸盩』者，廣舉先公之數，不謂祭盡及先公也。」紺音贛。○朱氏曰：「先王謂大王以下也。文王時，周未有曰先王者，此詩非武王時作，則或周公所更定者與？」**君曰卜爾**，今曰：「君，即先公先王也。」○朱氏曰：「卜，猶期也。」○錢氏曰：「前知也。」**萬壽無疆**。

吉善蠲潔，以爲酒食，是用致其孝敬之心，以獻享之。夏禴春祠冬烝秋嘗，以四時祭於先公先王也。先公先王言期爾得萬壽無窮之福，此謂嘏辭也。

〔一〕「也」下，畲本有：「○朱氏曰：『吉，言諏日擇士之善，詳見《儀禮》。吉蠲，《韓詩》作吉圭。』」

神之弔矣，弔音的。○《傳》曰：「弔，至也。」**詒爾多福。**詒音移。○《傳》曰：「詒，遺也。」遺音位。**民之質矣，**程子曰：「質，實也。」**日用飲食。羣黎百姓，**《箋》曰：「黎，衆也。」○李氏曰：「羣黎百姓，當以爲民。」**偏爲爾德。**

此章承上章祭祀，言神已來至矣，遺爾君以多福，民皆質實矣。智巧不生，日用飲食而已。故羣衆百姓，皆爲爾德，淳質則近德〔一〕，機巧則近賊也。上既曰民，下復曰羣黎百姓，申廣言之，見無一民之不爲爾德也。德者，民心之所自有，而曰「偏爲爾德」者，民因君而全其天，則民心之天與君心之天，更無差別，故民之德皆君之德，猶曰「莫匪爾極」也。

如月之恒，音衡，胡登反，舊亦作緪，古鄧反，今不從。○今曰：「恒，常也，久也。」**如日之升。如南山之壽，**今曰：「終南山也。考見《秦·終南》。」**不騫不崩。**騫音愆。○《傳》曰：「騫，虧也。」**如松柏之茂，無不爾或承。**

前既言其福興矣增矣，此又欲其永久。日、月、南山、松柏，皆永久之物也。然月盈則

〔一〕「質」，李本、顧本作「實」。

虧，「如月之恒」，欲其常盈而無虧也；日中則昃，「如日之升」，言其方升而未昃也。日月猶有虧昃，又如終南山之壽，不騫虧，不傾壞，則可謂堅固矣。然人君之福，非享之一身而已，又如松柏之茂，無不承其庇覆者，則天地、鬼神、山川、羣臣、百姓、草木、禽獸，無不賴之。○毛、鄭以恒爲上弦，今考恒字無弦義，唯絙字訓弦索，亦作緪，音亘，古鄧反。恒與絙，其字與音義皆不同。《易·恒卦》止爲常久之義。

《天保》六章，章六句。

《采薇》，遣戍役也。《箋》曰：「戍，守也。」**文王之時，西有昆夷之患，北有玁狁之難，**玁狁音險允。難去聲。○《箋》曰：「玁狁，今匈奴也。」**以天子之命，命將率，**將去聲。率，衰之去。○《箋》曰：「天子，殷王也。」**遣戍役，以守衛中國，故歌《采薇》以遣之，《出車》以勞還，**勞去聲。還音旋。**《杕杜》以勤歸也。**杕音第。○程子曰：「上能察其情，則雖勞而不怨，雖憂而能勵矣。」○范氏曰：「予於《采薇》見先王以人道使人，後世則牛羊而已矣。」

《采薇》《出車》《杕杜》諸詩，周之所以興也；《漸漸之石》《苕之華》《何草不黃》諸詩，周之所以衰也。言「遣戍役」者，主師衆言之，其實遣將率、戍役同歌《采薇》，併將率遣之，故詩中兼言君子、小人也。三詩述其往返始終之辭，大略相似，但《采薇》是遣之之始，預道其勞苦而因以勉之；《出車》《杕杜》則述其已事之勞而慰之耳。

采薇采薇，薇，解見《草蟲》。○疏曰：「二月時。」**薇亦作止**。《傳》曰：「作，生也。」○錢氏曰：「起也，薇始生也。」**曰歸曰歸，歲亦莫止**。莫音暮。○《箋》曰：「莫，晚也。丁寧歸期，定其心也。」○歲莫，解見《唐・蟋蟀》。○疏曰：「《出車》云『春日遲遲，薄言還歸』，則此戍役以明年之春始得歸矣。期云歲莫，莫實未歸。」○錢氏曰：「歲莫則念歸，人情之常。」**靡室靡家，玁狁之故**。**不遑啓居**，解見《四牡》「不遑啓處」。**玁狁之故**。

總遣將士，設爲將士自道之言，曰：我今往從戍〔一〕，正是春月采取薇菜之時，其薇菜亦已作而生矣。曰何時歸乎，曰何時歸乎，連言之者，念歸之切，自計當在歲晚也。雖託爲軍士自計之辭，亦因示歸期，以安其心也。男有室，女有家，今男不得以室爲室，女不得以家爲家，述其情思也。又不暇啓居，述其勞苦也，皆以玁狁之故，言不得

〔一〕「往」，諸本無。

已而用兵，非上之人毒我也。此以義曉之，而託於軍士之自道，若其心之已諭耳。程子曰：「毒民不由乎上，則人懷敵愾之心矣。」○《補傳》曰：「《西漢·志》謂『懿王時，戎狄交侵，中國被其苦，詩人歌之曰：靡室靡家，玁狁之故』，謂懿王時重歌此詩，以勞士卒耳。」

采薇采薇，薇亦柔止。程子曰：「始長而柔。」**曰歸曰歸，心亦憂止。憂心烈烈，**今曰：「如火烈烈，言内熱也。」**載飢載渴。**《箋》曰：「載，則也。」**我戍未定，靡使歸聘。**《傳》曰：「聘，問也。」

遣戍之時，薇始生，其後薇始長而柔脆，則可食矣。感時物之變，念歸而憂。憂心烈烈而内熱，重以飢渴，勞苦甚矣。我戍守之事，未得安定，無人可使歸問其家之安否。將率受命之日，則忘其家，託爲將士自道之辭，而勉之以義也。

采薇采薇，薇亦剛止。曹氏曰：「薇剛則老硬，不可食矣。」**曰歸曰歸，歲亦陽止。**《箋》曰：「十月爲陽，時坤用事，嫌於無陽，故名此月爲陽。」**王事靡盬，不遑啓處。憂心孔疚，**音究。○《傳》曰：「疚，病也。」**我行不來。**《箋》曰：「來，猶反也。」

薇始長而柔，今又剛矣。十月爲陽，歸期當在十月之後，即上章所言歲莫也。十月以後至十二月，皆可稱歲莫。憂心雖甚病，而我之役未可以歸，亦託於其自道而勉之也。○十一月一陽生，十月新陽胎萌，故曰陽月，猶「四月秀葽」，以物成於陰，而四月微陰胎萌故也。

彼爾維何？爾，乃禮反。○《傳》曰：「爾，華盛貌。」**維常之華。**《傳》曰：「常，常棣也。」○解見《常棣》。**彼路斯何？**王氏曰：「路，戎路也。」**君子之車。**《箋》曰：「君子，謂將率。」**戎車既駕，**戎車，解見《六月》。**四牡業業。**《烝民·箋》曰：「業業，動也。」○今曰：「動而不息之意。有考，見《雲漢》。」**豈敢定居？一月三捷。**《傳》曰：「捷，勝也〔一〕。」○程子曰：「言速也。」

彼爾然而華盛者，維何木之華乎？維是常棣之華也。彼路車者，斯何人之車乎？維是君子將率之車也。此詩兼遣將率，故以常棣之華喻君子車飾之盛。君子既駕此戎車以出征，而四牡之馬，業業然動而不息，豈敢安居乎？其心自期一月之間，三戰而三捷耳。此託於將士自期之辭，以勉其立功之速也。

駕彼四牡，四牡騤騤。音葵。○今曰：「《傳》於此云『騤騤，彊也』，於《桑柔》云『不息也』。經『四牡騤騤』凡四出，今皆以爲不息。」**君子所依，**程子曰：「依，止也。」○朱氏曰：「猶乘也。」**小人所腓。**音肥。○《箋》曰：「小人戍役也。」○程子曰：「腓，從動之義。」○今曰：「腓，足肚也。《易·咸卦》『咸其

〔一〕「傳曰捷勝」四字，底本殘泐，據復本補。

腓』，如足之腓，身動則隨而動也。」**四牡翼翼，**錢氏曰：「翼翼，整肅貌。」**象弭魚服。**弭音敉。○《傳》曰：「象弭，弓反末也。」○《箋》曰：「弭以象骨爲之，以助御者解轡紒，宜滑也。服，矢服也。」紒音計，又音結。○疏曰：「弭者，弓弰之名，是弓之末弭。弛之則反曲，故云弓反末也〔一〕。繩索有結，用以解之，故曰所以解紒也。《左傳》云：『歸夫人魚軒〔二〕。』服虔云：『魚，獸名。』則魚皮又可以飾車也。」弰音梢。○陸璣曰：「魚獸似豬，東海有之。」**豈不曰戒〔三〕？玁狁孔棘。**《箋》曰：「棘，急也。」

駕彼四牡，其四牡騤騤然不息，此戎車者，將率之所依止，戍卒之所從動，帥乘輯睦可知矣。遣將率、戍役同歌是詩，故以君子、小人兼言之。又四牡翼翼然整肅，其弓弰曰弭〔四〕，以象骨爲之，其矢服以魚獸之皮爲之。軍既閑習，器械又備，於時將士，豈不曰相警戒乎〔五〕？玁狁之難甚急，不可不討也。亦託於將士自道之辭，而因以警

〔一〕「故云」二字，底本殘泐，據復本補。

〔二〕「歸夫」二字，底本殘泐，據復本補。

〔三〕「曰」，原作「日」，據味本、李本、授本、聽本及《毛詩正義》卷九之三改。按，阮元《毛詩正義校勘記》云：「《釋文》云：『曰音越，又人栗反。』上一音是也，下一音字即宜作『日』，非也。《箋》意是『曰』字。」故以作「曰」爲是。

〔四〕「弰曰」二字，底本殘泐，據復本補。

〔五〕「曰」，原作「日」，據味本、聽本改。按，此句襲《鄭箋》意，《箋》云：「言君子小人豈不曰相警戒乎？誠曰相警戒也。」

勑之〔一〕。

昔我往矣，楊柳依依。《傳》曰：「楊柳，蒲柳也。」〇柳〔二〕，解見《秦·車鄰》。〇錢氏曰〔三〕：「依依，柳柔弱之貌。」**今我來思**〔四〕，李氏曰：「思，語辭也。」**雨雪霏霏。**雨音諭。霏音妃。〇《傳》曰：「霏霏，甚也。」〇《釋文》曰：「雨雪貌。」**行道遲遲**〔五〕，《傳》曰：「遲遲，長遠也。」**載渴載飢。我心傷悲，莫知我哀。**

言昔我往征戍之時，蒲柳依依然柔弱，即首章所言采薇之時也；今我來歸，遇雪下霏霏然，即首章所言「歲亦莫止」也。首尾申言之，亦丁寧以安其心也。此言霏霏，想像而預言之耳。我行道遲遲然長遠，又困於飢渴，我心甚傷悲矣，莫有知我之哀苦者。文王遣戍而言莫知其勞苦，乃所以深言其知之也。《傳》曰：「君子能盡人之情，故人忘其死。」

〔一〕「於將」至「勑之」十三字，底本殘泐，據復本補。
〔二〕「昔我」至「〇柳」十七字，底本殘泐，據復本補。
〔三〕「鄰〇錢氏曰」五字，底本殘泐，據復本補。
〔四〕「今我來」三字，底本殘泐，據復本補。
〔五〕「遲遲」二字，底本殘泐，據復本補。

《采薇》六章，章八句。

《出車》〔一〕**，勞還率也。**勞去聲。還音旋。率，衰之去，餘同。○《箋》曰：「遣將率及戍役，同歌同時，欲其同心；反而勞之，異歌異日，殊尊卑也。《禮記》云：『賜君子、小人不同日。』」○程子曰：「此詩所賦，自受命至還歸，其事有序，大要在歸功將率。」

《采薇》，方遣行之初而預道其將來之勞苦，見深體之心也；《出車》《杕杜》，當還歸之後而追述其已往之勞苦，示不忘之意也。

我出我車，于彼牧矣。《釋地》曰：「郊外曰牧。」**自天子所，**王氏曰：「天子，紂也。」○董氏曰：「文王爲西伯，雖得專征，必以王命行之。」**謂我來矣。召彼僕夫，**《傳》曰：「僕夫，御夫也。」**謂之載矣。王事多難，**去聲。**維其棘矣。**《箋》曰：「棘，急也。」

文王命南仲伐昆夷、玁狁，成功而還，述其始事以勞之。託爲將率自道之辭，言我駕出我之戎車，往彼郊外之牧地者，蓋有人來自商王之所，命我爲此行也。我是以召御

〔一〕按，《出車》一詩，底本有缺頁及嚴重殘泐，今全詩據復本替換配補。

車僕夫，令使裝載而往也。興師出於王命，名正言順矣，非文王之私也。王事多難，昆夷、玁狁並起爲患，其勢甚急，非生事好功也，將率可謂能體國矣。一章述其前時之忠敬，以慰勞之也。

我出我車，于彼郊矣。李氏曰：「郊與牧義同。」**設此旐矣，**《傳》曰：「龜蛇曰旐。」○疏曰：「此及下《傳》『鳥隼曰旟，交龍爲旂』，皆《春官·司常》文也。」**建彼旄矣。**《傳》曰：「旄，干旄。」○朱氏曰：「建，立也。」○《箋》曰：「建之戎車。」○疏曰：「旄在地已屬之於干旄，言建旄亦同建之也。」**彼旟旐斯，**旟，解見《鄘·干旄》。○朱氏曰：「鳥隼龜蛇，《曲禮》所謂『前朱雀而後玄武』也。」○楊氏曰：「師行之法，四方之星各隨其方，以爲左右前後，進退有度，各司其局，則士無失伍離次矣。」○《補傳》曰：「至《周官》則建此各有等，今並建之，意商以前用此法耳。」**胡不旆旆？**音佩。○朱氏曰：「旆旆，飛揚之貌。」○董氏曰：「禮云：『德車結旌，武車綏旌。』綏謂垂舒之也。」綏，耳隹反。**憂心悄悄，**鍬之上。○《邶·柏舟·傳》曰：「悄悄，憂貌。」**僕夫況瘁。**音萃。○《箋》曰：「況，茲也。瘁，憔悴也。」

設爲將率之辭，言我出車往彼郊地之時，人競於趨事，或設旐於干，或建旄於車。車上載干，干上設旐，干首有旄。旄、旐互言之耳。言此旐彼旄，見一時並設也。彼旟與旐，何有不旆旆然飛揚者乎？言皆旆旆然飛揚，軍容甚張也。軍容雖甚張，然臨事而懼，故憂心悄悄然。其僕夫左右之人〔一〕，亦爲之憔悴，則將率可知矣。二章述其前時之戒懼，以慰勞之也。○繼旐曰旆，旐以全帛爲之，續旐末爲燕尾者，名之爲旆，言旆之本體也。《左傳》「建而不旆」，言不張旆也〔二〕；此「胡不旆旆」，乃飛揚之貌；《生民》「荏菽旆旆」，亦揚起也。

王命南仲，《傳》曰：「王，殷王也。南仲，文王之屬。」**往城于方。**《傳》曰：「方，朔方，近玁狁之國也。」○疏曰：「朔方，地名。」○朱氏曰：「今靈、夏州，西夏所據之地。」○曹氏曰：「即《六月》所謂『侵鎬及方』是也。」**出車彭彭，**音棚。○今曰：「經中唯《載驅》『行人彭彭』必旁反，音如邦，自餘彭彭皆如字。《出車》詩『出車彭彭』，《傳》云『馬貌』，蘇氏云『壯盛』；《北山》『四牡彭彭』，《傳》云『不得息』；《大明》『駟騵彭彭』，疏云『强盛』；《烝民》『四牡彭彭』，無《傳》，《箋》云『行貌』；《韓奕》『百兩彭彭』，無《傳》無《箋》；《駉》『以車彭彭』，《傳》云『有力有容』，其説不一，然不得息，即行之意，行而不息，亦由壯盛，其意一也。」**旂旐央央。**如字，又音英。○《傳》曰：「交龍爲旂。央央，鮮明也。」○朱氏曰：「交龍爲旂，所謂青龍也。」○《補傳》曰：「所謂旂旗動色，武夫生氣也。」**天子命我，城彼朔方。**程子曰：「禦戎狄之道，守備

〔一〕「其」，諸本無。

〔二〕「不」，底本殘存文字無。按，此語出《左傳・襄公十三年》，杜預注云：「建立旌旗，不曳其旆。」故從復本。

爲本，不以攻戰爲先也。」**赫赫南仲**，程子曰：「赫赫，德名顯盛也。」**玁狁于襄**。如字，或作攘。○《傳》曰：「襄，除也。」○今曰：「如『不可襄也』之襄。」

文王以殷王之命命南仲爲將，往築城於朔方，名正言順，氣勢增倍。故南仲出車，彭彭然壯盛，其旂與旐，央央然鮮明，乃稱王命以令衆，曰：天子命我來築城於朔方也。師直爲壯矣。朔方之地，爲玁狁所侵軼，今王命南仲驅去玁狁，以城之而已，不事窮黷之也。赫赫然顯盛之南仲，能除玁狁而驅之出境，述其功也。三章述其前時之奮揚〔一〕，以慰勞之也。《詩記》曰：「兵事以哀敬爲本，而所尚則威。二章之戒懼，三章之奮揚，並行而不相悖也。」

昔我往矣，黍稷方華。《箋》曰：「朔方之地，六月時也。」○疏曰：「方生華也。」○曹氏曰：「復以六月自北徂西，而伐西戎也。」**今我來思**，李氏曰：「思，語辭也。」**雨雪載塗**。雨音諭。○《傳》曰：「塗，凍釋也。」**王事多難**，去聲。**不遑啓居**。解見《四牡》。**豈不懷歸？畏此簡書**。《傳》曰：「簡書，戒命也。鄰國有急，以簡書相告，則奔命救之。」○疏曰：「古者無紙，有事則書之於簡，謂之簡書。」○長樂劉氏曰：「謂王命載之以竹簡也。」

〔一〕「時」，諸本作「事」。

《采薇》首章言玁狁之故，則遣戍專爲玁狁。此詩不及戰事，而言「玁狁于襄」，是玁狁不待戰而自遁，北方已定矣。既而西戎復興，於是以簡書就命南仲移師伐西戎。此章述南仲承命西伐之事也。言我昔自朔方而往伐西戎，當黍稷方華，六月之時也。今我自伐西戎，歸而在道，雪落釋爲塗泥，春初之時也。初謂止伐玁狁，期於歲莫，可以畢事而歸，因有西伐之命，遂致遷延，春初猶在道也。往返道路，如此之久，蓋以王事多危難，不暇啓處。我心豈不思歸乎？畏此告急之簡書，故奔命相救，不得還也。簡書謂移師西伐之命也。〇《采薇》言往，自周北戍之時也；此詩言往，自朔方西伐之時也。《采薇》言來，初期歸時也；此詩言來，自西戎歸而在道之時也。下章言春，乃至家耳。

喓喓草蟲，喓音腰。**趯趯阜螽。**趯音剔，螽音終，解並見《召南·草蟲》。〇朱氏曰：「此章言其室家相望之情也。」**未見君子，**《箋》曰：「君子，斥南仲也。」**憂心忡忡。**音充。〇《擊鼓》疏曰：「忡忡爲憂之意。」**既見君子，我心則降。**户江反。〇《箋》曰：「降，下也。」**赫赫南仲，薄伐西戎。**

當南仲出征在外之時，其室家思望之。「喓喓草蟲」六句，與《召南》義同。既見君子，亦望其歸之辭也。故曰：此赫赫然顯盛之南仲，伐西戎而未歸也。〇此章鄭氏以爲近西戎之諸侯，望王師之至〔一〕，然上章述已伐西戎，歸而在道，此章覆説未至西戎，諸侯望之〔二〕，則其言無倫序，當從朱氏。

春日遲遲，卉木萋萋。卉音諱，韻又音毁。○《傳》曰：「卉，草也。」○疏曰：「萋萋，茂美也。」**倉庚喈喈，**音皆。**采蘩祁祁。**曰：蘩，白蒿也。蘩，解見《采蘩》。祁祁，考見《七月》。**執訊獲醜，**程子曰：「訊，問也。其魁首當訊問者。」○《箋》曰：「醜，衆也。」○今曰：「醜，謂徒黨來降者〔三〕。」**薄言還歸。**還音旋。**赫赫南仲，玁狁于夷。**《傳》曰：「夷，平也。」○《箋》曰：「時亦伐西戎，獨言平玁狁者，玁狁大，故以爲始，以爲終。」

上章言其未歸也，室家望之；此章言其既歸也，室家喜之。春初在道，春深乃至，故

〔一〕「之至」，上海古籍出版社影印日本宫内廳書陵部藏元勤有堂本作「不□」，「不」下之字殘損，僅可辨左上爲「臣」。按，此應是修復時將缺頁之《小雅·杕杜》三章章指中「不堅」二字誤植在此。又，「不」字右側有殘損之「食」字，應是《小雅·杕杜》三章章指「可采而食」之「食」字，亦可證。

〔二〕「侯望」，上海古籍出版社影印日本宫内廳書陵部藏元勤有堂本作「□征」，「征」上之字殘損。按，此應是修復時將缺頁之《小雅·杕杜》三章章指中「疲征」二字誤植在此，「征」上之「疲」字右下筆畫尚可辨識。

〔三〕「黨」，畬本作「衆」。

言春日遲遲然陽氣舒緩，草木萋萋然茂美[一]，黄鸝喈喈然和鳴，采蘩以生蠶者，祁祁然衆多。於此之時，執其魁首之可問者，又獲其醜衆之降服者，乃赫赫然顯盛之南仲，平玁狁而還歸也。叙景物之暄妍[二]，稱將率之功伐，皆喜而道之也。蘩以生蠶，婦人之事，述其所見，知爲室家之言也。獨言玁狁，不言西戎者，舉出師所主也。《采芑》不戰，亦言「執訊獲醜」，此詩亦不戰而言之也。

《出車》六章，章八句。

《杕杜》[三]，勞還役也。 勞去聲。還音旋。○范氏曰：「《出車》勞率，故美其功；《杕杜》勞衆，故極其情。先王以己之心爲人之心，故能曲盡其情，民忘其死以忠於上也[四]。此詩首末皆序其家室

〔一〕「美」，顧本作「密」。

〔二〕「暄」，畬本作「晴」。

〔三〕按，《杕杜》一詩，底本有缺頁及嚴重殘泐，今全詩據復本替换配補。

〔四〕「民」上，吕祖謙《吕氏家塾讀詩記》卷十七引范氏説有「使」字。

思望之情以勞之也〔一〕。」

有杕之杜，曰：杜，赤棠也。解見《唐·杕杜》。**有晥其實。**晥，還之上濁。○《傳》曰：「晥，實貌。」○吕氏曰：「杜之有實，秋冬之交也。」**王事靡盬，繼嗣我日。日月陽止，**陽，解見《采薇》。**女心傷止，征夫遑止。**

興之不兼比者也。戍役來歸，追述未還之時，室家思望之情以勞之，示上之知其勞也。言杕然特生之杜，有晥然之實，是秋冬之交，婦人感時物之變，而思其君子之未得歸。故言王事不可不堅固，我征夫行役，以日繼日，無有休息之期，以至日月陽止，歲將莫矣，婦人之心憂傷矣，征夫閒暇可歸矣，望之之辭也。言「日月陽止」者，以《采薇》遣戍之初，期以歲亦陽止而歸也。

有杕之杜，其葉萋萋。丘氏曰：「萋萋，新葉。」**王事靡盬，我心傷悲。卉木萋止，女心悲止，征夫歸止。**

杕杜萋萋然生新葉，則春又將莫矣。自秋冬之交，即望其歸，既而歲莫不至，爽初期

〔一〕「家室」，諸本作「室家」。按，此句不見於范處義《詩補傳》，又據段昌武《毛詩集解》卷十六所引，此句實爲朱熹之說，作「室家」。

矣。今至春莫，猶以王事之故，而使我心傷悲也。草木皆萋然有葉矣，女心傷悲矣，征夫可以歸矣，亦望之之辭也。

陟彼北山，言采其杞。 今曰：「枸杞也。三杞，考見《四牡》。」**王事靡盬，憂我父母。** 丘氏曰：「君子之父母也。」**檀車幝幝，** 音闡。○〔一〕《傳》曰：「幝幝，敝貌。」**四牡痯痯，** 音管。○《傳》曰：「痯痯，罷貌。」罷音皮。**征夫不遠。**

北山之枸杞，可采而食，則春莫矣。時物之變如此，而君子久役未歸，以王事不可不堅固，至貽我父母之憂。檀車幝幝然而敝，四牡痯痯然而疲，征夫不遠而當歸也，亦望之之辭。○鄭云：「杞，非常菜也。」孔氏云：「杞，木本，非食菜。」皆不明言其爲何物，以采言之，當是枸杞。呂氏、朱氏以爲春莫杞可食，杞之可食者惟枸杞也。婦以事舅姑爲職，《汝墳》勉其夫以正，則曰「父母孔邇」，蓋謂不必憂家也；此詩望其夫之歸，則曰「憂我父母」，蓋謂父母思之，當早歸也。《汝墳》則下之人明其義，此詩則上之人體其情，各盡其道也。

〔一〕「○」下，畬本有：「毛氏曰：『檀車，役車也，檀木堅，宜爲車。』」

匪載匪來，憂心孔疚。期逝不至，《傳》曰：「逝，往也。」○疏曰：「往，過也。」**而多爲恤。**《傳》曰：「恤，憂也。」**卜筮偕止，**《箋》曰：「偕，俱也。」**會言近止，征夫邇止。**

庶幾其歸且不遠矣，既而車則不裝載，人則不來歸，所以憂心甚病也。約歸之期已過而猶不至，使我多爲憂恤矣。本期歲莫則歸，而春深猶未至，是其期已過也。於是或卜之龜，或筮之蓍，二者皆占問之，其言會合，皆云近矣，則庶幾征夫之歸近矣。○此詩四章皆不言戍役來歸之事，唯述其未歸之時，室家思望之切如此，則今日之歸，其喜樂爲何如也，所以慰勞之也。

《杕杜》四章，章七句。

《魚麗》〔一〕，音离。**美萬物盛多，能備禮也。文、武以《天保》以上治內，《采薇》以下治外，始於憂勤，終於逸樂。**音洛。**故美萬物盛多，可以告於神明矣。**告音梏。○朱氏曰：「此燕饗通用之樂歌，極道物多且盛，見主人禮意之勤以優賓也。」

〔一〕按，《魚麗》一詩，底本有缺頁及嚴重殘泐，今全詩據復本替換配補。

文、武無逸樂之事，逸樂亦非文、武之心，所謂「終於逸樂」，《後序》衍説也，開後世人主怠政之漸矣。或曰：「始」「終」，通言周興之本末。「始於憂勤」，言其心，謂其初創造之艱難也；「終於逸樂」，言其效，謂其後功成治定，遺後人以太平也。所謂《既醉》「太平」，《鳧鷖》「守成」，皆成王之事，而文、武憂勤之效也。文、武之時，頌聲未作，此詩燕饗之樂歌，非告神明之詩，而曰「可以告」，亦要其後而言之耳。然周公戒成王以無皇耽樂，是人主雖當逸樂之時，不可有逸樂之心，況治未及成周者，可不兢兢業業乎？疏曰：「時雖太平，猶非政洽，頌聲未興，未可以告神明，但美而欲許之，故云『可以』。」○《補傳》曰〔一〕：「可以告神明，猶言頌聲可作耳，此非告神明之詩也。文王之風，終於《騶虞》，《序》以爲王道成，則近於雅矣；文、武之雅，終於《魚麗》，《序》以爲可告神明，近於頌矣。」○程子曰：「《六月·序》云：『《魚麗》廢則法度缺矣。』物不足則不能備法度也。」○曹氏曰：「物之生子最多者〔二〕，莫如魚，故牧人之夢，以『衆維魚矣』爲豐年之兆。」

〔一〕「○補傳曰」，復本及諸本無。按，「可以告神明」至「近於頌矣」，非孔疏語，乃范處義之語，見《詩補傳》卷十六，故於「可以告神明」前補「○補傳曰」。

〔二〕「子」，復本作「於」，據顧本改。按，段昌武《毛詩集解》卷十六引曹氏説「於」作「子」，可證。

魚麗于罶，音柳〔一〕。○《傳》曰：「麗，歷也。罶，曲梁也，寡婦之笱也。」○疏曰：「曲薄也，以薄爲魚笱，其功易成，故號之寡婦笱耳，非寡婦所作也。」○今曰：「《周勃傳》『織薄曲』，師古注：『葦薄爲曲也。』」**鱨鯊。**音當沙。○《傳》曰：「鱨，揚也。鯊，鮀也。」鮀音駝。○郭璞曰：「鯊，今吹沙也。」○陸璣曰：「鱨一名黄揚，今黄頰魚是也。似燕頭魚，身形厚而長大〔二〕，頰骨正黄，魚之大而有力解飛者。鯊魚狹而小，常張口吹沙，故曰吹沙。」○山陰陸氏曰：「鱨，今黄鱨魚也，性浮而善飛躍，故一曰揚也。鯊性沈，大如指，狹圓而長，有墨點文，常沙中行，亦於沙中乳子，故張衡云：『縣淵沈之鯊鰡也。』《字指》云：『鰡，鯊屬。』《異物志》云：『吹沙，長三寸許，背上有刺螫人。』《海物異名記》云：『鯊似鯽而狹小。』」鰡音留，見張平子《歸田賦》。**君子有酒，**句。○舊以「君子有酒旨」爲句，今從朱氏。○疏曰：「君子指武王。」**旨且多。**《箋》曰：「旨，美也。」

魚麗于罶，魴鱧。音禮。○曰：魴，鯿也。解見《陳·衡門》。○《釋魚》曰：「鱧，鯇。」鯇音睆。○今曰：「毛氏以鱧爲鮦，《本草》云：『蠡一名鮦，今黑鯉魚，道家以爲厭者也。』郭璞云：『鱧，鮦。』山陰陸氏云：『鱧，今玄鯉，與蛇通氣。』是郭璞、陸氏皆同毛説，以鱧爲今之烏鯉魚也，今不從。舍人云：『鱧名鯇〔三〕。』陸璣云：

〔一〕「音柳」，畬本作「麗音離。罶音柳」。

〔二〕「長大」，聽本、仁本及《毛詩正義》卷九之四引陸《疏》同，他本作「大長」。

〔三〕「鱧」，復本作「鯉」，據顧本、畬本、薈本、仁本改。薈本校云：「刊本『鱧』訛『鯉』，據《爾雅疏》改。」

『鱧，鯇也，似鯉，頰狹而厚。』是舍人與陸璣皆以鱧爲今之鯇魚也。今從之。」鮦音同，又音寵，亦作鱸。蠡音禮。**君子有酒，多且旨。**

魚麗于罶，鰋鯉。鰋音偃。○曰：鰋，似鮎也。鮎音拈。○今曰：「毛氏及前儒皆以鮎釋鰋，惟郭璞以鰋、鮎各爲一魚。鰋，今偃額白魚也。鮎别名鯷，《本草》：『鮧，一名鮎魚，一名鯷魚。』是鮧、鮎、鯷爲一魚，不言是鰋，見郭璞與《本草》合。《毛傳》質略，當言似鮎耳〔一〕。《本草》：『鯉魚脊中鱗一道，數至尾，無大小並三十六鱗，有赤鯉，有白鯉，有黄鯉三種。』」**君子有酒，旨且有。**曹氏曰：「有，言用之而愈有也。」

捕魚者以寡婦笱施之水中，而魚麗歷於其中者，有鱨揚，有鯊鮀，有魴鯿，有鱧鯇，有似鮎之鰋，有三十六鱗之鯉，以六魚略言之，見魚之多耳。寡婦笱以薄爲之，苟簡易成，非工緻之器。又施於水中，以待魚之自至，而其魚靡所不有，萬物盛多可知矣。君子又有酒，美而且多，以之行禮，無不備也。○孔氏以鱨、鯊皆爲大魚；陸璣以鱨爲大魚，鯊爲小魚；山陰陸氏以鱨、鯊皆爲小魚。山陰陸氏又云：「鱨魚黄，魴魚青，鱧魚玄，鰋魚白，鯉魚赤。」又云：「鱨、鯊小魚，魴、鱧中魚，鰋、鯉大魚。」又云：「鱨、鯊長魚；魴、鱧之魚，則一方一圓；鰋、鯉之魚，則一俯一仰。」又：「鱨、鯊、魴其性

〔一〕「略當」，顧本作「直」。「耳」下，畬本有「不當直訓鮎也」六字。

浮，鱧、鰋、鯉其性沈。」意謂五色之備，而小大長短浮沈之不同也〔一〕。然詩人言鱨、鯊、魴、鱧、鰋、鯉，不過如《潛頌》言「有鱣有鮪，鰷鱨鰋鯉」，多著魚名以見魚之多，非謂止有此六魚也。此六魚一一爲之説，則《潛》六魚豈又皆有説乎？鱨、鯊大小猶未有定説，不必泥可也。《傳》曰：「太平而後微物衆多，取之有時，用之有道，則物莫不多矣。古者不風不暴，不行火，草木不折不芟，斧斤不入山林。豺祭獸，然後殺。獺祭魚，然後漁。鷹隼擊，然後罻羅設。是以天子不合圍，諸侯不掩羣，大夫不麛不卵，士不隱塞，庶人不數罟，罟必四寸然後入澤梁。故山不童，澤不竭，鳥獸魚鼈皆得其所然。」暴音僕。罻音畏。數，七欲反。○疏曰：「風暴，謂北風也。芟，蓋葉落而盡，似芟之也。皆十月也。不圍之使匝，恐盡物也。梁，止可爲防於兩邊，不得當中，皆隱塞。」匝音匝。

物其多矣，維其嘉矣。

多則患其不善，今既多而又嘉矣。

物其旨矣，維其偕矣。蘇氏曰：「偕，齊也。」○《詩記》曰：「旨即所謂嘉也。物雖嘉旨，然陸産或不如水産之盛，澤物不如山物之蕃，猶未可以言偕也。」

〔一〕「沈」，味本、姜本、授本、聽本作「深」。葉校云：「『沈』，即指上文『鱧、鰋、鯉其性沈』言之，作『深』誤。」

變嘉言旨，旨即嘉也。旨而偕，則無不美也。

物其有矣，維其時矣。

有，言無一或缺，即所謂偕也。物既偕又有，適當其時，然後盡善。今既有而且得其時矣。○《詩經》說禮，多言時。《魚麗》「維其時矣」，《楚茨》「孔惠孔時」，《頍弁》「爾殽既時」，《賓之初筵》「以奏爾時」，《生民》「胡臭亶時」。蓋時者，適其時之宜。三時不害，而奉酒醴以告神，《魚麗》《楚茨》《生民》所謂時也；君子之食惟其時，物不時不食，《頍弁》《賓之初筵》所謂時也。雖所言有廣狹，皆謂適其宜也。《詩記》曰：「所謂時者，不專爲用之之時也。苟非國家閒暇，內外無故，則物雖盛，不能全其樂矣。」

《魚麗》六章，二章章四句，三章章二句。

《南陔》[一]，音該。○今曰：「李善注《補亡詩》云：『陔，隴也。』呂向云：『南方，養萬物方，此以

[一]「南陔」以下至卷末，底本殘損嚴重，今據復本替換配補。

戒養，故取之爲名。』」孝子相戒以養也。養音様。《白華》，孝子之潔白也。《華黍》，時和歲豐，宜黍稷也。有其義，而亡其辭。《箋》曰：「此三篇者，鄉飲酒、燕禮用焉，曰『笙入，立于縣中，奏《南陔》《白華》《華黍》』，是也。孔子論詩，雅頌各得其所，時俱在耳，篇第當在於此。遭戰國及秦之世而亡之，其義則與衆篇之義合編，故存。至毛公爲《詁訓傳》，乃分衆篇之義，各置於其篇端。云又闕其亡者，以見在爲數，故推改什首，遂通耳，而下非孔子之舊。」縣音玄。○《釋文》曰：「此三篇蓋武王之時，周公之禮，用爲樂章，吹笙以播其曲。孔子删定在三百一十一篇内〔一〕。遭戰國及秦而亡。子夏序《詩》，篇義合編，故詩雖亡而義猶在也。毛氏《訓傳》，各引《序》冠其篇首〔二〕，故《序》存而詩亡。」○疏曰：「『有其義，而亡其辭』，此二句毛氏著之也。子夏得爲立《序》，則時未亡，以《六月序》知次在此處也。孔子之時尚在，漢氏之初已亡，故知戰國及秦之世而亡之也。」

董氏以爲笙入者，有聲而無詩，非失亡之，乃本亡也。此説非也。樂以人聲爲主，人聲即所歌之詩也。若本無其辭，則無由有其義矣。《序》本因其辭以知其

〔一〕「在」，味本、李本、姜本、顧本、薈本、仁本作「有」。

〔二〕「冠」，復本作「魁」，據畲本及陸德明《經典釋文》卷六改。

義，後亡其辭，則惟有《序》所言存耳〔一〕。

〔一〕「耳」下，畬本有：「○《詩記》曰：『《六月·序》小雅諸篇，《魚麗》之後，初一曰《南陔》，次二曰《白華》，次三曰《華黍》，次四曰《由庚》，次五曰《南有嘉魚》，次六曰《崇丘》，次七曰《南山有臺》，次八曰《由儀》，與《鄉飲酒禮》《燕禮》之序，奏樂皆合。《鄉飲酒禮》：「笙入，樂《南陔》《白華》《華黍》，乃間歌《魚麗》，笙《由庚》，歌《南有嘉魚》，笙《崇丘》，歌《南山有臺》，笙《由儀》。」《燕禮》之序亦然。間歌之次，正與《六月》之序同，以孔氏之説考之，則毛公降《崇丘》《由庚》，下從《由儀》耳。此孔子之舊也。蘇氏復《南陔之什》既得之矣，而《由庚》《崇丘》，尚仍毛氏之舊，今釐正之。董氏以爲笙入者，有聲而無詩。其説不爲無理，然《國語》叔孫穆子聘晉，伶簫詠歌《鹿鳴》之三，《鹿鳴》之三既可與簫相和而歌，則《南陔》以下，豈不可與笙相和而歌乎？』」

詩緝卷之十八

嚴粲述

南有嘉魚之什 小雅

陸氏曰：「自此至《菁菁者莪》六篇，并亡篇三，是成王、周公之正小雅。」

《南有嘉魚》，樂與賢也。 樂音洛。 **大平之君子**大音泰**至誠，樂與賢者共之也。** 朱氏曰：「此亦燕饗通用之樂。」

《南有嘉魚》《南山有臺》皆燕賢之樂歌，故曰「樂與賢」「樂得賢」，言以樂樂之也，猶《射義》言「《騶虞》者，樂官備也；《采蘋》者，樂循法也；《采蘩》者，樂不失職也」，皆以播之樂歌爲樂之也。《嘉魚》謂之與賢，以詩言有酒燕賓，是與之相親也；《有臺》謂之得賢，以詩言「邦家之基，爲民父母」，因以致福壽名譽，是得之爲用也。陳氏曰：「大平之君，意滿志得，侈心日生，得賢則未必有益於治，失賢則亦未必趨於亂，是以賢者漸致疏棄，不肖者漸致狎昵，間有勉彊與賢者共享其樂，亦不能久。今也至誠，樂與賢者共之，非天資重厚，學與性成，不能如是也。」

南有嘉魚，《傳》曰：「江漢之間，魚所産也。」○《箋》曰：「南方水中有善魚。」**烝然罩罩。** 張教反。○

王肅曰：「烝，衆也。」○《傳》曰：「罩，篧也。」篧音鷟，助角反。○郭璞曰：「捕魚籠也。」○李巡曰：「編細竹以爲罩，無竹則以荆，謂之楚篧。」**君子有酒，**丘氏曰：「君子，成王也。」○今曰：「《箋》以君子爲斥時在位者，今不從。」**嘉賓式燕以樂。**音洛，協句，五教反。○丘氏曰：「嘉賓，新進之賢也。」○《箋》曰：「式，用也。」

興也。魚深潛者也，南方江漢之間産善魚，編細竹以爲罩而籠取之，羣然罩之又罩，而後得之，興賢者隱伏於下，必人君勤求而後得之也。今賢者既至，成王有酒，與此新至之嘉賓，用燕飲而相樂。未至則勤求之，已至則燕飲之，是樂與賢也。○成周大平持守之時，所用之人，必先有德。《立政》之書、《卷阿》之詩皆曰「用吉士」。此詩魚曰嘉，則味之美；瓠曰甘，則可以養人；鵻爲孝鳥，皆喻吉士也。○左太沖《蜀都賦》云：「嘉魚出於丙穴。」注云：「丙穴，在漢中沔陽縣北，有乳穴二所，常以三月取之。丙，地名也。」山陰陸氏云：「嘉魚，鯉質，鱒鱗，肌肉甚美。食乳泉，出於丙穴。穴口向丙，故曰丙也。」如上所言，則以嘉爲魚名，然下文樛木非木名，則嘉魚亦非魚名。要之詩人以魚之嘉者、瓠之甘者喻賢耳。

南有嘉魚，烝然汕汕。音訕。○《傳》曰：「汕汕，樔也。」樔音嘲，韻作罺。○《箋》曰：「今之撩罟。」撩音料，又音僚。○李巡曰：「以薄取魚也。」○李氏曰：「山陰陸氏云：『上籠之如罩，下撩之如汕，至誠之道也。』《淮南子》云：『罩者抑之，罾者舉之，爲之雖異[一]，得魚一也。』觀此則知詩人先言罩，後言汕者，以見其求賢無方也。」**君子有酒，嘉賓式燕以衎。**看之去。○《傳》曰：「衎，樂也。」

南有樛木，樛音鳩。**甘瓠纍之。**瓠音護。纍音縲。○《詩記》曰：「瓠有甘有苦，甘瓠則可食者也。」○今曰：「纍，纏繞也。」**君子有酒，嘉賓式燕綏之。**《箋》曰：「綏，安也。」

興也。南方有樛然下曲之木，故瓠之甘而可食者，得上而纏繞之，興成王屈己下賢，則賢者得以上進，固結而不可解也。綏之謂燕飲以安之。醴酒不設而穆生去，蓋禮貌衰則不能安賢者之心也。

翩翩者鵻，音追。○曰：鵻，鵓鳩也。解見《四牡》。○《傳》曰：「鵻，壹宿之鳥。」○《箋》曰：「壹宿者，壹意於其所宿之木也，喻賢者有專壹之意於我。」**烝然來思。**疏曰：「思，語辭也。」**君子有酒，嘉賓式燕又思。**今曰：「思皆爲語辭。」

人君之於賢，始則多方勤求之，繼則禮貌以招延之，其後則賢者聞風自至，如翩翩然

[一]「雖異」，授本、聽木、復本作「難異」，呂祖謙《呂氏家塾讀詩記》卷十八所引李氏說亦作「難異」。按，《淮南鴻烈解》卷十七《說林訓》作「異」。

飛者，是孝鳥鵓鳩，羣然而自來也。《卷阿》言吉士，以有孝有德稱之，故此詩以孝鳥喻賢也。又思者燕而又燕，見交際之款洽，所謂「至誠」「樂與」也。○或云：思爲語助者，上字協韻；思慮之思者，本字協韻。來字與思字協韻，然《漢廣》「求思」「泳思」「方思」皆語助，其上字皆不協韻，以見古人韻緩，二詩皆語辭就以爲韻也。

《南有嘉魚》四章，章四句。

《南山有臺》，樂得賢也。樂音洛。**得賢則能爲邦家立大平之基矣。**爲去聲。○《補傳》曰：「樂與者，樂與賢者相處也；樂得者，樂得賢者爲用也。」

賢者爲立治之本，成王之樂，樂以天下也。

南山有臺，《補傳》曰：「南北，指周地之南北也。」○陸璣曰：「臺，莎草也。」○《釋草》曰：「臺，夫須。」夫音符。○今曰：「以莎草爲衣，則謂之蓑。莎爲草名，蓑爲衣名。莎草又可爲笠。」**北山有萊。**《傳》曰：「萊，草也。」○疏曰：「陸璣云：『萊，草名，其葉可食。今兗州人烝以爲茹，謂之萊烝。』以上下類之，皆指草木之名，其義或當然矣。」○朱氏曰：「萊，草名，葉香可食者。」**樂只君子，**樂只音洛止。○丘氏曰：「只，辭也。」**邦家之基。樂只君子，萬壽無期。**今曰：「無期，言無窮也，有期則有時而止。」

興也。周地之南山則有臺，北山則有萊，喻周家得賢之盛，隨取隨有，樂哉成王，可以爲邦家之基本，可以得萬壽之福而無期也。陳氏曰：「壽夭，天也，得賢何益於壽？曰：君子有四時、朝夕、晝夜，節宣其氣，勿羸其體。苟不近賢者，則非鬼非食，惑以喪志，雖欲壽，得乎？」

南山有桑，曹氏曰：「可蠶以爲衣。」**北山有楊**。曰：楊，蒲柳，可爲箭笴，又堪爲屋材〔一〕。解見《秦·車鄰》。○曹氏曰：「可爲舟。」**樂只君子，邦家之光。樂只君子，萬壽無疆。**

臺、萊、桑、楊、杞、李、栲、杻、枸、楰，多其名者，喻賢之多而皆有用也。得賢之盛，則邦之榮懷，而福壽名譽之所歸也。

南山有杞，音起。○陸璣曰：「杞，一名苟骨〔二〕，山木也〔三〕，其樹如樗，理白而滑，可以爲函及檢板〔四〕，其子爲木蝨，可合藥。」○曹氏曰：「梓杞也。」○三杞，考見《四牡》。**北山有李**。曹氏曰：「李可食。」**樂只君子，民之父母。樂只君子，德音不已。**

〔一〕「堪」，諸本作「可」。

〔二〕「苟」，顧本作「枸」，他本及《毛詩正義》卷十之一《釋文》引陸《疏》作「狗」。

〔三〕「木」，味本作「林」，他本作「材」。

〔四〕仁本校云：「『檢板』，或作『簡板』。」

得賢則澤及於民，而民親戴之，稱頌之。

南山有栲，音考。○曰：栲，山樗也，可爲車輻。解見《唐·山有樞》。**北山有杻。**音紐。○曰：杻，檍也，可爲弓弩幹。解見《唐·山有樞》。**樂只君子，遐不眉壽。樂只君子，德音是茂。**《箋》曰：「茂，盛也。」

遐不眉壽，猶云不遐遠眉壽乎？秀眉，壽證也。

南山有枸，音矩。○《傳》曰：「枳枸也。」○疏曰：「《釋木》無文。」○陸璣曰：「枸樹高大，似白楊，有子著枝端，大如指，長數寸，噉之甘美如飴。八九月熟，今官園種之，謂之木蜜。本從南方來，其木能令酒薄，若以爲屋柱，一室之内酒皆少味也。」**北山有楰。**音庾。○《釋木》曰：「楰，鼠梓。」○郭璞曰：「楸屬也。」○陸璣曰：「其樹葉木理如楸，山楸之異者，今人謂之苦楸是也。」○曹氏曰：「宫室之良材。」**樂只君子，遐不黄耇。**音苟。○《傳》曰：「黄，黄髮也。耇，老也。」○疏曰：「舍人云：『老人髮白復黄也。』」**樂只君子，保艾爾後。**艾音礙，沈音刈。○《傳》曰：「保，安也。艾，養也。」○曹氏曰：「凡此皆可用之材，成王能得之以爲用，兼收並蓄，巨細不遺，國家賴之，是以基本堅固，事業光華，人民有所怙恃，而治安彊盛，名譽發越，福禄無窮，不止於其身，而且有以燕及子孫，是可樂也。」

疏引宋玉賦「枳枸來巢」以證毛説，然《風賦》字作「枳句」，李善注：「橘踰淮爲枳。句，曲也。」句音溝，非毛義也。

《南山有臺》五章，章六句。

《由庚》，今曰：「李善注《補亡詩》云：『由，從也。庚，道也。言物並得從陰陽之道理而生也。』」**萬物得由其道也。《崇丘》，**今曰：「李善注《補亡詩》云：『萬物生長於高丘者，皆遂其性，得極其高大也。』」**萬物得極其高大也。《由儀》，**今曰：「儀謂用物以禮，不暴殄也。」**萬物之生，各得其宜也。有其義而亡其辭。**《箋》曰：「此三篇者，鄉飲酒、燕禮亦用焉，曰：『乃間歌《魚麗》，笙《由庚》，歌《南有嘉魚》，笙《崇丘》，歌《南山有臺》，笙《由儀》。』亦遭世亂而亡之。《燕禮》又有『升歌《鹿鳴》，下管《新宮》』，《新宮》亦詩篇名也。辭義皆亡，無以知其篇第之處。」○《釋文》曰：「此三篇義與《南陔》等同，依《六月·序》，《由庚》在《南有嘉魚》前，《崇丘》在《南山有臺》前，今同在此者，以其俱亡，使相從耳。」○疏曰：「言間歌者，堂上堂下遞歌，不比篇而間取之。笙者，在笙中吹之。案，《魚麗》武王詩也，而與《嘉魚》間歌，《南陔》等三篇亦武王詩也，乃在堂下笙歌之。是武王之詩，得下管用之也。」

《蓼蕭》，蓼音六。**澤及四海也**〔一〕。

《蓼蕭》《湛露》《彤弓》皆天子燕饗諸侯之樂歌，而其用有别。《湛露》《彤弓》以「顯允君子」「我有嘉賓」稱諸侯之美，則爲燕饗諸侯無疑也。《蓼蕭》之詩以「零露」喻王澤，以「既見君子」稱天子，其下皆稱贊天子之辭。若天子用之以燕諸侯，不應自稱己之美，而不稱諸侯之美。蘇氏謂人君以《鹿鳴》五詩燕其臣，羣臣以《天保》答其歌，於其燕也，皆用之。今以《蓼蕭》之詩，亦諸侯答《湛露》《彤弓》之歌，故本《序》不言「燕諸侯」，而云「澤及四海也」。諸侯以蕭草自喻，君臣之辭也。《箋》以爲四夷之長，則拘矣。

蓼彼蕭斯，《傳》曰：「蓼，長大貌。」○曰：蕭，香蒿也，萩也，牛尾蒿也。萩音秋。**零露湑兮**，湑，須之上。○曹氏曰：「湑，潤澤也。」**既見君子**，《箋》曰：「君子，天子也。」**我心寫兮**。《傳》曰：「寫，輸寫也。」○今曰：「心有憂則鬱而不泄，如傾寫器中之物，則舒快矣。」**燕笑語兮，是以有譽處兮**。處音杵。○錢氏曰：「譽，名也。處，所處之位也。」

〔一〕「也」下，畬本有小字：「鄭氏曰：『九夷八狄七戎六蠻，謂之四海。』」

興也。此爲諸侯歌之以答君，故以微草自喻。言蓼然長大者，是彼蕭之微草。天之零露，湑然潤澤，無微不被，喻我諸侯來朝，王者推恩以接之，無所不及也。蕭茂則受露多，故以蓼言之也。諸侯朝見天子，輸寫其心，謂傾盡無留藏也。天子與之燕飲而笑語，接之以温厚，故下情喜悦，稱贊天子，云宜其有譽有處也。有譽則得其名，有處則保其位，大榮大安也。「既見」者，幸辭也，喜見之也。〇毛氏云：「蕭，蒿也。」《釋草》云：「蕭，萩。」李巡云：「萩，一名蕭。」郭璞云：「即蒿也。」如上所言，則蕭即蒿也。《釋草》又云：「蒿，菣，蔚，牡菣。」郭璞云：「菣，今青蒿，牡菣無子者。」如上所言，則蒿非蕭也。山陰陸氏云：「蒿之類至多。」陸璣云：「蕭，今人所謂萩蒿，或謂之牛尾蒿，似白蒿，莖麤，科生，有香氣，故祭祀以脂爇之爲香。」以此言之，蒿者總名也。曰蕭者，蒿之香者也，故取蕭祭脂，疏以爲香蒿也。凡諸蒿曰蘩者〔一〕，白蒿也，皤蒿也；曰苹者，藾蒿也；曰菣者，青蒿也；曰蔚者，牡蒿也，馬薪蒿也；曰莪者，蘿

〔一〕「蘩」，原作「繁」，據諸本改。

蒿也，莪蒿也，蘩蒿也，角蒿也；又有邪蒿、蔞蒿之名，見蒿之類不一〔一〕。菣，去刃反〔二〕。

蓼彼蕭斯，零露瀼瀼。音穰。○《傳》曰：「瀼瀼，露蕃貌。」**既見君子，爲龍爲光。**《傳》曰：「龍，寵也。」**其德不爽，**《傳》曰：「爽，差也。」○《詩記》曰：「四海諸侯，遠近小大親疏亦不齊矣，而王者德施之普，各稱其分，莫不滿足，所謂『其德不爽』也。」**壽考不忘。**

諸侯既見天子而燕飲，則爲恩寵，爲光耀，榮其待遇也。於是稱天子之德，無有差爽，謂待諸侯以禮也。願其壽考而不忘於人，謂常愛戴之也。

蓼彼蕭斯，零露泥泥。上聲。○《傳》曰：「泥泥，霑濡也。」**既見君子，孔燕豈弟。**豈音愷。○《箋》曰：「孔，甚也。」○《傳》曰：「豈，樂。弟，易也。」**宜兄宜弟，**《詩記》曰：「兄弟，自同姓諸侯親者言之，四海諸侯莫不在其中矣。」**令德壽豈。**

孔燕，猶言盛燕，謂其禮甚設也〔三〕。盛燕而又豈樂弟易，情文俱至也。於是稱天子

〔一〕「之名，見」，味本、姜本、授本、聽本、復本作「也，名見」，畲本作「也，見」，仁本作「也，見名」。

〔二〕「刃」，原作「刀」，據顧本、薈本、仁本、復本改。

〔三〕「甚」，李本、顧本作「盛」。

能宜其兄弟之國，與之親睦，有令善之德，壽而且樂也。舉同姓之國者，以親該疏也。

蓼彼蕭斯，零露濃濃。音農，又如字。○《傳》曰：「濃濃，厚貌。」**既見君子，鞗革沖沖。**鞗音條。沖音蟲。○《傳》曰：「鞗，轡也。革，轡首也。沖沖，垂飾貌。」○疏曰：「轡，靶也。馬轡所靶之外，有餘而垂者謂之革。鞗皮爲之，故云鞗革。」靶音霸。**和鸞雝雝，**今曰：「和、鸞皆鈴也，毛以爲和在軾，鸞在鑣，鄭以爲戎車鸞在鑣，乘車鸞在衡。」○《詩記》曰：「《後漢・志》注云：『干寶《周禮》注：「和鸞皆以金爲鈴。」』馬動則鸞鳴，鸞鳴則和應，舒則不鳴，疾則失音，故詩云『和鸞雝雝』，言得其和也。」**萬福攸同。**今曰：「諸侯同受福賜也。」

天子賜諸侯以車馬，其鞗革沖沖然垂飾，其和鸞之聲雝雝然和，諸侯受福均也。《采菽》言「萬福攸同」，《瞻彼洛矣》言「福禄既同」，與此一也。

《蓼蕭》四章，章六句。

《湛露》，湛，直減反。**天子燕諸侯也。**朱氏曰：「文四年《左傳》甯武子云：『昔諸侯朝正於王，王宴樂之，於是乎賦《湛露》。』」

湛湛露斯，《傳》曰：「湛湛，露茂盛貌。」**匪陽不晞。**音希。○《傳》曰：「陽，日也。晞，乾也。」**厭厭**

夜飲，厭音淹。○《傳》曰：「夜飲，私燕也。宗子將有事，則族人皆侍。不醉而出，是不親也；醉而不出，是渫宗也。」○《箋》曰：「天子燕諸侯之禮亡，此假宗子與族人燕爲説耳。燕飲之禮，宵則兩階及庭門皆設大燭焉。」○疏曰：「主法自當留賓，賓則可以辭主。諸侯皆當辭出，但主得其辭，異姓則聽之出，同姓則留之飲也。燕飲當以晝。」**不醉無歸。**

興也。湛湛然茂盛之露，非見朝陽則不乾。夜飲厭厭然厭足，非至醉則不歸。○《左傳》「無厭將及我」「姜氏何厭之有」，皆謂飽足。厭厭夜飲，爲以漸至醉，浸漬厭足之意，毛以爲安，孔釋以爲閑，蘇以爲久，其意一也。

湛湛露斯，在彼豐草。《傳》曰：「豐，茂也。」**厭厭夜飲，在宗載考。**《傳》曰：「夜飲必於宗室。」○朱氏曰：「宗室，蓋路寢之屬也。」○《箋》曰：「載之言則也。考，成也。」

草茂則得露多，喻夜飲在路寢而成禮，受恩優渥也。○《燕禮》云：「膳宰具官饌于寢東。」注云：「寢，路寢也。」當從朱氏。

湛湛露斯，在彼杞棘。疏曰：「杞棘之木。」**顯允君子，**朱氏曰：「君子，指諸侯爲賓者也。」**莫不令德。**

杞棘得露雖厚，而枝不低屈〔一〕，喻顯明允信之君子，飲酒雖多，而德將無醉也。

〔一〕「屈」，諸本作「垂」。

其桐其椅，音伊，解見《定之方中》。**其實離離。**《傳》曰：「離離，垂也。」○歐陽氏曰：「喻諸侯在燕有威儀耳。」**豈弟君子，莫不令儀。**

桐椅柔木而實離離，喻君子飲酒之時，有令儀也。

《湛露》四章，章四句。

《彤弓》，彤音同。**天子錫有功諸侯也。**朱氏曰：「此天子燕有功諸侯，而錫以弓矢之樂歌也。」○《書·文侯之命》：「彤弓一，彤矢百，盧弓一，盧矢百。」○僖二十八年《左傳》：「晉文公敗楚於城濮，獻功於王，王饗醴，命晉侯宥，賜彤弓一、彤矢百、玈弓矢千。」玈音盧。○文四年，甯武子曰：「諸侯敵王所愾而獻其功，王於是乎賜之彤弓一、彤矢百、玈弓矢千，以覺報宴。」注：「覺，明也，以明報功宴樂。」○疏曰：「甯武子所言及晉文侯、文公所受，皆并有玈弓，此詩獨言彤弓者，以二文皆先彤後玈，彤少玈多，舉重可以包輕，故直言彤弓也。有弓則有矢，言弓則矢可知，故亦不言矢也。」○陳氏曰：「《春秋》所載，皆謂諸侯有功，則王賜之彤弓〔一〕，以旌伐功而已，未嘗謂既賜然後得專征也。《王制》言賜弓矢然後征，蓋言天子命諸侯征伐，故賜弓矢以將王靈耳，安得有專征之言乎？鄭氏遽謂賜

〔一〕「彤弓」，諸本作「弓矢」。

弓矢，然後得專征伐，由漢而下，有無君之心者，徼求弓矢之賜，脅諸侯而肆其姦者紛然，蓋康成啓之也。」〇《詩記》曰：「所謂專征者〔一〕，如四夷入邊，臣子簒弒，不容待報者，其他則九伐之法，乃大司馬所職，非諸侯所專也，與後世彊臣拜表輒行者異矣。」

彤弓弨兮，弨音超。〇疏曰：「彤，赤也。爲弓者皆漆之以禦霜露。漆之爲色，赤黑而已，彤既是赤，則知玈者爲黑也。色以赤者，周之所尚，故賜弓赤一而黑十，以赤爲重耳。其體同異未聞。」〇《傳》曰：「弨，弛貌。」**受言藏之。**李氏曰：「言，語辭也。」〇《箋》曰：「受出藏之。」**我有嘉賓，中心貺之。**《傳》曰：「貺，賜也。」**鐘鼓既設，一朝饗之。**《箋》曰：「一朝，早朝也。大飲賓曰饗。」飲音蔭。〇疏曰：「饗者，烹大牢以飲賓，是禮之大者。《周語》云：『王饗有體薦，燕有折俎，公當饗，卿當燕。』是其禮盛也。言一朝者，言王殷勤於賓，早朝而即行禮。燕或至夜，饗則如其獻數〔二〕，成禮而罷，故云一朝。昭元年《左傳》云：『鄭饗趙孟，禮終乃燕。』是饗不終日也。」

天子以彤弓賜有功諸侯，弨然而弛，賜弓不張也。令諸侯受而藏之，示珍重之意也。又稱此受賜諸侯爲嘉賓，言吾中心至誠，貺賜之，故陳鐘鼓之樂，一朝設饗禮而畀之。

〔一〕「征」下，諸本有「伐」字。

〔二〕「獻」，原作「命」，據薈本改。薈本校云：「刊本『獻』訛『命』，據《毛詩疏》改。」

饗禮用早朝也，彤弓非常賜也，鐘鼓大樂也，饗盛禮也。設盛禮，用大樂〔一〕，所以重彤弓之賜也。

彤弓弨兮，受言載之。《傳》曰：「載以歸也。」○《箋》曰：「出載之車也。」**我有嘉賓，中心喜之。鐘鼓既設，一朝右之。**

右，助也。右與宥、侑通，皆助也。莊十八年《左傳》云：「王饗醴，命之宥。」注：「以幣物助歡也。」僖二十五年、二十八年，皆云：「饗醴命宥。」是饗禮必有賜以爲宥，而彤弓則宥之大者也。

彤弓弨兮，受言櫜之。櫜音高。○《傳》曰：「櫜，韜也。」韜音叨，本又作弢。《釋文》云：「弓衣也。」**我有嘉賓，中心好之。**好去聲。**鐘鼓既設，一朝醻之。**醻音讎。○《傳》曰：「醻，報也。」○疏曰：「王肅云：『報功也。』」

鄭以醻爲獻醻，但酬酢是燕禮，其饗禮爲訓共儉，爵盈而不飲，未必有醻酢也。

《彤弓》三章，章六句。

〔一〕「禮，用大樂」，顧本作「禮」，畬本作「禮大樂」，他本無。

《菁菁者莪》，菁音精。**樂育材也。**樂音洛。**君子能長育人才，**長音掌。**則天下喜樂之矣。**陳氏曰：「小雅之詩，皆因某事而歌某詩。《菁菁者莪》之詩，宜何歌乎？余以謂天子行禮於學校而宴飲之時，則歌此詩焉。」

「樂與賢」「樂得賢」「樂育材」，三詩一體，皆言以樂樂之。育材於學校，而燕飲作樂，歌此詩焉，是樂育材也。以君心之樂，感人心之樂，義理之樂同也。詩皆述天下之喜樂，而人君樂育之意自見矣。

菁菁者莪，在彼中阿。《傳》曰：「中阿，阿中也。大陵曰阿。」**既見君子，樂且有儀。**

菁菁者莪，《傳》曰：「菁菁，盛貌。」○曰：莪，莪蒿也。解見《蓼莪》。興也。莪蒿雖微物，美而可食，故以喻人材，言菁菁然茂盛之莪蒿，由生於阿中，得阿之長養而然，喻君子能長育人材，無微不遂也。既見此能育材之君子，則莫不喜樂而有威儀。樂，見良心之興起；有儀，見善教之作成。○說者多以「樂且有儀」指君子，非也。「既見」者，幸辭也，喜見之也。今考詩中「既見君子」，重言二十有二，見於九詩，《汝墳》《風雨》《唐・揚之水》《車鄰》《出車》《蓼蕭》《頍弁》《隰桑》及本詩，或妻見其夫，或國人見賢者，或臣見其君，凡「既見君子」之下，其接句皆述喜之之情，謂見之者喜〔一〕，非所見者喜也。若以「樂且有儀」爲君子，則「既見」二字無所歸。下云「我心則喜」，樂即喜也。

菁菁者莪，在彼中沚。音止。○《傳》曰：「中沚，沚中也。」○小渚曰沚。解見《采蘩》。**既見君子，我心則喜。**

菁菁者莪，在彼中陵。《傳》曰：「中陵，陵中也。」**既見君子，錫我百朋。**《箋》曰：「錫，賜也。古者貨貝，五貝爲朋。」○疏曰：「言古者，寶此貝爲貨也。五貝者，《漢書·食貨志》以爲大貝、牡貝、幺貝、小貝、不成貝爲五也。言爲朋者，爲小貝以上四種〔二〕，各二貝爲一朋，而不成者不爲朋。鄭因經廣解之，言有五種之貝，貝中以相與爲朋〔三〕，非總五貝爲一朋也。」

賜我百朋，言人材既成，則厚其禄而用之。

汎汎楊舟，載沈載浮。朱氏曰：「載，則也。」**既見君子，我心則休。**《箋》曰：「休者，休休然。」○今曰：「休休，樂也。」

〔一〕「之」，諸本作「君子」。

〔二〕「爲」，原作「謂」，據授本、聽本及《毛詩正義》卷十之一改。

〔三〕「貝」，原作「其」，姜本、李本、顧本同，據他本及《毛詩正義》卷十之一改。

興也。楊舟汎汎然於水中，無所維繫，或沈或浮，未可知也。猶人材汎汎然於天下，無所依歸，或成或壞，亦未定也。今見此君子，能長育之，則人材皆可以成就，故我心休休然安樂也。○舊説沈物亦載，浮物亦載，韓退之亦從之。且詩中「載馳載驅」「載笑載言」「載飢載渴」「載清載濁」「載飛載止」，凡言載皆則也，獨以此爲載物於舟，非也。

《菁菁者莪》四章，章四句。

《六月》，《譜》曰：「《小雅・六月》《大雅・民勞》之後，皆謂之變雅，美惡各以其時，正之次也。」○《釋文》曰：「從《六月》至《無羊》十四篇，是宣王之變小雅。從《節南山》至《何草不黃》四十四篇，前儒申公、毛公皆以爲幽王之變小雅。從《民勞》至《桑柔》五篇，是厲王之變大雅。從《雲漢》至《常武》六篇，是宣王之變大雅。《瞻卬》及《召旻》二篇，是幽王之變大雅。」宣王北伐也。《鹿鳴》廢則和樂缺矣。《四牡》廢則君臣缺矣。《皇皇者華》廢則忠信缺矣。《常棣》廢則兄弟缺矣。《伐木》廢則朋友缺矣。《天保》廢則福禄缺矣。《采薇》廢則征伐缺矣。《出車》廢則功力缺矣。《杕杜》廢則師衆缺矣。《魚麗》廢則法度缺矣。《南

陔》廢則孝友缺矣。《白華》廢則廉恥缺矣。《華黍》廢則蓄積缺矣。《由庚》廢則陰陽失其道理矣。疏曰：「《由庚》以下不言缺者，因文起義，明與上詩別。文、武俱言缺，周公、成王變文焉。」**《南有嘉魚》廢則賢者不安，下不得其所矣。《崇丘》廢則萬物不遂矣。《南山有臺》廢則爲國之基隊矣。**隊、墜音義同。**《由儀》廢則萬物失其道理矣。《蓼蕭》廢則恩澤乖矣。《湛露》廢則萬國離矣。《彤弓》廢則諸夏衰矣。《菁菁者莪》廢則無禮儀矣。小雅盡廢，則四夷交侵，中國微矣。**李氏曰：「《由庚》之詩本在於《南山有臺》之下[一]，今乃列於《南有嘉魚》《南山有臺》之前而不依於《序》者，夫詩之見存者，其先後不可必其次第，如《常棣》乃周公之詩，而列於《伐木》之後，已不可得而知，況其亡者，又安得而知之乎？姑闕之可也。」〇朱氏曰：「成、康既没，文、武之政侵尋弛壞，至于夷、厲而小雅盡廢矣。蓋其人亡，其政息，雖鐘鼓管絃之聲未衰，然其實不舉，則無所施之，所謂廢也。宣王中興，内脩政事，外攘夷狄，北伐南征，以復文、武之境土，故序詩者詳記其所由廢興者如此，以發其端，而小雅之見於經者[二]，於是變矣。」

[一]「之下」至《采芑》第二章經文「約軝錯衡」下引疏曰「謂以朱」，底本缺頁，今據復本配補。

[二]「小」「見」，復本無，據李本補。畬本有「見」無「小」字。仁本校云：「『雅之於經』四字，《詩記》引朱氏作『小雅之見於經』。」

四夷交侵，由於《小雅》盡廢，則宣王征伐，必内脩以爲之本矣。

六月棲棲，音西。○《箋》曰：「盛夏出兵，明其急也。」○朱氏曰：「六月，建未也，《司馬法》：『冬夏不興師。』」○李氏曰：「棲棲，不安也。」○今曰：「《詩經》月皆夏正。《論語》『丘何爲是棲棲者』，注云：『棲棲，猶皇皇也。』」○黄氏曰：「人知其上之出於不得已，雖六月而人不以爲暴，蓋以爲其所以勞我者，乃所以安我也。」**戎車既飭。**音勑。○《箋》曰：「戎車，革輅之等也，其等有五。」○疏曰：「《春官·巾車》『掌王之五路，革路以即戎』，故知戎車革路之等也。《春官·車僕》『掌戎路之萃、廣車之萃、闕車之萃、屏車之萃〔一〕、輕車之萃』，注云：『萃，猶副也。此五者皆兵車，所謂五戎也〔二〕。戎路，王在軍所乘；廣車，横陳之車；闕車，所用補闕之車也；屏車，所用對敵自蔽隱之車也〔三〕；輕車，所用馳敵致師之車也。』是其等有五也。吉甫用所乘兵車亦革路〔四〕，在軍所乘與王同，但不知備五戎以否。」萃音倅。廣，光之去。屏，薄經反。輕去聲。○疏曰：「飭，齊正也。」**四牡騤騤，**音葵。○《桑柔·傳》曰：「騤騤，不息也。」考見《采薇》。**載是常**

〔一〕「屏」，復本作「苹」，味本、李本、姜本、顧本、畬本作「荓」，據《毛詩正義》卷十之二改。下同。此處授本作「苹」，下文又作「荓」。

〔二〕「謂」，味本、李本、姜本、顧本、畬本、薈本作「設」。按，阮元《毛詩正義校勘記》云：「浦堂云『謂』誤『設』。以《車僕》注考之，浦校是也。」

〔三〕「用」，復本無，據聽本及《毛詩正義》卷十之二補。

〔四〕仁本校云：「『甫用』之用，疑。」

服。《箋》曰：「戎車之常服，韋弁服也。」**玁狁孔熾**，音幟。○《傳》曰：「熾，盛也。」**我是用急。王于出征**，《箋》曰：「于，曰也。」○李氏曰：「《左傳》『無日不討國人而訓之，于民生之不易』，杜元凱以『于』爲『曰』。」○疏曰：「毛以爲王自征。」**以匡王國。**《箋》曰：「匡，正也。」

吉甫受命北征，以建未盛夏之月，棲棲然不遑安，其戎車既皆飭正矣，四牡又騤騤然不息，乃載是兵事之常服，謂韋弁服也。韋弁服臨戰乃服，未戰在道時，載之於車也。盛夏不可以出師，所以六月行者，以玁狁來侵，其勢甚熾盛，我是用急討之，而不敢緩也。王命吉甫曰：今女出征玁狁，以正王國，謂攘夷狄以安社稷也，汝其勉之。此詩作於成功之後，而述其受命之始也。

比物四驪，比音備。○《釋文》曰：「比，齊同也。」○疏曰：「《夏官·校人》云：『凡大事〔一〕：祭祀、朝覲、會同，毛馬而頒之。凡軍事，物馬而頒之。』注云：『毛馬，齊其色。物馬，齊其力。』比物者，比同力之物。戎事齊力尚彊，不取同色。而言四驪者，雖以齊力爲主，亦不厭其同色也，故曰『駟騵彭彭』，又曰『乘其四騏』。田獵齊足，而曰『四黄既駕』，是皆同色也。無同色，乃取異毛耳，『騏騮是中』『騧驪是驂』是也。」校音效。**閑之維則。**《傳》曰：「則，法也。」**維此六月，既成我服。**《箋》曰：「戎服也。」**我服既成，于三十**

〔一〕「事」，復本無，據《毛詩正義》卷十之二補。

里。《傳》曰：「師行三十里。」**王于出征，以佐天子。**

比同其物，擇馬力之齊者，乃四驪純黑之馬。此馬先已閑習之，皆合法則矣。維此六月之時，既成我戎服，即日遂行，日行三十里。王曰：今汝出征，以佐天子，予一人所倚賴，汝其勉之。

四牡脩廣，《傳》曰：「脩，長也。廣，大也。」**其大有顒。**魚容反。○《說文》曰：「顒，大頭也。」○曹氏曰：「脩以言其身之長，廣以言其腹背之充，顒以言其首之大。三者相稱，所以成其大也。」**薄伐玁狁，以奏膚公。**錢氏曰：「奏，猶上也。」○今曰：「《書》『敷奏以言』『敷同日奏罔功』。」○《傳》曰：「膚，大也。公，功也。」**有嚴有翼，**《傳》曰：「嚴，威嚴也，翼，敬也。」**共武之服。**共音恭。○《箋》曰：「共，典也。服，事也。」**共武之服，以定王國。**

四牡身長而腹背廣，其首顒然而大，見軍容之盛，武備素脩，以此伐玁狁，而奏其大功也。師之羣帥有威嚴者，有翼敬者，以典是武事，故能制勝而安定王國也。范氏曰：「凡兵事莫尚於嚴，莫先於敬。」

玁狁匪茹，《箋》曰：「茹，度也。」**整居焦穫。**音護。○《箋》曰：「整，齊也。」○《傳》曰：「焦穫，周地，接于玁狁者。」○郭璞曰：「今扶風池陽縣瓠中是也。」**侵鎬及方，**鎬，豪之上濁。○《箋》曰：「鎬也、方也，皆北方地名。」○疏曰：「劉向疏云：『「來歸自鎬，我行永久」，千里之鎬，猶以爲遠。』鎬去京師千里。顔師古云：『非豐鎬之鎬。』」**至于涇陽。**疏曰：「水北曰陽。」涇，解見《邶·谷風》。**織文鳥章，**織音志，又音饎。○《傳》曰：「鳥章，錯革鳥爲章也。」○《釋文》曰：「錯革鳥曰旟。」○疏曰「《史記》《漢書》之幟與織，字雖異，音實同。錯，置也。革，急也。畫急疾之鳥也。」○今曰：「《檀弓》：『夫子之病革矣。』」革音棘。

白旆央央。如字，又音英。○《傳》曰：「白旆，繼旐者也。央央，鮮明貌。」○曹氏曰：「白，帛也。白旆以絳帛爲旆也，以帛續旐末爲燕尾。戰則旆之。」○疏曰：「白旆謂絳帛。九旗之物皆用絳，此旟而言旐者，散則通名。」**元戎十乘，**去聲。○《傳》曰：「元，大也。夏后氏曰鉤車，先正也；殷曰寅車，先疾也；周曰元戎，先良也。」○疏曰：「《司馬法》文也。《周禮》革路無鉤，此特設鉤，故以名車也。此車備設鉤鞶，其行曲直有正，故曰先正也。寅，進也。此車能進取遠道，故云先疾也。元戎，言大車之善者。」**以先啓行。**音航。○王氏曰：「軍前曰啓，後曰殿。元戎十乘，以先軍行之前者，所謂選鋒也。《兵法》：『兵無選鋒曰北〔一〕。』」○《詩記》曰：「《韓嬰〈章句〉》云：『大戎者，車縵輪，馬被甲，衡軛之上盡有劒戟，名曰陷陣之車，所以冒突先啓敵家之行伍也。』」縵音謾。

此數狄之罪，言玁狁不自揆度，乃敢深入吾地，整齊而居我焦穫之地，閒暇自如，無所

〔一〕「曰」，復本作「者」，據李本、姜本、顧本、畲本、薈本、授本、聽本改。

畏憚也。又侵我北方之鎬與方，遂侵至於涇水之北，涇北去周近矣。賊烽之熾如此，我於是建旐旗，選鋒鋭而攘之。旗幟之文，有隼之章，指旟也。又以絳帛爲旆，央央然鮮明。又有大車，謂之元戎，以十乘在前，先啓敵之行陣也。

戎車既安，如輊如軒。輊音至。○朱氏曰：「輊，車之覆而前也。軒，車之却而後也。」○《詩記》曰：「馬援疏云：『居前不能令人輊，居後不能令人軒。』注：『言爲人無所輕重也。』」**四牡既佶，**其乙反。○《箋》曰：「佶，壯健之貌。」**既佶且閑。**疏曰：「閑，習也。」**薄伐玁狁，至于大原。**大音泰。○《傳》曰：「言逐出之而已。」○朱氏曰：「大原，地名，亦曰大鹵，今在大原陽曲。」**文武吉甫，**王氏曰：「非文無以附衆，非武無以勝敵。」**萬邦爲憲。**

兵車既安正矣，從後視之，如輊覆而前，從前視之，如軒却而後，言車之良也。四牡既佶然壯健，且復閑習，言馬之良也。以此伐玁狁，至于大原之地，驅之出境，不窮追也。尹吉甫時爲大將，於是美之曰：有文有武之吉甫，乃萬邦以之爲法，辦一玁狁，餘事耳。

吉甫燕喜，既多受祉。音恥。○《傳》曰：「祉，福也。」○今曰：「即王之賞賜也。」**來歸自鎬，**錢氏曰：「鎬，玁狁所侵之地，非鎬京之鎬也。」○曹氏曰：「吉甫既至大原，復往鎬，慰撫其民，然後歸。」**我行永久。**

飲御諸友，飲音蔭。○《傳》曰：「御，進也。」**炰鼈膾鯉。**炰音庖，字亦作炮。膾音鄶，韻亦作鱠。○今曰：「《釋文》云：『合毛炙物曰炰。』《楚詞·招魂》：『胹鼈炮羔。』胹，煮也。鼈可煮不可炰，今云『炰鼈』，謂火熟之耳，或古不同。枚乘《七發》云：『鮮鯉之膾。』」胹音而。○《説文》曰：「膾，細切肉也。」**侯誰在矣？**《傳》曰：「侯，維也。」**張仲孝友。**李巡曰：「張，姓。仲，字。」○〔一〕《傳》曰：「善父母爲孝，善兄弟爲友。」

吉甫既伐玁狁而歸，王與之燕而喜樂，又多受賞賜。王所以燕之者，以其來歸自北方之鎬，其地遥遠，我吉甫之行，日月長久，故飲之酒，而進其同志諸友與俱飲，以盡其歡。其珍美之饌，則以火熟其鼈，又以鯉細切而膾之。其吉甫諸友之中，維誰在矣？有張姓仲字，其性孝友者在焉。○孝友者，德之本，《卷阿》言吉士曰「有孝有德」。宣王之時，朝多賢臣，張仲獨以孝友稱，則必盛德之士也。北伐之功，繫夷夏盛衰，詩人美其功，而結以「張仲孝友」之辭，蓋有深意存焉，豈非養君德者有其人，乃攘夷復境之本歟？美宣王北伐，而以吉甫燕喜終之，始終之辭也。前日盛暑出師，棲棲不遑，所以有今日之燕喜也。凱還飲至，見宣王之成功也。范氏曰：「宣王使吉甫征伐，而與

〔一〕「○」，復本無，據薈本補。

張仲居朝，所以輔其德也。苟無孝友忠信之臣養君之心，則雖征伐有功於外，而不善之政，將出於內。朝廷，心腹也；戎夷，四支也。故孝友之臣，日納王於善而敦厚之，然後戎狄可攘，而外患可除矣。」〇王氏曰：「吉甫爲將於外，而內無忠順之臣與之同志者，輔王耳目而迪其心，則妨功害能之人至矣。妨功害能之人至，則若吉甫者，其身之不閱，何暇議勝敵哉？」

《六月》六章，章八句。

《采芑》，音起。**宣王南征也。**疏曰：「上言伐，此云征，便辭耳，無義例也。」〇陳氏曰：「南征北伐，二詩皆繫班師時作。《六月》之辭迫，《采芑》之辭緩。《六月》以討而定〔一〕，《采芑》以威而服也〔二〕。」

薄言采芑，程子曰：「薄言，發語辭。」〇《芣苢·傳》曰：「采，取也。」〇今曰：「芑，嘉穀也。解見《生民》。」〇李氏曰：「毛以『薄言采芑』爲菜，『豐水有芑』爲草，『維穈維芑』爲穀，王氏皆以爲穀。」〇《補傳》曰：「新田、菑畝、中鄉，不應指菜，蓋以田畝善養嘉穀，喻周家善養士卒也。《大雅》云『豐水有芑』，詩人於文武士皆以芑爲喻也。」**于彼新田，**《釋地》曰：「田二歲曰新田。」〇孫炎曰：「新成柔田也。」**于此菑**

〔一〕「以」，復本作「似」，仁本校云：「諸解引陳說，『似討』作『以討』，『似畏』作『以威』，可從。」據改。

〔二〕「以威」，復本作「似畏」，仁本校云：「諸解引陳說，『似討』作『以討』，『似畏』作『以威』，可從。」據改。

畝。菑音緇。○《釋地》曰：「田一歲曰菑。」○孫炎曰：「始災殺其草木也。」○疏曰：「《臣工》及《易》注皆同，唯《坊記》注云：『二歲田曰畬，三歲曰新田。』當是傳寫誤也。」**方叔涖止，**涖音利。○《傳》曰：「涖，臨也。」**其車三千，師干之試，**長樂劉氏曰：「師，衆也。干，盾也。」○程子曰：「師干，猶今云兵甲也。試，肄習也。」○今曰：「講武試其可用。」**方叔率止，乘其四騏。**解見《小戎》。**四騏翼翼，**錢氏曰：「翼翼，整肅貌。」**路車有奭。**興之入，字亦作赩。○蘇氏曰：「路車，金路也。以『有奭』言赤。又巾車，鉤，樊纓，今有鉤有膺，知其爲金路。」○《箋》曰：「奭，赤貌。」○今曰：「召康公之名音釋，與此音異。」**簟茀魚服，**茀音弗。○簟茀，解見《齊·載驅》。魚服，解見《采薇》。**鉤膺鞗革。**鞗音條。○疏曰：「《春官·巾車》注云：『鉤，婁頷之鉤也。』金路無錫有鉤，亦以金爲之，是鉤用金，在頷之飾也。膺，樊纓也。在膺之飾，惟有樊纓。樊讀如鞶帶之鞶，謂今馬大帶。纓，今馬鞅。金路其樊及纓，以五采罽飾之而九成。《巾車》云：『金路，鉤，樊纓九就，同姓以封。』或方叔爲同姓也。方叔元老，五官之長，是上公也。上公雖非同姓，或有得乘金路矣。」罽音計。○《崧高》疏曰：「膺是馬之胷前。鉤是器物，以鉤類之，謂膺上有飾。」○鞗革，解見《蓼蕭》。

興也。厲王之亂，天下蕩蕩，如荒榛之地。宣王經理敝壞之天下，如耕墾荒榛之地以爲田，故言取芑穀者於何處乎？於彼二歲之新田，於此一歲之菑畝，皆新墾之地也。喻宣王取民爲兵，隨其所取，皆新撫之民也。既用民爲兵，乃命方叔爲將而臨之，其車有三千乘，侈言兵車之盛也。天子六軍不過千乘，不必實有三千乘也。師衆干盾皆閲試之，知其可用。於是方叔乃率其士卒而行，以南征蠻荆。自乘四騏之馬，其馬翼翼然甚整肅，所駕路車之飾，奭然而赤，蓋金路也。不乘革路者，以革路臨戰所乘，此時受命，未至戰時也[一]。其金路之車，以竹簟爲蔽茀，其車所載，有魚獸之皮以爲矢服，其馬有婁頷之金鉤，其馬胷膺有樊與纓之飾，謂之膺，又以鞗皮爲轡首而垂之。○兵車一乘，甲士三人，步卒七十二人，又二十五人將重車在後。三千乘則甲士九千，步卒二十一萬六千，將重車七萬五千人，通三十萬人矣。天子六軍出於六鄉，萬二千五百人爲軍，六軍止七萬五千人，無三千乘之數。孔氏謂羡卒盡起，王氏謂合諸侯之師。要之，詩人之辭不可泥名數以求之。「其車三千」，極言其兵車之盛耳，況兵有先聲後實，項羽兵四十萬號百萬[二]，豈一一如其數哉？朱氏謂孔氏、王氏以文害辭，其説是也。

[一]「未」上，復本有「以」字，衍，據李本删。仁本校云：「『以』字疑。」

[二]「十」，復本無，據李本、顧本、畬本補。仁本校亦云：「『四』下宜補『十』。」按，《史記・項羽本紀》云：「當是時，項羽兵四十萬，在新豐鴻門。」

薄言采芑，于彼新田，于此中鄉。蘇氏曰：「中鄉，民居在焉，故其田尤治。」**方叔涖止，其車三千，旂旐央央。**解見《出車》。**方叔率止，約軧錯衡，**軧音祁。○《傳》曰：「軧，長轂之軧也，朱而約之。」○疏曰：「《説文》云：『軧，長轂也。』則轂謂之軧〔一〕，兵車、乘車其轂長於田車，是爲長轂也。言朱而約之，謂以朱色纏束車轂以爲飾。蓋以皮纏之，而上加以朱漆也。《考工記·輪人》云：『容轂必直，陳篆必正。』注云：『容者，治轂爲之形容也。篆，轂約也。』錯，雜也，雜物在衡，是有文飾。」**八鸞瑲瑲。**音蹌，韻亦作鏘。○朱氏曰：「鈴在鑣曰鸞。馬口兩旁各一，四馬故八也。」○《傳》曰：「瑲瑲，聲也。」**服其命服，朱芾斯皇。**芾音弗。○《傳》曰：「黄朱芾也。皇，猶煌煌也。」○《斯干·箋》曰：「天子純朱，諸侯黄朱。」○《斯干》疏曰：「芾從裳色，祭時服纁裳，故芾用朱、赤。朱深於赤，對文則朱、赤深淺有異〔二〕，散則皆謂之朱芾也。」○赤芾，詳解見《曹·候人》。**有瑲葱珩。**音衡。○《傳》曰：「瑲，珩聲也。葱，蒼也。三命皆葱珩〔三〕。」○疏曰：「三命至九命皆葱珩，非謂方叔唯三命也。」

軍行建其旂旐，央央然鮮明，方叔率士卒而行，乃乘金車，以皮纏約其軧轂，有錯雜

〔一〕「則轂」，復本作「轂則」，據仁本及《毛詩正義》卷十之二改。
〔二〕「有異」，原無，據《毛詩正義》卷十之二補。
〔三〕「皆」，《毛詩正義》卷十之一無。

文采之衡也。車行則八鸞瑲瑲然有聲也，其身則服其受王命之服，有黄朱之芾皇然鮮明也。又有蒼玉之珩，其聲瑲然也。方叔嘗伐玁狁，威名素著，又貴謀賤戰，以王師臨小醜，故雍容閒暇如此也。曹氏曰：「芾與佩皆非軍中之服，路以金路，則非戎路；馬有和鸞，則非戎馬，所以然者，蓋方叔克壯其猶。如吴起將戰，不帶劒；諸葛武侯臨陣，不親戎服；羊祜輕裘緩帶，而盛著威名；杜預身不跨馬，而自能制勝。故詩人詠其車服之美而已。」

鴥彼飛隼，鴥音聿。隼音筍。〇《晨風·傳》曰：「鴥，疾飛貌。」〇曰：隼，鶻也，鷂屬也。〇《箋》曰：「急疾之鳥也。」〇《釋鳥》曰：「鷹隼醜，其飛也翬。」〇舍人曰：「謂隼鷂之屬，翬翬其飛，疾羽聲也。」〇山陰陸氏曰：「鷂屬也。今鷹之搏噬，不能無失，獨隼爲有準。或曰：即今所呼爲鶻者。」**其飛戾天，**《傳》曰：「戾，至也。」**亦集爰止。方叔涖止，其車三千，師干之試。方叔率止，鉦人伐鼓，**鉦音征。〇疏曰：「《周禮》有鐲[一]、鐃、鐸，無鉦也。《説文》云：『鉦，鐃也，似鈴，柄中上下通。』然則鉦即鐃也。《説文》又云：『鐲，鉦也，鐃也。』則鐃、鐲相類，俱得以鉦名之。故《鼓人》注云：『鐲，鉦也，形如小鐘。』是鐲亦名鉦也。鐲似小鐘，鐃似鈴，是有大小之異耳。凡軍進退，皆鼓動鉦止，非臨陣獨然。此文在『陳師鞠旅』之

[一]「有」下，聽本及《毛詩正義》卷十之二有「錞」字。

上〔一〕，是未戰時事也。」鐲音濁。鐃音譊。○董氏曰：「《周官》云：『鳴鐃且却，聞鉦而止。』則鉦、鐃二物也，但《司馬》有鐲、鐃、鐸而不言鉦，故前世疑之。崔靈恩《集注》謂鉦人伐鼓，則勇於戰也。今詩謂『陳師鞠旅』，則未戰矣，安待鉦人爲擊鼓使進哉〔二〕？就如此，則亦亂於軍制矣。」○《箋》曰：「鉦也，鼓也，各有人焉〔三〕，互言之耳。」**陳師鞠旅。**鞠音菊。○《傳》曰：「鞠，告也。」○《箋》曰：「二千五百人爲師，五百人爲旅。師、旅互言之。」**顯允方叔，伐鼓淵淵，**王氏曰：「淵淵，深也。師衆則鼓遠，鼓遠則聲深。」**振旅闐闐。**音田。○疏曰：「古者春教振旅，秋教治兵，以戎是大事，又三年一教。隱五年《左傳》云：『三年而治兵，入而振旅。』是也〔四〕。征伐之時，出軍至對陳，用治兵禮，戰止至還歸，用振旅法，名異而禮同也。《釋天》云：『出爲治兵〔五〕，尚威武也；入爲振旅〔六〕，反尊卑也。』孫炎云：『出則幼賤在前，貴勇力也；入則尊老在前，復常法也。』長幼出入，先後不同，而云禮一者，坐作進退如一也。」○今曰：「闐闐，衆盛也，猶今人言駢闐也。」

〔一〕「此」，《毛詩正義》卷十之二作「依」。
〔二〕「待」，畬本作「得」，與吕祖謙《吕氏家塾讀詩記》卷十九所引董氏説同。
〔三〕「有人焉」至《采芑》第四章經文「蠻荊來威」，底本缺頁，今據復本配補。
〔四〕「也」，復本無，據聽本及《毛詩正義》卷十之二補。
〔五〕「爲」，復本作「而」，據《毛詩正義》卷十之二及《爾雅·釋天》改。
〔六〕「爲」，復本作「而」，據《毛詩正義》卷十之二及《爾雅·釋天》改。

歘然而疾飛者，彼隼鶻也。其飛能高至天，亦集於所止之地，喻武勇之士能深入敵陣者，皆集於此矣。於是鉦人則鳴鉦以静之，鼓人則擊鼓以動之，言士聽節制也。鉦人伐鼓，互言之也。又陳布其師，鞠告其旅，誓衆而告之以賞罰，使用命也。此顯明允信之方叔，既以誓衆，於是進師，其伐鼓之聲，淵淵然深也。方誓師伐鼓以往，即言振旅，蓋蠻夷望風畏服，不待戰也。全師而歸，故闐闐然衆盛也。○陸璣説隼云：「齊人謂之擊征，又謂之題肩，或謂之雀鷹，春化爲布穀者。」璣説鳲鳩亦云如此，則隼即鳲鳩矣，然説鳲鳩不言是隼，説隼不言是鳲鳩，蓋誤矣，隼非鳲鳩也。

蠢爾蠻荆，《傳》曰：「蠢，動也。蠻荆，荆州之蠻也。」○程子曰：「蠢者，動而無知之貌。」**大邦爲讎。**朱氏曰：「大邦，猶言中國也。」**方叔元老，**《傳》曰：「元，大也。」**克壯其猶。**《箋》曰：「猶，謀也。」**方叔率止，執訊獲醜。**訊音信。○解見《出車》。**戎車嘽嘽，**音灘。○朱氏曰：「嘽嘽，衆盛也。」○嘽嘽，有考，見《崧高》。**嘽嘽焞焞，**音「推輓」之推，又他屯反。○《傳》曰：「焞焞，盛也。」**如霆如雷。**《釋天》曰：「疾雷爲霆。」○郭璞曰：「雷之急疾者謂之霹靂。」**顯允方叔，征伐玁狁，蠻荆來威。**

蠢動無知者，荆州之蠻，乃與中國爲怨讎。方叔爲國大老，能壯其謀，不以力勝，乃率其士衆，執訊獲醜，獻功而歸。訊謂魁首之可問者，醜謂徒黨之降服者。其兵車嘽嘽然衆，焞焞然盛，其威如迅擊之霆，如發聲之雷，言却敵師還，而不困憊也。顯明允信之方叔，嘗與吉甫同伐玁狁，威名已著，是以蠻荆聞其名而皆來畏服也。《出車》不戰，亦言「執訊獲醜」，此詩亦不戰而言之也。○或以「克壯其猶」爲勇決之意，今考方叔南征，「服其命服，有瑲葱珩」，其從容閒暇如此〔一〕，卒使蠻荆聞風畏服，不戰而屈之，非取其老而勇決，若矍鑠翁之爲也。《易·大壯》注：「壯者，威盛彊猛之名。」詩人之意，正謂少年輕俊之人，往往以勇力求勝，未能深謀遠慮，唯方叔老成，故能尚謀不尚戰，以謀爲壯，不以力爲壯也。《六月》之詩，事勢急迫，《采芑》之詩，辭氣雍容，蓋北伐則四夷交侵，初用兵也，南征則北方已服，中國粗定，方叔乘北伐之威，以臨蠻荆也。下篇《車攻》，則中興之功成矣。

《采芑》四章，章十二句。

《車攻》，宣王復古也。宣王能内脩政事，外攘夷狄，復文、武之竟土，竟音境。**脩車**

〔一〕「閒」，原作「間」，據諸本改。

馬，備器械，復扶又反**會諸侯於東都，**《箋》曰：「東都，王城也。」**因田獵而選車徒焉。**選上聲。○朱氏曰：「此詩所賦自『脩車馬，備器械』以下，其脩政事，攘夷狄，則前乎此矣。東都，洛邑也，周公營之而成王會諸侯焉。」

我車既攻，《傳》曰：「攻，堅也。」**我馬既同。**《傳》曰：「同，齊也。宗廟齊毫，尚純也[一]；戎事齊力，尚彊也；田獵齊足，尚疾也。」**四牡龐龐，**音聾。○《傳》曰：「龐龐，充實也。」**駕言徂東。**《傳》曰：「東，洛邑也。」

宣王中興，爲東都之會，詩人喜於復見威儀之盛，故鋪張揚厲，以見喜談樂道之意。上三章皆言脩車馬、備器械之事。我宣王之車既堅緻矣，馬既齊力矣，四牡皆龐龐而充實，將駕之以往東都也。言初發車徒而往東都，未言所爲之事也。

田車既好，疏曰：「田車，田獵之車。」**四牡孔阜。**程子曰：「阜[二]，肥壯也。」**東有甫草，**《傳》曰：「甫，大也。」○疏曰：「廣大之草，可以田獵。」**駕言行狩。**

[一]「毫尚純也」四字，底本殘泐，據復本補。

[二]「子曰阜」三字，底本殘泐，據復本補。

此章乃言所爲之事，謂田車既好，四牡肥壯，所以往東者，以東有廣大之草。今駕車以往〔一〕，將以田獵也，猶未言所獵之地也。○此行以會同爲主〔二〕，因講田獵耳。詩先言行狩者，序事當自内始，故先言田獵車馬器械之備，而後往行狩，其實先會同而後田獵也。鄭破甫作圃，音補，云：「鄭有圃田。」今不從。下章言獵于敖地，不應又言圃田也。《傳》曰：「田者，大艾草以爲防，或舍其中，褐纏旃以爲門，裘纏質以爲槸，間容握，驅而入，轚則不得入〔三〕。左者之左，右者之右，然後焚而射焉。天子發，然後諸侯發，諸侯發，然後大夫、士發。天子發，抗大綏，諸侯發，抗小綏，獻禽於其下，故戰不出頃，田不出防，不逐奔走，古之道也。」艾音刈。槸音闑。綏，而隹反。○疏曰：「大芟殺野草以爲防限〔四〕，作田獵之場，擬殺圍之處〔五〕。未田之

〔一〕「駕車」二字，底本殘泐，據復本補。

〔二〕「爲主」二字，底本殘泐，據復本補。

〔三〕「轚」，原作「擊」，據授本、聽本、仁本、復本及陸德明《經典釋文》卷六改。按，《經典釋文》云：「轚音計，劉兆注《穀梁》云『繼也』，本又作『擊』，音同，或古歷反。」《毛詩正義》本《毛傳》即作「擊」。據嚴氏上引《毛傳》「大艾草以爲防」，并音注「艾音刈」，可知其所從爲《經典釋文》本，故此處亦應從《釋文》作「轚」。

〔四〕「芟」，畲本作「刈」，他本作「艾」。按，此引孔疏文，自當用「芟」字。

〔五〕「擬」，原無，據《毛詩正義》卷十之三補。

前，誓士戒衆，在其間止舍也。其防設周衛而立門，以織毛褐布纏通帛旃之竿〔一〕，以爲門之兩傍，其門蓋南開，並爲二門，用四旃四褐也。以裘纏椹質，以爲門中之闑。闑，車軌之裏，兩邊約車輪者。其門之廣狹〔二〕，兩軸頭去旃竿之間各容一握。握人四指爲四寸，是門廣於軸八寸也。馳走而入門，不得徐也。其軸頭擊著門傍旃竿，則不得入，所以罰不一也〔三〕。以天子六軍，分爲左右，雖同舍防内，令三軍各在一方，其屬左者之左門，屬右者之右門〔四〕，不得越離部伍。教戰既畢，士卒出門，乃驅禽納之於防，然後焚此防草而射之。焚所芟之草也。發，發矢射之也。舉綏爲表，因獻其禽於其下也。戰場有頃數，戰者不出其頃界，田不出所芟之防。奔走，謂出於頃防。」椹音斟。

之子于苗，《傳》曰：「之子，有司也。夏獵曰苗。」○疏曰：「時宣王爲夏苗〔五〕。」**選徒囂囂。**音遨。○《傳》曰：「選，數也。囂囂，聲也。」**建旐設旄，**旐，解見《出車》。旄，解見《鄘·干旄》。**搏獸于敖。**搏音博。○《箋》曰：「敖，鄭地，今近滎陽。」○《詩記》曰：「敖，山名。晉師救鄭，在敖、鄗之間，士季設七覆

〔一〕「毛」，原無，據薈本補。薈本校云：「刊本脱『毛』字，據《毛詩疏》增。」「帛」，原作「白」，據諸本及《毛詩正義》卷十之三改。

〔二〕「其」，原作「也」，從上讀，據仁本、復本及《毛詩正義》卷十之三改。

〔三〕「所」，原無，據《毛詩正義》卷十之三補。「一」，原作「工」，據《毛詩正義》卷十之三改。

〔四〕「屬右者」三字，底本殘泐，據復本補。

〔五〕「苗」下，畬本有：「王氏曰：『大司馬夏教茇舍，遂以苗田，義取其害苗者，故獵可通名苗也。』」

于敖前，則敖山之下，平曠可以屯兵，翳薈可以設伏，所謂『東有甫草』，即此地也。」鄗音敲。

此章乃言所獵之地，言有司將往夏獵，故先選數車徒，無或讙譁，唯數者啁啁有聲，見其静治也。於是建旐於車，而設旄於旐之首，以此車乘之而往，將搏取禽獸於鄭地之敖，即甫草之處也。《詩記》曰：「宣王之往東都，以會諸侯爲主，因田獵以選車徒，而二章、三章先言田獵者，蓋有司先爲戒具以待會同，畢而田獵也。」

駕彼四牡，四牡奕奕。今曰〔一〕：「奕奕，大也。」**赤芾金舄，**芾音弗〔二〕。舄音昔。○《傳》曰：「諸侯赤芾金舄。舄，達屨也。」○赤芾，詳解見《候人》。朱芾，解見《采芑》。○《箋》曰：「金舄，黄朱色也。」○疏曰：「《天官·屨人》注云：『舄有三等，赤舄爲上，冕服之舄，下有白舄、黑舄。』此云金舄者，即禮之赤舄也，故《箋》云『金舄，黄朱色』。加金爲飾，赤舄則尊莫是過，故云『達屨』，言是屨之最上達者也。屨人兼掌屨舄，是屨爲通名也。」**會同有繹。**《傳》曰：「時見曰會，殷見曰同。」○疏曰：「時見者無常期，王將有征伐之事，則合諸侯而命事焉。殷，衆也。十二歲，王如不巡守，則六服盡朝。」○長樂劉氏曰：「絡繹不絶也。」

上三章皆言脩車馬、備器械，此章言會諸侯。首章以我斥宣王，此章以彼指諸侯。諸

〔一〕「今曰」，畲本作「傳曰」，上又有：「朱氏曰：『奕奕，連絡布散之貌。』○」

〔二〕「芾」，原作「茀」，據諸本改。

侯駕彼四牡而來，其馬奕奕然大，朝見於王，服赤色之芾及金飾之舄，其來會同者非一，絡繹不絕，可謂盛矣，喜見中興之威儀也。○此「奕奕」字，毛、鄭不解，孔氏以爲閑習，朱氏以爲連絡布散之意，然奕本訓大，毛於「奕奕寢廟」「奕奕梁山」皆訓大，則此亦當爲大。曹氏曰：「夫自夷、厲以後，諸侯不朝天子久矣。今宣王能先自治而脩政事，禦外侮而攘夷狄，諸侯怛威畏德〔一〕，復來朝會，而其儀物之盛，等威之嚴如此，故詩人美之，猶後世所謂不意今日復見漢官威儀云耳。」

決拾既佽，音次。○《傳》曰：「決，鉤弦也。拾，遂也。佽，利也。」○疏曰：「決著於右手大指，所以鉤弦開體。遂著於左臂，所以遂弦。《夏官·繕人》注：『抉，天子用象骨。拾，韝扞也，著於左臂裏，以韋爲之。』」決，《繕人》作抉。○長樂劉氏曰：「決謂護大指以鉤弦，拾謂護左臂以利弦者也。」○今曰：「決即《衛·芄蘭》所謂『佩韘』也。」韘音攝〔二〕。**弓矢既調**。《箋》曰：「調，謂弓彊弱與矢輕重相得。」○疏曰：「適也。」**射夫既同，助我舉柴**。音恣。○《傳》曰：「柴，積也〔三〕。」

〔一〕「怛威畏德」，畬本作「憚威畏德」，李本、授本、聽本、仁本、復本及顧棟高《毛詩訂詁》卷五引曹氏說作「畏威懷德」。

〔二〕「攝」下，畬本有：「鄭氏曰：『佽，謂手指相次比也。』」

〔三〕「也」下，畬本有：「《說文》作𢪃，凡薪禽之積皆曰柴。」

上三章言脩車馬，備器械，將以行獵，實未田獵；四章言既會諸侯，此章乃言田獵也。田獵之時，有鉤弦之決，著於右手之大指；有遂弦之拾，著於左臂。決之與拾，與手指相利矣；弓之彊弱，又與矢之輕重相得而調適矣。射夫諸侯以下既同力，故獲多。宣王將舉積禽，以爲乾豆、賓客之用，而得諸侯射獲以助之也。

四黄既駕，兩驂不猗。音倚，又音緇。○王氏曰：「猗，不正也。」**不失其馳，舍矢如破。**舍音捨。○《箋》曰：「矢發則中，如椎破物也。」

四黄之馬，既駕而乘之，兩驂之馬，又不偏倚，言御之良也。御者能正其馬，不失其馳驅之法，而射夫矢發則中，如破物然，言射之良也。蘇氏曰：「不善射者，御者詭遇則獲，不然不能也。」

蕭蕭馬鳴，錢氏曰：「蕭蕭，静貌。」**悠悠旆旌。**錢氏曰：「悠悠，緩行貌。」**徒御不驚，**朱氏曰：「徒，步卒也。御，車御也。驚，如《漢書》『夜軍中驚』之驚。」**大庖不盈。**疏曰：「大庖，君之庖。」○《傳》曰：「禽雖多，擇取三十焉，其餘以與大夫、士，以習射於澤宮。」○朱氏曰：「不盈，言擇取而用之，不極欲也。」

田事既畢，軍旅旋歸，觀者唯聞馬鳴之聲，蕭蕭然而静，無他聲也，見旆旌之行[一]，悠

[一]「旆旌」，原作「旌旆」，據仁本改。案，經文作「悠悠旆旌」，自以作「旆旌」爲上。

悠然而緩，無亂次也。徒行者、御車者皆不驚擾。大庖不盈，擇取三十而已。張子曰：「饌雖多而無餘者，均及於衆而有法耳。」○李氏曰：「歐陽公之詩有曰：『萬馬不嘶聽號令，諸蕃無事樂耕耘。』蘇東坡詩曰：『令嚴鉦鼓三更月，野宿貔貅萬竈煙。』皆是效此兩句而作也。」○曹氏曰：「凡事始乎治，常卒乎亂。今獵罷而歸，終始静治。」○《傳》曰：「一曰乾豆，二曰賓客，三曰充君之庖。故自左膘而射之，達于右腢爲上殺；射右耳本，次之；射左髀，達于右䯚，爲下殺。面傷不獻，踐毛不獻，不成禽不獻〔一〕。與大夫、士習射於澤宫，田雖得禽，射不中，不得取禽〔二〕。古者以辭讓取，不以勇力取。」膘音縹，脅後髀前肉也。腢音愚，謂肩前也。髀，俾、陛二音，謂股外。䯚音杳，水嗛也。踐音翦。嗛音歉，腰左右虚肉處。○疏曰：「乾豆謂第一上殺者，乾之以爲豆實，供宗廟也。第二殺者，别之以待賓客也。第三下殺者，取之以充實君之庖厨也。《箋》云：『射右耳本〔三〕。』射當爲達，亦自左射之，達右耳本而死者，爲次殺，以其遠心，死稍遲，肉已微惡〔四〕。射左股髀而達過于右脅䯚，爲下殺，以其中脅，死最遲，肉又益惡。凡射獸皆逐後，從左箱而射之。面傷謂當面射之，踐毛謂在傍而逆射之，二者皆嫌誅降之義。

〔一〕「不成禽不獻」，原無，據畬本、聽本、仁本及《毛詩正義》卷十之三補。葉校據下引孔疏文有「不成禽不獻，惡其害幼小」之釋，可知嚴氏不删《傳》文此句。

〔二〕葉校以爲《毛詩正義》此句下有「田雖不得禽，射中則得取禽」十一字，不應删去。

〔三〕「本」，原無，據《毛詩正義》卷十之三補。

〔四〕「肉」，原無，據聽本、仁本及《毛詩正義》卷十之三補。

不成禽不獻，惡其害幼小〔一〕，此不能使獵者無之，自君所不取，以示教法耳。大獸公之，非復己物，君賜使射，故非中不取。言嚮者田獵，所取用勇力；今射者禮樂，所取用辭讓也〔二〕。」○《釋文》曰：「何休注《公羊》：『自左膘射之，達于右腢，中心死疾，鮮潔也。』」

之子于征。《補傳》曰：「謂有司此之征行。」**有聞無聲。**聞音問。**允矣君子，**疏曰：「君子，宣王也。」**展也大成。**《箋》曰：「展，誠也。」

會同之事，師徒衆盛，由鎬至洛，道路悠長，非紀律嚴整，其擾多矣。觀者以田事之終，而徒御整肅如此，乃深美之曰：有司之是役也，聞師之行而不聞其聲，信矣宣王，誠哉其大成也！言功業極盛，無遺憾也。《箋》曰：「晉人伐鄭，陳成子救之，舍於柳舒之上，去穀七里，穀人不知，可謂有聞無聲。」事在哀二十七年，《左傳》作留舒。

《車攻》八章，章四句。

〔一〕「惡」上，原有「孔氏云」三字，按，此皆爲孔疏内容，其内不應復有「孔氏云」三字。仁本校云：「『孔氏云』三字恐衍。」據删。

〔二〕「用」，原作「曰」，據李本、顧本、畬本、薈本、仁本、復本改。薈本校云：「刊本『用』訛『曰』，據《毛詩疏》改。」

《吉日》，美宣王田也。能慎微接下，無不自盡以奉其上焉。疏曰：「留意於馬祖之祈禱〔一〕，是能謹於微細〔二〕，求禽獸唯以給賓，是恩隆於羣下〔三〕。」

詩美田獵耳，《後序》舉三隅言之。

吉日維戊，《箋》曰：「戊，剛日也。」○朱氏曰：「以下章推之，是日也，其戊辰歟？」**既伯既禱。**《傳》曰：「伯，馬祖也。」○疏曰：「《夏官·校人》『春祭馬祖，夏祭先牧，秋祭馬社，冬祭馬步』，注云：『馬祖，天駟。先牧，始養馬者。馬社，始乘馬者。馬步，神爲災害馬者。』馬祖祭之在春，其常也，而將用馬力，則又用彼禮以禱之。馬祖謂之伯，伯者，長也。鄭云：『馬祖，天駟。』《釋天》云〔四〕：『天駟，房也。』孫炎云：『龍爲天馬，故房四星謂之天駟。』」**田車既好，四牡孔阜。升彼大阜，從其羣醜。**《箋》曰：「醜，衆也。」

外事用剛日，故吉善之日維戊也。既伯，謂有事於馬祖，將用馬力而祭之也。既禱，謂因祭而禱之，願馬之彊健而獲多也。以戊日祭而禱之，其禱之之辭曰：田獵之車

〔一〕「之」下，《毛詩正義》卷十之三有「神，爲之」三字。
〔二〕「謹」下，《毛詩正義》卷十之三有「慎」字，與下「恩隆於羣下」相對。又，此句畬本作「是能慎微」。
〔三〕「是恩隆於羣下」，畬本作「是能接下」，他本作「是恩降於下」。
〔四〕「天」，原作「文」，據薈本、仁本、復本及《毛詩正義》卷十之三改。薈本校云：「刊本『天』訛『文』，據《爾雅》改。」

既善矣，四牡甚阜而肥壯矣，車牢馬壯，以歷險從禽，將升彼大阜，從禽獸之羣衆而田獵也。此告神以將田獵，其實戊日未田也。○舊説謂禱於馬祖，二「既」字不分曉。伯是馬祖之神，言「既伯」是既有事于馬祖，謂祭之也，猶社是土神，方是四方之神，言「以社以方」，則是祭社及方也。既禱，乃謂因祭而禱祈之也。

吉日庚午，朱氏曰：「庚午，亦剛日也。」**既差我馬。**差音叉〔一〕。○《傳》曰：「差，擇也。」**獸之所同。**《箋》曰：「同，猶聚也。」**麀鹿麌麌。**麀音憂。麌音語。○《傳》曰：「鹿牝曰麀。麌麌，衆多也。」**漆沮之從，**沮音趨。○李氏曰：「漆、沮，二水名也。《禹貢》所謂『東會漆、沮』，即此漆、沮是也。故孔氏以漆、沮在涇水之東。一名洛水，與古公『自土沮、漆』別也。此漆、沮正《周禮·職方氏》所謂『雍州，其浸渭洛』，雍州之地，非河南之洛也。」○曹氏曰：「漆、沮，二水名，本大王避狄所徙岐周之地。按《漢·志》右扶風有漆縣，漆水在縣西，東入渭。沮一名洛水，亦在岐周。若漢中郡之沮水，則出房陵縣之東山，東至郢而入江，非此沮也。」○漆、沮，又考見《緜》。**天子之所。**

以吉日庚午，既差擇我田獵之馬，至於田所，獸之所同聚，乃有牝鹿麌麌然衆多，遂從漆、沮二水之傍，驅獸而至天子之所也。言牝鹿則見蕃息之意。

〔一〕「叉」，原作「义」，李本、復本作「乂」。按，「乂」應是「叉」字形近之訛。

瞻彼中原，《釋地》曰：「廣平曰原。」中原，蓋原中也。**其祁孔有。**《傳》曰：「祁，大也。」**儦儦俟俟，**儦音標。○《傳》曰：「趨則儦儦，行則俟俟。」○錢氏曰：「緩行若相待也。」**或羣或友。**《傳》曰：「三曰羣，二曰友。」**悉率左右，以燕天子。**蘇氏曰：「燕，樂也。」

視彼原中，其禽獸形體祁大，又甚多有矣，其趨者則儦儦而疾走，其行者則俟俟若相待，或三爲羣，或二爲友。從王者見禽獸之多，於是率其同事左右之人，各共其事，以樂天子也。

既張我弓，既挾我矢。挾音浹，又音協。○《儀禮》注曰：「方持弦矢曰挾。」○解見《行葦》。**發彼小豝，**音巴。解見《騶虞》。**殪此大兕。**殪音翳。兕，詞之上濁。○《釋詁》曰：「殪，死也。」○朱氏曰：「兕，野牛也。」○解見《卷耳》。○《傳》曰：「言能中微而制大也。」○疏曰：「小者矢中必死，小豝苦於不能射中。大者射則易中，唯不能即死。小豝云發，言發則中之；大兕言殪，言射著即死〔一〕。異其文者，言中微而制大。」**以御賓客，**朱氏曰：「御，進也。」○今曰：「與燕者皆爲賓客，不必專以爲諸侯也。」**且以酌醴。**《傳》曰：「饗醴，天子之飲酒也。」○疏曰：「醴不可專飲，天子之於羣臣，不徒設醴而已。此言酌醴者，《左傳》天子饗諸侯，每云『饗醴，命之宥』。是饗有醴者，天子飲酒之禮，故舉醴言之也。」○曹氏曰：「莊

〔一〕「言」，原作「者」，據仁本及《毛詩正義》卷十之三改。

十八年《左傳》：『虢公、晉侯朝王，王饗醴〔一〕，命之宥。』杜預云：『先置醴酒，示不忘古也。』」左右既驅禽獸，於是張弓挾矢而射之。牝豕小則難中，乃發而中之；野牛大則難死，乃一發而殪之，言善射也。既得禽獸，則以爲俎實，進於賓客，不特可以小小燕飲，又且以酌醴而饗，舉行盛禮也。○發謂發矢射之。《傳》云「百發百中」，則發有中否。今曰「發彼小豝」，言發則得豝，矢無虛發，不待言中也。○醴，甘酒，少麴多米，一宿而熟。《周官·酒正》五齊之二曰醴齊，五齊味薄，所以祭也，三酒味厚，人所飲也。《坊記》云「醴酒在室，醍酒在堂」，則五齊亦曰酒，醴味甜於餘齊，與酒味殊。穆生不嗜酒，故元王每置酒，常爲穆生設醴，見醴與酒味異也。饗爲盛禮，惟王饗諸侯則設醴，示不忘古，禮之重也。醴音禮。○《詩記》曰：「《車攻》《吉日》皆以蒐狩爲言，何也？蓋蒐狩之禮，所以見王賦之復焉，所以見軍實之盛焉，所以見師律之嚴焉，所以見上下之情焉，所以見綜理之周焉。欲明文武之功業者，觀諸此足矣〔二〕。」

《吉日》四章，章六句。

〔一〕「王饗醴」至卷末，底本缺頁，今據復本配補。

〔二〕「矣」下，畬本有：「蔣氏曰：『《車攻》《吉日》雖皆田獵之詩，《車攻》會諸侯于東都，其禮大；《吉日》專田獵，不出西都畿內，其事視《車攻》差小，故二詩之辭，其氣象大小詳略，亦自不同。』」

詩緝卷之十九〔一〕

嚴粲述

鴻鴈之什　小雅

《鴻鴈》，美宣王也。萬民離散，不安其居，而能勞來還定安集之，勞來還，音澇賚旋。○王氏曰：「勞者勞之，來者來之，往者還之，擾者定之，危者安之，散者集之。」至于矜寡，矜音鰥。無不得其所焉。

此詩流民所作，述使臣之勤勞，能布宣其上之德意也。美使臣，所以美宣王也。王者事業，以民爲本，可以見興復之規模矣。

鴻鴈于飛，《傳》曰：「大曰鴻，小曰鴈。」○疏曰：「鴻、鴈俱是水鳥，其形鴻大而鴈小，春則避陽暑而北，秋則避陰寒而南。」○曹氏曰：「喻小大皆離散。」肅肅其羽。《傳》曰：「肅肅，羽聲也。」○陳氏曰：「其羽急疾。」○今曰：「《小星》『肅肅宵征』，毛以爲疾貌，則此亦爲羽聲之疾也。」之子于征，歐陽氏曰：「之

〔一〕按，本卷底本缺，據復本配補。

子，使臣也。」**劬勞于野。**劬音衢。○《傳》曰：「劬勞，病苦也。」**爰及矜人，**矜如字。○《箋》曰：「及此可憐之人。」**哀此鰥寡。**

興也。言大鴻小鴈之飛，轉徙無定居，其羽聲肅肅然急疾，如厲王之後，民無小大皆奔散也。鳥棲皆有常處，唯鴻鴈春北而秋南，故以喻民之不安其居。宣王於是遣使巡行而安集之。之子使臣奉命征行，病苦于野，不敢安寧，賙䘏之澤，及此可憐之人，而尤哀念於鰥寡，以離散之民皆可念，而其中有鰥寡者，尤可念也。

鴻鴈于飛，集于中澤。《傳》曰：「中澤，澤中也。」○《箋》曰：「猶民見還定安集。」○曹氏曰：「鴻鴈之趾連蹄，不能握木，故《易》以『鴻漸于木』爲失所不安之象，《書》以『彭蠡既豬，陽鳥攸居』爲得其所。」**之子于垣，**音袁。○疏曰：「垣，牆也。」**百堵皆作。**堵音覩。○《傳》曰：「一丈爲版，五版爲堵。」○疏釋《傳》曰：「五版爲堵，謂累五版也。版廣二尺，故《周禮》説一堵之牆，長丈，高一丈。」○《箋》曰：「《春秋傳》云：『五版爲堵，五堵爲雉。』雉長三丈，則版六尺。」○疏釋《箋》曰：「『五版爲堵，五堵爲雉』，定十二年《公羊傳》文也。謂接五堵成一雉，何休取《韓詩傳》以版長八尺。古之雉制，書傳各不得其詳。」**雖則劬勞，其究安宅。**朱氏曰：「究，終也。」

鴻鴈集于澤中，喻還定之後〔一〕，民有居止之安也。使臣所至，使民築其垣牆爲安處之計。百堵同時而起，且勸勉之，曰：汝今雖劬勞，其終有安居也。

鴻鴈于飛，哀鳴嗸嗸。音遨。○《釋文》曰：「嗸嗸，聲也。」○曹氏曰：「民初得其所歸，皆嗸嗸然赴訴於使者。」**維此哲人，**曹氏曰：「民稱使者爲哲人。」**謂我劬勞。維彼愚人，謂我宣驕。**《傳》曰：「宣，示也。」○今曰：「猶宣淫之宣。」

離散之餘，初有定居，生理未復，故如鴻鴈嗸嗸然哀鳴，赴訴於使臣。使臣能撫恤賑濟之，於是流民稱此使臣明哲，故能知我之劬勞。若使彼愚人爲使臣，將謂我宣恣其驕，求索無厭也。「此」云者，指見在之人；「彼」云者，設言其人耳。曹氏曰：「見宣王選任之明也。」

《鴻鴈》三章，章六句〔二〕

《庭燎》，音療。**美宣王也。因以箴之。**箴音斟。○《釋文》曰：「箴，諫誨之辭。」○疏曰：「若

〔一〕「還定」下，畲本有「安集」二字。

〔二〕「鴻鴈三章章六句」七字，復本無，據諸本補。

病之須箴。」○《解頤新語》曰：「箴猶鍼砭。」鍼音箴。砭，陂驗反。○董氏曰：「《傳》云：『百官官箴王闕。』此詩其司烜之屬所爲乎？」烜，況遠反，與「赫兮咺兮」同音〔一〕。

美其勤也，慮其勤之易怠，故從而箴之。

夜如何其？音基。○《釋文》曰：「其，辭也。」**夜未央，**《説文》曰：「央，中央也。」**庭燎之光。**《傳》曰：「庭燎，大燭也。」○疏曰：「庭燎者，樹之於庭，燎之爲明，是燭之大者。《秋官·司烜》云：『邦之大事，供蕡燭庭燎。』注云：『樹於門外曰大燭，門内曰庭燎。』不同者，以彼燭、燎別文，則設非一處。庭燎以庭名之，明在門内，故以大燭爲門外。以文對，故異之耳，其散則通也。《郊特牲》云：『庭燎之百，由齊桓公始也。』注云：『僭天子也。庭燎之差，公蓋五十，侯、伯、子、男皆三十。』是天子庭燎用百。古制未得而聞，要以物百枚並而纏束之，今則用松、葦、竹灌以脂膏也。」**君子至止，**《傳》曰：「君子，謂諸侯也。」**鸞聲將將。**音鏘。○曹氏曰：「將將，聲之大。」

《玉藻》云：「朝辨色始入〔二〕，君日出而視之。」今宣王中夜而起，失於太早。詩人設爲問答之辭，曰：今夜已如何乎？乃夜未半也。庭燎已設而有光，諸侯皆來朝，聞

〔一〕「赫」，原作「嚇」，據李本、顧本改。葉校亦云：「嚇，當作赫。」

〔二〕「辨」，復本作「辯」，據李本、顧本、畲本、仁本及《禮記正義》卷二十九改。下同。

其鸞聲之大將將然，蓋來者多而其聲揚也。然未辨色則未可以入，是太早也，所以箴之。○舊説相承，以「夜如何其」爲宣王問夜，今不從。

夜如何其？夜未艾，毛音礙，鄭音刈。○王氏曰：「未艾，未及盡也。」○李氏曰：「《左傳·昭元年》秦后子云：『一世無道，國未艾也。』注云：『絶也。』則艾爲盡意。」**庭燎晣晣。**音制。○《傳》曰：「晣晣，明也。」○朱氏曰：「小明也。」**君子至止，鸞聲噦噦。**音誨，翽翽音同。○《傳》曰：「噦噦，徐行有節也。」○曹氏曰：「噦噦，聲之微。」

自夜未半而庭燎已光，諸侯先至者，待之久矣。既而至於夜未盡，庭燎晣晣然，其光漸小，諸侯之繼至者，其鸞聲之微噦噦然，蓋來者稀而其聲殺也，亦箴其早也。

夜如何其？夜鄉晨，鄉音嚮。**庭燎有煇。**音暉。○朱氏曰：「有煇，天明而光散也。」○今曰：「《易·未濟卦》『其暉吉也』，《程傳》云：『暉，光之散也。』暉、煇義同。」**君子至止，言觀其旂。**

鄉晨，則庭燎光散，諸侯之後至者，可見其旂，於是辨色而始入，乃朝之時也，何必太早乎？○舊説皆謂自未央而未艾，自未艾而鄉晨，爲始勤終怠之意，如是則此詩作於宣王怠政之日，而追述其前時之勤耳，是刺而非美矣。所謂「因以箴之」者，如有常德以立武事，因以爲戒，謂美其武功之方盛，而因以戒其後之不可以黷武〔一〕。《庭燎》亦美宣王之勤政，而箴其勤之大過耳。過於勤，則不可以常，而其終之怠，固勢所必至。然此詩則未及言怠政之事，朝辨色而入，末章夜鄉晨，正視朝之時，不爲怠也。此詩乃宣王鋭意求治之初，其後晏起，至煩賢后脱簪，乃末年怠政之事，非此時也。《詩記》曰：「宣王其志雖勤，然未能安定凝止，躍然有喜事之心焉，斯其所以不能常也〔二〕。」

《庭燎》三章，章五句。

《沔水》，沔音免。**規宣王也。**《箋》曰：「規者，正圓之器也。規主仁恩也，以恩親正君曰規。《春秋傳》云：『近臣盡規。』」○疏曰：「圓者，周匝之物，以比人行周備。有不圓匝者，規之使成圓。正物之器不獨規，獨言規者，以恩親正君曰規。規之使圓，則外無廉隅，故五行規主東方，是主仁恩也〔三〕。」

〔一〕上「以」字，原無，據顧本補。按，《詩序》「因以箴之」及上文「因以爲戒」，皆有「以」字，此亦當有。

〔二〕「也」下，李本、顧本有「如武丁恭默思道，則常中興矣」十二字。

〔三〕「恩」下，復本有「恩」字，衍，據味本、李本、姜本、顧本、畲本、薈本、仁本及《毛詩正義》卷十一之一删。

規其聽讒而諸侯攜貳也。

沔彼流水，《傳》曰：「沔，水流滿也。」**朝宗于海。**朝音潮。○《箋》曰：「諸侯春見天子曰朝，夏見曰宗。」○疏曰：「《大宗伯》注云：『朝，朝也，欲其來之早。宗，尊也，欲其尊王。』《禹貢》亦云『江漢朝宗于海』。」**鴥彼飛隼。**鴥音聿。隼音筍。○《晨風·傳》曰：「鴥，疾飛貌。」○隼，解見《采芑》。**載飛載止。**《箋》曰：「載之言則也。」**嗟我兄弟，邦人諸友。莫肯念亂，**《箋》曰：「莫，無也。」**誰無父母？**

興也。杜詩云：「衆流歸海意，萬國奉君心。」與此詩意同。彼沔然而滿之流水，必入于海，有朝宗之義，喻諸侯雖彊大，必朝宗于天子，此理之常也。其叛服不常，如鴥然疾飛之隼，或飛或止者，必有其故矣，含蓄而未言也。兄弟指所親，邦人指衆人，諸友指所厚。言兄弟、邦人、諸友，則親疎厚薄，識與不識，皆在其中矣。嗟我親疎厚薄之人，無肯思亂者，皆願平治也。誰無父母乎？皆有所顧惜也。憂諸侯之背叛而致禍亂，將累其親也。

沔彼流水，其流湯湯。音商。○《傳》曰：「湯湯，放縱無所入也。」**鴥彼飛隼，載飛載揚。念彼不**

蹟，音迹。○《釋文》：「蹟亦作迹〔一〕。蹟，足跡也。」○《傳》曰：「不蹟，不循道也。」○今曰：「不由故蹟〔二〕，謂越常也。」**載起載行。心之憂矣，不可弭忘。**弭音敉〔三〕。○《傳》曰：「弭，止也。」

水滿而湯湯然，猶《書》「湯湯洪水方割」，喻諸侯彊大而放恣也。隼載飛載揚，猶諸侯飛揚而不朝事者，故念彼不循道之諸侯，我坐不能安，則起則行，此心之憂，不可止而忘之也。

鴥彼飛隼，率彼中陵。《箋》曰：「率，循也。」**民之訛言，**《箋》曰：「訛，僞也〔四〕。」**寧莫之懲？**《傳》曰：「懲，止也。」**我友敬矣，讒言其興。**

一章言「載飛載止」，喻諸侯或朝或不朝者；二章言「載飛載揚」，喻諸侯跋扈不朝者；此章言「率彼中陵」，喻諸侯循道而來朝者。飛止者，已無固志；飛揚者，未有回心；率彼者，蓋僅有之，所當綏懷以勸來者。今民之訛言，復欲中以飛語，而使之不

〔一〕「蹟亦作迹」，復本作「迹亦作蹟」，據顧本改。按，此不見於陸德明《經典釋文》。
〔二〕「蹟」，復本作「迹」，據李本、顧本改。按，此爲嚴氏自釋經文，應與經文同，作「蹟」。
〔三〕「敉」，復本作「枚」，據諸本改。
〔四〕「僞」，復本作「爲」，據李本、顧本、薈本及《毛詩正義》卷十一之一改。

自安，豈可不懲止之乎？聞來朝之諸侯相與語曰：「吾輩事王室，非不敬矣，而讒言方興，將如之何？是其心亦懷疑懼，將不來矣。宣王不可不察也。諸侯之叛，在讒言耳。首章之含蓄，次章之憂危，至末章結句始發之。

《沔水》三章，二章章八句，一章六句。

《鶴鳴》，誨宣王也。董氏曰：「此詩其師傅所作歟？」

此詩説者多異，毛、鄭在衆説之先，皆謂興求賢，必有師承，當從之。

鶴鳴于九皋，《傳》曰：「皋，澤也。」○《箋》曰：「澤中水溢出所爲坎，自外數至九，喻深遠也。」**聲聞于野。**聞音問。○今曰：「他人聞知其聲之聞，從平聲；凡聲聞於人之聞，從去聲。」○《傳》曰：「言身隱而名著也。」**魚潛在淵，或在于渚。**「江有渚」，《傳》曰：「渚，小洲也。」○疏曰：「以魚之出没，喻賢者之進退。」**樂彼之園，**樂音洛。**爰有樹檀，**疏曰：「檀，善樹也。」○解見《將仲子》。**其下維蘀。**音托。○蘀，落葉也。解見《蘀兮》。○《箋》曰：「猶尚賢而下小人。」**它山之石，**它音拖。**可以爲錯。**七落反。○《傳》曰：「錯，石也，可以琢玉。」○今曰：「揚子『不礱不錯，焉攸用』，錯謂治玉也。」

興也。鶴鳴于九皋深遠之地，其聲聞于外方之野，喻賢者身隱名顯也。魚或在於深淵，或見於淺渚，喻賢者去就不常也。身隱名顯則難進，去就不常則易退，皆視人主意嚮何如耳。故用捨不可以不審，猶彼園之可樂者，以上有善木之檀，其下則有落葉，喻朝廷之上，當上賢而下不肖也。既得賢者，則可以磨礱君德，如它山之石，可以爲琢玉之錯石也。程子曰：「玉之温潤，天下之至美也；石之粗厲〔一〕，天下之至惡也。然兩玉相磨不可以成器，以石磨之，而後玉之爲器，得以成焉。猶君子之與小人，横逆既加，然後脩省畏避，動心忍性，增益預防，而禮義生焉，道德成焉。吾聞諸邵子云。」○李氏曰：「漢王符云：『攻玉以石，洗金以鹽，濯錦以魚，浣布以灰。夫物固有以賤理貴，以醜化好者矣〔二〕。智者棄短取長，以致其功〔三〕。』」

鶴鳴于九臯，聲聞于天。魚在于渚，或潛在淵。樂彼之園，爰有樹檀，其下維穀。音谷。

○〔四〕《釋文》曰：「穀從木，非從禾也。」○曰：穀，楮也，今楮皮也。○《傳》曰：「穀，惡木也。」○疏曰：「陸

〔一〕「厲」，復本作「糲」，葉校云：「『糲』當作『厲』。」據改。按，朱熹《詩集傳》卷十、李樗《毛詩集解》卷十八等引程子説皆作「厲」。

〔二〕「以」上，復本有「人」字，衍，據李本、顧本、薈本及李樗《毛詩集解》卷二十二删。仁本校：「『人』字衍，《後漢書》可證。」

〔三〕「功」，復本作「力」，據薈本及《後漢書》卷四十九《王符傳》改。

〔四〕「○」，原無，據顧本補。

璣云：『幽州人謂之穀桑，荆、揚、交、廣謂之穀〔一〕，中州人謂之楮。殷中宗時，桑、穀並生，是也。今江南人績其皮以爲布，又擣以爲紙，謂之穀皮紙，潔白光澤，其裏甚好。其葉初生，可以爲茹。』」**它山之石，可以攻玉。**《傳》曰：「攻，錯也。」○今曰：「謂錯治之也。」

《鶴鳴》二章，章九句。

《祈父》〔二〕，音畿甫。**刺宣王也。**疏曰：「《周語》云：『宣王三十九年，戰于千畝，王師敗績於姜氏之戎。』」

宣王料民太原，人不足用，乃令祈父出禁衛以從軍〔三〕。此宣王之失，非祈父所得專也。作者呼祈父而責之，所以刺宣王也。

祈父，《傳》曰：「祈父，司馬也，職掌封圻之兵甲。」○《釋文》曰：「封圻當作畿，字古作祈。圻、畿同，字得通，故此作祈，《尚書》作圻。」○李氏曰：「《左傳》襄十六年，獻子賦《圻父》，其字用《酒誥》圻字。昭十二

〔一〕按，《毛詩正義》卷十一之一引陸《疏》無「交廣」二字，「揚」下有「人」字。

〔二〕「祈」，復本作「祁」，據諸本及《毛詩正義》卷十一之一改。

〔三〕「令」，復本作「命」，據李本、姜本、顧本、畲本、薈本改。按，味本作「今」，蓋「令」之形訛，是「令」字更接近嚴氏本意。

年，子革曰：『祭公謀父作《祈招》之詩。』杜預注云：『祈父，周司馬。』祈字作《詩》之祈。」招音韶。○疏曰：「《常武》，美宣王命程伯休父爲大司馬，此詩所刺者，蓋休父卒後，他人代之。」**予王之爪牙。**疏曰：「鳥用爪、獸用牙以防衛。此人自謂王之爪牙，以鳥獸爲喻也[一]。」**胡轉予于恤？**《箋》曰：「轉，移也。」○《傳》曰：「恤，憂也。」**靡所止居。**

宣王以宿衛之士從軍，宿衛之士不敢斥宣王，以司馬掌征伐，呼其官而責之，曰：祈父，我乃王之爪牙，當爲王閑守之衛，女何移我於憂恤之地，使我無所止居乎？謂使之從軍在外，無定居也。軍心之怨如此，其敗宜矣。○此詩作於未敗之前，故但言「靡所止居」「有母尸饔」也。變雅諷刺其上，庶其覺悟，使宣王聞而改圖，未必有千畝之敗也。《箋》曰：「司馬之屬有司右，主勇力之士。六軍之士，出自六鄉[二]。法不取於爪牙之士[三]。」○疏曰：「司右止言勇力屬焉，不言使之守衛。《夏官·虎賁氏》其屬者虎士八百人，其職云：『掌先後王而趨以卒伍，軍旅會同亦如之。舍則守王閑；王在國，則守王宮；國有大故，則守王門。』虎賁

[一]「爲」，味本、李本、姜本、顧本、畬本、薈本、仁本作「自」，仁本校云：「『自喻』，一本作『爲喻』。」按，《毛詩正義》卷十一之二正作「爲」。

[二]「自」，復本作「於」，據淵本及《毛詩正義》卷十一之一改。

[三] 仁本校云：「『爪牙』上，今本《鄭箋》有『王之』二字。」

之徒既爲宿衛，則司右之徒亦爲宿衛矣。」

祈父，予王之爪士。李氏曰：「爪牙之士也。」**胡轉予于恤？靡所厎止。**厎音止。○《傳》曰：「厎，至也。」

靡所厎止，謂遠戍而行役未已。

祈父，亶不聰。《傳》曰：「亶，誠也。」**胡轉予于恤？有母之尸饔。**音邕。○《傳》曰：「尸，陳也。熟食曰饔。」○長樂劉氏曰：「尸，主也。」言「有母」，見無父矣，猶穎考叔所謂「小人有母」也。祈父誠不聰，何爲移我於憂恤？我有母在，當主爲饔以養之，汝乃不知，是不聰也。《詩記》曰：「讀是詩，見宣王變古制者二焉：前兩章既刺其以宿衛之士從征役矣，末章復曰『祈父，亶不聰。胡轉予于恤？有母之尸饔』，有親老而無他兄弟，其當免役征，在古必有成法，責其不聰[一]，其意謂此法人皆聞之，彼司馬獨不聞乎？乃驅吾從戎，使吾親不免薪水之勞也。責司馬者，不敢斥宣王也。越勾踐伐吴，大徇於軍曰：『有父母耆老而無昆弟者以告。』勾踐親命之曰：『我有大事[二]，子有父母耆老，而子爲我死，子之父母將轉

[一]「責」上，畬本及吕祖謙《吕氏家塾讀詩記》卷二十有「故」字。

[二]「有父」至「大事」二十二字，復本無，據畬本及吕祖謙《吕氏家塾讀詩記》卷二十補。

於溝壑，子爲禮已重矣〔一〕。子歸，没而父母之世。後若有事，吾與子圖之。』勾踐尚能辨此，況周之盛時乎？其有定制必矣。太子晉諫靈王之辭曰：『厲始革典，十四王矣。』又曰：『自我先王厲、宣、幽、平而貪天禍，至于今未弭。』宣王中興之主也，至與幽、厲並數之，其辭雖過，觀是詩所刺，則子晉之言，豈無所自歟？」

《祈父》三章，章四句。

《白駒》，大夫刺宣王也。

當時賢能布列，白駒一賢之去，若未關大體，詩人已爲宣王惜之，蓋見幾也。

皎皎白駒，皎音皦。○《釋文》曰：「皎皎，潔白也。」**食我場苗。**場，圃場。見《七月》。○疏曰：「此宜云圃而言場者，以場、圃同地耳。言食苗藿，則夏時矣。」**縶之維之，**縶音執。○《傳》曰：「縶，絆也。維，繫也。」絆音半。○疏曰：「僖二十八年《左傳》云：『韅靷鞅靽。』杜預注云：『在背曰韅，在胷曰靷，在腹曰鞅〔二〕，在後

〔一〕「爲」下，薈本及《國語·吴語第十九》有「我」字。按，《吕氏家塾讀詩記》卷二十無，今仍從吕氏原引。

〔二〕按，「在背」至「曰鞅」十二字，《毛詩正義》卷十一之一無。

曰靽〔一〕。』則縶之謂絆其足。《釋文》曰：『繫足曰絆〔二〕。』維之謂繫靷也。」韅靷鞅靽〔三〕，音憲引養半。**以永今朝。**《山有樞·傳》曰：「永，引也。」○今曰：「引，猶款也。」**所謂伊人，**朱氏《蒹葭解》曰：「伊人，猶言彼人也。」**於焉逍遥。**焉如字。○《箋》曰：「逍遥，遊息也。」

宣王之末，不能用賢〔四〕。賢者有乘白駒而去者〔五〕，同朝之大夫惜其去而思之。言此皎皎然之白駒，若來至我居，我則捐圃中之菜苗以食之，而無所愛。不止於青芻也，又縶絆其馬之足，維繫其馬胷之靷，惟恐其去而不留，猶投轄於井之意也。以延引今朝，謂賢者縱不能久留，且得款曲今日，亦足矣。此皆欲見之而不可得之辭，故想像其人而言曰：所謂彼人者，願其來此逍遥也。蓋賢者去之，國人思望之意也。

〔一〕「靽」，復本作「絆」，據顧本、薈本、仁本及《毛詩正義》卷十一之一改。按，孔疏上引《左傳》即作「靽」。

〔二〕按，「《釋文》」云云一句，據《毛詩正義》卷十一之一，非孔疏之語，因后一句「維之謂繫靷也」仍爲孔疏語，今姑作此標點，置於「疏曰」之内。畬本「釋文」前有「○」，然后句仍爲孔疏語，似亦不應加「○」。

〔三〕「靽」，復本作「絆」，據姜本、顧本、淵本、仁本改。按，「韅靷鞅靽」四字連文，應是音釋孔疏所引《左傳》文，自以作「靽」爲是，且上已有「絆音半」之音釋。

〔四〕「不能用賢」，李本、顧本作「怠心一生」。

〔五〕「賢者」下，李本、顧本有「不用」二字。

○穀之始生曰苗，草之類始生亦曰苗。《本草》多言「春夏采苗」，是也。場即圃也，言圃中之苗，則菜茹之嫩者，猶今言菜秧，非禾苗也。若以納稼在場，則不名苗矣。下云場藿，藿，豆葉也，亦菜茹之類。○舊説以「伊人逍遥」爲賢者實來訪於己，非也。伊人猶言彼人，謂其人不在此而想像之稱，非覿面之稱也。《唐·有杕之杜》刺不能求賢，曰「彼君子兮，噬肯適我。中心好之，曷飲食之」；《丘中有麻》言賢人放逐，曰「彼留子嗟，將其來施施」，皆望其來而不可得之辭，與此詩之意一也。

皎皎白駒，食我場藿。音霍。○曰：藿，豆葉也，用以鉶羹。解見《小宛》。**縶之維之，以永今夕。所謂伊人，於焉嘉客。**

願其來此爲嘉客也。

皎皎白駒，賁然來思。賁音秘。○程子曰：「賁然光彩。」○疏曰：「思，助語。」**爾公爾侯，逸豫無期。慎爾優游，勉爾遁思。**遁音鈍，字亦作遯。○今曰：「《易·遯卦》『遯奉身』，退隱之謂也。」

言願此賢者來訪於己，賁然若有榮耀焉，亦望之之辭也。彼去而已留，於是羨賢者退居之樂，謂爾賢者若爲公爲侯，則將勤勞國事，無有逸豫之期。今爾肥遯，優哉游哉，足以自樂，願加保重耳。故曰：謹爾優游，勉爾遁思，於此深寓愛賢之意，而又以見賢者無入不自得，不以得喪嬰其心也，○舊説「爾公爾侯」爲責公侯，與下文「爾」字不歸一，今以四「爾」字皆指賢者。

皎皎白駒，在彼空谷。今曰〔一〕：「空谷，言寂寥無人之所也。」**生芻一束，**芻音初。○《釋文》曰：「芻，刈草也。俗作蒭。」今曰〔二〕：「生芻，新刈之草，所謂青芻也。」**其人如玉。毋金玉爾音，**毋音無。**而有遐心。**

言賢者遠遯，在於無人之空谷，所謂寬閑之野，寂寞之濱也。處困窮而享淡薄，其飼馬以新刈生草一束而已，無穀以秣之，然其人之美則如玉也。彼去而已留，望其音問不相絶，曰：無自貴重其音聲，如金玉然，不以遺我，而有遠棄我之心也。上三章猶望賢者來訪於己，末章言賢者晦迹巖谷，不可復望其來見，止望其寄聲耳〔三〕。極稱其美而爲拳拳思慕之辭，所以見其人之賢，而刺時之不能用也。○杜詩「與奴白飯馬青芻」，則以草新刈而青者爲愛客之厚，此詩則以生芻見賢者之處淡薄，其意各有

〔一〕「今曰」，畬本作「程子曰」。

〔二〕「今曰」，畬本作「程子曰」。

〔三〕「聲」下，李本、顧本有「音」字。

所主。季文子無食粟之馬，唐人詩「官清馬骨高」，山谷詩「貧馬百䕷逢一豆」，䕷音閑，又音莧，牛馬食餘草節也。皆因馬以見人也。

《白駒》四章，章六句。

《黄鳥》，刺宣王也。

毛、鄭以爲室家相棄，王氏、蘇氏以爲賢者不得志而去，不若朱氏以爲民不安其居，適異國而不見收恤。諸家以「無啄我粟」爲此邦之言，「不我肯穀，復我邦族」爲去者之言，文意斷續，朱氏以爲皆去者之言，朱義爲長。

黄鳥黄鳥，無集于穀，疏曰：「穀，木也。」○解見《鶴鳴》。**無啄我粟。**啄音卓。**此邦之人，不我肯穀。**《傳》曰：「穀，善也。」○今曰：「《書》：『既富方穀。』」**言旋言歸，**曰：「言，辭也。」**復我邦族。**

興也。民適異國，不得其所，無可告語者，唯黄鳥可愛，平時飛鳴往來於此，故於其將去，呼黄鳥而告之曰：爾無集於我之穀木，無啄我之粟矣。蓋此邦之人，不肯以善道待我。我亦不久於此，將旋歸復反我邦之宗族矣。與黄鳥告别之辭也。杜詩「岸花飛送客，檣燕語留人」，謂送留惟花、燕，亦此詩告别惟黄鳥之意也。○舊説以黄鳥集穀啄粟，喻侵迫。黄鳥，鶯也，人所愛玩，集木啄粟，未爲侵害於人。

黄鳥黄鳥，無集于桑，無啄我粱。此邦之人，不可與明。言旋言歸，復我諸兄。

不可與明，言以横逆加己，不可與之求明白也。

黄鳥黄鳥，無集于栩，音許。○曰：栩，柞也，櫟也，杼也。解見《唐・鴇羽》。**無啄我黍。此邦之人，不可與處。**音杵。**言旋言歸，復我諸父。**

《黄鳥》三章，章七句。

《我行其野》，刺宣王也。王氏曰：「此民不安其居，而適異邦，從其婚姻而不見收恤之詩也。」○朱氏曰：「使民如此，異於還定安集之時也[一]。」

周之盛時，以睦婣任恤教道其民，風俗醇厚何如也？至《黄鳥》《我行其野》之詩作，則教道微而習俗薄矣。君子是以知宣王之後，周道之衰也。

我行其野，蔽芾其樗。芾音沸。樗音樞。○蔽芾，解見《甘棠》。○《傳》曰：「樗，惡木也。」○疏曰：

〔一〕仁本校云：「『使民』云云，吕氏説，而《集傳》引之耳。」葉校云：「此條《詩記》載《黄鳥》經文中，《集傳》載《黄鳥》章句下，嚴氏節入《我行其野・序》下。」

「《七月》云『采荼薪樗』，樗唯取薪，薪，惡木也。」○李氏曰：「樗者，不材之木也。《莊子》云：『吾有大樹，人謂之樗，其大枝擁腫，不中繩墨，其小枝卷曲，不中規矩。』」卷音權。**昏姻之故，言就爾居。爾不我畜，**許六反。○《傳》曰：「畜，養也。」○今曰：「《邶·谷風》『不我能慉』，字異音義同。」**復我邦家。**

我從本國而來，經行於野，見有惡木之樗，野中自生，非藉人力種植，而其枝葉蔽芾然茂盛，我猶得休息於其下。我以爾是昏姻親戚之故，素有恩義交結，非野樗之比也。今來就爾居，爾乃不我養，是無恩之甚，惡木之不如也。爾既不我養，今當復反我之邦家矣，與之訣也。

我行其野，言采其蓫。音蓄[一]。○《傳》曰：「蓫，惡菜也。」○《箋》曰：「牛蘈也，亦仲春時生，可采也。」蘈，徒雷反。○陸璣曰：「今人謂之羊蹄，似蘆菔而葉長赤。鬻爲茹，滑美也。」鬻、煮同。○王氏曰：「蓫，惡卉也，可以治疾。」○曹氏曰：「蓫、葍皆野生。」**昏姻之故，言就爾宿。爾不我畜，言歸斯復。**

蓫惡菜，野生不待栽培，猶可治疾。我與爾爲昏姻，有交結之素，乃野菜之不如也。我歸，則復其舊矣。

我行其野，言采其葍。音福。○《傳》曰：「葍，惡菜也。」○《箋》曰：「葍，蕾也。」蕾音富。○陸璣曰：

[一]「蓄」，顧本、畬本作「畜」，畬本下又有「又音逐」三字。

「河内謂之蓤，幽州謂之燕蔔，一名蕒。其根正白，宜著熱灰中温噉之。饑荒之歲，可蒸茹以禦饑〔一〕。或云：其花葉有兩種，一種葉細而花赤，一種葉大而花白，復香。」蓤音衮。蕒音續。**不思舊姻，求爾新特。**蘇氏曰：「特，匹也。」〇今曰：「新特，謂新親也。」**成不以富，**蘇氏曰：「依《論語》『成』當作『誠』。」**亦祇以異。**祇音支。〇《傳》曰：「祇，適也。」〇今曰：「朱氏《論語解》云：『不足以致富，而適足以爲異也。』」

蔔亦惡菜，野生，猶可禦饑。新舊親姻一也，今乃棄我之舊姻，而求爾之新親。責其薄也。爾之不我收恤，但鄙吝耳，此何能以致富，適足爲異耳。親義相賙，人道之常，爾獨不然，是可怪也。

《我行其野》三章，章六句。

《斯干》，宣王考室也。《箋》曰：「考，成也。」〇疏曰：「《説文》云：『釁，血祭也。』《雜記下》云：『成廟則釁之。其禮，雍人拭羊，舉羊升屋，自中屋南面，刲羊，血流於前，乃降。』是釁廟禮也。《雜記》云：『路寢成，則考之而不釁。』注云：『設盛食以落之。』」〇歐陽氏曰：「古人成室而落之，必有稱頌

〔一〕仁本校云：「『蒸茹』之『茹』，今本陸《疏》無。」

禱祝之言。如『歌於斯，哭於斯，聚國族於斯』，謂之善頌善禱者是矣。若知《斯干》爲考室之辭，則一篇之義，簡易而通明矣。」○《詩記》曰：「《斯干》《無羊》皆宣王初年之詩，乃次於刺詩之後，何也？蓋宣王晚歲雖怠於政，然中興周室之大德，豈可以是而掩之乎？故復取此二篇以終之也。宣王之《大雅》有美無刺，《大雅》言大體者也，論其大體，則宣王固一世之賢君也。」

秩秩斯干，疏曰：「斯，此也。《漸卦》注云：『干，謂大水之傍。』」○今曰：「秩秩，整齊貌。」**幽幽南山。**《傳》曰：「幽幽，深遠也。」○長樂劉氏曰：「鎬京之陽，終南之山也。」○考見《秦風·終南》。**如竹苞矣，**苞，叢生也。解見《生民》。**如松茂矣。兄及弟矣，式相好矣，**好去聲。○《箋》曰：「式，用也。」**無相猶矣。**歐陽氏曰：「猶，圖也，謀也〔一〕。」

鎬京臨大水，對終南，故宣王作室之地，在秩秩然整齊之干岸，面對幽幽然深遠之南山。言地勢之壯也。其盤基之厚，如竹之叢生；其結架之密，如松之茂盛。言宫室之美也。於是頌禱之，願其入居此室之後，兄弟各相和好，無有相圖者矣。○《西京賦》言長安，於前則「終南、太一」，猶此詩言「幽幽南山」；於後則「據渭踞涇」，猶此詩言「秩秩斯干」。《西京賦》祖述《斯干》也。鎬在上林苑中，此所言干，謂大水之

〔一〕「也」下，畲本有「或曰猶當作尤」五字。

傍，必鎬水也。舊説宣王作室於山澗之間，《釋文》云：「澗，山夾水也，亦溝澗。」然則澗是水之小者。稱美天子之宫室，必舉山水之大者言之，無由舉小澗爲發端之辭。

似續妣祖，妣音匕。○《傳》曰：「似，嗣也。」○《箋》曰：「妣，先妣姜嫄也。」○曹氏曰：「祖，豈后稷歟？」**築室百堵**，解見《鴻鴈》。**西南其户**。《傳》曰：「西鄉户，南鄉户也。」○疏曰：「天子之宫，其室非一，在北者南户，在東者西户。孫毓云：『猶「南東其畝」。』」**爰居爰處，爰笑爰語**。箋曰：「爰，於也。」

美作室而言嗣續妣祖者，蓋厲王之亂，百度廢墜，宫室亦壞。宣王既以中興王業，乃築宫室以復舊觀，足以見中興之盛，故曰「嗣續妣祖」。若竟土未復，雖作宫室，不足言嗣續矣。百堵，言廣且多也，或西鄉其户，或南鄉其户，於是居處，於是笑語焉。

約之閣閣，音各。○《傳》曰：「約，束也。閣閣，猶歷歷也[一]。」○蘇氏曰：「上下相承也。」**椓之橐橐**。椓音卓。橐音托。○疏曰：「椓，以杵築之也。」○蘇氏曰：「橐橐，杵聲也。」**風雨攸除**，音節。○朱氏

[一]「也」下，畲本有「崔靈恩《集注》作『約之格格』」十字。

曰：「除，亦去也。」**鳥鼠攸去，君子攸芋。**音吁。○《傳》曰：「芋，大也。」此章言牆垣之固也。築牆之時以繩約束其板，閣閣然上下相乘，即所謂「縮板以載」也。以杵築椓之，其聲橐橐然。羣寢既成，上下四旁牢密，則風雨不能凌暴，鳥鼠不能穿穴，皆除去，君子於是居焉，所以爲尊且大也。曹氏曰：「君子雍容於其間，心廣體胖，是以大也，所謂『居移氣』也。」

如跂斯翼，跂音起，韻又音棄。○《釋文》曰：「跂，脚跟不著地。」跟音根。○《傳》曰：「如人之跂竦翼爾〔一〕。」○疏曰：「竦此臂翼然。」○今曰：「如《論語》『翼如也』之翼，人舉踵則竦臂翼然，如鳥舒翼也。」**如矢斯棘，**歐陽氏曰：「棘，急也。矢行緩則枉，急則直，謂廉隅繩直，如矢行也。」**如鳥斯革，**歐陽氏曰：「革，變也。」**如翬斯飛，**翬音輝。○《箋》曰：「伊雒而南，素質，五色皆備成章曰翬。」○呂氏曰：「覆以瓦而加丹雘，有文采而勢騫舉也。」**君子攸躋。**《傳》曰：「躋，升也。」此章言其堂也。其上下嚴正，如人跂足直立，則聳臂翼如也，其四隅如矢行棘急而直也，其竦起如鳥驚變而悚顧也，其軒翔如雉翬之飛也，君子升之以視朝焉。言其堂，

〔一〕「爾」，復本作「耳」，據仁本及《毛詩正義》卷十一之二改。

故曰升。

殖殖其庭，殖音植。○《傳》曰：「殖殖，平正也。」○疏曰：「庭，宫寢之前庭也。」**有覺其楹。**《傳》曰：「覺，高大也。」○《箋》曰：「覺〔一〕，直也。」○疏曰：「楹，柱也。」**噲噲其正，**噲音快。正音政。○《箋》曰：「噲噲，猶快快也。」○疏曰：「寬明快快然。」○吕氏曰：「正謂正寢。」**噦噦其冥，**噦音誨。○蘇氏曰：「噦噦，深廣之貌。」○吕氏曰：「冥，謂室之奥窔也。」窔音要。**君子攸寧。**

此章言其室也。其宫寢之前庭，殖殖然平正也，其楹柱覺然高大也，其正寢噲噲然明快也，其室之冥奥，噦噦然深廣也，君子居之而安寧，謂燕息優游也。言其室，故曰寧。李氏曰：「東坡之詩云『書窗明快夜堂深』。」

下莞上簟，莞音官。○《箋》曰：「莞，小蒲之席也。竹葦曰簟。」○《釋文》曰：「草叢生水中，莖圓。江南以爲席，形似小蒲而實非也。」○《釋草》曰：「莞，苻蘺，其上蒚〔二〕。」○疏曰：「郭璞云：『莞，蒲，一草之名，蒲麤莞細。』《司几筵》有莞筵、蒲筵，麤者在下，美者在上也，莞細而用小蒲。竹葦曰簟者，以常鋪在上，宜用堅物，故知竹簟也。《士喪禮》云：『下莞上簟，衽如初。』則平常皆莞簟也。其寢卧之席，自天子以下，宜莞、

〔一〕「覺」，復本無，據李本、顧本及《毛詩正義》卷十一之二補。

〔二〕「蒚」，復本作「蒿」，據仁本及《爾雅注疏》卷八改。

簟同。」**乃安斯寢。乃寢乃興，**《箋》曰：「興，夙興也。」**乃占我夢。吉夢維何？維熊維羆，**音碑。○疏曰：「《釋獸》云：『羆如熊，黄白文。』黄白色〔一〕。」○郭璞曰：「似熊而長頭高脚〔二〕，猛憨多力，能拔樹木。」憨音蚶。○陸璣曰：「有黄羆，有赤羆，大於熊，其脂如熊，白而麤理，不如熊白美也。」**維虺維蛇。**虺音毁。○曰：虺，蝮也。蝮音福。○《釋魚》曰：「蝮虺博三寸，首大如擘。」擘，博厄反。○舍人曰：「江淮以南曰蝮，江淮以北曰虺。」○孫炎曰：「廣三寸，頭如拇指，有牙，最毒。」○山陰陸氏曰：「虺狀似蛇而小，爲虺弗摧，爲蛇奈何。舊説蝮蛇怒時，毒在頭尾，螫手則斷手，螫足則斷足，蛇之尤毒烈者也。一曰：蝮與虺異。」螫音釋。

考室之時，當有頌禱之語以終之，如今落成致語、上梁文之類。居室之慶，莫過於子孫之繁衍，此人情之至願。故頌禱之辭曰：願入此室處之後，發於夢兆，而開子孫之祥〔三〕。蓋設爲之辭，非實有是夢也。

〔一〕按，此處嚴氏引疏文有所節略，《毛詩正義》卷十一之二作「舍人曰：羆如熊，色黄白也」，葉校謂「黄白色」上當脱「舍人云」三字。

〔二〕「頭」，阮元《爾雅注疏校勘記》云：「《詩・斯干》正義、《一切經音義》卷二十四皆引作『頸』，此作『頭』，誤。」

〔三〕「開」，復本作「閧」，據畲本、仁本改。按，明顧夢麟《詩經説約》卷十四引嚴説亦作「開」，下章章指亦云「心清神定，則有開必先」，「開」皆開示、預示之義。

大人占之：王氏曰：「當時在位之大人。」○曹氏曰：「大人則非占夢之官，蓋當時之所尊信也。若晉平公夢黃熊入寢門而問諸子産，晉文公夢與楚子搏而問諸子犯。」**維熊維羆，男子之祥；維虺維蛇，女子之祥。**

心清神定，則有開必先；博物通達，則占事知來。熊羆猛獸，爲男之祥；虺蛇陰類，爲女之祥。昔人謂占夢無書，以意言之，殆近是矣，然皆設爲禱辭耳。王氏曰：「人之精神與天地陰陽流通，故夢各以其類至。先王置官，觀天地之會，辨陰陽之氣，以日月星辰占六夢之吉凶。獻吉夢，贈惡夢，知此則可以言性命之理矣。」

乃生男子，載寢之牀，《箋》曰：「尊之也。」**載衣之裳，**衣去聲。○《傳》曰：「裳，下之飾也。」**載弄之璋。**音章。○《傳》曰：「半珪曰璋，臣之職也。」**其泣喤喤，**音横。○疏曰：「喤喤，聲大也。」○王氏曰：「其泣之美，亦所以爲吉祥。羊食我之生也，聞其聲者，知其滅羊舌氏矣。」食音嗣。○今曰：「東坡賀人生子詩云『試教啼看定何如』，今人以兒初生，啼聲長而大爲福壽。」**朱芾斯皇，**芾音弗。○赤芾，詳解見《曹·候人》。朱芾，解見《采芑》。○《箋》曰：「皇，猶煌煌也。」**室家君王。**

古者男女初生，即表異之。男則寢之牀，尊之也。衣之下飾之裳，臣道也。弄之璋玉，以他日行禮之事也，皆表異其爲男子也。其泣聲喤喤然大，福壽之證，皆將服朱芾，煌煌然而鮮明，有室有家，爲諸侯，爲天子矣。○今考《大宗伯》以赤璋禮南方，注云：「圭鋭，象春物初生；半圭曰璋，象夏物半死。」然則圭之首鋭，璋則圭體之半也。一圭中分，則爲二璋也。瓚有圭瓚、璋瓚，瓚，勺也，以圭璋爲瓚之柄，以祼於宗廟也。有璋玉，有璋瓚，璋玉以禮神及朝聘，以爲瑞，璋瓚以祼宗廟。毛以《棫樸》「奉璋」爲璋玉，《顧命》太保「秉璋以酢」，是人臣行禮奉璋玉之事也；鄭以《棫樸》「奉璋」爲璋瓚，《郊特牲》「灌以圭璋」，是璋瓚亦名璋也。此生男弄璋，必不用祭器之璋瓚，當止是璋玉也。孔氏引「奉璋」以證臣職，而毛、鄭於彼注，其説不同，故辯之。

乃生女子，載寢之地，《箋》曰：「卑之也。」**載衣之裼，**音替。○《傳》曰：「裼，褓也。」○疏曰：「縛兒被也。」○蘇氏曰：「即用其所衣而無加也。」**載弄之瓦。**《傳》曰：「瓦，紡塼也。」**無非無儀，**《箋》曰：「儀，善也。婦無所專於家事，有非，非婦人也；有善，亦非婦人也。」**唯酒食是議，無父母詒罹。**《傳》曰：「罹，憂也。」

寢之地以卑之，衣之裼褓以賤之，弄之紡塼，以習其所有事，皆表異其爲女子也。婦人之事，無非可譏，無善可稱，惟議酒食爾，無遺父母之憂罹。

《斯干》九章，四章章七句，五章章五句。

《無羊》，宣王考牧也。《箋》曰：「厲王之時，牧人之職廢，宣王始興而復之。」○陳氏曰：「牧者，牧養畜牲之牟[一]。畜牲之多寡，足以表國之盛衰，故詩人於其牧成而考之，作爲禱頌之辭。」○疏曰：「《周官》有牧人，下士六人，府一人，史二人，徒六十人，掌牧六牲而阜蕃其物。六牲謂牛、馬、羊、豕、犬、雞。『爾牲則具』，主以祭祀爲重，馬則祭所用者少，豕、犬、雞則比牛、羊爲卑，故特舉牛、羊爲美也。」

《箋》、疏所引牧人，謂牧人之官也。詩所言牧人何簑笠薪蒸者，謂牧養牛羊者也。

誰謂爾無羊？三百維羣。誰謂爾無牛？九十其犉。閏之平。○《傳》曰：「黄牛黑脣曰犉。」爾羊來思，今曰：「來謂來入於牢，如言『牛羊下來』也。」○李氏曰：「思，辭也。」其角濈濈。簪之入。○《傳》曰：「聚其角而息濈濈然。」○王氏曰：「和也。羊以善觸爲患，故言其和，謂聚而不相觸也。」爾牛

〔一〕「畜」，味本、李本、姜本、顧本、薈本、授本、聽本作「蓄」，下句同。按，何楷《詩經世本古義》卷十七引陳氏説作「畜」。

來思，其耳濕濕。《傳》曰：「呞而動，其耳濕濕然。」呞音癡。○郭璞曰：「呞，食已，復出嚼之也。」○山陰陸氏曰：「牛病則耳燥，安則温潤而澤，故古之善視牛者以耳。《祭義》所謂『大夫祖，而毛牛尚耳』。」

宣王初承厲王之後，六畜衰耗，人皆言其無牛羊矣。及宣王修復牧事，牛羊蕃息，於是作牧養之牢而落成之。言何人謂爾宣王無羊乎？每三百爲一羣，不知幾羣也；何人謂爾宣王無牛乎？有九十皆犉者，其他色不可盡數也。矜詑其新有，故拒前言無者，以解其嘲也。爾羊自外而來歸於牢，則聚其角濈濈然，不相觸也；爾牛自外而來歸於牢，則呞而動，其耳濕濕然，牛耳潤澤則無病也。羊不歸而聚，則不見其角之濈濈；牛不歸而息，亦不見其呞。言「來」，皆所以見牢之成也，故首章及之。

或降于阿，或飲于池，或寢或訛。《傳》曰：「訛，動也。」**爾牧來思，何簑何笠，**何，河之上濁。○《傳》曰：「何，揭也。」揭音竭，其謁反。**或負其餱。**音候。○餱，乾食也。解見《公劉》。**三十維物，**蘇氏曰：「物，類也。」○《傳》曰：「異毛色者三十也。」○疏曰：「每色之物，皆有三十，謂青、赤、黃、白、黑，毛色別異者，各三十也。」**爾牲則具，**疏曰：「祭祀之牲，當用五方之色，故汝之祭祀，索則有之。」

此章亦述牛羊來歸之意，或降于阿，或飲于池，或寢息，或訛動，言此者，美其無所驚畏也。牧人來歸，何簑笠以禦暑雨，或齎其乾食，從牛羊之所宜適，以順其性而蕃息，其牲有餘備，每色之物皆有三十，則祭祀隨索而有也。

爾牧來思，以薪以蒸。《箋》曰：「麤曰薪，細曰蒸。」**以雌以雄，爾羊來思。矜矜兢兢，**《傳》曰：「言堅强也。」**不騫不崩。**《傳》曰：「騫，虧也。崩，羣疾也。」○王氏曰：「言羊得其性而無耗敗也。言羊而不言牛者，羊善耗敗故也。言羊不耗敗，則牛可知矣。」**麾之以肱，**《傳》曰：「肱，臂也。」**畢來既升。**

牧人晝日閒暇，則於牧地采薪蒸，暮則以之來歸〔一〕，又辨其畜之雌雄者，視其多寡之數也。爾羊來歸，其堅强矜矜兢兢然也，不騫虧，不羣疾，又不待箠楚驅之，但麾之以臂，皆來升入於牢，言馴擾從人意也。

牧人乃夢，衆維魚矣，旐維旟矣。旐，解見《出車》。旟，解見《鄘·干旄》。**大人占之，衆維魚矣，實維豐年。旐維旟矣，室家溱溱。**《傳》曰：「溱溱，衆也。」

考牧之詩，亦當有頌禱之語以終之。宣王承饑饉離散之後，所願者年豐而民庶也。

〔一〕「之來」，復本作「來之」，據李本、顧本、畲本改。仁本校義云：「『歸』上『之』字恐衍。」葉校又疑當作「暮則以羊之來歸」，「之」上有「羊」字。

故就牧事上設爲牧人之夢，非牧人實有是夢也。魚麗爲萬物盛多之象，故爲豐年；旟旐所以聚衆，故爲人民蕃庶，皆設辭以頌禱耳。《箋》、疏謂牧人得此夢而獻於王，非也。

《無羊》四章，章八句。

詩緝卷之二十

嚴粲述

節南山之什　小雅

《釋文》曰：「從此至《何草不黄》凡四十四篇，前儒申毛，皆以爲幽王之變小雅。」

《節南山》，節如字，又音截。○《詩記》曰：「按《左傳》韓宣子來聘，季武子賦《節》之卒章。杜氏謂取『式訛爾心，以畜萬邦』之義，然〔一〕則此詩在古止名《節》也。」**家父刺幽王也。**父音甫。○《箋》曰：「家父，字，周大夫也〔二〕。」○疏曰：「《春秋》之例，天子大夫稱字。桓十五年〔三〕，天王使家父來求車，上距幽王之卒，七十五歲。古人以父爲字，或累世同之。」幽王宫涅，宣王子。○項氏曰：「幽王時爲亂者，皆宣王時故家。率犬戎以攻幽王者，《崧高》之申伯也；爲趣馬以亂朝者〔四〕，《韓奕》之蹶父也；爲卿士而貪殘擅政，爲大師而迷民誤國者，《常武》之皇父尹氏也。四人雖未必皆其

〔一〕「義則」二字，底本殘泐，據復本補。

〔二〕「父字周大夫」五字，底本殘泐，據復本補。

〔三〕「十五」，原作「七」，據《毛詩正義》卷十二之一改。

〔四〕「朝」，仁本作「制」。仁本校云：「『制』，一本作『朝』。」

身，亦必無皆死之理，以此知人才維上所用〔一〕。唐之裴矩，即隋之佞人，魏之華歆，即漢之名臣也。」

《節南山》，刺師尹所爲不平，專援引小人也。宣王在位四十六年，《大雅》所美諸臣，皆初年輔佐中興者，幽王時未必存，蓋皆其子孫也。

節彼南山，《傳》曰：「節，高峻貌。」○曰：終南山也。考見《秦風·終南》。**維石巖巖。**《傳》曰：「巖巖，積石貌。」**赫赫師尹，**《傳》曰：「赫赫，顯盛貌。尹氏爲大師。」大音泰。○李氏曰：「《春秋》書『尹氏卒，譏世卿也』，其後尹氏立王子朝，則尹氏之爲世卿，其來甚久。」**民具爾瞻。**《傳》曰：「具，俱也。瞻，視也。」**憂心如惔，**音談，又音炎。○《傳》曰：「惔，燔也。」○王氏曰：「内熱之謂也。」**不敢戲談。國既卒斬，**卒，子律反。○朱氏曰：「卒，終也。」○蘇氏曰：「斬〔二〕，絶也。」**何用不監？**平聲。○《箋》曰：「監，察也。」

首章言師尹失民望也。興也。鎬京面對終南，故以所見起興。言節然高峻之終南山，其積石巖巖然，爲國之望，猶赫赫然顯盛者〔三〕，是大師尹氏，民俱瞻仰之也。職

〔一〕「所」，底本殘泐，據復本補。
〔二〕「斬」，底本殘泐，據復本補。
〔三〕下「赫」，底本殘泐，據復本補。

位之重如此〔一〕，宜有以副天下之望。今民見其所爲，皆憂心内熱，如火之惔燔，至不敢戲言，懼其以疑似而加誹謗之罪也。是時周雖未亡，而終歸於亡矣，王何不察也？○《常武》「工謂尹氏」，《箋》云：「尹氏，天子世大夫。」宣王時尹氏爲内史，幽王時爲大師者，非子則孫耳。

節彼南山，有實其猗。音伊。○蘇氏曰：「山之實，草木是也。」○《傳》曰：「猗，長也。」○疏曰：「緑竹猗猗〔二〕，是草木長茂之貌，故爲長也。」**赫赫師尹，不平謂何？天方薦瘥，**薦音荐〔三〕。瘥音鹺，才何反〔四〕，讀作切磋之音者，非。○《傳》曰：「薦，重也。瘥，病也。」○疏曰：「薦與荐文異義同。」**喪亂弘多。**《傳》曰：「弘，大也。」**民**〔五〕**言無嘉，憯莫懲嗟。**憯，驂之上。○錢氏曰：「憯，痛也。」

次章言師尹之病，在於不平也。山之高峻，其氣平均如一，則草木之生於其上者，無不猗然而長。今汝師尹，其勢非不赫赫然顯盛，其如不平何？謂其職位如山之高峻，

〔一〕「如」，底本殘泐，據復本補。
〔二〕「竹猗猗」三字，底本殘泐，據復本補。
〔三〕「薦者」二字，底本殘泐，據復本補。
〔四〕「才何反」三字，底本殘泐，據復本補。
〔五〕「曰弘大也民」五字，底本殘泐，據復本補。

而不能如山之生物均平也。由汝所爲不平，故天方降此荐至之病，死喪禍亂，甚大而且多，是天怒也。方者，言方來未已也。民無善言，惟聞怨讟，是人怨也。此可憯痛，而不懲創嗟閔，無改悔之意也。○《禮》言冢宰均邦國，《書》言冢宰均四海，大臣之事，唯在均平公溥也。此詩原幽王之亂，由於師尹，究師尹之惡，在於不平而已。下言「秉國之均」「昊天不傭」「式夷式已」「君子如夷」「既夷既懌」「昊天不平」，皆此意也。

尹氏大師，大音泰。**維周之氐。**音抵。○《傳》曰：「氐，本也。」○《解頤新語》曰：「《爾雅》云：『氐，星名，天根也。』説者謂亢下繫於氐，如木之有根，字不必作柢。」**秉國之均，**《傳》曰：「均，平也。」**四方是維。天子是毗，**音皮。○《箋》曰：「毗，輔也。」**俾民不迷。不弔昊天，**弔如字。○朱氏曰：「弔，愍也。」○李氏曰：「此所謂『不弔昊天』，正如《書》所謂『不弔』〔一〕，《左氏傳》成七年，吴伐郯，郯成季文子曰：『中國不振旅，蠻夷入伐而莫之或恤，無弔者也夫。』遂引此詩『弗弔昊天』之言爲證〔二〕。襄十三年，吴侵楚喪，君子以吴爲不弔，亦引此章『不弔昊天』。杜氏注云：『不爲昊天所恤。』則不弔爲不恤明甚〔三〕。」

〔一〕葉校云：「《書·多士》《君奭》並有『弗弔』之文，無『不弔』者，疑傳寫誤『弗弔』爲『不弔』也。」

〔二〕葉校云：「此『弗弔』是『不弔』之誤。」

〔三〕葉校謂《左傳》成七年、襄十三年引「不弔昊天」，皆出本詩六章，云：「嚴氏不采李氏説入下六章而係此章，寧亦未之審耶？」

不宜空我師。空音控。○朱氏曰：「不宜久在其位〔一〕，曠我太師之官。」三章言大師重任，惟在均平。尹氏不平，不稱其任也。尹氏爲大師，國之安危所基，是周之根本也。爾秉持國之均平，不宜有所偏私，能均平，則外以維持四方，内以毗輔天子，使民不迷惑矣。今師尹所爲不平，民無所赴愬，唯呼天而告之曰：昊天不見愍弔乎，不宜曠我大師之官也。非其人而處其位，與無人同，故謂之「空」。《東萊書説》云：「非無其人之爲曠，而非其人之爲曠也。」

弗躬弗親，《釋文》曰：「弗，不也。」**庶民弗信。弗問弗仕，**今曰：「仕謂官使之也，下文有『膴仕』，一章二『仕』字，當歸一。」**勿罔君子。**《釋文》曰：「勿，莫也。」**式夷式已，**《式微·箋》曰：「式，發聲也。」○《傳》曰：「夷，平也。」○王氏曰：「已，廢退也。」○今曰：「《論語》『三已之』，《孟子》『士師不能治士則已之〔二〕』。」**無小人殆。**《傳》曰：「殆，危也。」○今曰：「《論語》『佞人殆』。」**瑣瑣姻亞，**《傳》曰：「瑣瑣，

〔一〕「在」，原作「任」，據諸本改。「其位」，原無，據朱熹《詩集傳》卷十一補。仁本校云：「『在』下，《集傳》有『其位』二字。」按，《詩集傳》云：「不宜久在其位，使天降禍亂，而我衆并及空窮也。」釋「師」爲衆，而嚴氏所引朱説釋「師」爲太師之官。葉校以爲嚴氏所引乃朱子舊説，「其位」二字不可據補，且「久在」二字亦當爲衍，下嚴氏章指「不宜曠我大師之官也」可爲證。今姑從仁本校及今本《詩集傳》補。

〔二〕下「士」，原作「事」，據仁本、復本及《孟子·梁惠王上》改。

小貌。」○《釋親》曰：「壻之父爲姻〔一〕，婦之父爲婚，兩壻相謂爲亞。」○劉熙《釋名》曰：「一人取姊，一人取妹，相亞次也。」**則無膴仕。**膴音武。○《傳》曰：「膴，厚也。」

四章言師尹之不平，在於遠君子而任小人也。師尹於政事，不躬爲之，不親臨之，而信任非人，庶民不信之也。此由所見之偏，謂君子徒有虛名而無實用也，然君子豈真不可用哉？特不用之耳。既不詢問之，不官使之，勿誣罔君子以爲不可用也。小人豈真可用哉？聽之則其言若可喜，而用之則必敗迺事。當平其心，勿偏信之。察知其姦，則廢退之，無信用小人，而至於危殆其國也。瑣瑣然么麽之姻亞，無以親暱而厚任用，置之大位也。大臣官使人材，當昭布公道，乃於君子則弗仕，唯姻亞則膴仕，所謂不平也。《都人士》「彼君子女，謂之尹吉」，鄭氏以爲尹氏，周室婚姻之舊姓，然則此尹氏憑藉婚連王室，以處大位，如後世外戚擅權者。瑣瑣姻亞，則其所引親黨也。○舊說以君子指王，非也。此君子正對下文小人言之，謂人之邪正也。君子所見者遠，若迂闊，若遲鈍，世每訕笑之，以爲不可用，不知用之則安富尊榮。小人所見

〔一〕「父」，原作「婦」，味本同，據他本改。薈本校云：「刊本『父』訛『婦』，據《爾雅》改。」

者近，敏捷可以集事，諛佞可以悦意，世主每甘心焉，不知小人用則國危矣。勿誣罔君子，以爲不可用，勿信任小人，以自取危殆，文意瞭然。權姦欲擯斥君子，君子無罪可指，唯以好名無實排之，所以罔君子者，千載一揆也。

昊天不傭，音衝。○《傳》曰：「傭，均也。」○今考字一音容〔一〕，傭，賃也，此讀作容音，非。**降此鞠訩**。音菊凶。○朱氏曰：「鞠，窮也。訩，亂也。」○今曰：「《釋言》云〔二〕：『訩，訟也。』衆語也。衆語訩訩，亂之象也。《項籍傳》『天下匈匈』，師古云：『讙擾之意。』匈匈即訩也。」**昊天不惠**，今曰：「惠，愛也。惟天惠民，今不惠也。」**降此大戾**。音麗。○《箋》曰：「戾，乖也。」**君子如届**，音戒。○今曰：「君子，即上文君子也。」○《箋》曰：「届，至也。」**俾民心闋**。苦穴反。○《傳》曰：「闋，息也。」**君子如夷**，《箋》曰：「夷，平也。」**惡怒是違**。蘇氏曰：「違，遠也。」

五章言唯用君子可以已亂也。民罹師尹之害，而歸之於天曰：昊天不傭均而降此窮極之亂，昊天不惠愛而降此大乖戾。謂天生小人以禍天下也，所以救此禍者，唯在用君子而已。幽王信用小人，故君子去之。君子若至，則民心自息矣。君子若平夷其

〔一〕「今」上，畬本有「《韓詩》作庸，庸，易也」七字。

〔二〕「言」，原作「文」，按，此爲《爾雅·釋言》文，「文」應作「言」，據改。

心，則民心之惡怒皆遠矣。所患君子不至耳，至則所爲必平夷，刺師尹不平也。

不弔昊天，亂靡有定。式月斯生，俾民不寧。憂心如酲，音呈。○《傳》曰：「病酒曰酲。」○今曰：「猶《黍離》言『中心如醉』。」**誰秉國成？不自爲政，卒勞百姓。**

六章憂亂也。呼天而告曰：不見愍弔乎昊天也，亂未有所定，日月愈生，亂益甚也。使民不得安寧，我憂心如病酒而不醒矣。國之有成，乃法度紀綱，一成而不可變，人主所操執，天下所遵守者，今誰秉持之乎？師尹實秉持之，而乃不自爲政，信任姻亞，羣小用事，終勞苦我百姓也。

駕彼四牡，四牡項領。《傳》曰：「項，大也。」**我瞻四方，蹙蹙靡所騁。**蹙音足。騁音逞。○《箋》曰：「蹙蹙，縮小之貌。」

七章思避亂也。家父知禍亂之將作，思欲駕此四牡而去之，其四牡大領，非不肥壯，然我視四方蹙蹙然縮小，無可馳騁之地，是以留而不去。蓋世亂則一身無所容，若見天地之狹，如唐人詩云「出門即有礙，誰謂天地寬」也。彼特爲一身言之，此則爲天下國家言之也。

方茂爾惡，朱氏曰：「茂，盛也。」**相爾矛矣。**相去聲。○《箋》曰：「相，視也。」**既夷既懌，**音亦。**如**

相醻矣。醻音讎，韻亦作酬。

八章言小人情狀也。小人方茂其惡，謂盛怒之時，則相視其矛戟，如欲持之以相殺傷，此由不能平其心也。若能夷平悦懌，則同僚相與歡然，如賓主之相醻酢，何至相疾如仇讎哉？○此詩「式夷式已」「君子如夷」，皆言君子，則「既夷既懌」，亦規之以善也。舊説夷懌爲小人喜怒不常，今不從。

昊天不平，我王不寧。不懲其心，覆怨其正。

九章、十章推原亂本，在於王心也。師尹不平而歸之於天，言天實爲此不平者，謂天生小人也，即上章所謂「昊天不傭」也；天下不寧而歸之於王，言王實爲此不寧者，謂王任小人也，即上章所謂「俾民不寧」也。王信任小人，由其心之蔽惑，今王心不自懲創，而反怨正救之者，言不能從諫改過也。○「不懲其心」，即下章「式訛爾心」，承我王言之，指王心也。舊説「不懲其心」指尹氏，「式訛爾心」乃指王，今以爲皆指王。

家父作誦，今曰：「誦，歌誦也。僖二十八年《左傳》云『聽輿人之誦』，注：『聽其歌誦。』」**以究王訩。**《箋》曰：「究，窮也。」**式訛爾心，**《箋》曰：「訛，化也。」**以畜萬邦。**畜，許六反。○《箋》曰：「畜，養也。」

家父自顯其字，云：己作此歌誦，以窮究王致訩亂之由，乃是王心之未回，王庶幾改化其心，以養萬邦，謂心一悔悟，則本原既正，而萬物皆理矣，師尹安得容其姦乎？陳氏曰：「尹氏厲威，使人不得戲談，而家父既作詩，復表其詩出於己，以身當尹氏之怒而不辭者，蓋家父周之世臣，義與國俱存亡故也。」○李氏曰：「人不足與適也，政不足與間也，惟大人爲能格君心之非。蓋用人之失，政事之過，雖皆君之非，然不必先論也。惟格君心之非，則政事無不善矣，用人皆得其當矣。」○《詩記》曰：「致亂者雖尹氏，而用尹氏者則王心之蔽也。」

《節南山》十章，六章章八句，四章章四句。

《正月》，正音政。**大夫刺幽王也。**項氏曰：「《正月》，將亂之時，君子憂之；《雨無正》，既亂之後，君子去之。」

《正月》，憂亂之作也。

正月繁霜，《傳》曰：「正月，夏之四月。」○《解頤新語》曰：「或疑四月不應有霜，考之漢武帝元光四年四月，隕霜殺草。晉武帝咸寧九年四月，隕霜傷粟麥。」**我心憂傷。民之訛言，**《箋》曰：「訛，僞也。」○《詩記》曰：「凡譸張爲幻，以罔上惑衆者，皆謂之訛言。」**亦孔之將。**《傳》曰：「將，大也。」**念我獨兮，憂心京京。**王氏曰：「京京，大也。」**哀我小心，癙憂以痒。**癙音鼠。痒音羊。○呂氏曰：「癙憂，幽憂也〔一〕。與下『鼠思泣血』文雖小異，義亦同也。」○長樂劉氏曰：「鼠病而憂在于穴內，人所不知也。」○《傳》曰：「痒，病也。」

正月建巳，純乾用事，正陽之月也。當長養之時，乃有繁多之霜，肅殺之氣，災變甚異，我心覩此，已憂傷矣。民又出訛僞之言，所言甚大。繁霜則天令乖，訛言則民思亂，而君臣上下安其危而利其菑，曾不覺悟，念我孤特一人，爲王憂之，京京然其憂甚大。謂憂國將亡，而非小己之私憂也。哀哉我小心畏謹，幽憂而至於痒病也。己獨憂之而衆皆不察，故謂之幽憂。

父母生我，胡俾我瘉？音庾。○《傳》曰：「瘉，病也。」**不自我先，**蘇氏曰：「自，從也。」**不自我後。好言自口，莠言自口。**莠音酉。○王氏曰：「莠，惡也。穀謂之善，則莠惡可知也。」○今曰：「與《巧言》『出自口矣』同意。」**憂心愈愈，**蘇氏曰：「愈愈，益甚之意。」**是以有侮。**

人窮則呼父母，言父母生我，何爲使我瘉病乎？不出我之前，不居我之後，適當其時，是我生之不幸也。好言謂說好，莠言謂說惡。訛言之人，說好說惡〔二〕，唯其口之

〔一〕「憂」，原無，據畬本、復本及吕祖謙《吕氏家塾讀詩記》卷二十補。

〔二〕「說好說惡」，畬本同，李本、顧本作「好惡」，他本作「說惡」。

所出，本非由中之言，無真實也。我見其變亂是非，將有禍敗，憂心愈愈然益甚，而小人反見侮，謂我爲張皇過慮也。

憂心惸惸，音瓊。○王氏曰：「惸惸，獨也。」**念我無禄。**陳氏曰：「禄，福也。無禄猶言不幸也」○今曰：「《左傳》：『無禄，獻公即世。』」**民之無辜，并其臣僕。**并音併。○朱氏曰：「并，俱也。箕子云：『商其淪喪，我罔爲臣僕。』」**哀我人斯，于何從禄？**今曰：「即上文『無禄』之禄。」**瞻烏爰止，于誰之屋？**

惸惸然獨憂，念我之無福也。遭國將亡，民之無罪辜者，皆將見虜以爲臣僕矣。哀我今之人，將復於何所而獲福乎？瞻視烏鳥之飛，不知其將止於誰之屋，喻民將歸於誰君乎？郭林宗曰：「不知瞻烏爰止于誰之屋耳。」

瞻彼中林，《傳》曰：「中林，林中也。」**侯薪侯蒸。**《箋》曰：「侯，維也。」○薪蒸，解見《無羊》。○蘇氏曰：「其殘之也甚矣，大家世族散爲皂隸，亦猶是也。」**民今方殆，視天夢夢。**音蒙。○《釋訓》曰：「夢夢，亂也。」○錢氏曰：「無聞知也。」**既克有定，靡人弗勝。**鄭如字，毛音升。**有皇上帝，**朱氏曰：「皇，大也。」**伊誰云憎？**

興也。林以竹木叢聚得名，宜有喬木，今斧斤伐之，所存唯薪蒸，喻虐政所殘，其民凋弊也。方民之危殆，無所赴訴，視天若夢夢然罔聞知，此特天之未定耳。少焉天定，則福善禍淫，人未有不爲天所勝者。惟皇上帝，所憎者誰歟？天之所以爲大，非有所憎，其爲天所勝者，皆人自取禍耳。

謂山蓋卑，爲岡爲陵。民之訛言，寧莫之懲。召彼故老，訊之占夢。訊音信。○《傳》曰：「訊，問也。」**具曰予聖，誰知烏之雌雄？**

山則高矣，而或謂山爲卑，然有爲山脊之岡者，有爲大阜之陵者，而謂之卑，可乎？喻小人訛言，變亂是非，以賢爲否，如此而王曾不懲止之，乃召彼宿舊元老，但問之占夢之事，其所問不急也。李義山詩云「可憐夜半虛前席，不問蒼生問鬼神」，亦此意也。君臣迷甚，皆自謂聖，如烏烏之雌雄，無以相別也。歐陽氏曰：「凡禽鳥之雌雄，多以其首尾毛色不同而別之。烏之首尾毛色，雌雄不異，人所難別。」○《詩記》曰：「《孔叢子》子思言於衛侯曰：『君之國事，將日非矣。』公曰：『何故？』曰：『有由然焉，君出言，自以爲是，而卿大夫莫敢矯其非；卿大夫出言，亦自以爲是，而士庶人莫敢矯其非。君臣既自賢矣，而羣下同聲賢之，賢之則順而有福，矯之則逆而有禍，如此則善安從生？《詩》曰：「具曰予聖，誰知烏之雌雄。」抑似君之君臣乎？』」

謂天蓋高，不敢不局。謂地蓋厚，不敢不蹐。音積。○《傳》曰：「局，曲也。」○疏曰：「曲身也。」○《傳》曰：「蹐，累足也。」○《說文》曰：「小步也。」**維號斯言，**號音豪。○《釋文》曰：「號，大呼也。」**有**

倫有脊。《傳》曰：「倫，道。脊，理也。」**哀今之人，胡爲虺蜴？**音毀亦。○虺，蝮也。解見《斯干》。○今考蜥蜴，上音析，下音亦。陸於此蜴，星歷反，字又作蜥，是以蜴爲蜥也，誤矣。○《釋魚》曰：「蠑螈，蜥蜴。蜥蜴，蝘蜓〔一〕，守宫也。」蠑音榮。螈音元。蝘音演。蜓音殄。○釋曰：「《説文》云：『在草曰蜥蜴，在壁曰蝘蜓。』《方言》云：『秦、晉、西夏謂之守宫，其在澤中者謂之蜥蜴，南楚謂之蛇醫，或謂之蠑螈。』東方朔云：『非守宫則蜥蜴。』案此諸文，是在草澤中者名蠑螈、蜥蜴，在壁者名蝘蜓、守宫也。《博物志》云：『以器養之，食以真珠〔二〕，擣萬杵，以點女人體，終身不滅，耦則落，故號守宫。』」

人謂天爲高，而我不敢不曲身，傴僂而行，傴僂音庾縷。懼壓也；人謂地爲厚，而我不敢不累足，小步而行，懼陷也。天地必無壓陷，喻身處亂世，禍出意外，不可謂必無之事而不懼也。我大呼而出此言，人孰不疑其言之過，然實則有倫有理，何也？蓋當時羣小肆毒以害人，無所不至，不可不慮，故言可哀今之人，何故爲虺蜴之行，務欲傷害人乎？《詩記》曰：「《家語》云：『孔子讀《詩》，至于《正月》六章，惕然如懼，曰：「彼不達之君子，豈不殆哉？從上依世則道廢，違上離俗則身危，時不興善，己獨由之，則曰非妖即妄也。故賢者既不遇，

〔一〕仁本校云：「『蝘蜓』下當更加『蝘蜓』二字，蓋脱。」

〔二〕「珠」，味本同，他本及《爾雅注疏》卷九作「朱」。

恐不終其命焉。桀殺龍逢，紂殺比干，皆是類也。《詩》曰：『謂天蓋高，不敢不局。謂地蓋厚，不敢不蹐。』此言上下畏罪，而無所自容也。」』

瞻彼阪田，阪音反。○《箋》曰：「阪田，崎嶇墝埆之處。」**有菀其特。**菀音鬱。○《小弁》疏曰：「菀，茂也。」○《釋文》曰：「特，獨也。」**天之扤我**〔一〕**，**扤音兀。○《傳》曰：「扤，動也。」**如不我克。**《箋》曰：「克，勝也。」**彼求我則，如不我得。執我仇仇，**《釋文》曰：「仇，讎也。」**亦不我力。**朱氏曰：「力，猶用力也。」

視彼險阪瘦薄之田，而有鬱然特盛之苗。天又爲風雨以扤動之，惟恐其不勝，猶昏亂之朝，君子孤立，而小人多方以攻之也。小人初用事，則以賢者有譽望而援引之，以美觀聽，所謂求我以爲法，徒好名耳，非真有任賢之心也。其始求我，唯恐不得，既而議論不合，則空執留之，視爲仇讎，不用力於我矣。知賢，當力薦之，既用，當力主之，庶賢者得展所蘊。今不我力，則貌敬而情疎，賢者之迹不安矣，安能當羣小之攻乎？重言「仇仇」者，言不一仇之，無往而不忤其意，枘鑿不相入，薰蕕不同器也。鄭氏云：「有貪賢之名，無用賢之實。」是也。

〔一〕「扤」，原作「杌」，據仁本、復本及《毛詩正義》卷十二之一改。下同。

心之憂矣，如或結之。疏曰：「結，纏結也。」**今兹之正，**王氏曰：「邪正之正。」**胡然厲矣？**李氏曰：「厲，危也。」**燎之方揚，**燎音療。○《箋》曰：「火田爲燎。」**寧或滅之？赫赫宗周，**《傳》曰：「宗周，鎬京也。」**褒姒威之。**褒，保之平。姒音似。威音血。○《傳》曰：「褒，國也。姒，姓也。威，滅也。」

我心之憂，如有纏結之者，其憂不可解也。所憂者，以今之正道，何其危也。邪道勝則正道危，君子不安也。火之燎于原，其勢方盛，寧有能滅之者？今赫赫然昌盛之宗周，褒姒乃以一婦人而滅之，是可傷也。時未滅而知其必滅也。歐陽氏曰：「此詩上七章皆述王信訛言亂政，至此始言滅周主於褒姒者，謂王溺女色而致昏惑，推其禍亂之本，以歸罪也。」

終其永懷，又窘陰雨。窘，羣之上濁。○《傳》曰：「窘，困也。」**其車既載，乃棄爾輔。**疏曰：「輔是可解脱之物，蓋如今人縛杖於輻，以防輔車。」**載輸爾載，**《箋》曰：「輸，墮也。」墮音麾。**將伯助予。**將音鏘。○《傳》曰：「將，請也。伯，長也。」

周之將亡，如火之將滅矣。我永思其終，又如行道之遇陰雨，其車既重載，乃棄其車輔，如此則必陷於泥濘，隳敗其車中之所載，然後請長者助我，已不及事矣。喻平時棄賢不用，國危而後求賢，則已晚矣。

無棄爾輔，員于爾輻。員音云。輻音福。○《傳》曰：「員，益也。」○朱氏曰：「輔，所以益輻也。」

○《説文》曰〔一〕：「輻〔二〕，輪轑也。」轑音老。○今曰：「《冬官・輪人》云：『輻也者，以爲直指也。』」**屢顧爾僕，**《箋》曰：「屢，數也。僕，將車者也。」**不輸爾載。終踰絶險，曾是不意。**喻王勿棄其車輔，以益其輻，又頻顧視將車之僕，戒勑之，庶幾不墮敗爾之所載，奈何終踰絶險之地，曾不以爲意，而覆敗必矣。

魚在于沼，《傳》曰：「沼，池也。」**亦匪克樂。**音洛。**潛雖伏矣，亦孔之炤。**音灼。○《箋》曰：「炤炤易見也。」**憂心慘慘，**驂之上。○《傳》曰：「慘慘，猶戚戚也。」**念國之爲虐。**魚相忘於江湖者也，今在于池沼，非其所樂矣，喻君子立於衰亂之朝，亦非所樂也。魚之深潛，雖云藏伏，然沼之水淺，亦甚炤然易見，無所逃於網罟之害，喻君子雖自韜晦，亦未必能避患也。然君子不專爲一身之安危，其憂心慘慘然愁戚者，唯念國之行虐政，而民罹其害耳。《詩記》曰：「文中子遊馬頰之谷，遂至牛首之谿，登降信宿，從者樂。姚義、竇威進曰：『夫子遂得潛乎？』文中子曰：『潛雖伏矣，亦孔之炤。』威曰：『聞朝廷有召子議矣。』文中子曰：『彼求我則，如不我得。執我仇仇，亦不我力。』義曰：『其車既載，乃棄爾輔。』威曰：『終踰絶險，曾

〔一〕「説」，原作「釋」，據仁本及許慎《説文解字》卷十四上改。按，陸德明《經典釋文》無此文。

〔二〕「輻」，原無，據畲本、復本補。按，仁本校云：「『輪轑』之上脱『輻』字。」

是不意。』文中子喟然，遂歌《正月》終焉，既而曰：『不可爲矣。』」痛也。」

彼有旨酒，又有嘉殽。洽比其鄰，比音備。○《傳》曰：「洽，合也。」○疏曰：「比，親比也。」**昏姻孔云。**昏姻，解見《節南山》。○王氏曰：「云，稱説其善也。」**念我獨兮，憂心慇慇。**《傳》曰：「慇慇然痛也。」

彼，小人也。小人有旨酒嘉殽，以和洽親比其鄰里。親戚昏姻，其言云云，甚稱譽之，而我孤獨自傷，憂心慇慇然痛者，哀小人之樂其憂也。李氏曰：「昔人有言曰：『燕雀處堂，母子相安，自以爲樂也。突決棟焚，而子母恬然不知禍之將及也。』今國勢如此，而小人之徒，乃羣居飲酒以相樂，殆燕雀之類也。」

佌佌彼有屋，佌音此。○《傳》曰：「佌佌，小也。」○錢氏曰：「佌佌，屋之小也。」**蔌蔌方有穀。**蔌音速。○《傳》曰：「蔌蔌，陋也。」○錢氏曰：「蔌蔌，穀之少也〔一〕。」**民今之無禄，天夭是椓。**夭平聲。椓音卓。○朱氏曰：「椓，害也。」**哿矣富人，**哿，歌之上。○《傳》曰：「哿，可也。」**哀此惸獨。**

厲王之亂，民之室廬蓄積蕩然矣。宣王勞來還定，於是彼有佌佌然之小屋，方有蔌蔌

〔一〕「少」，原作「小」，據仁本、復本改。葉校云：「穀非屋比，可以多少言，不可以大小言也。」按，本章章指「方有蔌蔌然之少穀」，可證。

然之少穀，正望繼其後者，愛養培植之。今乃不幸又逢幽王之亂，是天爲夭孽以椓害之也。富人猶可，惸獨可哀矣。李氏曰：「衰亂之世，要其極也，貧富俱受其禍，此言一時之虐政，富者之財猶可以勝其求，貧者愈不堪也。」

《正月》十三章，八章章八句，五章章六句。

《十月之交》，大夫刺幽王也。疏曰：「毛以爲刺幽王，鄭以爲刺厲王。毛公大儒，明於詁訓，篇義誠自刺厲王，無緣横移其第，改爲幽王。」○李氏曰：「鄭氏以《十月之交》《雨無正》《小旻》《小宛》皆當爲刺厲王之詩，蓋以此篇之中疾『豔妻煽方處』，又幽王之時，司徒乃鄭桓公友，非此篇之所云『番維司徒』，故以此爲厲王之詩。蘇氏以爲不然，鄭桓公在幽王時，與番維司徒先後用事，又褒姒以色居位，謂之豔妻，其誰曰不可？當從此説。觀鄭氏以詩所言褒姒與番維司徒爲厲王之詩〔一〕，其下《雨無正》《小旻》《小宛》亦以爲厲王，其意以謂四《序》皆言大夫，疑是一人之作，其説未之敢信也。」

《十月之交》，刺用七子以致災變也。

十月之交，曰：十月，建亥之月也。○蘇氏曰：「十月爲純陰，故謂之陽月。純陽而食，陽弱之甚；純陰而

〔一〕「褒姒」，畬本及李樗《毛詩集解》卷二十四作「豔妻」。

食，陰壯之甚。」○《傳》曰：「交，日月之交會。」○疏曰：「謂朔日也。」**朔月辛卯。日有食之，**疏曰：「日食者，月食之也。何休云：『不言月食之者，其形不可得而覩，故疑言日有食之。』周天三百六十五度四分度之一。日月皆右行於天，一晝一夜，日行一度，月行十三度十九分度之七，二十九日有餘，而月行天一周，追及於日而與之會。交會而日月同道則食，月或在日道表，或在日道裏，則不食矣。又曆家爲交食之法〔一〕，大率以百七十三日有奇爲限，然月先在裏，則依限而食者多；若月在表〔二〕，則依限而食者少〔三〕。杜預見其參差，乃云：『日月動物，雖行度有大量，不能不少有盈縮，故有交會而不食者，或有頻交而食者。』此得之矣。」○歐陽氏曰：「日，君道也；月，臣道也。望而至於黃道，是謂臣干君明，則陽斯蝕之；朔而至於黃道，是謂臣壅君明，則陽爲之蝕。十月之交，於曆當蝕，君子猶以爲變，詩人悼之。然則古之太平，日不蝕，星不孛，蓋有之矣。若過至未分〔四〕，月或變行以避之，或五星潛在日下，禦侮以救之，或涉交數淺，或在陽曆，陽盛陰微則不蝕，或德之休明而有小眚焉，則天爲之隱，雖交而不蝕，四者皆德之所由生也〔五〕。先儒又謂交而食，陽微而陰乘之也；交而不蝕，陽盛而陰不能掩也。此則係乎人事所感，蓋臣子背君父，妾婦乘其夫，小

〔一〕「家」「食」「法」，《毛詩正義》卷十二之二分別作「象」「會」「術」。

〔二〕「在」上，聽本及《毛詩正義》卷十二之二有「先」字。仁本校云：「『在表』上，一本有『先』字。」

〔三〕「則」，《毛詩正義》卷十二之二作「雖」。

〔四〕「分」，李本、顧本同，他本作「明」。仁本校云：「『未明』之明，《唐書·曆志》作『分』，可從。」

〔五〕「德」下，歐陽脩《新唐書》卷二十七下《曆志》有「教」字。

人陵君子，夷狄侵中國，所感如是，則陰盛陽微，而日爲之食矣。」○李氏曰：「《唐書・志》云：『以曆推之，在幽王之六年。』」**亦孔之醜。**《傳》曰：「醜，惡也。」**彼月而微，**《箋》曰：「微，不明也。」**此日而微。**朱氏曰：「晦朔而日月之合，東西同度，南北同道，則月揜日而日爲之食；望而日月之對，同度同道，則月亢日而月爲之食。」**今此下民，亦孔之哀。**

首章言日食之變也。十月建亥，日月交會，當月之朔，其日辛卯，日爲之食，以純陰之月而日復爲月所掩，見陰壯之盛[一]。此其爲變，亦甚醜惡矣。蓋彼月食而不明，未爲醜；此日食而不明，則爲醜也。傷敗將至，災異先出，故此下民將罹其禍而可哀也。○鄭氏以十月爲周正，乃夏之八月。詩皆夏正，獨以此爲周正，可乎？「四月維夏，六月徂暑」，夏正之明證也，況此十月日食，在幽王之六年，鄭氏失考耳。

日月告凶，不用其行。《箋》曰：「行，道度也。不用之者，謂相干犯也。」○朱氏曰：「不用其行者，月不避日，失其道也。」**四國無政，不用其良。彼月而食，則維其常。此日而食，于何不臧！**朱氏曰：「陰亢陽而不勝，猶可言也；陰勝陽而揜之，不可言也。」

次章言天災人禍相會也。日月告以凶證而不由其道，謂月揜日也；四方無政事而

[一] 葉校云：「『盛』當爲『甚』，蘇氏所謂『純陽而食，陽弱之甚；純陰而食，陰莊之甚』也。」

不用其善，謂暴亂又作也。因天變而修人事，則可以轉災爲祥。今天變既如彼，人事又如此，郭林宗所謂「夜觀乾象，晝察人事，天之所廢，不可支也」。此主言日食，而云「日月告凶」者，謂月侵於日而食也。日月之食皆爲變，然以陽侵陰，猶爲常事〔一〕，以陰侵陽，何其不善也！

爗爗震電，爗音葉。○《傳》曰：「爗爗，震電貌。震，雷也。」**不寧不令。**去聲。○朱氏曰：「令，善也。十月而雷電，山崩水溢，災異之甚。」**百川沸騰，**《傳》曰：「沸，出也。騰，乘也。」**山冢崒崩。**崒，徂恤反，濁音也，讀作逡之入，次清音，非。○《傳》曰：「山頂曰冢。」○《箋》曰：「崒者，崔嵬。」○釋曰：「山巔之末，其峯巉巖。」○今曰：「《漸漸之石》『維其卒矣』，卒與崒同。」**高岸爲谷，深谷爲陵。哀今之人，胡憯莫懲？**憯，驂之上。○錢氏曰：「憯，痛也。」

三章言日食之後，災異荐至也。雷電爗爗然者，常也，而十月見之，則不安不善，是天道乖矣。百川之水皆沸溢而相乘，山頂崒然崔嵬者，又皆崩落，高岸陷爲深谷，深谷出爲高陵，又皆於十月見之，是地道亂矣。變異荐臻，哀哉今幽王君臣，何爲處可痛

〔一〕「猶」，味本、姜本、薈本、授本、聽本、仁本、復本作「獨」。

而莫懲創也？

皇父卿士，父音甫。○《箋》曰："皇父，字也。"○今曰："皇父、家伯、仲允三人皆不著其姓者，蓋其妻黨。隱三年《左傳》云：'鄭武公、莊公爲平王卿士。'注云：'卿士，王卿之執政者。'"**番維司徒，**《箋》曰："番，氏也。"**家伯維宰，**《箋》曰："家伯，字也。宰，冢宰也。"**仲允膳夫，**《箋》曰："仲允，字也。膳夫，上士也，掌王之飲食膳羞。"**聚子内史，**聚音鄒。○《箋》曰："聚，氏也。内史，中大夫也，掌爵禄廢置、殺生予奪之法。"**蹶維趣馬，**蹶音蹶。趣，芻之上。○《箋》曰："蹶，氏也。"○今曰："《夏官》趣馬下士，注云：'趣，養馬者也。'"**楀維師氏，**楀音矩。○《箋》曰："楀，氏也。師氏，中大夫也，掌司朝得失之事。"**豔妻煽方處。**豔音焰。煽音扇。處音杵。○《傳》曰："豔妻，褒姒也。美色曰豔。煽，熾也。"

四章言致災由任羣小也。故歷數其人，有字皇父者爲卿士而執政，番氏爲司徒，字家伯者爲冢宰，字仲允者爲膳夫，聚氏子爲内史，蹶氏爲趣馬，楀氏爲師氏〔一〕。此七子者，以豔妻褒姒其勢熾盛之時，依附以進身，方處勢位，未有轉動，則災異無消去之理矣。羣小根據，必有内寵主之，所以難去也。

〔一〕"氏"下，畬本有小字"掌司朝得失之事"。

抑此皇父，朱氏曰：「抑，發語辭。」**豈曰不時？**陳氏曰：「不問其非時。」**胡爲我作，**朱氏曰：「作，動也。」**不即我謀。**朱氏曰：「即，就也。」**徹我牆屋，田卒汙萊。**音烏來。○朱氏曰：「卒，盡也。」○《傳》曰：「下則汙，高則萊。」○疏曰：「汙者，池停水之名。《禮記》云：『汙其宮而瀦焉。』是也。萊者，草穢之名。皇父以親寵封於畿内，既封，即築都邑，令邑人居之，役之不以時，先毀牆屋而後令遷，邑人廢其家業，故述其情以告之[一]。」**曰予不戕，**今曰：「爿傍從斤者，音鏘，方銎斧也；此爿傍從戈者，音牆，殺也，殘也。銎音芎。」**禮則然矣。**

五章、六章專言皇父，首惡也。用民之力，當於農隙，抑此皇父所爲，豈肯言其非時乎？何爲動我以遷徙，而不先就我謀，乃徑徹毀我之牆屋，使我田不獲治，下者盡爲汙池，高者盡爲草萊，乃曰我不戕殘女，下供上役，禮則然矣。古者興功動衆，謀及庶人，順民心也。

皇父孔聖，作都于向。商之去。○《傳》曰：「向，邑也。」○疏曰：「《左傳》説桓王與鄭十二邑，向在其中。杜預云：『河内軹縣西有地名向上。』則向在東都之畿内也。」○朱氏曰：「向，今孟州河陽縣是也。」**擇三有事，**《傳》曰：「三有事，國之三卿。」○疏曰：「皇父封於畿内，當二卿，今立三有事，是增一卿以比列

〔一〕「告」，授本、聽本、仁本、復本及《毛詩正義》卷十二之二作「責」。

國也。」**亶侯多藏。**去聲。○《傳》曰：「亶，信。侯，維也。」**不慭遺一老，**慭，銀之去。○《釋文》曰：「《爾雅》云：『慭，强也，且也。』」**俾守我王。擇有車馬，以居徂向。**

幽王君臣具曰予聖，故皇父亦以聖自居。詩人因其自聖而譏之，謂爾皇父甚聖矣，其作都邑於所封之向邑，擇立三卿，已非畿内之制。又所擇者，信維聚斂多藏之人。其作向邑既成，令公卿大夫盡往送之，不彊留一老，使之守衛我王。又擇民之富有車馬者，以往向邑而居。知有私邑，不復知有王室，皇父所謂孔聖者如此。

黽勉從事，黽音泯。**不敢告勞。無罪無辜，讒口囂囂。**音遨。○《箋》曰：「囂囂，衆多貌。」**下民之孽，**音闑。○疏曰：「孽，災害也。」**匪降自天。噂沓背憎，**噂沓背，音撙踏佩。○《傳》曰：「噂猶噂噂，沓猶沓沓。」○《說文》曰：「噂，聚也。」○陳氏曰：「噂，聚談也。」○蘇氏曰：「沓，重複也。」**職競由人。**《傳》曰：「職〔一〕，主也。」

七章言己被讒也。己自勉以從王事，固不敢告勞以言功也。無罪無辜，而讒口囂囂然衆多，是將求免其過而不可得也。下民之災害，非自天降，噂噂聚談，沓沓重複，多

〔一〕「職」，原作「競」，據畬本、薈本、仁本、復本改。薈本校云：「刊本『職』訛『競』，據《毛詩傳》改。」

言以相悅，而背則相憎，主力爲此者人也〔一〕。

悠悠我里，《箋》曰：「里，居也。」○王氏曰：「我所居里〔二〕。」○今曰：「悠悠，遠也。里，鄉里也。《周禮》五鄰爲里。」**亦孔之痗。**音昧，又音悔。○《傳》曰：「痗，病也。」**四方有羨，**延之去。○《傳》曰：「羨，餘也。」○今曰：「此羨訓餘，當作余箭反，諸本作徐箭反，則訓慕，誤也。」**我獨居憂。民莫不逸，我獨不敢休。天命不徹，**王氏曰：「徹，通也。」**我不敢傚我友自逸。**八字句。

八章言己欲去不得也。仕不得志，則思其鄉里，悠悠然道遠而未得歸，亦甚病矣。己不得去，故慕得去而在外者，謂彼四方之人，皆有羨餘，我獨居此憂愁之地，民莫不得優游自逸，我獨不敢休息。天命不通，無可奈何，勉之而已，不敢傚我友自逸，潔身而去也。○觀《雨無正》「昔爾出居」，知幽王之時，大夫有出外避禍者，此詩末章與《雨無正》末章意同，皆不得去者羨已去者。疏曰：「其友與王無親，故舍王而去，己則王之親屬，故不敢傚也。」

〔一〕「主」，味本、仁本同，他本作「專」。按，《毛傳》：「職，主也。」嚴氏本《傳》義，作「主」爲是。

〔二〕「里」下，畬本有：「○《傳》曰：『里，顧野王作瘇，病也。』」按，此非《毛傳》文，據吕祖謙《吕氏家塾讀詩記》卷二十可知乃董氏說。然據嚴氏「今曰」及章指，可知嚴氏不取董說，乃畬本妄補。

《十月之交》八章，章八句。

《雨無正》，音政。**大夫刺幽王也。雨自上下者也，衆多如雨，而非所以爲政也。**歐陽氏曰：「古之人於詩多不命題，而篇名往往無義例，其或有命名者，則必述詩之意，如《巷伯》《常武》之類是也。今《雨無正》之名，據《序》曰『雨自上下者也』，言衆多如雨而非政也。今考詩七章都無此義，與《序》絶異，當闕其所疑。」○劉諫議曰：「嘗讀《韓詩》有《雨無極》，《序》云：『《雨無極》，正大夫刺幽王也。』比《毛詩》篇首多『雨無其極，傷我稼穡』八字。」○《補傳》曰：「詩之命名，皆摘取詩中之語，獨《雨無正》《巷伯》《常武》《酌》《賚》《般》六篇特出，詩人之意，非有《序》以發之，雖孔子亦不能知其爲何詩也。《韓詩》篇首多二句，是詩前二章皆十句〔一〕，加以二句，已不可信，據今《序》之文以求詩人之言，亦可見非所以爲政之意。」

此詩刺刑罰不中，忠言不用，遂致人心離散，所謂「衆多如雨」也。或以此詩名而疑《序》，且詩名不用詩語者多矣，何獨此詩也。

浩浩昊天，浩音藁，又音鎬。昊音鎬。○王氏曰：「浩浩，廣大流通之意。」○今曰：「《釋文》云：『浩浩，

〔一〕「二」，原作「三」，據諸本改。

大水貌。』」**不駿其德。**駿音峻。○《傳》曰：「駿，長也。」**降喪饑饉，**音僅。○《傳》曰：「穀不熟曰饑，蔬不熟曰饉。」**斬伐四國。旻天疾威，**旻音閩。**弗慮弗圖。舍彼有罪，**舍音捨。**既伏其辜。若此無罪，淪胥以鋪。**平聲。○《傳》曰：「淪，率也。」○《箋》曰：「胥，相也。鋪，徧也。」

首章言刑罰不中也。人窮則呼天，曰：浩浩然廣大之昊天，何爲不駿長其德，乃降喪亂饑饉，以斬伐天下也。既生之，乃斬伐之，是其德不長久也。天既迅烈威虐，王當恐懼脩省，庶可以回天意。今乃不思慮，不圖謀，彼有罪而伏辜者，姑捨勿論，若此無罪者，而使之淪率相引而鋪徧皆得罪焉，何其無分別也！

周宗既滅，靡所止戾。《傳》曰：「戾，定也。」**正大夫離居，**《箋》曰：「正，長也。」○王氏曰：「《周官》八職，一曰正，六官之長是也。」**莫知我勩。**音曳。○《傳》曰：「勩，勞也。」**三事大夫，**李氏曰：「徐安道以謂《周官》云『三事暨大夫』，舉三公及大夫也。」**莫肯夙夜。邦君諸侯，莫肯朝夕。**朝如字，又音潮。○錢氏曰：「朝，朝見也。夕，暮見也。」**庶曰式臧，覆出爲惡。**《傳》曰：「覆，反也。」

次章言人心離散也。周之宗族既滅，將有易姓之禍，天下未有安定也。周時雖未滅，而敗壞之極，知其必滅也。正大夫，六官之長也。此作詩之大夫言其長離居去位，以避其禍，莫知我之從王而勞勩也。又三公及其餘大夫，莫肯夙興夜寐以勤王事者，邦君諸侯，莫肯朝暮省王者，人心離散，國危如此，庶幾曰：王今改過用善，乃反出而爲惡，威虐愈甚也。

如何昊天，辟言不信。辟音闢。○《傳》曰：「辟，法也。」**如彼行邁，**《釋文》曰：「邁，遠行也。」**則靡所臻。**朱氏曰：「臻，至也。」**凡百君子，**《箋》曰：「謂衆在位者。」**各敬爾身。胡不相畏？不畏于天。**

三章言己忠言不用也。君子見王不悛，呼天而告之，曰：如何乎昊天，我之告王者，皆法度之言，王終莫肯信。不信法度之言，則必信非法之言，如人迷途而遠行倀倀然，我不知其所至矣。既已憂之，則又告其衆在位之君子，言羣臣當自敬其身，勿苟合以長其惡。今何爲上下不相畏乎？不畏人，是不畏天也。

戎成不退，《傳》曰：「戎，兵也。」**飢成不遂。**《傳》曰：「遂，安也。」**曾我暬御，**暬音薛。○《箋》曰：「曾，但也。」○《傳》曰：「暬御，侍御也。」○今曰：「曾，則也。但，亦則之意，音如字。」**憯憯日瘁。**憯，驂之上。瘁音萃。○《傳》曰：「瘁，病也。」**凡百君子，莫肯用訊。**《箋》曰：「訊，告也。」**聽言則答，譖言則退。**

四章言羣臣無忠告也。兵戎之禍已成，而其勢不退，言外患之熾也；飢困之災已成，而其生不遂，言內憂之迫也。但我暬御小臣，憯憯憂之，日益瘁病，而衆在位之君子，莫肯以禍亂將至告王者，至於聽人之言則應答之，謂聽人言時事，則己酬應之，以爲信然，是其心非不知亂之將至也。但私議於所親厚，而不以告王耳，人有譖言及己〔一〕，則奉身而退矣。

哀哉不能言，匪舌是出，吹之去。**維躬是瘁。哿矣能言，**哿，歌之上。○《傳》曰：「哿，可也。」**巧言如流，俾躬處休。**

五章斥巧佞也。幽王惡直言而好巧言，哀哉賢者之不能言，謂能直言而不能巧言也。惟不能巧言以阿上意，故言則忤物，非出於舌而但已也，將躬受其病矣。謂言出而禍隨也。可矣小人之能言者，巧佞之言，如水之流，無所凝滯，使其身處於安樂之地，積順生愛也。

維曰于仕，《傳》曰：「于，往也。」**孔棘且殆。**《箋》曰：「棘，急也。」**云不可使，得罪于天子。亦云可使，怨及朋友。**

〔一〕仁本校云：「『人』，恐『一』誤。」

六章言亂世進退皆有咎也。今維曰往仕耳，曾不知仕之甚急而且危也。正直者謂之不可使，將得罪於天子；諛佞者謂之可使，又見怨於責善之友。從道則違時，從時則違道，寧得罪於天子，不可得罪於公議也。

謂爾遷于王都，曰予未有室家。鼠思泣血，思音伺。○王氏曰：「鼠思，幽思也。」○范氏曰：「凡物之多畏者，唯鼠爲甚。」○《傳》曰：「無聲曰泣血。」○疏曰：「淚出於目，猶血出於體，故以淚比血。《禮記》云：『子臯執親之喪，泣血三年。』」**無言不疾。昔爾出居，誰從作爾室？**

七章責引去者也〔一〕。時有大夫去朝者，其友之留者，思而呼之，曰：爾可遷居于王都也，去者不從，以王都無室家爲辭，留者於是謂我憂思而至於泣血，無一言而不見憎疾於人也。且爾昔之出居於外，誰爲爾作室乎？能作室於外，而乃謂王都無室家，何哉？我之此言，爾必憎疾，蓋言切中，則人所惡也。《補傳》曰：「詳味此詩，可謂衆多如雨，非爲政之道也。」

《雨無正》七章〔二〕，二章章十句，二章章八句，三章章六句。

〔一〕「引」，淡本作「隱」。

〔二〕「正」，原作「政」，據顧本、姜本、畬本、薈本、仁本改。

詩緝卷之二十一

嚴粲述

《小旻》，音閩。**大夫刺幽王也。**呂氏曰：「《小旻》《小宛》《小弁》《小明》，言小者，篇在《小雅》，恐與《大雅》相亂，以别之。今《大雅》止有《大明》，餘篇疑亡。」○蘇氏曰：「其在《小雅》者謂之《小旻》，在《大雅》者謂之《召旻》。」

《小旻》刺不能聽謀，將致亂也。

旻天疾威，《釋天》曰：「秋曰旻天。」○王肅曰：「仁覆憫下曰旻天。」**敷于下土。**《傳》曰：「敷，布也。」**謀猶回遹，**音聿。○《傳》曰：「回，邪也。遹，僻也。」**何日斯沮？**音咀。○《箋》曰：「沮，止也。」○今曰：「沮，有所憚而止也。」**謀臧不從，不臧覆用。**《箋》曰：「覆，反也。」**我視謀猶，亦孔之卭。**音窮。○《傳》曰：「卭，病也。」

首章、次章言謀而不能擇也。旻天以仁憫爲稱，今乃迅烈威虐，敷布于下土，使偏受其害。言災禍荐臻也，是皆人事有以召之。幽王宜恐懼而改圖矣，今謀猶邪僻，不反其轍，不知更待何時而後畏沮也。謂天怒已甚，王改過豈可緩乎？羣臣之謀，非無可從者，但王於謀之善者不從，謀之不善者反用，我視其謀猶，亦甚病矣。

潝潝訿訿，潝音吸。訿音紫。○蘇氏曰：「潝潝，言相和也。訿訿，言相詆也。」○李氏曰：「劉向云：『潝潝相是而背君子。』」**亦孔之哀。謀之其臧，則具是違。**《箋》曰：「具，俱也。」**謀之不臧，則具是依。我視謀猶，伊于胡底？**音旨。○《箋》曰：「底，至也。」

羣小相聚，潝潝然相和而苟合，訿訿然相詆而苟毀。同乎己者以爲是，異乎己者以爲非，小人之好惡如此，甚可哀矣。謀之善者，俱背違之，謀之不善者，俱依就之。我視其謀猶，則亦何所底至乎？至於亂亡而已。

我龜既厭，去聲。**不我告猶。謀夫孔多，是用不集。**《傳》曰：「集，就也。」**發言盈庭，誰敢執其咎？**李氏曰：「《左傳》楚子伐鄭，其六卿，三欲從楚，三欲待晉。子駟曰：『請從楚，騑也受其咎。』」**如匪行邁謀，**《釋文》曰：「邁，遠行也。」**是用不得于道。**

三章言謀之非其人也。《易》曰：「再三瀆，瀆則不告。」卜筮既數，龜亦厭之，不復告其所圖之吉凶。言卜之不中也。謀事者雖多而不能斷，則惑於議論之不定，是以不能有就。發言滿庭，而無敢決然任其責者，謂事若不成，則咎有所歸，故皆持兩端也。如人欲行路，必問於曾行之人，非行邁之人而與之謀，問其所不知，宜其無得於道路之事也。如沈慶之言耕當問奴，織當訪婢也。

哀哉爲猶，匪先民是程，疏曰：「民者，人之大名，其實是賢聖也。」○今曰：「《書》：『相古先民有夏。』」○《傳》曰：「程，法也。」**匪大猶是經。**《箋》曰：「大猶，大道也。」○《傳》曰：「經，常也。」**維邇言是聽，維邇言是爭。如彼築室于道謀，是用不潰于成。**《傳》曰：「潰，遂也。」

四章言謀而不能斷也。哀哉今之爲謀，不以古人爲程法，不以大道爲經常，維淺近之言是聽受、是争辨，言所見止於目前而無遠圖也。如築室于道傍，與行道之人謀之，人人異見，故不得遂有成也。朱氏曰：「古語云：『作舍道旁，三年不成。』」

國雖靡止。蘇氏曰：「止，定也。」**或聖或否，**音缶。**民雖靡膴。**音呼。○疏曰：「膴，大也。無大有人，言少也。」**或哲或謀，或肅或艾。**音乂。○《傳》曰：「艾，治也。」○朱氏曰：「聖、哲、謀、肅、乂，即《洪範》五事之德。」**如彼泉流，無淪胥以敗。**《箋》曰：「淪，率也。胥，相也。」

五章言賢愚將同受其禍也。國雖無所止定，而人有通聖者，或有不然者，民雖寡少，亦或有明哲者，或有善謀者，或有恭肅者，或有能理治者，豈可厚誣天下爲無人哉？人主能擇其賢者而用之，則天下之人皆賴以濟。今乃使小人用事於上，則政亂國敗，賢愚皆喪亡矣。如衆泉之流，更相灌注，一處決潰，則衆流俱竭，是淪率相與以敗也。蘇氏曰：「雖世亂民僻，猶有賢者在焉。苟能用之，愚者可賴以皆濟也；苟廢而不用，而使愚者壅之於上，則相與皆敗，無能爲矣。」

不敢暴虎，《傳》曰：「徒搏曰暴虎。」**不敢馮河。**馮音憑。○《傳》曰：「馮，陵也。徒涉曰馮河。」**人知其一，莫知其他。戰戰兢兢，**《傳》曰：「戰戰，恐也。兢兢，戒也。」**如臨深淵，如履薄冰。**

末章言懼禍也。虎不可以徒搏，河不可以徒涉，人特知此一等事耳，不知其他更有可畏之事，謂國將亡而禍及己也。暴虎馮河，其禍立至，則知畏之，亡國之禍稍緩，則不知畏也。我則戰戰而恐，兢兢而戒〔一〕，如臨深淵之恐墜，如履薄冰之恐陷，懼之甚也。《荀子》云：「人不肖而不敬，則是狎虎也。」遂引此章，蓋斷章取義耳。毛祖其師之説，以爲不敬小人之危殆。今考本詩諸章，止言不能聽謀，無畏懼小人之意。

《小旻》六章，三章章八句，三章章七句。

《小宛》，音婉。**大夫刺幽王也。**

《小宛》刺不能自强而昏於酒，下不能撫其子，上不能紹其先也。

宛彼鳴鳩，《傳》曰：「宛，小貌。」○曰：鳴鳩，鶻鵰也，即《氓》詩食葚之鳩，郯子所謂鶻鳩氏司事，《莊子》

〔一〕「戰戰而恐，兢兢而戒」，顧本作「戰戰兢兢，時恐時戒」。

所謂鷽鳩也，非斑鳩也。鶻音骨，又如字。鵰音嘲，亦作鵃。鷽音學。○《釋鳥》曰：「鶌鳩，鶻鵃。」鶌，九勿反。○郭璞曰：「似山鵲而小，短尾，青黑色，多聲，今江東亦呼爲鶻鵃。」○杜預曰：「春來秋去，故爲司事。」○釋曰：「案舊説及《廣雅》皆云斑鳩，非也。」○山陰陸氏曰：「《莊子》所謂『鷽鳩笑之者』是也。多聲，故名鳴鳩。鳴鳩小物，決起而飛，搶榆枋，時則不至，控於地而已矣。今飛鳴戾天，勉强故也。性食桑葚。陸璣云：『一名斑鳩，似鵓鳩而大，項有繡文斑。』然與此鶻鳩全異，璣之言非。此鳥喜朝鳴，故曰鶻嘲也。此鳥朝鳴曰嘲，夜鳴曰[口夜]。」搶音鏘。枋音坊，木名。[口夜]音夜。**翰飛戾天。**翰去聲。○蘇氏曰：「翰，羽也。」○《傳》曰：「戾，至也。」**我心憂傷，念昔先人。**陳氏曰：「先人，據幽王以言宣王也。」**明發不寐，**疏曰：「明發，從夕至明也。夜地而闇，至旦而明，明地開發，故謂之明發也。」**有懷二人。**蘇氏曰：「二人，文、武也。」

首章刺不能自强也。興也。宛然而小之鳴鳩，決起而飛，搶榆枋，不至而控於地者也，然亦有羽飛至天之志，事在强勉而已。幽王不自奮起，曾鳴鳩之不若，將日就衰替，墜其祖宗之業矣。故我心憂傷其如此，追念先人宣王能自夕至明，憂勤不寐，永懷文、武之烈，惟恐失墜，遂致中興。此幽王家庭所親見，而曾不念之，乃令臣下念之乎？

人之齊聖，今曰：「謂整齊也。」○疏曰：「聖，通也。」**飲酒温克。**《傳》曰：「克，勝也。」**彼昏不知，壹**

醉日富。今曰：「壹，專也。壹醉，專務酣飲也。」○陳氏曰：「富，益也。」**各敬爾儀，天命不又。**《傳》曰：「又，復也。」

次章刺沈湎也。人之整肅通達者，其飲酒也，能以温和自克；彼昏昧而不知者，專務酣飲，日以增益，唯酒是務，焉知其餘也。以酒喪德，君臣沈湎，則天命將改矣，故戒羣臣以各敬爾威儀，恐天命一去不復來也。○齊聖廣淵，底至齊信〔一〕，生而徇齊，彼皆言聖人之事，此言齊者，止謂整肅也。或疑飲酒小節，未必係天命之去留，殊不知蕩心敗德，縱慾荒政，踈君子而狎近倖，玩寇讎而忘憂患，皆自飲酒啓之。禹惡旨酒，曰：後世必有以酒亡國者。歷觀前史，其事可監，晉元帝以王導一言而覆盃，其能植立江左，宜哉！

中原有菽，音叔。○《傳》曰：「中原，原中也。菽，藿也。」○《采菽・箋》曰：「菽，大豆也。采其葉以爲藿。」○疏曰：「以言采之，明采取其葉。」○《采菽》疏曰：「《公食禮》云：『鉶芼、牛藿、羊苦、豕薇，皆有滑。』注云：『藿，豆葉也。苦，苦荼也。滑，堇荁之屬。』是也。以鼎煮牛，取其骨體，置之於俎，其汁則芼之以藿，調以鹹酸，乃盛之於鉶，謂之鉶羹。」荁音完。○今曰：「《箋》於《生民》『荏菽』及《采菽》皆云大豆，是

〔一〕「底」上，李本、顧本有「與夫」二字。

鄭意以菽即荏菽也。」**庶民采之。螟蛉有子，**螟蛉音銘零。○《傳》曰：「螟蛉，桑蟲也。」○陸璣曰：「桑上小青蟲也，其色青而細小，或在草葉也。」**蜾蠃負之。**蜾音果。蠃，羅之上。○曰：蜾蠃者，細腰蜂也，俗呼爲蠮螉，《記》所謂蒲盧也。蠮音噎。螉音翁。○《釋蟲》曰：「蜾蠃，蒲盧。」○郭璞曰：「即細腰蜂。」○鄭注《中庸》曰：「土蜂。」○山陰陸氏曰：「即今細腰土蜂。」○《解頤新語》曰：「説者考之不精，乃謂蜾蠃取桑蟲負之，七日化爲其子。雖揚雄亦有『類我類我，久則肖之』之説。近世詩人取蜾蠃之巢，毀而視之，乃自有細卵如粟，寄螟蛉之身以養之，其螟蛉不生不死，蠢然在穴中，久則螟蛉盡枯，其卵日益長大，乃爲蜾蠃之形，穴竅而出。蓋此物不獨取螟蛉，亦取小蜘蛛，置穴中，寄卵於蜘蛛腹脅之間，其蜘蛛亦不生不死，久之蜘蛛盡枯，其子乃成。今人養晚蠶者，蒼蠅亦寄卵於蠶之身，久之其卵爲蠅，穴繭而出，殆物類之相似者。《列子》云：『純雌，其名大腰；純雄，其名稺蜂。』《莊子》云：『細腰者化。』《説文》云：『天地之性，細腰純雄無子。』此皆信説《詩》者之言也。古人名物多取形似，瓠之細腰者曰蒲盧，故蜂之細腰者亦名蒲盧。正如綬草、綬鳥皆名以鷊，青黑之茭、青黑之鳩皆名以騅也。」○《傳》曰：「負，持也。」**教誨爾子，式穀似之。**《箋》曰：「式，用也。穀，善也。」

三章刺黜其子也。幽王黜太子宜臼，宜臼奔申侯，此章刺之。言中原有菽，庶民乃采之而去；桑蟲有子，蜾蠃乃持之而去。喻王有太子，不能撫愛，而申侯乃挾而有之也[一]。王若以宜臼爲不肖，何不教誨之，用善道而使之似續於己乎？錢氏曰：「庶民采而去，則非我所有矣；蜾蠃持而去，則非我所保矣。今王有子，乃黜棄之，將有挾之而爲不善者。」

題彼脊令，題音弟。○《傳》曰：「題，視也。」○曰：脊令，雪姑也，飛則鳴。解見《常棣》。**載飛載鳴。**《箋》曰：「載之言則也。」**我日斯邁，**《箋》曰：「邁，行也。」**而月斯征。**《箋》曰：「征，行也。」**夙興夜寐，無忝爾所生。**歐陽氏曰：「所生，謂宣王也。」○今曰：「即首章『先人』也。」

四章申首章之意也。他鳥飛則不常鳴，唯脊令且飛且鳴，口翼俱勞，無有止息，可以人而自暴自棄乎？今日月逝矣，王宜愛惜日力，夙夜勉勵，無辱宣王也。脊令飛鳴，即鳴鳩戾天之意。○宣王承衰亂之後而能中興，幽王繼中興之緒，反致衰亂，故一曰「先人」，二曰「所生」，以其所親見者勉之，言非上世久遠難知之事也。

交交桑扈，胡之上濁。○歐陽氏曰：「交交，參雜相亂之謂也。」○曰：桑扈有二種，此青雀也，性之竊脂者也。○《釋鳥》曰：「桑扈，竊脂。」○郭璞曰：「俗呼青雀，觜曲，食肉，喜盜脂膏食之，因以名云。」○山陰陸氏曰：「《淮南子》云：『馬不食脂，桑扈不啄粟，非廉也。』桑扈蓋一名而二種，若魯有兩曾參也。《釋鳥》

[一]「挾而有之」，淡本同，顧本、畬本作「挾之而去」，他本作「挾而去之」。

云：『桑扈，竊脂。鴡鷯，剖葦。』此桑扈之一種也。『桑扈，竊脂。棘扈，竊丹。』此桑扈之一種也。蓋對剖葦言之，則竊脂者，所謂『青質，觜曲，食肉，好盜脂膏』者是也；對竊丹者言之，則竊脂者，所謂『素質，其翅與領皆鶯然而有文章』者是也。所謂『交交桑扈，率場啄粟』者，正以其性之竊脂者言之也，故以啄粟爲失其性；『交交桑扈，有鶯其羽』者，正以其色之竊脂者言之也，故其《序》曰『君臣上下，動無禮文焉』，蓋君子素以爲質，而文之者禮也。《釋獸》云：『虎竊毛，謂之虦貓。』又云：『魋如小熊，竊毛而黄。』竊毛皆謂淺毛，則夏扈竊玄言淺黑，秋扈竊藍言淺青，冬扈竊黄言淺黄，棘扈、竊丹言淺赤，桑扈、竊脂言淺白，固其理也。且《爾雅》主《詩》言之，而《小雅·桑扈》所取者，有兩竊脂，故《爾雅》亦兩解也。」鴡音刀。鷯音僚。虦，潺、棧二音。貓，苗、茅二音。魋音隤。○《補傳》曰：「或指其色，或指其性，實一物耳。」**率場啄粟。哀我填寡**，填，田之上濁。○《傳》曰：「填，盡也。」○《箋》曰：「窮盡也。」**宜岸宜獄**。《傳》曰：「岸，訟也〔一〕。」**握粟出卜**，今曰：「《史·日者傳》云：『卜而有不審，不見奪糈。』見古以粟問卜也。糈音所。」**自何能穀**？長樂劉氏曰：「穀，善也。」

五章述民病也。此桑扈，性之竊脂者，乃食肉之鳥，而交交然亂雜，以循場而啄粟，失其性也。可哀哉！我此貧窮寡獨之人，迫於朝夕之計，宜其相與争訟而入於獄也。

〔一〕「也」下，畲本有：「岸，《韓詩》作犴，鄉亭之繫曰犴，朝廷曰獄。○吕氏曰：『獄事以輕爲善，以重爲不善。』」

言「宜」者，謂勢使之然，雖在縲紲而非其罪也。又持粟行卜，問其勝負，卜之曰：何自而能善乎？亦可憐矣。

溫溫恭人，《傳》曰：「溫溫，和柔貌。」**如集于木。惴惴小心，**惴，追之去。**如臨于谷。戰戰兢兢，如履薄冰。**

末章言懼禍也。溫溫然恭謹之人，無過可指，然處今亂世，如集于木而恐墜，如臨于谷而恐隕，戰戰而恐〔一〕，兢兢而戒〔二〕，如履薄冰而恐陷，不敢不懼也。

《小宛》六章，章六句。

《小弁》，音槃。**刺幽王也。大子之傅作焉。**大音泰。○朱氏曰：「幽王娶於申，生大子宜臼，後得褒姒而惑之，信其讒，黜申后，逐宜臼。宜臼之傅知其無罪而憫之，故述大子之情，而爲之作是詩也。」

周東遷之禍基於此，人倫廢而後夷狄乘之。

弁彼鸒斯，鸒音豫。○《傳》曰：「弁，樂也。鸒，雅烏也。」○《釋鳥》曰：「鸒斯，鵯鶋。」鵯音匹，又音卑。

〔一〕「恐」下，李本、顧本有「懼」字。
〔二〕「戒」下，李本、顧本有「謹」字。

○釋曰：「小而多羣，腹下白，不反哺。」○山陰陸氏曰：「《法言》云：『頻頻之黨，甚於鷽斯，亦賊夫糧食而已矣。』鷽斯賊夫糧食，以衆故也。《東都賦》云：『鶻鵃秋棲，鶻鳩春鳴。』今衆鳥秋分多羣集，非特烏也，然至春分輒兩兩而翔，不復羣矣，里俗謂之分羣。」○疏曰：「此鳥名鷽而云斯者，語辭，猶『蓼彼蕭斯』『菀彼柳斯』。以劉孝標之博學而《類苑·鳥部》立鷽斯之目〔一〕，是不精也。」**歸飛提提。**音匙。○《傳》曰：「提提，羣貌。」**民莫不穀，**《箋》曰：「穀，養也。」**我獨于罹。**音離。○《箋》曰：「罹，憂也。」**何辜于天？我罪伊何？心之憂矣，云如之何？**

首章負罪引慝也。興也。幽王放大子宜臼，將殺之，其傅述大子之情而作此詩。雅烏不能反哺，猶己之不能致養，是爲不孝，自罪之辭也。雅烏雖不能反哺，然出食在野，飽則提提然羣飛而歸，是其父子相隨，爲可樂也。凡民莫不得以相養，而我獨不容於父，雅烏之不若也。我何以得罪於天乎？我之罪伊何乎？心之憂矣，云如之何，則無可奈何而順受之。○烏有三種，《廣雅》云純黑而反哺者謂之烏；小而腹下白，不反哺者謂之雅烏；白項而羣飛者謂之燕烏，《爾雅》所謂白脰烏也。脰音豆，項也。

〔一〕「菀」，原作「苑」，據姜本、顧本、授本、聽本及《毛詩正義》卷十二之三改。

踧踧周道，踧音敵。○《傳》曰：「踧踧，平易也。」○朱氏《匪風解》曰：「周道，適周之道也。」**鞫爲茂草**〔一〕**。**鞫音菊。○《傳》曰：「鞫，窮也。」○李氏曰：「猶伍被謂淮南王曰：『臣將見宮中生荆棘〔二〕，露沾衣也。』非是當時已如此，特預言之耳。」**我心憂傷，惄焉如擣。**惄音溺。○《傳》曰：「惄，思也。」○疏曰：「有如物之擣心也。」**假寐永歎，**《箋》曰：「不脱衣冠而寐曰假寐。」**維憂用老。心之憂矣，疢如疾首。**疢音趁。○《箋》曰：「疢猶病也。」○疏曰：「疾首，頭痛也。」

次章憂國將亡也。周之道路，以朝會往來如織，故車馬蹂踐，踧踧然平易。今將窮爲茂草矣〔三〕，國亡則路少行人，唯草生之。言周之興者，以歸往之衆，曰「串夷載路」，曰「岐有夷之行」；言周之衰者，以行人之稀，曰「鞫爲茂草」也。我心憂傷其如是，惄焉思之，如有物之擣心，不脱衣冠而假寐，終夜永歎，身未老而以憂故老也。

維桑與梓，音子。○解見《定之方中》。**必恭敬止。靡瞻匪父，靡依匪母。不屬于毛？**屬音燭。○疏曰：「屬，連屬也。」○朱氏曰：「毛，體膚之餘氣末屬也。」**不離于裏？**曰：離，麗也。解見

〔一〕「鞫」，原作「鞠」，據《毛詩正義》卷十二之三改，下同。葉校云：「唐石經本作『鞫』。」
〔二〕「生」，原無，據李樗《毛詩集解》卷二十五補。
〔三〕「窮」，李本、姜本、顧本、畬本、薈本、授本、聽本、復本作「鞠」。

《邶·新臺》。○朱氏曰：「裏，心腹也。」**天之生我，我辰安在？** 疏曰：「辰，十二辰也。」三章怨而慕也。桑梓謂祖父所植以遺子孫者，今人以桑梓爲鄉里者，謂有祖父所植之木存焉。祖父植木，猶不敢不敬，況人無有瞻望而非父，無有依恃而非母者，烏有不敬？恭敬如此，而父母之不我愛，豈我不連屬于父母之毛乎？謂不得皮膚之氣也。豈我不離麗于父母之腹乎？謂不處母之胞胎也。父母無不愛子之理，但恐我命自薄，不知天之生我，我所遇值之辰，安所在乎？豈皆值凶時而生乎？何其不祥也。疏曰：「此大子爲父所放耳，非母放之，而并言母者，以人皆得父母之恩，故連言之，其意不怨申后也。」○李氏曰：「如韓退之云：『我生不辰，月宿南斗。』」

菀彼柳斯， 菀音鬱。○疏曰：「菀，茂也。」**鳴蜩嘒嘒。** 蜩音條。嘒音諱。○曰：蜩，蟬也，諸蟬之總名也。解見《七月》。○《傳》曰：「嘒嘒，聲也。」**有漼者淵，** 漼，崔之上。○《傳》曰：「漼，深貌。」**萑葦淠淠。** 萑葦音完偉。淠，徐音沸，本字音譬。○萑葦，解見《七月》。○《傳》曰：「淠淠，衆也。」**譬彼舟流，不知所届。**《箋》曰：「届，至也。」**心之憂矣，不遑假寐。**

四章言如窮人無所歸也。菀然而茂者，柳也，其上則有蟬聲嘒嘒然；漼然而深者，淵也，其旁則有萑葦生之，淠淠然衆。言物皆有所依也，我獨如不繫之舟，流於水中，無所依泊，不知所至也。初猶假寐，至此雖假寐猶不遑，其憂深矣。

鹿斯之奔，疏曰：「斯，辭也。」**維足伎伎。**音岐。○《傳》曰：「伎伎，舒貌。」**雉之朝雊，**溝之去。○《箋》曰：「雊，雉鳴也。」**尚求其雌。譬彼壞木，**壞，回之上濁，字與瘣同。○《傳》曰：「壞，傷病也。」**疾用無枝。心之憂矣，寧莫之知？**

五章憂王孤立也。鹿見人則奔宜速矣，而伎伎然舒緩者，顧其羣也。雉朝作而鳴者〔一〕，求其雌也。今王黜后而放子，兀然如傷病之木，內有蠹病而外無附枝也。我心之憂如此，而王寧不之知乎？冀其感悟也。

相彼投兔，相去聲。○《箋》曰：「相，視也。」**尚或先之。**先音線。**行有死人，**《箋》曰：「行，道也。」**尚或墐之。**墐音覲。○疏曰：「墐，埋藏之名。」**君子秉心，**《箋》曰：「秉，執也。」**維其忍之。心之憂矣，涕既隕之。**隕音尹。○《傳》曰：「隕，墜也。」

六章述親親之怨也。視兔之見迫逐而投人，人哀其窮，則及驅者未至而先存之。行路之死人，初非親識，乃或墐埋之，使免暴露。人皆有不忍之心也，幽王乃獨黜后放

〔一〕「作」，顧本作「雊」。

子，何其忍也。是以心之憂，而涕隕墜也。

君子信讒，如或醻之。醻音儔。○《箋》曰：「醻，旅醻也。」○疏曰：「酬、酢皆作酬，此作醻者，古字得通用。酬有二等，既酢而酬賓者〔一〕，賓奠之不舉，謂之奠酬；至三爵之後，乃舉嚮者所奠之爵以行之，於後交錯相酬，名曰旅酬。此喻得讒即受而行之，故知是旅酬，非奠酬也。」**君子不惠，**《箋》曰：「惠，愛也。」**不舒究之。**朱氏曰：「舒，緩也。」**伐木掎矣，**掎音紀。○今曰：「《釋文》云：『掎，從後牽也。』」**析薪杝矣。**杝音侈。○錢氏曰：「杝，以手離之。」○今曰：「扡從扌者〔二〕，離也。《廣韻》亦作拸〔三〕，俗作扯。其析薪之杝，從木，亦離之義也。」**舍彼有罪，**舍音捨。**予之佗矣。**虛齋趙氏音如字，今從之，舊音唾。○今曰：「韻佗亦作他，他與它同，無别音。之佗，猶《孟子》『又顧而之他』〔四〕。」

七章言讒人離間父子也。幽王信讒言，如賓主飲酒相酬，得即飲之，喻聞讒即行，不違拒之也。幽王心不惠愛太子之故，不肯舒緩而究察之，苟徐察之，則知讒人之情矣。木附著於本根，伐木者既以斤斧伐之，又以繩索從其後牽拽之，以倒其木，使絶離其本

〔一〕「賓者」，畬本同，他本無。

〔二〕「扡」，原作「杝」，諸本同。按，嚴氏此應釋「扡」字，觀下釋从木之杝，言「亦離之義也」可知。

〔三〕「拸」，原作「栘」，顧本作「移」，據復本及《廣韻》卷三改。仁本校云：「『栘』，恐『拸』誤。」

〔四〕「又」，原作「反」，據顧本、仁本、復本及《孟子·離婁下》改。

根。又薪本一木相聯屬，析薪者既斧之，又以手杝而離之，使一木析而爲二，皆喻幽王父子天性本附著聯屬爲一體，而讒人横離絶之也。彼離絶人之父子者爲有罪，王乃捨之不問，而反黜逐我，令之他所。○《釋文》以掎爲從後牽，《左傳》「諸戎掎之」，襄十四年。注云：「掎其足。」是從後牽也。今伐木者斧其前，乃以繩索繫其末，從後牽而倒之，故云「伐木掎矣」。舊説掎爲掎其巔，不欲妄踣之。踣音白。又説杝爲順其理，義亦迂曲，而先儒承襲之，發上下文讒人離間父子之意不出。

莫高匪山，莫浚匪泉。浚音濬。○《傳》曰：「浚，深也。」**君子無易由言，**易音異。**耳屬于垣。**屬音燭。垣音袁。**無逝我梁，無發我笱。**梁、笱，解見《邶·谷風》。**我躬不閲，遑恤我後。**

末章憂讒人不已，將爲國禍也。莫高莫深，言無有高深於此者，謂極高極深也。極高者，豈非山乎？極深者，豈非泉乎？然山雖高而人能登之，泉雖深而人能入之。王勿謂處高深之地，而人不得聞知也。王不可輕易自由以言，恐屬耳于垣牆者，將窺伺意嚮而爲讒也。我已被讒見逐，不可解矣，但慮讒人不已，將敗我家事，故謂外人無逝我梁，無發我笱，猶顧念家國之事而不能忘也。既而自歎我身尚不容，何暇恤後事乎〔一〕？

《小弁》八章，章八句。

《巧言》，刺幽王也。大夫傷於讒，故作是詩也。

《小弁》《巧言》《何人斯》《巷伯》之詩作，而内外上下皆困於讒矣。

悠悠昊天，李氏曰：「悠悠，言天遠大之意。」**曰父母且。**沮之平。○歐陽氏曰：「且，語助。」**無罪無辜，亂如此幠。**音呼。○《傳》曰：「幠，大也。」**昊天已威，**《箋》曰：「已，甚也。」**予慎無罪。昊天泰幠，**《箋》曰：「泰，甚也。」**予慎無辜。**

首章傷己被讒也。人窮則呼天呼父母，此大夫被讒，乃呼天呼父母而訴之。言悠悠然遠大之昊天也，及我之父母也，其聽我之訴也。我無罪辜而使我遭亂如此之大，上天降此喪亂，亦甚威甚大矣，然我其實畏謹，無罪無辜也。

亂之初生，僭始既涵。朱氏曰：「僭始，不信之端也。」○《傳》曰：「涵，容也。」**亂之又生，君子信**

〔一〕「恤」，諸本作「惜」。

音恥。○《傳》曰：「祉，福也。」○朱氏曰：「猶喜也。」**亂庶遄已。**

君子如怒，亂庶遄沮。遄，市專反。沮音咀。○《傳》曰：「遄，疾也。沮，止也。」**君子如祉，**

次章言亂生於讒，讒生於優柔不斷。所謂「懷狐疑之心者〔一〕，來讒賊之口；持不斷之意者，開羣枉之門也」。讒言無實，僭而不信，小人爲讒，以漸而入。初爲不根之言，以嘗試君之喜怒，此不信之端，所謂「僭始」也。幽王既涵容之，則讒人將無所憚，日月既久〔二〕，浸潤益深，禍亂愈生，是君子信讒之過也。凡聞人之言，當別白其是非，所言者非，王若怒而責之，則小人不敢爲讒，亂庶幾速止矣；所言者是，王若祉而福之，則君子得行其言，亂庶幾速已矣。今忠讒不分，是以邪正渾淆，是非易位，而亂天下也。李氏曰：「子張問明，子曰：『浸潤之譖、膚受之愬不行焉，可謂明也已矣。』孔子此言最盡小人之情狀。夫以水之浸潤，漸於壞物，皮膚之受塵，漸於垢汙，小人之讒，亦以其漸，人君苟不察，則小人得以逞其志。漢元帝優游不斷，是以恭、顯之徒，周堪、蕭望之、劉更生、張猛四人，重相辯論。其始也，元帝不之察，其終也，蕭望之等皆爲恭、顯所排，原其所由，則『僭始既涵』之所致也。司馬温公嘗舉『君

〔一〕「懷」，《漢書》卷三十六《劉向傳》作「執」。

〔二〕「久」，原作「又」，據諸本改。

子如怒，亂庶遄沮，君子如祉，亂庶遄已』，此言無所臧否，爲患大矣。」

君子屢盟，《箋》曰：「屢，數也。」**亂是用長。**音掌。○今曰：「長，加益也。」**君子信盜，亂是用暴。**今曰：「暴，驟進也。」**盜言孔甘，亂是用餤。**音談。○《傳》曰：「餤，進也。」**匪其止共，**音恭。**維王之卭。**音窮。○《箋》曰：「卭，病也。」

三章言信讒致亂也。《周官》有司盟，凡邦國有疑則殺牲歃血，告神以相要束。今幽王信讒，君臣相疑，屢爲盟誓，此亂之所以加長也。盜以名小人，小人讒言不可信，而幽王信之，此亂之所以驟進也。小人之言，先務諛悦其君，甘言卑辭以入之，使人君如嗜甘物而不厭，此亂之所以日益進也。爲人臣止於敬，此讒人非止於敬，徒爲王之卭病耳。李氏曰：「考之《春秋》，如伯有之亂，鄭伯與其臣下盟，蓋盟者生於君臣相疑而致也。《禮》云『與其有聚斂之臣，寧有盜臣』，以其害人如盜賊然。」

奕奕寢廟，奕音亦。○《傳》曰：「奕奕，大貌。」○錢氏曰：「宮室後曰寢，前曰廟。」**君子作之。秩秩大猷，**秩音帙。○朱氏曰：「秩秩，序也。」○《箋》曰：「猷，道也。」**聖人莫之。**王氏曰：「莫，定也。」**他人有心，予忖度之。**忖，村之上。度音鐸。○錢氏曰：「忖，默度也。」**躍躍毚兔，**躍音惕。毚音讒。

○疏曰：「躍躍，跳疾〔一〕。」○《傳》曰：「毚兔，狡兔也。」**遇犬獲之。**四章言己知讒人之情也。奕奕然高大之寢廟，唯君子能作之；秩秩然有序之大道，唯聖人能定之。此非我所能也，至於忖度他人之心，則我能之。爾讒人見譖〔二〕，自謂深密，我不得而知，不知我能忖度爾心而知之〔三〕。爾讒人如兔之狡，躍躍然疾跳，謂人無如之何，然遇犬則獲之。言讒人雖狡險得志，又更有狡險者中傷於汝，自古小人更相傾陷，豈有善終者哉？兔、犬皆喻小人也。忖度讒人之心，如下篇《何人斯》，皆忖度之辭也。

荏染柔木，荏音稔。染音冉。○《傳》曰：「荏染，柔意也。柔木，梧桐梓漆也。」**君子樹之。往來行言，心焉數之。**焉，本義音煙，本注如字。數上聲。○錢氏曰：「數，猶記也。」**蛇蛇碩言，**蛇音移。○歐陽氏曰：「蛇蛇，舒遲安閑之貌。」○《箋》曰：「碩，大也。」**出自口矣。**今曰：「與《正月》『好言自口，莠

〔一〕「躍躍，跳疾」，顧本、李本作「躍躍，跳疾也」，他本作「躍，疾也」。按，《毛詩正義》卷十二之三云：「躍躍然跳疾之狡兔。」嚴氏檃栝之。

〔二〕「譖」，諸本作「讒」。

〔三〕「爾」，李本、顧本作「他人之」。

言自口』同意。」**巧言如簧，顔之厚矣。**

五章戒王愛護善類，勿信讒言也。荏染然之柔木，良材也，君子當封殖之，俾無牛羊斧斤之患。往來道塗之言，誣謗善人，何可介意乎？若數記此道塗之言，則小人得駕飛語以中傷君子矣。蓋小人蛇蛇然舒遲安閑，敢爲大言而無忌憚，惟其口之所出，非由中之言，無真實也。其言之巧，如笙簧之可聽，然皆不根之談，以誣善人而不知恥，其顔厚矣。人有愧於心，必形於色，中心達於面目也。今小人面皮厚，故無愧恥之色。

彼何人斯？《箋》曰：「何人者，斥讒人也。賤而惡之，故曰何人。」**居河之麋。**音眉。○《傳》曰：「水草交謂之麋。」○李氏曰：「《左氏》：『吾賜汝孟諸之麋。』」**無拳無勇，**《傳》曰：「拳，力也。」**職爲亂階。**《箋》曰：「職，主也。」**既微且尰，**《傳》曰：「骭瘍爲微，腫足爲尰。」骭音限，脚脛也。瘍音羊，瘡也。○《箋》曰：「居下濕之地，故生微尰之疾。」**爾勇伊何？爲猶將多，**《箋》曰：「猶，謀也。將，大也。」**爾居徒幾何？**

六章指讒人而惡之。言彼何等人，居河濱水草之交，其居至陋[一]。既無拳力，又無

[一]「至」，畬本作「處」，他本作「室」。

勁勇，其人至弱，而敢主爲此亂之階梯。此人自謂勇而有謀，既患脛瘡有微之疾，又患腫足有尰之疾，爾假有勇，伊何能爲？汝爲謀大多矣，汝所聚居之徒衆，亦幾何人？無能爲也。讒者多摘人之短而矜己之長，此人實無所長，王惑而信其言耳。

《巧言》六章，章八句。

《何人斯》，蘇公刺暴公也。暴公爲卿士而譖蘇公焉，故蘇公作是詩以絶之。《箋》曰：「暴也，蘇也，皆畿内國名。」○疏曰：「《左傳》云：『昔周克商，使諸侯撫封，蘇忿生以温爲司寇。』則蘇國在温，春秋時蘇稱子，此云公者，蓋子爵而爲三公也。」

彼何人斯？其心孔艱。胡逝我梁，《箋》曰：「逝，之也。梁，魚梁也，在蘇國之門外。」○蘇氏曰：「梁，橋也。」**不入我門？伊誰云從？維暴之云。**

暴公與其侶同見王而譖蘇公，蘇公作詩。首章未及譖事，姑爲優柔之辭以疑之。言彼是何人乎？薄之之辭也。彼人之心，艱險而難知，何以言之？我所居有魚梁，彼人逝我魚梁而不過我，是其心艱險而可疑矣。既而問其所從，則暴公也。首章但言二人相從，同見王而不見我，其情可疑矣。○鄭氏以首章「彼何人斯」爲指暴公之侶，歐陽氏以首章「彼何人斯」爲指暴公，然下章云「二人從行，誰爲此禍」，猶未有所指，則首章不應便指其人也。

二人從行，誰爲此禍？胡逝我梁，不入唁我？唁音彥。**始者不如，今云不我可。**今曰：「不以我爲可，言不悦我也。《漢・劉向傳》：『上問楊興：「朝臣齗齗，不可光禄勳，何耶？」』齗，牛斤反，忿疾之意。光禄勳謂周堪。」

次章方言已被譖也。言二人同見王而不見我，我固疑其艱險。今我果被譖，不知此二人之中，誰實譖我乎？猶未敢指定一人也。然我與暴公爲友，我已得譴，暴公當弔唁我，何爲亦逝我魚梁，過我門而不入弔我乎？暴公初焉與我厚，不如今之薄也，其不以我爲可乎？是我不能無疑於暴公矣[二]。

彼何人斯？胡逝我陳，《傳》曰：「陳，堂塗也。」○孫炎曰：「堂下至門之徑。」○解見《陳・防有鵲巢》。**我聞其聲，不見其身？不愧于人，不畏于天？**

二章、四章始責暴公。彼何人斯，皆薄之之辭也。何故近我堂塗，使我得聞女之聲音，不得覿女之身乎？是汝譖我，其心有愧，不欲見我也。汝不愧于人，不畏于天

[二]「我」，李本、顧本無，畬本作「將」，他本作「可」。

乎？責之之辭也。

彼何人斯？其爲飄風。飄如字，從韻書，本注音飄。○錢氏曰：「飄風，暴起之風也。」○今曰：「《釋天》云：『迴風爲飄。』郭璞注云：『旋風也。』毛於《匪風》詩引『迴風爲飄』，又云『飄風非有道之風』，旋風迴旋無定，故不自北，不自南。」**胡不自北？胡不自南？胡逝我梁，祇攪我心？**祇攪音支狡。○《箋》曰：「祇，適也。」《傳》曰：「攪，亂也。」

彼人如暴起之迴風，又不自北，又不自南，言無準也，喻讒者之反覆不測也。何爲逝我魚梁，不入我門，適攪亂我心，使我疑汝也。

爾之安行，亦不遑舍。爾之亟行，亟音棘。○《箋》曰：「亟，疾也。」**遑脂爾車。**解見《泉水》。**壹者之來，云何其盱？**《箋》曰：「盱，病也。」

五章、六章反覆委曲，以情責之也。汝之不來見我，謂無暇耳。我謂爾行之緩乎？亦不見爾舍息，固不可謂有暇也。我謂爾行之急乎？又閒暇而脂其車，不可謂無暇也。依違言之，謂未必全無暇也。汝不遑舍則多出，汝脂車則又將出，因其出而一來見我，又何害乎？今屢出而不來見我，是可疑矣。

爾還而入，還音旋。**我心易也。**易音異。**還而不入，否難知也。壹者之來，俾我祇也。**祇音祁。○《箋》曰：「祇，安也。」

爾方往見王之時，固未暇見我。既見王而還，若入見我，則我心平易無疑矣。爾還而不入見我，則謂不譖我，爲難知也。見王而還之時，既不見我，他時一來，我心亦安，然竟不一來，安能使我無疑乎？反覆委曲以責之，故舊之情也。

伯氏吹壎，音暄。**仲氏吹篪。**音池。○《箋》曰：「伯仲，喻兄弟也。」○《傳》曰：「土曰壎，竹曰篪。」○疏曰：「《春官·小師職》作塤，古今字異耳。注云：『塤，燒土爲之，大如鴈卵。』鄭司農云：『塤六孔。』《釋樂》云：『大塤謂之嘂。』音叫。孫炎云：『音大如叫呼也。』郭璞云：『大如鵝子，鋭上平底〔一〕，形似稱錘，小者如雞子。』《釋樂》又云〔二〕：『大篪謂之沂。』郭璞云：『篪以竹爲之，長尺四寸，圍三寸，一孔上出，徑三分，横吹之。小者尺二寸。』即引《廣雅》云：『八孔〔三〕。』《小師》注，鄭司農云：『篪七孔。』蓋不數其上出者，故七也。《世本》云〔四〕：『暴辛公作塤，蘇成公作篪。』譙周《古史考》云：『古有塤篪，尚矣。周幽王時，

〔一〕「底」，原作「氐」，據諸本及《毛詩正義》卷十二之三改。

〔二〕「又」，原作「文」，據姜本、畬本、薈本、仁本、復本及《毛詩正義》卷十二之三改。薈本校云：「刊本『又』訛『文』，今改。」

〔三〕「八」，底本殘泐，據復本補。

〔四〕「云」，底本殘泐，據復本補。

暴辛公善塤，蘇成公善篪〔一〕。』《世本》之謬，信如周言。其云蘇公、暴公所善，亦未知所出。」**及爾如貫，**《箋》曰：「如物之在繩索之貫也。」○蘇氏曰：「如貫弁、貫珠皆以繩結之。」**諒不我知？**朱氏曰：「諒，誠也。」**出此三物，**《傳》曰：「三物，豕、犬、雞也。民不相信，則盟詛之。」○疏曰：「隱十一年《左傳》云：『鄭伯使卒出豭，行出犬、雞，以詛射潁考叔者。』豭即豕也。《司盟》云：『盟萬民之犯命者，詛其不信者。』是不相信有盟詛之法也。盟大而詛小，皆殺牲歃血，告誓明神。後若背違，令神加其禍〔二〕，使民畏而不敢犯。襄十一年《左傳》季武子將作三軍，盟諸僖閎〔三〕，詛諸五父之衢。定六年，既逐陽虎及三桓，盟於周社，盟國人於亳社，詛諸五父之衢。」豭音加，俗作猳〔四〕。行音航。父音甫。**以詛爾斯。**詛，側助反。

七章乃直以義責之也〔五〕。我始與汝義同兄弟，兄吹壎而弟吹篪，言唱和以相應也。勢相次比〔六〕，如物在繩索之貫，言聯事合治也。汝豈誠不我知而譖我？汝若不譖

〔一〕葉校據《毛詩正義》卷十二之三，謂此句下當有「記者因以爲『作』，謬矣」一句，其義始全。
〔二〕「令神」二字，底本殘泐，據復本補。
〔三〕「盟」，底本殘泐，據復本補。
〔四〕「猳」，原作「豭」，據仁本、復本改。
〔五〕「七」，原作「六」，據仁本改。
〔六〕仁本校云：「『次比』倒，《箋》、疏並可證。」按，《鄭箋》及孔疏並云：「我與女俱爲王臣，其相比次，如物之在繩索之貫也。」

我，則出犬、豕、雞三物以盟詛，要之於神可也。蘇公之義直矣。

爲鬼爲蜮，或、域二音。○《傳》曰：「蜮，短狐也。」○疏曰：「《洪範五行傳》云：『蜮如鼈，三足，生於南越。南越婦人多淫，故其地多蜮。淫女或亂之氣所生也。』陸璣《疏》云：『一名射影，江淮水皆有之。人在岸上，影見水中，投人影則殺人[一]，故曰射影。南人將入水，先以瓦石投水中，令水濁，然後入。或曰：含沙射人皮肌，其瘡如疥。』是也。」**則不可得。有靦面目，**靦音腆。○《傳》曰：「靦，姡也。」姡音活。○疏曰：「孫炎云：『靦與姡皆面見人之貌也。』」○李氏曰：「後世用此句者以爲愧恥，非也。」**視人罔極。作此好歌，以極反側，**疏曰：「反側者[二]，翻覆不正直之意。」

本章峻辭責之，不復含隱也。言鬼無形而禍人，蜮潛伏沙中，射人之影，汝若是鬼是蜮，則我不得而見汝。汝亦人耳，靦然以面目與我相視無窮極，汝之譖我，何顏見我乎？我與汝同僚，有夙昔之好，而汝反覆傾側如此，故我作此歌，以究極汝反側之情狀也。暴公無所逃責矣。

[一] 下「人」，《毛詩正義》卷十二之三作「之」。

[二] 「反側」二字，底本殘泐，據復本補。

《何人斯》八章，章六句〔一〕。

《巷伯》〔二〕，刺幽王也。寺人傷於讒，故作是詩也。蘇氏曰：「巷伯，即寺人是也。」○曹氏曰：「《周官・寺人》：『王之正内五人，掌王之内人及女宫之戒令。』注云：『寺之言侍也。正内，路寢也。』侍王於路寢之内，蓋奄人也。巷，永巷也，内人之所居。伯，長也。其官爲寺人，而職長永巷，故寺人而稱巷伯焉。」

萋兮斐兮，萋音妻。斐音匪。○《傳》曰：「萋、斐，文章相錯也。」○曹氏曰：「萋如『卉木萋止』之萋，斐如『斐然成章』之斐。」**成是貝錦。**《傳》曰：「貝錦，錦文也。」○《箋》曰：「文如餘泉、餘蚳之貝文也。」蚳音遲。○疏曰：「《釋魚》説貝文狀云：『餘蚳，黄白文；餘泉，白黄文。』李巡云：『餘蚳貝甲黄爲質，白爲文彩。餘泉貝甲白爲質，黄爲文彩。』陸璣云：『貝，水蟲也，其文彩之異、大小之殊甚衆。古者貨貝是也。』」**彼譖人者，亦已大甚。**大音泰。

首章言讒人織成己罪也。錦文如貝，由萋兮斐兮，錯雜衆采，織而成之也。甚之者，

〔一〕「六」，原作「八」，據諸本改。
〔二〕按，《巷伯》一詩，底本殘泐嚴重，今全詩據復本替换配補。

言爲禍痛深，疾之之辭[一]。

哆兮侈兮，哆，昌者反。○《説文》曰：「哆，張口也。」○蘇氏曰：「哆、侈，皆張也。」**成是南箕。**《傳》曰：「南箕，箕星也。」○《箋》曰：「箕星踵狹而舌廣。」○疏曰：「二十八宿有箕星，無南箕，故曰南箕即箕星也。」○南箕，解見《大東》。**彼譖人者，誰適與謀？**《箋》曰：「適，往也。」

次章言所讒無實也。箕，東方之宿。考星者多驗於南方，故曰南箕。箕星以哆然侈然，其口張大而成其名耳。錦之萋斐，由人所織，故以喻人織成己之罪。箕星以其狀哆侈，本非箕而得箕之名，故以喻己之無事實而虚成其罪。若曰錦織已成，則實已爲錦，如己爲有罪之人，無可復言矣。若箕星名爲箕而實非箕，不難辨也。彼讒人者，誰往就汝謀乎？何爲以虚名無實之事加於我乎？○舊説以錦、箕作一體説，錦無本質，而爲人所織，箕是本狀哆侈，非人爲之，取義不同也。

緝緝翩翩，音篇。○《傳》曰：「緝緝，口舌聲。翩翩，往來貌。」○《説文》曰：「緝緝，績也。」**謀欲譖人。慎爾言也，謂爾不信。**

[一]「疾」，畲本作「絶」。

三章、四章述讒人情狀而戒之也。接續增益，緝緝然如女之績；往來輕飄，翩翩然如鳥之飛，相與經營，謀爲讒譖而已。爾讒人當謹慎其言，無專飾虛爲實。虛言無實，有時而敗露，聽者將謂爾不足信矣。

捷捷幡幡，音翻。○錢氏曰：「捷捷，利口貌。」○陳氏曰：「捷捷，儇利貌。幡幡，反覆貌。」**謀欲譖言。豈不爾受？既其女遷。**女音汝。

捷捷然儇利，幡幡然反覆，相與謀爲讒譖。上之人好聽讒，豈不信受汝之言乎？然汝能譖人，人亦能譖汝，其禍將遷及汝矣。

驕人好好，今曰：「好好，甚言其好也。」**勞人草草。**曹氏曰：「草草，苟活之言也[一]。」**蒼天蒼天，視彼驕人，矜此勞人。**

五章訴之於天也。譖人者得意而驕，好而又好也。被譖者失所而勞，草草忽遽也[二]。無可奈何而訴之於天，曰：天其監彼驕人之大甚，而矜閔此勞人之無辜乎？

彼譖人者，誰適與謀？朱氏曰：「甚嫉之，故重言之也。」**取彼譖人，投畀豺虎。**《說文》曰：「豺，

[一]「之」，仁本同，他本作「而」。

[二]「忽」，底本殘存文字同，味本、李本、姜本、顧本、畬本、授本、聽本、仁本作「忽」。

狼屬，狗聲。」**豺虎不食，投畀有北。**《傳》曰：「北方寒涼而不毛。」**有北不受，投畀有昊。**

六章疾惡讒人也。取彼讒人，投棄之以與豺虎。豺虎若不食，當投棄之北方寒涼之地，使凍殺之有北。有北若不受，當付與昊天制其罪。言讒譖之人，物所共惡，唯昊大能治之，必不容譖人使之得生以害人。惡之必欲其死，所謂「惡惡如《巷伯》」也。

楊園之道，《傳》曰：「楊園，園名。」**猗于畝丘。**猗音倚。○《傳》曰：「猗，加也。畝丘，丘名。」**寺人孟子，**疏曰：「寺人字孟子。」**作爲此詩。凡百君子，敬而聽之。**

木章警大臣，言讒將及之。楊園下地，以況卑人；畝丘高地，以況大臣。欲陵畝丘，則必道楊園，言將譖大臣，必始於卑人也。王氏曰：「讒人罔極，不獨譖己而已也，必將上及大臣骨肉，但先自己始也，故曰『凡百君子，敬而聽之』。」

《巷伯》七章，四章章四句，一章五句，一章八句，一章六句。

詩緝卷之二十二

嚴粲述

谷風之什　小雅

《谷風》，**刺幽王也。天下俗薄，朋友道絶焉。**

《伐木》之化行，則民德歸厚，故以俗薄道絶刺其上也。

習習谷風，解見《邶·谷風》。**維風及雨。**錢氏曰："人行于道，遇連續之風，又加以雨，喻事變之小。"○今曰："風雨及頽，皆喻恐懼。"**將恐將懼，**《箋》曰："將，且也。"**維予與女。**音汝。**將安將樂，**音洛。**汝轉棄予。**

興也。來自大谷之風，大風也，盛怒之風也。又習習然連續不斷，繼之以雨，喻遭變恐懼之時，猶後人以震風凌雨喻不安也〔一〕。當處變之時，且恐且懼，維予與女同其憂患，及得志之後〔二〕，且安且樂，女反棄我，交道薄矣。○舊説谷風爲生長，習習爲

〔一〕"不安"二字，底本殘泐，據復本補。
〔二〕"之後"二字，底本殘泐，據復本補。

和調〔一〕。今考二章言「維風及頽」，頽，暴風也，非和調之類。三章言草木萎死〔二〕，無生長之意，其説難通矣。

習習谷風，維風及頽。徒雷反。○曰：頽，風之從上而下者也。**將恐將懼，寘予于懷。**寘音至。○《箋》曰：「寘，置也。」**將安將樂，棄予如遺。**《箋》曰：「如人行道遺忘物，忽然不省存也。」

頽，暴風也，不斷之風，又加以暴風，喻事變益甚。恐懼之時，則置我於心而不忘；安樂之時，則棄我如遺物，不復省存也。○《釋天》云：「焚輪謂之頽，扶搖謂之猋。」郭璞云：「猋，暴風從下上也。頽，暴風從上下也。」《傳》以頽爲相扶而上，以猋釋頽，誤矣。

習習谷風，維山崔嵬。音摧桅。○崔嵬，解見《周・卷耳》。○《補傳》曰：「谷風迅暴甚矣，維山崔嵬獨存耳，喻亂之極。」**無草不死，無木不萎。**音威。○李氏曰：「萎，衰落也。」○錢氏曰：「草木皆萎死，喻事變之大。」**忘我大德，思我小怨。**

大風摧物，維戴土之石山，崔嵬獨存，而其山之草木，無不萎死矣，喻大患難也。此時

〔一〕「習爲」二字，底本殘泐，據復本補。
〔二〕「言」，底本殘泐，據復本補。

賴朋友以濟，今豈可忘我共患難之大德，而思我小怨乎？

《谷風》三章，章六句。

《蓼莪》，音六鵝。**刺幽王也。民人勞苦，孝子不得終養爾。**養音樣。○《箋》曰：「不得終養者，二親病亡之時，時在役所，不得見也。」○李氏曰：「歐陽氏以鄭説爲滯泥之甚，然觀此詩之言，『出則銜恤，入則靡至』，則是言孝子行役而喪親之所作也。」○朱氏曰：「晉王裒以父死非罪，每讀《詩》至『哀哀父母，生我劬勞』，未嘗不三復流涕，受業者爲廢此篇。《詩》之感人如此。」

孝子行役而喪其親，故寫其中心之哀，千載之下，讀之者猶感動也。

蓼蓼者莪，《傳》曰：「蓼蓼，長大貌。」○今曰：「『蓼彼蕭斯』。」○郭璞曰：「莪，莪蒿也，亦曰藁蒿。」○《菁菁者莪·傳》曰：「莪，蘿蒿也。」○《釋草》曰：「莪，蘿。」○陸璣曰：「生澤田漸洳之處，葉似邪蒿而細，科生，三月中莖可生食，又可蒸，香美，味頗似蔞蒿。」○山陰陸氏曰：「一名角蒿也。《字説》云：『莪以科生而俄，我俄而蔚直，蔚麤而莪細。』」**匪莪伊蒿，**呼毛反。○《釋草》曰：「蒿，菣。」菣，去刃反。○山陰陸氏曰：「《晏子》云：『蒿，草之高者也。』艾，治也。蒿，亂也。《莊子》云：『是其於辯也，將妄鑿垣牆而殖蓬蒿也。』蓬蒿以言穢亂。《管子》云：『嘉穀不生，而蓬蒿藜莠茂。』」**哀哀父母，生我劬勞。**《邶·凱風·傳》曰：「劬勞，病苦也。」

興也。始生爲莪，長大爲蒿。莪至蓼蓼然長大之時，則非莪矣，乃蒿也。其始爲莪猶可食，其後爲蒿則無用，喻父母生長我身，至于長大，乃是無用之惡子，不能終養也。此孝子自怨其身之辭也。與《凱風》言棘非美材，僅堪爲薪之意正同。哀傷乎父母生我，劬勞病苦，無以報之也。○《釋草》云：「蘩之醜，秋爲蒿。」釋云：「醜，類也。言蘩蕭蔚莪之類，春始生，氣味既異，故其名不同，至秋老成，則皆蒿也。」此説莪蒿甚明，以莪形蒿，莪美而蒿惡。莪始生，香美可食，至秋高大爲蒿，則麤惡不可食，故菁莪以喻人材，而蒿止爲鹿食也。舊以蒿爲青蒿，蒿類甚多，此泛言蒿耳，何知爲青蒿乎？

蓼蓼者莪，匪莪伊蔚。音尉。○曰：蔚，馬薪蒿也，蒿之尤麤大者也。○《釋草》曰：「蔚，牡菣。」○郭璞曰：「無子者，故云牡菣。」○陸璣曰：「三月始生，七月有花〔一〕，似胡麻花而紫赤。八月有角〔二〕，角似小豆角，鋭而長。一名馬薪蒿〔三〕。」○山陰陸氏曰：「蔚大於蒿。」**哀哀父母，生我勞瘁。**

詩人取義，多在首章，至次章則變韻以成歌。此舉蔚以言蒿之麤大耳，猶《王風·揚

〔一〕「有花」，仁本及《毛詩正義》卷十三之一作「花，花」。
〔二〕「有」，仁本及《毛詩正義》卷十三之一作「爲」。
〔三〕「薪」，原作「新」，味本同，據他本及《毛詩正義》卷十三之一引陸《疏》改。

之水》一章言戍申，二章、三章言戍甫、戍許，借甫、許以言申，止是戍申，不戍甫、許也。

缾之罄矣，缾音萍，《易·井卦》作瓶。罄音慶。○《傳》曰：「罄，盡也。」**維罍之恥。**罍音雷。○《傳》曰：「缾小而罍大。」○疏曰：「罍形似壺，大者受一斛。」**鮮民之生，**鮮上聲。○《傳》曰：「鮮，寡也。」○今曰：「單獨之民，謂無父母也。」**不如死之久矣。無父何怙？**胡之上濁。**無母何恃？出則銜恤，**《箋》曰：「恤，憂也。」**入則靡至。**《箋》曰：「靡，無也。」

缾以汲水，罍以盛水，缾小喻子，罍大喻父母。缾汲水以注於罍，猶子之養父母，缾罄竭則罍無所資，爲罍之恥，猶子窮困則貽親之羞也。故嘆父母既死，身爲單獨之民，雖生不如死之久矣。痛切之言也。無父何所依怙，無母何所倚恃，出則銜憂，抱終天之恨，入則靡至，無所歸投，故生不如死也。○《井卦》言羸其瓶，揚雄《酒箴》以鴟夷嘲瓶，柳子厚《瓶賦》以瓶嘲鴟夷，蓋鴟夷盛酒器，缾汲水器也。罍之用不一，《周禮》鬯人社壝用大罍，壝音位。則盛鬯也；司尊彝祠、禴、嘗、烝皆有罍，及《詩·卷耳》「酌彼金罍」，皆盛酒也；《儀禮》罍水在洗東，則盛水也。此以缾、罍並言，則指罍之盛水者。

父兮生我，《箋》曰：「本其氣也。」**母兮鞠我。**鞠音菊。○《傳》曰：「鞠，養也。」**拊我畜我，**拊音撫。畜，許六反。○長樂劉氏曰：「防其驚也，則拊之。」○朱氏曰：「畜，亦養也。」**長我育我。**長音掌。○《釋文》曰：「育，養也。」**顧我復我，**《箋》曰：「顧，旋視也。復，反覆也。」疏曰：「顧謂去之而反顧也。」○丘氏曰：「復，反覆不能暫捨也。」**出入腹我。**《箋》曰：「腹，懷抱也。」○疏曰：「謂置之懷抱也。」**欲報之德，昊天罔極。**罔極，解見《衛・氓》。

鞠、畜、育皆養也，所從言之異耳。父生母鞠，此總言我身是父母所生養，下乃詳言父母之恩勤也。拊，謂以手摩拊其首而防其驚，是初生之時。初生而言畜養，謂乳之也。長，謂養之稍長，則能就口食矣。稍長而言育養，謂哺之也。已而行戲於地，父母或去之，則回首以顧視之。復，謂顧之又顧，是反覆不能暫捨，愛之之至也。在家容其行戲，或自内而出外，或自外而入内，未可令其自行，則抱之於懷。此曲盡父母愛子之情也。父母之恩如此，欲報之以德，而父母之恩，如天之無窮，不知所以爲報也。今我不及報之，痛當奈何也！嗚呼，讀此詩而不感動者，非人子也！

南山烈烈，王氏曰：「南山之氣烈烈。」○今曰：「《四月・箋》云：『烈烈，猶栗烈。』『二之日栗烈』，寒氣也。」**飄風發發。**飄如字，從韻，本注音瓢。○飄風，解見《匪風》。○《傳》曰：「發發，疾貌。」**民莫不**

穀，《箋》曰：「穀，養也。」**我獨何害？**

孝子行役，念親之没，瞻南山之烈烈，感飄風之發發，觸目皆悲傷也。故嘆民莫不得以養其父母，我獨何爲遭此害，而不得終養乎？

南山律律，王氏曰：「律律，崒嵂之謂也〔一〕。」崒，在律反。嵂音律。**飄風弗弗。**陳氏曰：「弗弗，動貌。」**民莫不穀，我獨不卒。**子恤反。○《箋》曰：「卒，終也。不得終養父母，重自哀傷。」

《蓼莪》六章，四章章四句，二章章八句。

《大東》，刺亂也。東國困於役而傷於財，譚大夫作是詩以告病焉。《箋》曰：「譚國在東。魯莊公十年，齊師滅譚。」杜元凱云：「在濟南平陵縣西南。」○疏曰：「譚大夫雖自爲己怨，而王政大經偏東，非譚獨然，故言東以廣之。」

有饛簋飧，音蒙宄孫。○《傳》曰：「饛，滿簋貌。」○疏曰：「禮之通例，皆簠盛稻粱，簋盛黍稷。」○《傳》曰：「飧，熟食，謂黍稷也。」○曹氏曰：「人旦則食飯，夕則食飧，蓋以水澆飯。」**有捄棘匕。**捄音求。匕音比。○《傳》曰：「捄，長貌。匕，所以載鼎實。棘，赤心也。」○疏曰：「《雜記》云：『匕用桑，長三尺。』鼎實，

〔一〕「嵂」，原作「律」，據薈本、仁本、李本及王安石《詩經新義》（程元敏輯本）改。

煮肉也。古之祭祀，享食必體解，其肉之胖既大，故須以匕載之。載謂出之於鼎，升之於俎也。棘木赤心，吉禮用棘。《雜記》言用桑者，謂喪祭也。」胖音判，牲之半體。**周道如砥，**音紙。○疏曰：「砥謂礪石，言其平也。《禹貢》云：『礪砥砮丹〔一〕。』」○今曰：「《禹貢》注：『砥細於礪，皆磨石也。』」**其直如矢。君子所履，小人所視。睠言顧之，**睠音眷。○《傳》曰：「睠，反顧也。」○解見《皇矣》。**潸焉出涕。**潸音删。涕音體。○《傳》曰：「潸，涕下貌。」

興之不兼比者也。周之盛時，侯國富足，其簋中之飧，饛然而滿，其鼎有棘木之匕，捄然而長。此由周道如礪石之平，如箭之直，言賦役均也。其在上君子，則履行之，不敢違異以過取；其在下小人，則瞻視之，莫不仰望而依賴。此事在上世已往矣，今回首反顧之，爲之潸然出涕，傷今不如古也。

小東大東，今曰：「小東大東，止言小國大國之在東者。」**杼柚其空。**杼，除之上濁。柚音逐。○曹氏曰：「杼，梭也。」○《説文》曰：「杼，持緯者。」○董氏曰：「柚，卷織者。」○朱氏曰：「柚，受經者。」**糾糾葛屨，**糾音九。○解見《魏·葛屨》。**可以履霜。佻佻公子，**佻音挑。○朱氏曰：「佻佻，輕薄不耐勞苦之貌。」**行彼周行。**今從毛《鹿鳴》音，如字，舊音航。○朱氏曰：「周行，大路也。」○周行，有考，見《卷

〔一〕「丹」，原作「舟」，據諸本及《毛詩正義》卷十三之一改。

耳〉。**既往既來，使我心疚。**音救。○《箋》曰：「疚，病也。」言小國大國之在東者，其杼柚皆空矣，窮乏之甚。有服弊壞之屨，以繩糾纏之，糾而復糾，以履霜者，乃佻佻然不耐勞苦之公子，服之以行彼大路也。公子服弊屨以履霜，餘人可知矣。奔走道路，往而復來，曾無休息，不勝其勞，使我心憂而疚病也。

有冽氿泉，冽音列。氿音宄。○《傳》曰：「冽，寒意也。」○有考，見《曹·下泉》。○《釋水》曰：「氿泉穴出。穴出，仄出也[一]。」注云：「從傍出也。」**無浸穫薪。**穫音鑊。○《傳》曰：「穫，刈也。」**契契寤歎，**契音棄，徐音挈。○《傳》曰：「契契，憂苦也。」**哀我憚人。**憚，多之去，徐音但。○《傳》曰：「憚，勞也。」**薪是穫薪，尚可載也。哀我憚人，亦可息也。**

興也。穫薪以供爨，必暴而乾之，然後可用。若浸之於寒冽之泉，則濕腐而不可爨矣。喻民當撫恤之，然後可用，若困之以暴虐之政，則窮悴而不能勝矣。故我契契然憂苦，寐而寤覺之時，爲之嗟歎，哀憐我東國勞苦之人也。此薪既穫刈以爲薪，久浸

[一]「仄」，原作「反」，據仁本、復本及《爾雅注疏》卷七改。

則濕腐可惜，及今尚可載以歸而暴之，可哀此勞苦之人，亦可少休息之也。

東人之子，朱氏曰：「東人，諸侯之人也。」**職勞不來。**音賚。○《箋》曰：「職，主也。」○朱氏曰：「專主也。」○《傳》曰：「來，勤也。」○疏曰：「以不被勞來爲不見勤，《采薇·序》云：『《杕杜》以勤歸。』」**西人之子，**《傳》曰：「西人，京師人也。」**粲粲衣服。**《傳》曰：「粲粲，鮮盛貌。」**舟人之子，熊羆是裘。私人之子，**《傳》曰：「私人，私家人也。」○疏曰：「謂本無官職，卑賤之屬，非家臣也。」○今曰：「《崧高》『遷其私人』爲家臣，與此別。」**百僚是試。**《傳》曰：「試，用也。」**或以其酒，不以其漿。鞙鞙佩璲，**鞙，玄之上濁。璲音遂。○《傳》曰：「鞙鞙，玉貌。璲，瑞也。」○《箋》曰：「以瑞玉爲佩。」○疏曰：「禮以玉爲瑞信，其官謂之典瑞。此瑞正謂所佩之玉〔一〕。」**不以其長。**

東國之人，專主爲勞苦，而曾不被慰來，以下國供賦役爲當然，不矜念之也。西周之人，方粲粲然鮮盛其衣服，至於操舟者之子，亦以熊羆爲裘，私家賤人之子，亦皆試用而爲官僚。且東人困悴，雖貴者猶葛屨以履霜；而西人逸樂，雖賤者皆美服厚禄。言不均也。賤人既爲官僚，我東人行役至周，以其用事而致賂焉。或有饋之以酒者，

〔一〕「正」，原作「玉」，據仁本、復本及《毛詩正義》卷十三之一改。

彼不報之以漿。酒猶禮之薄，至贈之以鞙鞙然之佩瑞，可謂厚矣，亦不待之以長遠，暫時相悦，旋復相背。言東西之人，不唯勞逸貧富之不均，我東人於西人，又往往禮之而不見答。怨之深矣。

維天有漢，《傳》曰：「漢，天河也。」○解見《雲漢》。**監亦有光。**監去聲。○《箋》曰：「監，視也。」**跂彼織女，**跂音棄，徐音起，韻亦作企。○《傳》曰：「跂，隅貌。」○疏曰：「織女三星鼎足，望之跂然而成三角。」**終日七襄。**《箋》曰：「襄，駕也。駕謂更其肆也。從旦至暮七辰，辰一移，因謂之七襄。」○今曰：「《鄭・大叔于田》云『兩服上襄』。」**雖則七襄，不成報章。**《傳》曰：「不能反報成章也。」○疏曰：「織之用緯，一來一去，是反報成章。今織女之星駕，則有西無東。」**睆彼牽牛，**睆，還之上濁。○《傳》曰：「睆，明星貌。」○《釋天》曰：「河鼓謂之牽牛[一]。」○疏曰：「《爾雅》以河鼓、牽牛爲一星，李巡、孫炎以爲二星，不知其同異。」**不以服箱。**《傳》曰：「箱，大車之箱也。」○疏曰：「大車謂平地載任之車。兩較之間謂之箱，《甫田》云『乃求萬斯箱』，《書傳》云『長幾充箱』，是車內容物之處。」較音角，謂車兩傍，解見《衛・淇奧》。○丘氏曰：「服箱，猶言駕車也。」**東有啓明，西有長庚。**《傳》曰：「日旦出，謂明星爲啓明；日既入，謂明星爲長庚。庚，續也。」○《箋》曰：「啓明、長庚皆有助日之名，而無實光也。」○疏曰：「啓

〔一〕「河」，仁本作「何」。下同。葉校云：「並作『河』，用《正義》本也；仁壽館本並作『何』，用《釋文》本也。」

明、長庚〔一〕，或一星出東西而異名，或二者别星，未能審也。」○李氏曰：「啓明，即是太白也。長庚，不知是何星。毛氏云：『只是一星。』故後世多用之，亦以長庚爲太白。李白字太白，白之生，母夢長庚星，因以爲名。韓退之詩云『太白配殘月』，蘇東坡詩亦云『長庚至曉猶陪月』，觀此則是以長庚爲太白也。鄭漁仲乃謂啓明金星，長庚水星，金在日西，故日將出則東見，水在日東，故日將没則西見。此詩曰『東有啓明，西有長庚』，則又似是二星，不得渾爲一也。不如待知天文者而問之。」**有捄天畢，**《傳》曰：「捄，畢貌。畢所以掩兔也。天畢，畢星也。」**載施之行。**音航。○《箋》曰：「行，列也。」

東人服役，夜行不息，仰見星漢而愬之於天，曰：維天有河漢，其監視我而有光也。我東國杼柚既空，無布帛可輸矣，但恐織女之星能織作，以助供賦耳。今織女三星跂然如隅，自卯至酉，凡歷七辰，每辰一駕，移而左旋，似於織矣，然織之用緯，一往一來，相反報而成章。織女之駕，徒左旋而不返，不能反報而成章也。我東國輸載疲矣，但恐牽牛之星能代我輸載耳。今睆然而明之牽牛，不能駕服大車之箱而輸物也。我東國營作勞矣，今東有啓明，西有長庚，虛言代日之光，實不能助日爲晝，照我夜作

〔一〕「長庚」，原無，據諸本補。按，「啓明長庚」爲嚴氏隱栝《毛詩正義》卷十三之一疏語，下文綜述二星，自當補「長庚」二字。

也。我東國供億竭矣，但恐天畢之星能爲我掩捕鳥獸，以助供億。今畢星捄然而長，徒施於二十八宿之行列而已。

維南有箕，朱氏曰：「箕星，夏秋之間見於南方。」**不可以簸揚。維北有斗，**曹氏曰：「斗七星。」○今曰：「斗七星，常見於北，故曰北斗。或以北斗爲二十八宿之斗[一]，非也。」**不可以挹酒漿。**挹音揖。○《傳》曰：「挹，㪺也。」㪺音拘。○《廣雅》曰：「酌也。」**維南有箕，載翕其舌。**《箋》曰：「翕猶引也。」○董氏曰：「箕四星，二爲踵，二爲舌。踵狹而舌廣，故曰翕。」**維北有斗，西柄之揭。**音挈。○董氏曰：「斗，其方如斗，且有柄垂而下揭，故曰揭。」

箕星見於南方，徒有箕之名，不可以簸揚糠粃而輸粟也；北方有斗星，徒有斗之名，不可以挹酒漿而供飲也。我力竭矣，而天不能助我，供億何所從出哉？箕翕引其舌，若有所噬，而我東國實無物可噬，箕亦徒翕其舌而已；斗西揭其柄，若挹取於東，而我東國實無物可挹，斗亦徒揭其西柄而已。始言民力已竭止，恐自天而降耳，猶言大雨鬼輸也。終言罄盡無物，雖天神下取，亦徒然耳，甚言其窮空也，此所謂「告病」

[一]「北」，原作「此」，據諸本改。

之辭。○此詩其作於秋乎？露漸爲霜，雲漢分明，斗指西，箕在南，皆秋時也。時唯畢未見，因言星及之耳。

《大東》舊七章，章八句。諸家分章不同，今作六章，四章章八句，二章章十二句。

《四月》，大夫刺幽王也。在位貪殘，下國構禍，構，古候反。**怨亂並興焉。**

此詩憂世之亂，《韓詩》止以爲歎征役，未盡詩意。

四月維夏，六月徂暑。李氏曰：「夏之四月，六月也。」○《傳》曰：「徂，往也。」**先祖匪人，胡寧忍予？**

此大夫夏初即有南國之役，至于歲莫，歷三時之久而未得歸，故序其始末，以爲發端之辭。言夏暑時也，四月雖未甚熱，已是夏矣，豈可行役乎？我以是月行役，至六月徂暑之時，一夏冒涉暑途，勞苦甚矣。怨而無所歸咎，曰：我先祖非人乎？何寧忍使我至此極也？怨刺之深如此，非止爲行役也，下章見之。

秋日凄凄〔一〕，音妻。○朱氏曰：「秋日、冬日，猶云秋時、冬時也。」○《傳》曰：「凄凄，涼風也。」○凄凄，考見《邶·緑衣》。**百卉具腓。**卉音諱，韻又音毁。腓音肥。○《傳》曰：「卉，草也。腓，病也。」○《箋》曰：「具，猶皆也。」**亂離瘼矣，**瘼音莫。○丘氏曰：「離，離散也。」○《傳》曰：「瘼，病也。」**爰其適歸？**《詩記》曰：「爰，於也。」○朱氏曰：「爰，《家語》作奚。」○《傳》曰：「適，之也。」

自夏于役，既而暑往，今又轉而秋矣。當秋之日，凄凄然有寒涼之氣，百草皆被凋殘而腓病，因以興時政之虐而民皆病也。遭亂離之病，於何所適歸乎？謂今行役未得歸，然内外皆亂，不知何處是可歸之所也。味此詩，皆悽然憂亂之辭〔二〕，若止是行役之久，未遽至怨刺之深如此。

冬日烈烈，《箋》曰：「烈烈，猶栗烈也〔三〕。」**飄風發發。**飄如字，從韻書，本注音飄。見《蓼莪》。○《箋》曰：「發發，疾貌。」**民莫不穀，**《箋》曰：「穀，養也。」**我獨何害？**

行役之久，秋又轉而冬矣。冬時烈烈而寒，飄風又發發而疾，虐益甚矣。民莫不得遂

〔一〕「凄凄」，《毛詩正義》卷十三之一作「凄凄」。按，嚴氏於《邶風·緑衣》謂此爲寒涼之意，當從冰作「凄」。下同。
〔二〕「悽」，味本、李本、姜本、薈本、授本、聽本、仁本作「悽悽」，畬本、復本作「凄凄」。
〔三〕「箋曰烈烈猶栗烈也」八字，諸本無。

其安養，而我獨何以遭此害乎？言己被害尤甚也。

山有嘉卉，《箋》曰：「嘉，善也。」○錢氏曰：「卉，草也。通言之，則草木皆卉也。」○李氏曰：「《考工記》言天下之大獸五，脂者、膏者、臝者、羽者、鱗者，正猶此詩所謂嘉卉也。」**侯栗侯梅。**《箋》曰：「侯，維也。」**廢爲殘賊，莫知其尤。**《箋》曰：「尤，過也。」

山有嘉美之草木，是栗是梅也。今其山廢爲殘賊之地，言斫伐其本根，無復存留，其地荒矣，喻良民被殘賊至此，不知其何辜也。

相彼泉水，相去聲。○《箋》曰：「相，視也。」**載清載濁。**朱氏曰：「載，則也。」**我日構禍，**《箋》曰：「構，猶合集也。」○今曰：「合集，猶言結也。」**曷云能穀？**今曰：「穀，養也。與上文『民莫不穀』同。」

我視彼泉水，猶有時而清，有時而濁，今我國乃日日結禍，猶水之無清時也。行役之苦，又遭時亂，何由遂其生養乎？

滔滔江漢，滔音叨。○《傳》曰：「滔滔，大水貌。」**南國之紀。**朱氏曰：「綱紀也，謂經帶包絡之也。」**盡瘁以仕，**瘁音萃。○《箋》曰：「瘁，病也。」○今曰：「盡其勞瘁也。」**寧莫我有？**朱氏曰：「有，識有也〔一〕。」

此大夫行役，由西周至于南國，因感江漢之水，而惓惓不忘於君。言江漢之水，滔滔

〔一〕「朱氏曰有識有也」，諸本無。

盛大，爲南方之綱紀，衆水聯絡而歸之，猶王者爲天下之宗，臣子皆歸心也。今我盡瘁以從仕，而曾不有我，使我久役於外，不得朝見於王。此大夫在外思君之辭也。

匪鶉匪鳶，鶉音團，字或作鷻〔一〕。鳶音沿。○鶉，《傳》曰：「鶉，鵰也。」○李氏曰：「若以爲鶉鵲之鶉，則無戾天之理。」○疏曰：「鵰之大者又名鶚。孟康《漢書音義》云：『鶚，大鵰也。』」○山陰陸氏曰：「鵰能食草，似鷹而大，黑色，俗呼爲皂鵰，其飛上薄雲漢。」○鳶，曰：鳶，鴟也。解見《旱麓》。**翰飛戾天。匪鱣匪鮪，**鱣音旃。鮪音委。○鱣、鮪，解見《衛・碩人》。**潛逃于淵。**

我非如鶉鳶之能羽飛至天也，我非如鱣鮪之能潛逃于淵也。不能高飛深逝〔二〕，必不免於世患矣。

山有蕨薇，隰有杞桋。音夷，本亦作荑。○《傳》曰：「杞，枸檵也。」檵音計。○枸檵〔三〕，即枸杞〔四〕。三杞，考見《四牡》。○曹氏曰：「荑，茅始生也。」○今曰：「《邶・静女》『自牧歸荑』之荑，音題。」**君子作歌，維以告哀。**

〔一〕「鷻」，原作「鷙」，據薈本、聽本、仁本、復本改。

〔二〕「深」，諸本作「遠」。按，「深逝」即上文「鱣鮪之能潛逃于淵」之義。

〔三〕「枸」，畲本同，他本作「杞」。

〔四〕「杞」，畲本同，他本作「也」。

蕨、薇、杞、荑四物皆可食，承上章欲逃世患之意，思遁跡山林，采草木而食之，如伯夷食薇、四皓茹芝之意，作此詩歌，以訴其哀，其情迫矣。〇《釋木》雖有「栜，赤棟」之文，味此詩上下文意，與蕨、薇、杞並言，當作荑也。

《四月》八章，章四句。

《北山》，大夫刺幽王也。役使不均，己勞於從事，而不得養其父母焉。養音樣。〇李氏曰：「《北山》，大夫不當怨而怨，夫子不删之者，蓋所以刺幽王也。孔子云：『公則説。』人主苟有均平之心，則雖征役之重，不以爲怨。」〇《補傳》曰：「《大東》言賦之不均，《北山》言役之不均。」〇今曰：「《孟子》云：『是詩也，勞於王事而不得養父母也。』」

《後序》與《孟子》之言合。

陟彼北山，言采其杞。李氏曰：「杞，枸杞也。」〇三杞，考見《四牡》。**偕偕士子，**錢氏曰〔一〕：「偕偕，同也。士子，己之屬也。」**朝夕從事。王事靡盬，憂我父母。**

〔一〕「錢氏」，味本、李本、姜本、畬本、授本、聽本、復本作「箋」，薈本校云：「各本《毛詩箋》俱無此二語，疑此有誤。」仁本校云：「按《世本古義》引之，以爲嚴解，蓋『粲』誤『箋』。」按，當以勤有堂本作「錢氏曰」爲是。

行役而陟北山〔一〕，杞生可采矣。以王事不可不堅固，而貽親之憂，謂父母憂己行役之勞，感時物之變而思念父母也。

溥大之下，溥音普。○《傳》曰：「溥，大也。」**莫非王土**。**率土之濱**，音賓。○《傳》曰：「率，循也。濱，涯也。」○疏曰：「九州海環之濱〔二〕，是四畔近海之處。」**莫非王臣**。**大夫不均，我從事獨賢**。《傳》曰：「賢，勞也。」

溥大天下，皆王土也。循土地之岸濱，除海水在外，居其中者，皆王臣也。而於大夫不均平，使我從事獨賢勞也。

四牡彭彭，音棚。○《傳》曰：「彭彭然不得息。」○彭彭，考見《出車》。**王事傍傍**。音絣。○《傳》曰：「傍傍然不得已。」○今曰：「《鄭·清人》『駟介旁旁』，字異音義同。」**嘉我未老，鮮我方將**。鮮上聲。○《箋》曰：「鮮，善也。」○《傳》曰：「將，壯也。」**旅力方剛**，《傳》曰：「旅，衆也〔三〕。」**經營四方**。

〔一〕「行役」，味本、姜本、畬本、薈本、授本、聽本、復本作「役行」。

〔二〕「海環」，李本、姜本、畬本、薈本、授本、聽本、復本作「環海」。按，孔疏引鄒子語有「其外有瀛海環之」云云，嚴氏約而言之，作「海環」爲是。

〔三〕「也」下，畬本有：「朱氏曰：『旅，與膂同。』」

四牡彭彭然不得息，王事傍傍然不得已，其行役蓋甚勞矣。幸我未老而方壯，衆力方剛强，耳目聰明，手足輕捷，尚可以經營四方也，不然豈能當此勞苦乎？○《秦誓》「旅力既愆」，夏氏解云：「衆力，如目力、耳力、手足力也。」或説旅爲陳，如「陳力就列」之陳，然「陳力方剛」則不詞矣。

或燕燕居息，《傳》曰：「燕燕，安息貌。」**或盡瘁事國。**盡瘁，解見《四月》。○今曰：「事國，從事於國也。」**或息偃在牀，或不已于行。**

自此以下，皆言役使不均也。

或不知叫號，音豪。○《詩記》曰：「號，呼也。或深居安逸，雖外之叫呼，亦不知也。」**或慘慘劬勞。或棲遲偃仰，**棲音西。○李氏曰：「有棲遲於家而偃仰者。」**或王事鞅掌。**鞅，央之上。○《傳》曰：「鞅掌，失容也。」○疏曰：「《傳》以鞅掌爲煩勞之狀，鄭以鞅如馬鞅之鞅。掌，以手執物。」○《補傳》曰：「鞅掌，皆所以拘物，謂爲王事所拘也[一]。」

或湛樂飲酒，湛樂音耽洛。**或慘慘畏咎。或出入風議，**風音諷。○王氏曰：「出入風議，親信而優游也。」○曹氏曰：「風議則任口舌而已。」**或靡事不爲。**

[一]「爲」，原無，據畲本及范處義《詩補傳》卷二十補。

《北山》六章，三章章六句，三章章四句。

《無將大車》，大夫悔將小人也。《箋》曰：「幽王之時，小人衆多，賢者與之從事，反見譖害，自悔與小人並。」

無將大車，《箋》曰：「將，猶扶進也。」○疏曰：「大車，平地載任之車也，其車駕牛。」**祇自塵兮。**祇音支。○疏曰：「祇，適也。」**無思百憂，祇自疷兮。**疷音抵。○《傳》曰：「疷，病也。」

君子推輓小人，小人既進，則譖害於君子，如人推輓大車，大車既進，則塵汙於人，故君子悔之也。小人進而害君子，則可憂多端，不必更思之，是我自取其病，悔無及矣，猶今人言「勿復更說，是我誤也」。

無將大車，維塵冥冥。平、上二聲。○朱氏曰：「冥冥，昏晦也〔一〕。」**無思百憂，不出于熲。**扃之上。○朱氏曰：「熲，與耿同，小明也。」

塵冥冥，則爲塵所昏。可憂多端，不必更思之，終不能自明矣。

〔一〕「晦」，原作「悔」，據李本、畲本、薈本、仁本、復本及朱熹《詩集傳》卷十三改。

無將大車，維塵雝兮。雝音擁。○《箋》曰：「雝，猶蔽也。」**無思百憂，祇自重兮。**《箋》曰：「重，猶累也。」

塵雝蔽，則小人之勢盛矣，是其始將之之過也。可憂多端，不必更思之，是我自累也。

《無將大車》三章，章四句。

《小明》，大夫悔仕於亂世也。歐陽氏曰：「《大雅》『明明在下』，謂之《大明》；《小雅》『明明上天』，謂之《小明》，自是名篇者，偶爲志別爾。」

明明上天，照臨下土。我征徂西，至于艽野。艽音求。○《傳》曰：「艽野，遠荒之地。」○疏曰：「艽野，地名。」**二月初吉，**朱氏曰：「二月，建卯月也。」○《傳》曰：「初吉，朔日也。」○疏曰：「君子舉事尚早，故以朔爲吉。《周禮》正月之吉，亦朔日也。」**載離寒暑。**疏曰：「離，歷也。」**心之憂矣，其毒大苦。**大音泰。**念彼共人，**共音恭。○丘氏曰：「共人，謂温恭之人，指隱居不仕者也。」**涕零如雨。豈不懷歸？畏此罪罟。**音古。○《傳》曰：「罟，網也。」

此大夫征役，至于歲莫而未得歸，故呼天而訴之，曰：明明上天，照臨下土，願見察也。我征行徂往於西方，至于艽野，言其地之遠也。自二月朔日始行，離歷寒暑，言其時之久也。心憂愁而未得歸，其毒大苦矣。仕不得志，故悔其出仕。念彼温共之人，隱居不仕，優游自適，羨之而不可得，故涕零如雨之多也。豈不思歸乎？畏王以刑罪網罟我也。

昔我往矣，日月方除。音筯。○《傳》曰：「除，除陳生新也。」○疏曰：「上云『二月初吉』，故言『除陳生新』，謂二月也。」**曷云其還？**音旋。**歲聿云莫。**音暮。○歲莫，解見《唐・蟋蟀》。**念我獨兮，我事孔庶。**《箋》曰：「庶，衆也。」○朱氏曰：「身獨而事衆。」**心之憂矣，憚我不暇。**憚，多之去，徐音但。○《傳》曰：「憚，勞也。」**念彼共人，睠睠懷顧。**睠音眷。○睠，解見《皇矣》。**豈不懷歸？畏此譴怒。**

昔我往時，日月方除舊生新，二月初也。今何時可以還歸乎？歲已莫矣，而未得歸也。念我身獨而事衆，是以此心憂愁，勞憚在我而不遑暇也。念彼共人，睠睠然回首反顧，恨不得從之俱隱也。

昔我往矣，日月方奥。音彧。○《傳》曰：「奥，煖也。」○疏曰：「煖即春温，亦謂二月也。」**曷云其還？政事愈蹙。**音足。○《箋》曰：「愈，猶益也。」○《傳》曰：「蹙，促也。」**歲聿云莫，采蕭穫菽。**

蕭，解見《蓼蕭》。菽，解見《小宛》。**心之憂矣，自詒伊戚。**《箋》曰：「詒，遺也。」○《傳》曰：「戚，憂也。」**念彼共人，興言出宿。豈不懷歸？畏此反覆。**

我何時可以還歸乎？政事益以促急，未有可歸之期也。今歲莫而采蕭穫菽矣，歲窮則行人念歸也。我仕非其時，自遺此憂戚。念彼隱居之人，欲起而出宿於外，以往從之。我豈不思歸乎？然畏此反覆而不敢去也。反覆，謂幽王賞罰無常也。

嗟爾君子，無恒安處。恒音衡。處音杵。○《箋》曰：「恒，常也。」○恒，解見《天保》。**靖共爾位，**共音恭。○王氏曰：「靖，静也。」**正直是與。神之聽之，式穀以女。**音汝。○《箋》曰：「式，用也。」○丘氏曰：「穀，禄也[一]。」○朱氏曰：「以，猶與也。」

君子仕於亂世，凛凛畏罪，故悔而思歸，然其勢未可以去也，則惟敬共以聽天命而已。故告其同列曰：嗟爾君子，豈可憚於勤勞而欲常安處乎？但安靖恭敬其職，惟正直之道是與，則神聽女之所爲，將用福禄與汝矣，何憂於禍至哉？蓋以己之自處者，告其同志也。此欲去不得，而爲自寬之辭，亦以見君昏政亂，君子不能自保，唯覬神之

[一]「禄」下，姜本、薈本、授本、聽本、復本有「穀」字。

鑒之耳。

嗟爾君子，無恒安息。靖共爾位，好是正直。神之聽之，介爾景福。《箋》曰：「介，助也。」○《傳》曰：「景，大也。」

《小明》五章，三章章十二句，二章章六句。

《鼓鐘》，刺幽王也。

幽王爲流連之樂，而不知禍至之無日也。

鼓鐘將將，音鏘。○疏曰：「鼓，擊也。」○《補傳》曰：「將將〔一〕，聲之揚也。」**淮水湯湯，**音傷。○朱氏曰：「淮水出信陽軍桐柏山，至楚州漣水軍入海。」○《釋文》曰：「湯湯，流盛貌〔二〕。」**憂心且傷。淑人君子，**《箋》曰：「淑，善也。」**懷允不忘。**《箋》曰：「允，信也。」

古者作樂，必先擊鐘，所謂金奏也。今聞幽王擊鐘將將然，其聲之揚，乃在淮水湯湯然流盛之處。當時禍變將作，曾不覺悟，顧遠離京師，爲從流忘反之樂。詩人爲之寒

〔一〕「將將」，原作「將」，據畲本及范處義《詩補傳》卷二十改。

〔二〕「貌」，原作「也」，據諸本改。按，《沔水》「其流湯湯」，陸德明《經典釋文》卷六曰：「湯湯，失羊反，波流盛貌。」

心，憂而且傷，知禍之必不免也，傷其國之將亡，而思先王德澤之在人。故言善人君子，我懷思而允信之，不忘於心。周家以仁厚立國，故以善人君子稱其先王，且刺王之暴虐也。○説者以史無幽王東巡之事，遂謂淮水爲害，幽王作樂而不恤，其説亦通，然古事亦有不見於史而因經以見者，《詩》即史也。

鼓鐘喈喈，音皆。○《傳》曰：「喈喈，猶將將也。」**淮水湝湝**，音諧。○蘇氏曰：「湝湝，水流也。」**憂心且悲。淑人君子。其德不回。**朱氏曰：「回，邪也。」

今王爲流連之樂，非德之正也。

鼓鐘伐鼛，音高。○《傳》曰：「鼛，大鼓也。」○疏曰：「鼛，即臯也，古今字異耳。」○今曰：「《地官·鼓人》『以鼛鼓役事』，注云：『長丈二尺。』《冬官·韗人》云：『臯鼓長尋有四尺。』韗，況萬反，諸家並音運。」**淮有三洲**，疏曰：「水中可居曰洲。」○蘇氏曰：「言水落而洲見也。」**憂心且妯。**音抽。○《傳》曰：「妯，動也。」**淑人君子，其德不猶。**《傳》曰：「猶，若也。」

作樂當淮水之溢，至淮水之降，而洲見者三，言其久也，其流連亦甚矣。憂結於心，爲之妯動，念古之善人君子，其德不若是也。

鼓鐘欽欽，疏曰：「欽欽，亦鐘聲也。」○錢氏曰：「聲有節也。」**鼓瑟鼓琴**，瑟琴，解見《關雎》。**笙磬同**

音。笙，解見《鹿鳴》。○《詩記》曰：「《廣雅》云：『磬以石爲之。』」**以雅以南，**蘇氏曰：「雅，《二雅》也。南，《二南》也。」**以籥不僭。**音侵。○《箋》曰：「籥舞，文樂也。」○疏曰：「吹籥而舞也。《簡兮》『左手執籥，右手秉翟』，以翟，或謂之羽舞也。」○籥，解見《邶·簡兮》。○朱氏曰：「僭，亂也。」

先鼓其鐘，鐘聲欽欽然有節，又鼓瑟與琴，又吹其笙，擊其石磬，琴瑟在堂，笙磬在下，節奏齊同，言其和也。以奏《二雅》，以奏《二南》，以奏籥舞，皆不僭亂也。言樂非不善，而聽之者自憂傷之，以哀心感也。○鄭氏以雅爲萬舞，周樂尚武，故謂萬舞爲雅。雅，正也。今考周樂，無雅舞之名，毛氏以南爲南夷之樂，四方之樂，不應獨舉南也。

《鼓鐘》四章，章五句。

《楚茨》，音慈。**刺幽王也。政煩賦重，田萊多荒，**萊音來。○疏曰：「《周禮》以田易者爲萊，若使時無苛政，則所廢年滿亦當墾之。今乃與不易之田，並不藝種，故言多荒也〔一〕。」○李氏曰：「萊者，廢田也。《地官·遂人》：『田百畝，萊五十畝。』」**饑饉降喪，民卒流亡，**疏曰：「卒，盡

〔一〕「也」下，畬本下有：「按，田有一易再易，謂間一歲再歲而後種也。」

也。」**祭祀不饗，故君子思古焉。** 疏曰：「《信南山》言『曾孫田之』，《序》言不能脩成王之業，是曾孫爲成王矣。《甫田》《大田》皆言曾孫，則所陳古皆成王也。此經無曾孫之言，而周之盛王致太平者，莫過成王，則此思古者，亦思成王也。」

《楚茨》《信南山》《甫田》《大田》四篇，唯《楚茨》首章二句言當時所見，餘皆全述古事，形容其田野脩治，年穀豐穰，祭祀禮樂之備，燕飲威儀之美，言之反覆而不厭者，蓋詩人遐想太平之盛，田家之樂，惆悵羨慕，恨不生乎其時，所以傷今而思古也。《補傳》曰：「四詩非有《序》以發之，人以爲正雅矣。」

楚楚者茨， 錢氏曰：「楚楚，繁鮮貌。」○《箋》曰：「茨，蒺藜也。」○解見《鄘·牆有茨》。**言抽其棘。** 抽音瘳。○朱氏曰：「抽，謂其條抽發。」○《補傳》曰：「棘，荆棘也。」**自昔何爲？我蓺黍與與，** 音餘。○《箋》曰：「與與，蕃廡貌[一]。」○錢氏曰：「和柔貌。」**我稷翼翼。** 錢氏曰：「翼翼，整齊貌。」○翼翼，考見《采薇》。**我倉既盈，我庾維億。** 庾音愈。○《傳》曰：「露積曰庾。」○疏曰：「庾是

〔一〕「廡」，原作「無」，味本同，李本作「盛」，姜本、畬本、授本、聽本、仁本、復本作「蕪」，據薈本及《毛詩正義》卷十三之二改。

未入倉，《周語》云：『野有庾積。』」○億，考見《魏・伐檀》。**以爲酒食，以享以祀，**《箋》曰：「享，獻也[一]。」**以妥以侑，**妥，拖之上。侑音又。○《傳》曰：「妥，安坐也。侑，勸也。」○今曰：「以妥，謂拜尸使安坐也。」○疏曰：「《郊特牲》云：『舉斝角，詔妥尸。』注云：『妥，安坐也。』尸始入，舉奠斝若奠角，將祭之，祝則詔主人拜安尸[二]，使之坐。尸即至尊之坐，或時不自安[三]，則以拜安之。』是又迎尸使處神坐也。」○《詩記》曰：「《少牢饋食禮》：『尸升筵，祝、主人皆拜，妥尸。尸答拜，遂坐。尸告飽，祝侑曰：「皇尸未實，侑。」尸又食。主人不言，拜侑，尸又三飯。』注：『祝言而不拜，主人不言而拜，親疏之宜。』」**以介景福。**《箋》曰：「介，助也。」

首章傷今思古，述古者先成民，而後致力於神也。詩人感田野荒蕪，言今有楚楚然繁鮮之蒺藜，與枝條抽發之荆棘者，此自昔何爲之地乎？乃我蓺種黍稷之地也。昔時我所種之黍，與與然茂盛，所種之稷，翼翼然整齊。及其收也，我倉既盈，無所藏之，則露積爲庾，其數至億，言其多也。成民如此，然後致力於神，以爲酒食，以獻享，以

[一]「箋曰享獻也」五字，諸本無。

[二]按，「安尸」，諸本及《毛詩正義》卷十三之二皆作「安尸」，而《禮記正義》卷二十六作「妥尸」，下「則以拜安之」亦作「則以拜妥之」。

[三]「不自」，原作「自不」，據李本、畲本、薈本及《毛詩正義》卷十三之二改。

祭祀，以妥尸，謂迎尸於室，拜而妥安之，使處神坐也。以侑尸，謂勸皇尸之飽也。凡此所以助大福也。以昔日豐穰之樂如此，而今爲茨棘之場，是可傷而思也。○經有二棘，「吹彼棘心」「園有棘」，酸棗也，解見《邶・凱風》。此詩以棘配茨，及《青蠅》以棘爲樊，非彼酸棗也。舊不指爲何物。今案《釋草》云：「茦，刺。」茦音策。郭璞云：「草刺針也。」釋云：「《方言》：『凡草木刺人，北燕、朝鮮之間謂之茦，自關而西謂之刺，江、湘之間謂之棘。』」

濟濟蹌蹌，濟，隮之上。蹌音鏘。○《傳》曰：「濟濟蹌蹌，言有容也。」○疏曰：「《曲禮》云：『大夫濟濟，士蹌蹌。』是有容也。祭祀之禮，主人自愨而趨，其賓客則有容儀。」趨音促。○錢氏曰：「大夫、士從君牽牲之容也。」**絜爾牛羊，以往烝嘗。**《箋》曰：「冬祭曰烝，秋祭曰嘗。」**或剥或亨**，音烹。○《箋》曰：「有解剥其皮者〔一〕，有煮熟之者。」○疏曰：「《天官・内饔》云：『凡宗廟之祭祀，掌割亨之事。』則解剥其肉〔二〕，是内饔也。《天官・亨人》云：『掌供鼎鑊，以給水火之齊，職外内饔之爨亨煮。』則煮熟之者，是亨人

〔一〕「剥」，原作「割」，據薈本、授本、聽本、仁本、復本及《毛詩正義》卷十三之二改。按，本章章指「或解剥其皮者」句，亦可證。

〔二〕「剥」，原作「割」，據薈本及《毛詩正義》卷十三之二改。

也。」齊音劑。**或肆或將。**肆音四。○《傳》曰：「肆，陳也。」○《箋》曰：「有肆其骨體於俎者，有奉持而進之者。」○疏曰：「《天官・外饔》：『掌外祭祀之割亨，供其脯、脩、刑、膴，陳其鼎俎，實之牲體。』則肆其骨體於俎，是外饔也。《大司徒》云：『祀五帝，奉牛牲，羞其肆，享先王亦如之。』又《夏官・小子職》云：『掌祭祀，羞羊肆羊殽肉豆。』則奉持進之，是司徒、小子之類也。」膴音呼。刑，鉶羹也。膴，大臠，所以祭也。肆音剔，注：「豚解也。」**祝祭于祊。**音綳。○曰：「此正祭之祊，在廟内也。若繹祭之祊，則在廟門外。」○《箋》曰：「孝子不知神之所在，故使祝博求之平生門内之旁，待賓客之處。」○疏曰：「祊謂廟門也。知門内者，以正祭之禮，不宜出廟門也。而《郊特牲》云：『直祭祝於主。』注云：『直，正也，謂薦熟時也。祭以熟爲正。』又曰：『索祭祝于祊。』注云：『廟門外曰祊。』彼祊對正祭，是明日之名。《禮器》云：『爲祊於外。』以明日之繹，故皆在門外，與此不同。此祊，廟門之名，其内得有待賓客之處者。《聘禮》《公食大夫》皆行事於廟，其待之迎於大門之内，則天子之禮焉。」**祀事孔明。**朱氏曰：「明，猶著也。」**先祖是皇，**《傳》曰：「皇，大也。」**神保是饗。**《傳》曰：「保，安也。」○朱氏曰：「神保，鬼神之嘉號，《楚辭》云：『思靈保兮賢姱。』蓋古語也。」姱音誇，叶韻音户。○今曰：「《楚辭》言『神安於賢姱』，謂附巫身也。」**孝孫有慶，**長樂劉氏曰：「孝孫，謂天子也。」○今曰：「《序》疏云『思古者，謂成王』，則孔當以孝孫爲成王。」**報以介福，**疏曰：「介，大也。」**萬壽無疆。**

次章述古人助祭之敬謹，而神福之也。助祭之臣，濟濟蹌蹌然有容儀，以從君牽牲，乃絜其所祀之牛羊，以往爲冬烝秋嘗之祭。或解剥其皮者，或亨煮之者，或肆陳其骨體於俎者，或奉持而進之者。孝子不知神之所在，故使祝求之於祊，謂廟門内平生待賓客之處也。祀禮於是甚明著，謂致孝則存，致慤則著也。夫然，故先祖於是美大之，神保歆饗之，而孝孫有慶矣。神報以介大之福，萬壽無疆也。

執爨踖踖，爨音竄。踖音戚，韻音迹。○《傳》曰：「爨，饔爨、廩爨也。」○疏曰：「祭祀之禮，饔爨以煮肉，廩爨以炊米。《少牢》云：饔爨在門東南，北上。廩爨在饔爨之北。踖踖，敬謹也。」**爲俎孔碩，**丘氏曰：「謂載牲體於俎。」**或燔或炙。**燔音煩。炙音隻。○《箋》曰：「燔，燔肉也。炙，肝炙也〔一〕。燔肉炙肝，皆從獻之俎也。」○疏曰：「《特牲》云：『主人獻尸，賓長以肝從。主婦獻尸，兄弟以燔從。』彼燔與此燔同，則彼肝與此炙同，故云肝炙也。燔者，火燒之名。炙者，遠火之稱，以難熟者近火，易熟者遠之。」**君婦莫莫。**音麥。○《箋》曰：「君婦，謂后也。」○《傳》曰：「莫莫，言清静而敬也。」○疏曰：「《九嬪》『贊后薦徹豆籩』，是后主供籩豆。由后能清静篤敬，故能爲豆甚多。若簡躁不恭，則不能也。」**爲豆孔庶。**《傳》曰：「豆，謂内羞、庶羞也。」○疏曰：「《有司徹》云：『宰夫羞房中之羞，司士羞庶羞。』注云：『房中之羞，其籩則糗餌粉餈，其豆則酏食糝食。庶羞，羊臐豕膮，皆有胾醢。房中之羞，内羞也。彼大夫賓尸尚有二羞，明天

〔一〕「肝炙」，原作「炙肝」，據味本、薈本及《毛詩正義》卷十三之二改。下孔疏「故云肝炙也」句並據改。

子之正祭有二羞矣。天子庶羞百有二十品，庶，衆多也。』」餌音二。餈音茨。酏音移。臐音勳。膮音曉。鄭玄注云：「羊曰臐，豕曰膮，皆美香之名。」**爲賓爲客**，曹氏曰：「祭終有燕賓之禮，不可以不豫備也。」**獻醻交錯**。《箋》曰：「始主人酌賓爲獻，賓既酢主人〔一〕，主人又自飲酌賓曰醻。至旅而爵，交錯以偏〔二〕。」**禮儀卒度**，如字。○《箋》曰：「卒，盡也。」○《傳》曰：「度，法度也。」**笑語卒獲**。《箋》曰：「古者於旅也語。」○朱氏曰：「獲，得其宜也。」**神保是格**，《傳》曰：「格，來也。」**報以介福，萬壽攸酢**。《傳》曰：「酢，報也。」

三章述祭祀俎豆之盛而神福之也。執爨之人，踖踖然敬謹，其爲俎實之牲體甚大，或燔其肉，或炙其肝，皆從獻之俎也。九嬪贊后薦徹豆籩，是后主供籩豆，莫莫然清静而敬謹，故爲内羞、庶羞之豆甚多。既以豆獻尸，又將與賓客相醻獻，皆豫備之也。其禮儀盡合法度，於旅也語，其笑語盡得其宜也。鬼神來格，報以多福，而又萬壽以報之也。○《漢·藝文志》言秦燔滅文章，顔氏注云：「燔，燒也。」然則燔是近火燒之，如今之燒肉，火焰所及也。此詩「或燔」無《傳》，《瓠葉·傳》云：「加火曰燔。」

〔一〕「酢」，授本、仁本、復本及《毛詩正義》卷十三之二作「酌」。
〔二〕「偏」下，畬本下有：「○毛氏曰：『東西爲交，邪行爲錯。』」

疏以爲加置於火上，是燔燒之。《生民・傳》云〔一〕：「傅火曰燔。」疏以爲加火燒之。文雖小異，爲燔燒一也。此詩「或炙」無《傳》，《瓠葉・傳》云：「炕火曰炙。」疏以爲炕，舉也，以物貫之而舉於火上以炙之，是炙爲遠火也。傅音附。炕，苦浪反。○《詩記》曰：「爲俎孔碩，謂薦熟也；或燔或炙，謂從獻也。鄭氏以爲一事，誤矣。燔肉與炙肝，豈得謂之孔碩乎？」

我孔熯矣，熯音罕，又然之上。○《說文》曰：「熯，乾貌。」○今曰：「《中谷有蓷》『暵其乾矣』，熯、暵同。」○陳氏曰：「《左傳》云：『外彊中乾。』馬勞如是，人亦如之，久勞而乾竭。」**式禮莫愆。**董氏曰：「式，用也。」**工祝致告，**《傳》曰：「善於其事曰工〔二〕。」**徂賚孝孫。**《箋》曰：「徂，往也。」○《傳》曰〔三〕：「賚，予也。」**苾芬孝祀，**苾音弼，又蒲結反。芬音紛。○《釋文》曰：「苾芬，馨香也。」**神嗜飲食。**嗜音視。**卜爾百福，**錢氏曰：「卜，前知也。」○今曰：「《天保》：『君曰卜爾。』」**如幾如式。**幾音機。○曹氏曰：「幾者，吉之先見也。式者，有常式，其所當得也。」**既齊既稷，**疏曰：「王肅云：『齊，整也。』」○《傳》曰：「稷，疾也。」**既匡既敕。**疏曰：「王肅云：『匡，誠正也。』」○蘇氏曰：「敕，戒也。」**永錫爾極，**陳氏曰：

〔一〕「生」上，姜本、薈本、授本、畲本、聽本、李本、復本有「大雅」二字。

〔二〕「於」，薈本及《毛詩正義》卷十三之二無。

〔三〕「○傳曰」，原無，據薈本補。薈本校云：「刊本脫『傳曰』二字，據《詩毛傳》增。」

「極，中也。中者，五福之所聚。」**時萬時億。**四章述飲福之事也。我祭祀甚勞，筋力既竭，而用禮皆無愆過，異於跛倚臨祭矣。於是工善之祝，致神意以告主人，謂致嘏辭也。因以所嘏之物往予之，謂飲福受胙也。此由孝孫飲食，苾芬馨香，以之孝敬享祀，故神歆饗爾之飲食，予以百種之福，使如幾之先見，使如式之有常。爾之祭祀既整齊，既稷疾，既誠正，既戒勑，故錫爾以中其福，至於時萬時億之多也。不言「錫福」而曰「錫極」者，詩人祝君以福多，言致福之本，人君能建其有極，則五福備矣。「錫」云者，猶曰天誘其衷也。疏曰：「《少牢》嘏辭云：『皇尸命工祝，承致多福無疆，于汝孝孫，來汝孝孫，使汝受祿于天，宜稼于田，眉壽萬年，勿替引之。』是大夫之嘏辭也。天子嘏辭，無以言之。此『永錫爾極，時萬時億』，是其辭之略。」

禮儀既備，鐘鼓既戒。《箋》曰：「戒諸在廟中者，以祭禮畢。」○錢氏曰：「爲尸出，當奏《肆夏》也。」**孝孫徂位，**《箋》曰：「徂位〔一〕，孝孫往位堂下西面位也〔二〕。」**工祝致告。**《傳》曰：「告利成也。」○《詩記》曰：「《少牢》注云：『利，猶養也。成，畢也。言孝子之養禮畢。』」○疏曰：「《特牲》告利

〔一〕「徂位」，畬本及《毛詩正義》卷十三之二無。葉校云：「此或嚴所增，《詩記》引《箋》亦有『徂位』二字。」

〔二〕「位」，原作「立」，據薈本、仁本、復本及《毛詩正義》卷十三之二改。

成，即云『尸謖祝前，主人降』；《少牢》祝告利成，即云『祝入尸謖，主人降』，此二者皆祝告主人以利成，是致尸意也。孝子之事尸，有尊親及賓客之義，命當由尊者出，讓當從賓客來。禮畢，義由於尸，非主人所當先發。」謖音縮，起也。**神具醉止，**《箋》曰：「具，皆也。」○疏曰：「所祭羣廟，非止一神也。」**皇尸載起。**《傳》曰：「皇，大也。」○朱氏曰：「尊稱之也。」○《箋》曰：「載，則也。」**鼓鐘送尸，**疏曰：「鳴鼓鐘以送尸，謂奏《肆夏》也。」○今曰：「《大司樂》：『尸出入，奏《肆夏》。』」**神保聿歸。諸宰君婦，廢徹不遲。**徹音轍。○《箋》曰：「廢，去也。尸出而可徹，諸宰徹去諸饌，君婦籩豆而已。」○錢氏曰：「諸宰，膳夫及其屬也。膳夫徹王之胙俎，其餘則其屬徹之。」**諸父兄弟，備言燕私。**《傳》曰：「燕而盡其私恩。」

五章述祭畢將燕私之事也。禮儀既畢備矣，鐘鼓既戒，爲尸出當奏《肆夏》，預設以待之也。以祭禮畢，主祭孝孫復往堂下西面之位，工祝致告利成，致尸意，言養禮畢也。所祭羣廟，非止一神[一]，皆醉矣，皇尸則起而歸矣。鬼神無形，言其醉而歸者，誠敬之至，如見之也。鳴鼓鐘以送尸，謂奏《肆夏》也，先已戒之，至此乃奏之。尸，節神者也，神醉而尸謖，送尸而神歸。諸宰徹去諸饌，君婦徹去籩豆，皆敏疾而不遲，

[一]「神」上，諸本有「也」字，「神」從下讀。按，嚴氏上引孔疏「所祭羣廟，非止一神也」，故當以「一神」連讀爲是。

不以禮終而惰也。祭祀畢，歸賓客之俎，同姓則留與之宴，所以尊賓客，親骨肉也。樂具入奏，朱氏曰：「凡廟之制，前廟以奉神，後寢以藏衣冠。祭於廟而燕於寢，故於此將燕而祭時之樂，皆入奏於寢也。」以綏後禄。《傳》曰：「綏，安也。」爾殽既將，《傳》曰：「將，行也。」莫怨具慶。既醉既飽，小大稽首。稽音啓。○《箋》曰：「小大，猶長幼也。」○董氏曰：「稽首，謂頭拜至地也。」神嗜飲食，使君壽考。孔惠孔時，《箋》曰：「惠，順也。」○時，解見《魚麗》。維其盡之。子子孫孫，勿替引之。《傳》曰：「替，廢也。引，長也。」

六章述燕私之事也。祭時在廟，燕當在寢，故言祭時之樂，皆復來入於寢而奏之。且於祭既受禄矣，故以燕爲安受後禄也。爾殽既進，與燕之人，無有怨者，而皆歡慶。既已醉飽，小大長幼稽首曰：向者之祭，神既嗜君之飲食矣，是以使君壽考也。又言君之祭祀，甚順於禮，甚得其時，無所不盡。《祭統》所謂「外則盡物，内則盡志」也。子子孫孫，當不廢替而長行之，刺今之廢禮也。

《楚茨》六章，章十二句。

《信南山》，刺幽王也。不能脩成王之業，疆理天下，以奉禹功，故君子思古焉。疏曰：「言成王能疆界分理天下之田畝，使之勤稼，以奉行大禹之功，而幽王不能脩之，非責幽王令奉禹功也。」○長樂劉氏曰：「天下之土，昔爲水之所汩，而禹決九川，距四海，濬畎澮距川。暨稷奏庶艱食，粥成五服，至于五千，是田法成於禹稷，久矣。文武既有天下，而周公輔粥成王，廣五服爲九服，推后稷之法，以踐禹功，遂成畎澮於天下。疆理者，川自六鄉而距于海，路自荒服而達于畿之謂也。」

《楚茨》《信南山》一體之詩，《楚茨》先從傷今說起而後思古，《信南山》便從思古說起，即所以傷今。

信彼南山，董氏曰：「終南山也。」**維禹甸之。**甸，毛音奠，鄭音盛。○《傳》曰：「甸，治也。」○疏曰：「南山之旁，田野得成平田可種殖者，本禹治之。禹功實天下盡然，而獨言南山者，作者指一處以表之，其意通及天下也。」○李氏曰：「井田之法，實見於周，而乃以爲丘甸之法已見於夏后氏之世，何也？疏云：『《論語》說「禹盡力乎溝洫」，與《匠人》「井間有溝，成間有洫」同也；《益稷》「畎澮距川」，與《匠人》「同間有澮，專達于川」同也。是則丘甸之法，禹之所爲。《左傳》言「少康有田一成，有衆一旅」，則是十里爲成，非周之賦法也。』老蘇亦以謂井田之興，其始於唐虞之世，非唐虞之世，則周之世無以成。唐虞啓之，以至夏商之世，稍稍葺治，至周而大備。《孟子》云：『夏后氏五十而貢，殷人七十而助，周人百畝而徹，其實皆什一也。』以貢、助、徹皆本於什一。若非丘甸之法，何以能行什一之法也？」○今曰：「李氏據疏辨田制始虞夏，是矣。疏本申鄭氏丘乘之意，要之，言『禹甸治之』，則平水患，理溝洫，皆在其中矣，不必破甸爲乘也。《韓奕》亦云『維禹甸之』，不專言丘乘矣。」**畇畇原隰**〔一〕**，**上二字從田、從勻〔二〕，音如雲。○《傳》曰：「墾辟貌。」辟音闢。**曾孫田之。**《傳》曰：「曾孫，成王也。」○疏曰：「曾者，重也。自曾祖以至無窮，皆得稱曾孫。」○長樂劉氏曰：「周之後王，雖皆可稱曾孫，然唯成王爲尤盛。周家疆理之政，考之《周官》，皆至成王而詳備也。周人因暴君慢其經界，而思其先王疆理之政，捨成王其誰哉？姑從毛氏，以成王能脩后稷之政，故稱曾孫。」**我疆我理，**曹氏曰：「疆者，正其經界。」○蘇氏曰：「理者，分其土宜。」○今考王氏以理爲治其溝涂，但《緜》詩「迺疆迺理」之下，又言「迺宣迺畝」，宣爲宣道溝洫，則理不得爲治溝涂矣。**南東其畝。**《傳》曰：「或南或東。」○成二年《左傳》曰：「先王疆理天下物土之宜而布其利，故《詩》曰：『我疆我理，南東其畝。』今吾子疆理諸侯，而曰『盡東其畝』而已。唯吾子戎車是利，無顧土宜，無乃非先王之命也乎？」

首章述成王能奉禹功也。禹平治之功，不獨終南山，以終南在鎬京之南，周人朝夕所見，故舉終南言之。信乎彼南山之野，本禹所甸治也。禹功人所共推，故言「信」，確辭也。禹功固信矣，然井田之制，至周始備，故此原隰之間，畇畇然墾闢者，又曾孫成

〔一〕「畇畇」，原作「昀昀」，據李本、姜本、薈本、聽本、仁本、復本及《毛詩正義》卷十三之二改。下同。

〔二〕「勻」，原作「勺」，據李本、姜本、薈本、聽本、仁本、復本改。

王井牧之以成田也。不稱成王而稱曾孫者，周之田制，非一世所成，自后稷以來，世世積累，至成王而後備，故繫之后稷而稱曾孫，謂能繼后稷之緒也。疆之則正其經界，理之則分其土宜，或南其畝，或東其畝，順地勢及水之所趨也〔一〕。

上天同雲，《釋天》曰〔二〕：「冬爲上天。」○朱氏曰：「同雲，雲一色也，將雪之候如此。」**雨雪雰雰。**雨音諭。雰音芬。○今曰：「雰雰，雪下貌。」**益之以霢霂，**音脉木。○《釋天》曰：「小雨謂之霢霂。」○李氏曰：「杜詩云『潤物細無聲』，亦是小雨也。」**既優既渥。**優音憂。渥音握。○蘇氏《瞻卬解》曰：「優，多也。」○今曰：「渥，浹洽也。」**既霑既足，**疏曰：「霑潤也，豐足也。」**生我百穀。**

次章述天時之和也。雪爲豐年之兆，冬將雪，則雲一色，雪乃雰雰而下。至春又益之以霢霂之小雨，既優而多，既渥而浹，既霑而潤，既足而豐，故得生我之衆穀也。

疆埸翼翼，埸音亦。○《傳》曰：「埸，畔也。」○錢氏曰：「翼翼，整齊也。」○翼翼，考見《采薇》。**黍稷彧彧。**音育。○《傳》曰：「彧彧，茂盛貌。」**曾孫之穡，**《伐檀·傳》曰：「斂之曰穡。」**以爲酒食。畀我尸賓，**畀音秘。○《箋曰》：「畀，予也。」○丘氏曰：「與尸，謂獻熟食，并酌齊獻尸是也；與

〔一〕「也」下，畬本有小字：「長樂劉氏曰：『其遂東入于溝，則其畝南矣；其遂南入于溝，則其畝東矣。』」

〔二〕「天」，原作「文」，據畬本、仁本、復本及《爾雅注疏》卷六改。

賓，謂助祭之賓酌齊獻尸，尸因酌以酢賓，并祭末燕同姓於燕寢是也。此祭始終用酒食之事。」齊音劑。

壽考萬年。

三章述秋成祭饗之事也。田以井制，各有疆界場畔，翼翼然整齊，其黍稷彧彧然茂盛，農民喜悦，歸恩於君，以爲皆吾君之穡，謂秋毫皆君賜也。以此黍稷爲酒食而祭祀，畀我尸與賓，則吾君得壽考萬年之福。此年豐民樂，祝頌其君之辭。

中田有廬，音閭。○《箋》曰：「田中農人作廬，以便其田事。」○疏曰：「古者宅在都邑，田於外野，農時則出而就田，須有廬舍。」○《詩記》曰：「《後漢》注：『《春秋井田記》：「人受田百畝，公田十畝。廬舍在内，貴人也；公田次之，重公也；私田在外，賤私也。」』」○丘氏曰：「公田百畝，内除二十畝，爲八家治田之廬。」○董氏曰：「井九百畝，其中爲公田，八家每家廬舍二畝半[一]。」**疆場有瓜。**疏曰：「偏檢書傳，未見君子税民瓜以共祭祀者，故《地官·場人》：『掌國之場圃，而植之果蓏珍異之物[二]，以時斂而藏之。凡祭祀、賓客，共其果蓏瓜瓠之屬。』《郊特牲》云：『天子植瓜華[三]，不斂藏之種。』是則天子之瓜，自令有司供之，不税於民。」蓏，羅之上聲。**是剥是菹，**剥音駁。菹音租。○曹氏曰：「菹，淹菜也。」○今曰：「是

[一]「家」，原無，據《吕氏家塾讀詩記》卷二十二引董氏説補。仁本校云：「『每』『廬』間，《詩記》有『家』字。」

[二]「植」，《毛詩正義》卷十三之二及《周禮注疏》卷十六作「樹」。

[三]「植」，畲本及《毛詩正義》卷十三之二、《禮記正義》卷二十六作「樹」。

剥，謂以刀剥瓜，削治之也；是菹，謂以瓜爲菹，淹漬之也。」**獻之皇祖**。《箋》曰：「皇，君也。皇祖，先祖也。」**曾孫壽考，受天之祐**。音户。

四章形容民和之意也。農民於田中作廬，以便其田事，於畔上種瓜，瓜新熟，願獻於天子，俾剥而削治之，菹而淹漬之，以祭祀而獻皇祖，令君得壽考之福也。方其削治，未定爲菹，故言「是剥」；及已淹漬，知是爲菹，故言「是菹」。天子不賦民瓜，此言民喜時物之新，不忘君上，思欲獻之，野人美芹之意。民和而後神降之福也。

祭以清酒，丘氏曰：「清潔之酒。」**從以騂牡**。騂，息營反。○《傳》曰：「周尚赤也。」**享于祖考**，疏曰：「享，獻也。」**執其鸞刀**。《傳》曰：「刀有鸞者，言割中節也。」○疏曰〔一〕：「鸞，鈴也。刀環有鈴。《郊特牲》云：『割刀之用，而鸞刀之貴，貴其義也，聲和而後斷也。』」**以啓其毛**，《箋》曰：「毛以告純也。」○疏曰：「《郊特牲》云：『毛血告幽全之物，貴純之道也。』注云：『幽謂血也。』《楚語》觀射父云：『毛以示物。』韋昭云：『物，色也。』是毛以告純。」**取其血膋**。音聊。○《箋》曰：「血以告殺，膋以升臭。」○疏曰：「韋昭云：『明不因故也。』膋者，腸間脂也。以脂膏合之黍稷，實之蕭，乃以火燒之，合其馨香之氣，是

〔一〕「疏」上，味本、姜本、授本、聽本、仁本、復本有「傳」字。仁本校曰：「『傳疏』之傳，恐衍。」按，據《毛詩正義》卷十三之二，此正疏《傳》文，作「傳疏」亦不誤。

升臭也。《郊特牲》云：『取膟膋燔燎升首，報陽也。』《祭義》云：『卿大夫鸞刀以刲，取膟膋。』則此亦卿大夫也。」膟音律。刲音奎。

五章述祭祀割牲之事也。祭祀以清潔之酒，加以赤色之牲，乃令卿大夫執持其有鈴之刀，以開其牲之皮毛，以告純也。又取其血以告殺，取其脂膋以升臭也〔一〕。○「清酒」二出，《箋》以《旱麓》「清酒既載」爲三酒之清酒，以此詩「祭以清酒」爲非三酒之清酒，此詩之清謂玄酒也，酒謂鬱鬯五齊三酒也。疏謂載則盛之尊中，可言三酒之清酒，祭神三酒〔二〕，乃諸臣之所酢，不用之以獻神。故此詩清酒，非三酒之清酒。要之，詩人言清酒，皆謂清潔之酒，猶《鳧鷖》言「爾酒既清」，《烈祖》「既載清酤」，鄭氏好以禮説《詩》，率多牽强，失詩人平易之旨。此因「祭」字而爲異説耳。○《祭義》云：「祭之日，君牽牲，既入廟中，麗于碑。卿大夫袒，而毛牛尚耳。」注云：「麗，猶繫也。毛牛尚耳，以耳毛爲上也。」王氏及長樂劉氏以爲王執鸞刀以親殺，與《祭義》異。

〔一〕「脂」，畬本作「膟」。
〔二〕「神」，畬本作「以」。

是烝是享，《傳》曰：「烝，進也。」○今曰：「烝畀祖妣，不必以爲烝嘗之烝。」**苾苾芬芬。**苾音弼，又蒲結反。**祀事孔明，先祖是皇。**疏曰：「皇，美大之。」**報以介福，**疏曰：「介，大也。」**萬壽無疆。**

末章述祭祀受福也。是進是獻，苾苾芬芬，香氣上達也，祀禮於是則甚明著也。先祖於是美大之，報以大福，而使之萬壽無疆也。李氏曰：「數詩辭雖不同，其意則一，皆是言福禄之報，本於祭祀，又本於黍稷也。張文潛云：『受莫大之福，而其君有安寧壽考之樂。此天下之至美，極治之際也，而其本出於倉廩之盈、原隰之治、田廬之脩。蓋衣食不足於下，則禮樂不備於上，禮樂廢則亂隨之而起，惟田事備而衣食豐〔一〕，衣食豐而禮樂備，禮樂備而和平興，和平興而人君有福禄壽考之盛〔二〕。此詩人深探其本，要其終，而言之序如此也。』此説盡之矣。」

《信南山》六章，章六句。

〔一〕「備」，淵本作「作」，薈本、畬本作「修」，與段昌武《毛詩集解》卷二十一所引張文潛語同。按，張文潛（即張耒）《張右史文集》卷五十二《詩雜説》正作「備」。

〔二〕「福禄」，原作「禮樂」，味本、仁本同，於文義不通，姜本、薈本、授本、畬本、聽本、李本、復本作「安寧」。仁本校云：「『禮樂壽考』，一本作『安寧壽考』，《集解》作『福禄壽考』。」按，張文潛此語，諸家所引各異，李樗《毛詩集解》卷二十七引作「福禄」，段昌武《毛詩集解》卷二十一引作「安樂」，何楷《詩經世本古義》卷十引作「安寧」。今按，張文潛《張右史文集》卷五十二《詩雜説》正作「福禄」，據改。

詩緝卷之二十三

嚴粲述

甫田之什　小雅

《甫田》，刺幽王也。君子傷今而思古焉。 疏曰：「思成王。」

《甫田》述徹法興甿、秋報春祈及省耕倉箱之事。

倬彼甫田， 倬音卓。○《桑柔·箋》曰：「倬，明大貌。」○《傳》曰：「明貌。甫田，謂天下田也。」○今曰：「倬訓明大，此詩無大意，故止爲明。」○曹氏曰：「言其事顯然也。」○疏曰：「甫，大也。甫者，廣大言之〔一〕，故爲天下田也〔二〕。」**歲取十千。** 今曰：「謂什一也，百取十焉，萬取千焉。」**我取其陳，** 朱氏曰：「陳，舊粟也。」**食我農人。** 食音嗣。○今曰：「我，農人自我也。」**自古有年，今適南畝。** 疏曰：「今成王之時，其萬民適南畝之内。」○南畝，解見《七月》。**或耘或耔，** 耘音云。耔音子。○《傳》曰：「耘，除草也。耔，雝本也。」○疏曰：「《前漢·食貨志》云：『后稷始甽田，以二耜爲耦，廣尺深尺曰甽，長終畮。一

〔一〕「甫者廣大言之」，《毛詩正義》卷十四之一作「以言大田」。

〔二〕「故」下，《毛詩正義》卷十四之一有「謂」字。

晦三甽，一夫三百甽，而播種於甽中。苗葉以上〔一〕，稍耨壠草，因隤其土，以附苗根。比盛暑〔二〕，壠盡而根深，能風與旱，故薿薿而盛也。』附根，即此雝本也。」甽亦作畎。晦，古畝字也。耨，鉏也。隤音頽，謂下之也。能讀曰耐。**黍稷薿薿。**音擬。○朱氏曰：「薿薿，茂盛貌。」**攸介攸止，**王氏曰：「介，助也。止，息也。」**烝我髦士。**《傳》曰：「烝，進也。髦，俊也。」

首章述什一之賦及興甿之事也。幽王政繁賦重，故詩人思古者什一之法，言先王之時，倬然明著於彼天下之田，每歲百取其十，萬取其千而已。十者百之一，千者萬之一，其事至顯，而幽王不察，何也？一夫受田百畝，故少計之，則百畝取其十。萬者，數之盈，故多計之，則萬畝取其千，皆什一也。上無過取，故下有餘粟，農人皆取其陳舊之粟以自養，見農有餘粟。自古以來，歲事常豐也。言「食我農人」者，農人自我也。農足於食，故樂於耕。今農民皆適南畝，或耘以去草，或耔以雝本，其黍稷薿薿然茂盛，乃介以相助之，止以休息之。又烝進其髦俊之士也。「今」，指成王之時，則「自古」者，前乎此矣。周之徹法，自公劉始，世世守之也。周自上世以來，徹法行而

〔一〕仁本校云：「『苗』『葉』間，《漢志》有『生』字。」

〔二〕「盛暑」，《毛詩正義》卷十四之一作「成」。仁本校云：「『盛暑』二字，《漢志》同，今疏作『成』。」

民富，頻年屢豐，至成王太平極盛之時，農民樂業，又進其秀民之能爲士者，民生斯時，何其幸耶！ 此羨慕之辭，傷今不然而思古也。《詩記》曰：「古者士出於農，而工商不與焉。管仲云：『農之子恒爲農，野處而不暱，其秀民之能爲士者，必足賴也。』秀民，即詩所謂髦士也。」○毛以爲十千言多，其説太泛。 鄭以十千畝爲一成萬畝之税，又啓紛紛之辯。 什一，天下之中正，十千者，謂什一之法，猶《孟子》「千取百焉，萬取千焉」之意耳。○舊説又以「我取其陳，食我農人」爲上之人取以食之，此以文害辭也。《七月》「采荼薪樗，食我農夫」，豈亦上之人復爲農夫采荼薪樗乎？ 二文句法一同，皆農人自我也。 古者藏富於民，家給人足，豈待上之人一一遺之食耶？ 雖補助之法不廢，而不給不足者亦寡矣。○或以「今適南畝」爲成王，今從《箋》疏，以爲農民。 第三章「曾孫來止」，方言成王省耕也。 其「攸介攸止，烝我髦士」，若鄉大夫興其賢者能者，遂大夫帥其吏而興甿，皆有司之事也。

以我齊明，齊音資。○《傳》曰：「器實曰齊，在器曰盛。」○疏曰：「器實曰齊，指穀體也；在器曰盛，據已盛於器也。」○朱氏曰：「齊與粢同，《曲禮》云：『稷曰明粢。』此言齊明，便文以協韻耳。」**與我犧羊。**犧音僖。○《箋》曰：「色純曰犧。」**以社以方，**《傳》曰：「社，后土也。方，迎四方氣於郊也。」○疏曰：「鄭

《駁異義》以爲社者，五土之神能生萬物者，以古之有大功者配之。《祭法》云：『共工氏之霸九州也，其子曰后土，能平九州，故祀以爲社。』昭二十九年《左傳》云：『共工氏有子曰句龍，爲后土。』后土，土官之名也。死以爲社，社而祭之，故曰句龍爲后土，後轉爲社，故世人謂社爲后土。后土者，地之大名也。僖十五年《左傳》云：『履后土而戴皇天。』指謂地爲后土也。句龍職主土地，故謂其官爲后土。《中庸》郊、社相對，郊是天，則社是地。言迎四方之神於郊者，《下曲禮》云：『天子祭四方，歲徧。』注云：『祭四方，謂祭五官之神於四郊。句芒在東，祝融后土在南，蓐收在西，玄冥在北。』是也。實五官而云四郊者，火、土俱在南，其火、土倶祀黎，故《鄭志》答趙商云：『后土轉爲社，無復代者，故先師之説黎兼之，亦因火、土位在南。』又《大宗伯》注云：『五祀者，五官之神在四郊，四時迎五行之氣於郊，而祭五德之帝，亦食此神焉。少昊氏之子曰重，爲句芒，食於木；該爲蓐收，食於金；脩及熙爲玄冥，食於水；顓頊氏之子曰黎，爲祝融、后土，食於火、土。』是黎兼二祀也。《曲禮》言『歲徧』，此祀在秋而并言四方，蓋常祀歲徧，此秋成報功則總祭，故并言四方也。」句音鉤。**我田既臧。**《箋》曰：「臧，善也。」**農夫之慶，琴瑟擊鼓。**《箋》曰：「《周禮》云：『凡國祈年于田祖，龡《豳雅》，擊土鼓，以樂田畯。』」○疏曰：「《春官·籥章》文也。彼注云：『《豳雅》，《七月》也。杜子春云：土鼓以瓦爲匡，以革爲兩面，可擊也。』」**以御田祖，**御音迓。○《箋》曰：「御，迎也。」○《傳》曰：「田祖，先嗇也。」○疏曰：「《郊特牲》注云：『先嗇，若神農。』《春官·籥章》注云：『田祖，始耕田者，謂神農。』始教造田，謂之田祖；先爲稼穡，謂之先嗇；神其農業，謂之神農，名殊而實同也。」**以祈甘雨。**疏曰：「以長物則爲甘，害物則爲苦。」○曹氏曰：「甘，猶美也。」**以介我稷黍，**《箋》曰：「介，助也。」**以穀**

我士女。《箋》曰："穀，養也。"

二章述秋報春祈之事也。以我明潔之齊穀，與我純色之羊，秋祭土神之社，與迎四方氣於郊。由我田盡善，農夫喜慶之故，謂民和年豐，而後致力於神也。至明年春，又以琴瑟及擊土鼓，以迎田祖神農而祭之，以求長物之甘雨，以介助我稷黍，以穀養我士與女，欲續豐年於無窮也。

曾孫來止，《箋》曰："曾孫，成王也。"○解見《信南山》。**以其婦子。饁彼南畝，**饁音葉。**田畯至喜。**畯音俊。二句解見《七月》。**攘其左右，**攘音瀼。○曹氏曰："攘，却也。"**嘗其旨否。禾易長畝，**易音異。○《傳》曰："易，治也。長畝，竟畝也。"○今曰："《論語》云：『喪與其易也，寧戚。』《孟子》曰：『易其田疇。』皆訓治也。"**終善且有。**朱氏曰："有，猶多也。"**曾孫不怒，農夫克敏。**《傳》曰："敏，疾也。"

三章述成王親省耕之事也。曾孫成王來田畝之時，農夫務事，使其婦子饁饋於南畝之中。於是田畯之官至而喜之，攘却其左右之從者，而親爲嘗其饁之旨否。言其上下相親之甚也。民盡力於田，故其禾易治，竟畝如一，預知其終善且有也。成王無所譴怒，而農夫自敏於田事，不待督趣之也。《詩記》曰："此章言省耕之時，王者在上，耕者在下，田畯往來其間，勸勞而撫摩之，熙然其若一家也。攘其左右，嘗其旨否，言其相親無間也。不曰喜而曰不怒者，若不敏於農則怒矣，蓋其喜怒欣戚，專在於農也。洛人稱張全義曰：『張公他無所好，見嘉穀大繭則喜爾。』正此意也。」

曾孫之稼，錢氏曰：「稼，禾也，謂未刈時也。」○今曰：「《伐檀·傳》云：『種之曰稼，斂之曰穡。』疏云：『若散則相通，此以稼對庾，先言稼後言庾，是稼爲在田未刈之禾，庾爲已刈未入倉而露積之禾也。《箋》以稼爲有藁之禾，且言「古之税法，近者納總」，總謂併禾稼納之。今不從。』」○《詩記》曰：「王土所生，莫非曾孫之稼。鄭氏以税言，陋矣。」**如茨如梁。**《箋》曰：「茨，屋蓋也。」○朱氏曰：「茨，言密比也。」○《傳》曰：「梁，車梁也。」○疏曰：「《墨子》稱『茅茨不剪』，謂以茅覆屋，故《箋》以茨爲屋蓋。《孟子》『輿梁』，謂水上横梁[一]，得容車渡[二]，則高廣者也。」○錢氏曰：「橋梁也。」○今考經有二茨，「牆有茨」「楚楚者茨」，皆爲蒺藜；此「如茨如梁」及《瞻彼洛矣》「福禄如茨」，爲蓋屋茅茨，非蒺藜也。**曾孫之庾**，音愈。○曰：庾，露積之禾也。解見《楚茨》。**如坻如京。**坻音遲。○坻，解見《秦·蒹葭》。○《傳》曰：「京，高丘也。」○京，解見《鄘·定之方中》。**乃求千斯倉，乃求萬斯箱。**朱氏曰：「箱，車箱也。」○解見

〔一〕「梁」，授本、聽本、仁本、復本及《毛詩正義》卷十四之一作「橋」。

〔二〕「渡」，原作「度」，據李本、顧本、授本、聽本、仁本、復本及《毛詩正義》卷十四之一改。

《大東》。**黍稷稻粱，**黍稷，解見《王·黍離》。稻粱，解見《唐·鴇羽》。**農夫之慶。**《詩記》曰：「執訊獲醜，戰士之慶也；黍稷稻粱，農夫之慶也。蓋農夫視黍稷稻粱之豐，以爲天下之美盡在此矣，不知其他也。」**報以介福，萬壽無疆。**

四章述豐年民樂祝君之事也。時和年豐，禾穀充積，農民喜悦，歸恩於君，以爲皆吾君之稼，吾君之庾，謂秋毫皆君賜也。未刈之禾曰稼，其稼在田，由高處視之，則稼在下而見其密，故如屋茅；由平處視之，則稼在上而見其高，故如橋梁。若使高處見其疏，平處見其低，則禾薄收矣。露積之禾曰庾，其庾在野，隨意堆積，有平而高者，如水中高地之坻，有卓絶而高者，如高丘之京。始言稼，則未刈也；繼言庾，則已刈而未入倉也。於是求千倉以貯之，求萬車箱以載之，此黍稷稻粱，無所不有，農夫之慶也。先治倉而後箱載以輸之，故先言倉，後言箱也。農夫喜慶，不忘君恩，祝君以福禄壽考也。

《甫田》四章，章十句。

《大田》，刺幽王也。言矜寡不能自存焉。矜音鰥。○疏曰：「《序》不言思古者，《楚茨》至此，文指相類，承上篇而略之也。」○《補傳》曰：「《大田》疑爲省斂而作，其間雖及田祖、興雨之祝，蓋備陳田間之事，所謂稺穧秉穗，皆省斂以助不給也。」

《大田》述耕種以至堅好，稺穧以惠寡婦，及省斂祭方之事。

大田多稼，今曰：「大田，猶甫田，謂天下田也。」○曹氏曰：「或宜高燥，或宜下濕，或利先種，或利後種。」**既種既戒。**種上聲。○疏曰：「種，擇其種也。」○《箋》曰：「《月令》季冬〔一〕，命農計耦耕事，脩耒耜，具田器，此之謂戒。」○朱氏曰：「戒，飭其具也。」**既備乃事，以我覃耜。**覃音掩。耜音似。○《傳》曰：「覃，利也。」○耜，解見《七月》。**俶載南畝，**俶音觸。載音再。○《釋文》曰〔二〕：「俶，始也。載，事也〔三〕。」○南畝，解見《七月》。**播厥百穀。既庭且碩，**《傳》曰：「庭，直也。」○《箋》曰：「碩，大也。」○曹氏曰：「苗生葉以上，皆條直而茂大。」**曾孫是若。**《箋》曰：「若，順也。」

一章述耕種之事也。天下之田廣大，其種不一，高下先後，各有所宜，故冬既擇其種，又戒飭其具，二者既已周備，乃可以從事於耕。至春則以我覃利之耜，始有事於南畝

〔一〕「月令」，《毛詩正義》卷十四之一無。
〔二〕「釋」，原作「説」，據舊本改。舊本校云：「刊本『釋』訛『説』，據《經典釋文》改。」
〔三〕「也」下，舊本有：「○王氏曰：『畝大抵以南爲正，故每曰南畝。』」

而耕之，既耕乃可以播種百穀。種既善，器又利，耕者致其力，種又及其時，故其生者既庭直而碩大，順曾孫成王之意。成王所重在穡事，而農民能順其意也。○或説「既備乃事」者，備其事也，亦通。但詩中「既順乃宣」「既登乃依」，皆二事也。

既方既皁，曹之上濁。○《箋》曰：「方，房也，謂孚甲始生而未合時也。」○疏曰：「謂米外之房，米生於中，若人之房舍也。孚者，米外之粟皮；甲者，以在米外若鎧甲[一]。」○今曰：「《生民·傳》：『一稃二米。』孚作稃。」○《傳》曰：「實未堅曰皁。」**既堅既好。**今曰：「禾雖已堅實，或大風所偃，或淫雨所腐，或早霜所殺之類，則損壞而不好。」**不稂不莠，**稂，郎、梁二音[二]。莠音酉。○《傳》曰：「稂，童粱也[三]。莠，似苗也。」○《釋文》曰：「童粱，草也。《説文》作蓈，禾粟之莠，生而不成者，謂之童蓈也。」○疏曰：「《仲虺之誥》云：『若苗之有莠，若粟之有秕。』秕似粟，莠似苗也。」秕音匕。**去其螟螣。**去上聲。螟螣音冥特。○《傳》曰：「食心曰螟，食葉曰螣。」○疏曰：「食禾心爲螟，言其姦冥冥難知也。食禾葉者，言假貸無厭，故曰蟘也。螣亦作蟘。」○陸璣曰：「螟似虸蚄而頭不赤。螣，蝗也。」虸蚄音子方。**及其蟊賊，**蟊音謀。

[一]「若」，原作「在」，味本同，據他本及《毛詩正義》卷十四之一改。

[二]「梁」，味本、薈本、授本、聽本、仁本、復本作「粱」。

[三]「粱」，原作「梁」，據諸本改。下同（本章章指中「粱」，顧本又誤作「梁」）。按，阮元《毛詩正義校勘記》云：「案，『粱』字是。」又，《曹風·下泉》「浸彼苞稂」，嚴氏引《毛傳》「稂，童粱也」，又作「粱」，是也。

○《傳》曰：「食根曰蟊，食節曰賊。」○疏曰：「食禾根者，言其税取萬民財貨，故云蟊也。或説云：『螻蛄也。』食禾節，言貪狠，故曰賊也。舊説螟、螣、蟊、賊，一種蟲也，如言寇賊姦宄，内外言之耳。故《犍爲文學》云：『此四種蟲，皆蝗也。』」螻蛄音婁姑。犍音虔。○陸璣曰：「賊，似桃李中蠹蟲，赤頭，長身而細耳。」**無害我田稺。** 音稚。○《説文》曰：「稺，幼禾也。」○今曰：「《閟宮》『稙稺菽麥』，《傳》云：『後種曰稺。』疏云：『後種後熟，以其遲晚，故幼稺也。』」**田祖有神，秉畀炎火。**《釋文》曰：「秉，執持也。畀，與也。」

二章述穀之生成無害，若有神相之也。既方而生孚甲矣，方則未成實；既皁而成實矣，皁則成實而未堅。既堅而成熟矣，既好而無損壞矣，無童粱之稂，無似苗之莠，去其食心之螟，食葉之螣，食根之蟊，食節之賊，無有害我田中幼稺之禾者，此田祖之神，持此盡燒絶之，故無遺種也。歸功於神，以爲若有以相之。

有渰萋萋， 渰音掩。萋音妻。○《傳》曰：「渰，雲興貌。」○長樂劉氏曰：「天將降雨，則地氣上騰，蒸爲濕潤，渰浸萬物。」○朱氏曰：「萋萋，盛貌。」**興雨祁祁。** 音岐。○《傳》曰：「祁祁，徐也。」○《箋》曰：「古者陰陽和，風雨時，其來祁祁然而不暴疾。」○王氏曰：「雲欲盛，盛則雨〔一〕，雨欲徐，徐則入土。」○今曰：

〔一〕「雨」上，淡本有「多」字。

「監本作祁。俗本作祈，誤也。《采蘩》『被之祁祁』，《七月》及《出車》『采蘩祁祁』，《韓奕》『祁祁如雲』，《玄鳥》『來假祁祁』，皆作祁。有考，見《七月》。」**雨我公田，**雨音諭。**遂及我私。**疏曰：「此雨本主爲雨公田耳，因遂及我之私田。」**彼有不穫穉，**穫音鑊。○長樂劉氏曰：「穉，謂穗之低小，刈穫之所不及者。」○今曰：「亦以穉禾其熟遲晚，未可刈也。」**此有不斂穧。**斂上聲。穧音劑。○疏曰：「穧，禾之鋪而未束者。」○長樂劉氏曰：「穧，謂刈而遺忘，束縛之所不及者。」**彼有遺秉，**疏曰：「秉，刈禾之把也。」○長樂劉氏曰：「秉，謂束而輂載之所不及者〔一〕。」**此有滯穗，**音遂。○疏曰：「滯穗，滯漏之禾穗也。」**伊寡婦之利。**

三章述民喜雨之意，及豐年惠及矜寡之事也。有渰然而興之雲，萋萋然盛，所謂天降時雨，山川出雲也。興雨祁祁然，安徐而不暴，所謂雨不破塊也。農民喜雨，歸功於君，謂此雨爲雨公田，因及我之私田，吾民皆蒙君之福也。及穀熟收刈之時，彼處有不穫刈之幼禾，此處有不收斂之鋪穧，彼處有遺餘之秉把，此處有滯漏之禾穗，維寡婦取之以爲利耳。長樂劉氏曰：「皆緣豐稔，農夫之力所不能盡取，而鰥寡享其遺利。」○朱氏曰：「此見其豐盛有餘而不盡取，又與鰥寡共之。蓋既足爲不費之惠，而亦不棄於地也。不然則粒米狼戾，不

〔一〕葉校云：「此『不及者』，《詩記》引劉説作『不盡者』。」

殆於輕視天物而慢棄之乎?」

曾孫來止,曹氏曰:「《甫田》所言,省耕時也;《大田》所言,省斂時也。」**以其婦子。饁彼南畝,田畯至喜。來方禋祀,**禋音因。○《詩記》曰:「《國語》内史過云:『精意以享禋也。』」**以其騂黑。**《傳》曰:「騂,牛也。黑,羊、豕也。」○《箋》曰:「陽祀用騂牲,陰祀用黝牲。」黝音酉。○疏曰:「毛以方、社連文〔一〕,同用太牢,故以黑爲羊、豕,通牛爲三牲也。《地官·牧人》云:『陽祀用騂牲,陰祀用黝牲。』陽祀,南郊及宗廟;陰祀,北郊及社稷。毛分騂、黑爲三牲〔二〕,鄭以騂、黑爲二色,故引《牧人》騂黝,以明騂黑爲別方之牲耳,非謂四方之祭在陽祀、陰祀之中也。」○《詩記》曰:「來南方則用騂牲,來北方則用黑牲,獨舉騂黑者,孔氏所謂略舉二方以爲韻句是也。」**與其黍稷。以享以祀,以介景福。**

四章述成王省斂而祭方也。曾孫成王來田畝之時,民皆以其婦之與子,饁饋於南畝之中。田畯之官至而喜之,成王所來之方,致其禋祀,以報農功之成,以其或赤或黑之牲,與其粢盛,以獻以祀,神饗之而報以大福也。

《大田》四章,二章章八句,二章章九句。

〔一〕「方」上,《毛詩正義》卷十四之二有「上篇」二字,指《甫田》「以社以方」句。

〔二〕「三」,原作「二」,據薈本、授本、聽本、仁本、復本及《毛詩正義》卷十四之二改。

《瞻彼洛矣》，刺幽王也。思古明王能爵命諸侯，賞善罰惡焉。

瞻彼洛矣，王氏曰：「洛水，東都之所在也。」○《詩記》曰：「《職方氏》：『河西曰雍州〔一〕，其浸渭、洛。』故《毛傳》以洛爲宗周之浸水，洛水雖出於京兆上洛西山，然其流尚微，此詩所謂洛，蓋指東都也。」**維水泱泱。**音央。○《傳》曰：「泱泱，深廣貌。」**君子至止，**朱氏曰：「君子，指天子也。」○《補傳》曰：「『六師』『萬年』之語，可爲王者之證。」**福禄如茨。**《箋》曰：「茨，屋蓋也，喻多。」○解見《甫田》。**韎韐有奭，**韎韐音昧閤。奭，興之入，字亦作赩。○《傳》曰：「韎韐，茅蒐染韋也〔二〕。一曰韎韐，所以代韠也。」○曰：茅蒐，茜也，即茹藘也。解見《鄭・東門之墠》。○疏曰：「韎韐是蔽膝之衣，合韋爲之，以茅蒐草染之。大夫以上，祭服謂之韍，士無韍名，謂之韎韐。《玉藻》云：『一命，緼韍黝珩。』則士亦名韍矣。彼注云：『子、男、大夫一命。』以子、男、大夫，故言韍耳。其實士正名韎韐〔三〕，《士冠禮》『爵弁服韎韐』，不言韍，是也。」奭，赤色。緼音温。黝音酉。○王氏曰：「《周官》凡有兵事，韋弁服。先儒以爲《左傳》所謂『韎韋之跗注』是也。」跗音夫。○今曰：「《采芑》：『路車有奭。』」**以作六師。**曹氏曰：「作而行之也。」

〔一〕「河」，仁本校云：「『河西』，今《周官》作『正西』。」阮元《毛詩正義校勘記》云：「浦鏜云：『「正」誤「河」。』」是也。」按，吕祖謙《吕氏家塾讀詩記》引《職方氏》作「河」，今仍其舊。

〔二〕「韋」，原作「草」，據《毛詩正義》卷十四之二改。阮元《毛詩正義校勘記》云：「草，當作韋。」

〔三〕「正」，原作「止」，據薈本、授本、聽本、復本及《毛詩正義》卷十四之二改。

洛爲東都，周未東遷之時，雖宅鎬京，而會諸侯則於東都，以四方道里均也。詩人瞻洛水之深廣，思昔天子至此朝會諸侯，其錫予之福禄，如屋蓋茅茨之多。若國有征伐之事，又使服韎韐之飾，其色奭然而赤，以作六師而行之。當是之時，朝覲會同，四海來假，爵賞征伐，自天子出，何其盛也。乃今泱泱之水猶昔也，而無向來之盛事矣，故傷而思之。

瞻彼洛矣，維水泱泱。君子至止，鞸琫有珌。鞸音丙。琫，必孔反，亦作鞛。珌音必。○《傳》曰：「鞸，容刀鞸也。琫，上飾。珌，下飾也。天子玉琫而珧珌，諸侯璗琫而璆珌，大夫鐐琫而鏐珌，士珕琫而珕珌。」珧音遥。璗，唐之上濁。璆音求，玉也。鐐音遼。鏐音留。珕音戾。○疏曰：「鞸，刀鞘也。《説文》云：『珧，蜃甲也。』《爾雅》云：『黄金謂之璗，其美者謂之鏐。』即紫磨金也。白金美者謂之鐐。珕，蜃屬而不及於蜃，用其甲以飾物。」鞘音笑，刀室也。○《公劉》疏曰：「桓二年《左傳》云：『藻、率、鞸、鞛、鞶、厲、游、纓，昭其數也。』」率音律。**君子萬年，保其家室。**

天子至此東都，有容刀以爲賜予之物。其容刀以鞸盛之，其上有琫之飾，下有珌之飾。天子能寵錫諸侯，宜萬年保其國家也。

瞻彼洛矣，維水泱泱。君子至止，福禄既同。曹氏曰：「言受福禄者均也。」○今曰：「《蓼蕭》《采菽》言『萬福攸同』，與此一也。」**君子萬年，保其家邦。**

《瞻彼洛矣》三章，章六句。

《裳裳者華》，刺幽王也。古之仕者世禄，小人在位，則讒諂並進，棄賢者之類，絶功臣之世焉。 疏曰：「古者有世禄，復有世位。世禄者，直食其先人之禄而不居其位。不賢尚當然，子若賢，則居父位矣。」○曹氏曰：「葵丘之盟，士無世官。禮稱大夫不世爵。《春秋》譏世卿。自卿大夫以至於士，皆不可世，所可世者，禄而已。」

裳裳者華， 曹氏曰：「《召南》云『何彼襛矣[一]，唐棣之華』，《説文》以襛爲衣厚貌，則所謂『裳裳者華』，亦當如衣裳之襛厚矣。」**其葉湑兮。** 湑，須之上。○錢氏曰：「湑，猶沃也，葉美如沃。」**我覯之子，** 覯，溝之去。○《箋》曰：「覯，見也。」○長樂劉氏曰：「之子，謂賢者功臣之子孫也。」**我心寫兮。** 寫，解見《蓼蕭》及《泉水》。**我心寫兮，是以有譽處兮。** 處音杵。○譽處，解見《蓼蕭》。

興也。此詩極言勳賢子孫之美，而惜其不用也。《常棣》以華鄂興兄弟，此詩以華葉興家世。裳裳襛厚之華，其葉又湑然潤澤，華葉上下相承，猶賢者前後相繼而榮顯

[一]「襛」，原作「穠」，據薈本、仁本改。下同。

也。我見是勳賢之子孫，我心爲之輸寫，愛其先人，喜其有後也。稱是子必有名位，蓋爲期望之辭，而刺幽王之棄絶也。

裳裳者華，芸其黄矣。《傳》曰：「芸，黄盛也。」○蘇氏曰：「色之正也〔一〕。」○今曰：「《老子》云：『夫物芸芸。』」**我覯之子，維其有章矣。**蘇氏曰：「章，文也。」**維其有章矣，是以有慶矣。**錢氏曰：「有慶，謂君寵錫之。」○今曰：「王制則有慶。」

是子文章之美，如華之盛，宜蒙君之寵錫，何爲棄絶之乎？

裳裳者華，或黄或白。丘氏曰：「取韻便也。」**我覯之子，乘其四駱。**音洛。○解見《四牡》。**乘其四駱，六轡沃若。**解見《皇皇者華》。

是子宜乘駟車，六轡沃然，榮耀于時，何爲落莫如此乎？

左之左之，君子宜之。《箋》曰：「君子，斥其先人也。」**右之右之，君子有之。維其有之，是以似之。**

既稱是子之美，因贊其先世。今人見有佳子弟，必曰是其前人所積，鍾慶於此也。言

〔一〕「正」，原作「上」，仁本校云：「諸解引蘇説，作『黄，色之正也』。」「上」蓋形近而訛，據改。

是子之先君子，材全德備，左之則無所不宜，右之則無所不有。有，謂所藴不竭也。惟其所有如此，是以子孫肖似之，然則幽王不唯棄材，且忘舊德矣。

《裳裳者華》四章，章六句。

《桑扈》，音户。**刺幽王也。君臣上下，動無禮文焉。**長樂劉氏曰："君臣，以言其朝廷也；上下，以言其風俗也。朝廷風俗之禮，而謂之文者，尊卑異位也，親疏異情也，長幼異序也，内外異宜也，往來異守也，動而相交，合而相紀，莫不成文而中於義理，序其品則曰人倫也，序其義則曰禮文也，朝廷所以綱天下之風俗，不可以一日無之也。"

交交桑扈，《箋》曰："交交，往來貌。"○曰：桑扈有二種，此色之竊脂者也。○解見《小宛》。**有鶯其羽。**《傳》曰："鶯然有文章。"**君子樂胥，**今曰："《箋》以君子指王者，朱氏以爲指諸侯，今以爲泛稱古之君臣。"○《雨無正·箋》曰："胥，相也。"**受天之祜。**胡之上濁。

此桑扈，色之竊脂者，交交然飛而往來，其羽有文章，鶯然可愛，喻君臣以禮文相接，粲然可觀也。胥，相也，一不獨立，二則爲文，交際相與，禮文行焉。而君子樂於相與，是好禮不倦，宜其受天之福也，刺幽王君臣不然。

交交桑扈，有鶯其領。《傳》曰：「領，頸也。」○長樂劉氏曰：「領，所以首出於身者，欲有作爲，未動其羽而先奮其領，文綵四張，鶯然可愛也。」**君子樂胥，萬邦之屏。**音丙。○曹氏曰：「屏塞門，所以蔽外也。」

禮者所以辨上下，正紀綱，誰敢侮之，宜足以屏蔽萬邦也。曹氏曰：「魯秉周禮，而齊不敢圖。何屏如之？有禮則安，無禮則危。秦襄公未能用周禮，則無以固其國。」

之屏之翰，《傳》曰〔一〕：「翰，榦也。」○解見《文王》「維周之楨」。**百辟爲憲。**《箋》曰：「辟，君也。」○《傳》曰：「憲，法也。」**不戢不難，**戢，簪之入。○《箋》曰：「戢，斂也。」**受福不那。**《傳》曰：「那，多也。」○今曰：「《商頌》：『猗與那與。』」

承上文之意，言君子能以禮爲國屏翰，則諸侯皆以之爲法而謹於禮矣。使其不自戢斂，不自畏難，則受福必不多矣。曹氏曰：「在泰而不能自戢，則放逸而無檢；在易而不知思難，則輕驕而生患。若是則福不盈眥，而禍隨其後矣。」眥音漬，又音劑。

兕觥其觩，兕，詞之上濁。觥音肱。觩音求。○《箋》曰：「兕觥，罰爵也。」○解見《卷耳》。○《詩記》曰：「兕觥，如《卷耳》罍、觥並陳，則不必指爲罰爵，如此詩則指爲罰爵也。」○朱氏曰：「觩，角上曲貌，《頌》

〔一〕「傳」上，原有「○」，衍，據李本、顧本、畲本、薈本刪。按，據體例此處不應有「○」。

作捄。」**旨酒思柔。彼交匪敖，**去聲。**萬福來求。**今曰：「萬福來求，猶『淮夷來求』言來求淮夷〔一〕，古人之語多倒。」

兕觥所以罰不敬者，觩然其角上曲，設之所以爲酒戒也。美酒，人所甘〔二〕，過則及亂〔三〕，常思温克，則兕觥設而不用矣。彼古人交際之間，無所敖慢，是來求多福也。言福備於我，在反而求之耳。

《桑扈》四章，章四句。

《鴛鴦》，音冤央。**刺幽王也。思古明王交於萬物有道，自奉養有節焉。**《箋》曰：「交於萬物有道，謂順其性，取之以時，不暴夭也。」○吕氏曰：「自《楚茨》至《鴛鴦》八篇，皆陳古以刺今也。」

鴛鴦于飛，《傳》曰：「鴛鴦，匹鳥。」○《箋》曰：「言其止則相耦，飛則爲雙。」○疏曰：「必待其長大能飛乃取之，不於幼小而暴夭也。」**畢之羅之。**疏曰：「《月令》云：『羅罔畢翳。』注云：『罔小而柄長謂之畢。』畢則執

〔一〕下「求」，味本缺，他本遂改上「求」爲「不」，作：「猶『淮夷來』不言來淮夷。」

〔二〕「甘」，原作「在」，據畲本、薈本改。薈本校云：「刊本『甘』訛『在』，今改。」顧本、李本作「好」。按，清顧廣譽《學詩詳説》卷二十一引嚴説作「嗜」。

〔三〕「及」，諸本作「反」。

以掩物。《釋器》云：『鳥罟謂之羅。』則張以待物。」**君子萬年，**《箋》曰：「君子，謂明王也。」**福禄宜之。**興之不兼比者也。先王之時，入澤設罻皆有時，殺胎覆巢皆有禁，合圍掩羣皆所不爲。故其民漸被仁政，皆有仁心。鴛鴦之鳥，待其長大能飛，乃執畢以掩之，有得有不得焉。又張羅以網之，待其自入，皆不盡物之意也。德及禽獸如此，宜其壽考而受福禄也。毛氏謂之興，孔氏謂「舉一物以興其餘」〔一〕，興之不兼比者也。長樂劉氏曰：「苟非禮樂刑政之洽于其民，而中和浹於風俗，則仁民恤物之道，其能及於是耶？是以舟車所至，人力所通，天之所覆，地之所載，日月所照，霜露所墜，凡有血氣者，莫不尊親，故曰配天。」

鴛鴦在梁，《詩記》曰：「橋梁、魚梁皆是，不必專以爲石絶水之梁。」**戢其左翼。**戢，簪之入。○《箋》曰：「戢，斂也。」○《白華·箋》曰：「斂左翼者，謂右掩左也。鳥之雌雄不可别者，以翼右掩左，雄；左掩右，雌。」○疏曰：「舉其雄者而言耳。」○《解頤新語》曰：「或云：禽鳥並棲，一正一倒，戢其左翼，以相依於内，舒其右翼，以防患於外。蓋左不用而右便。」**君子萬年，宜其遐福。**竭澤而漁則無魚，焚山而狩則無獸，畢羅取之不盡，故有鴛鴦在於魚梁，其雄者斂其左翼，以右翼掩之，遂其性也。

〔一〕「一」，原作「其」，據薈本、仁本改。薈本校云：「刊本『一』訛『其』，據《毛詩疏》改。」

乘馬在廄，乘，鄭如字，徐去聲。廄音救。**摧之秣之。**摧音挫。秣音末。○《箋》曰：「摧〔一〕，今莝字。」○《釋文》曰：「摧，芻也。秣，穀馬也。」**君子萬年，福祿艾之。**艾音礙。○《傳》曰：「艾，養也。」

天子所乘之馬，飼之宜厚。今其在廄，無事則摧之以芻，有事乃秣之以穀。不常秣之，愛國用也。所乘者如此，他馬可知。

乘馬在廄，秣之摧之。君子萬年，福祿綏之。

《鴛鴦》四章，章四句。

《頍弁》，頍音跪。**諸公刺幽王也。**疏曰：「同姓諸公。」**暴戾無親，不能宴樂同姓。**樂音洛。**親睦九族，孤危將亡，故作是詩也。**

幽王之時，亂亡已迫而不自知，族人與國同休戚，深竊憂之〔二〕，而王疎遠宗族，無由進其忠告，其族人之尊者，遂作此詩，因王不宴樂同姓，藉以爲辭，而告以禍

〔一〕「摧」，味本、李本、姜本、授本、聽本作「挫」。按，阮元《毛詩正義校勘記》云：「按，『摧』字是也。《釋文》云：『摧，采卧反。』讀依此箋也。《正義》標起止云『箋摧今』。」

〔二〕仁本校云：「『深竊』，恐倒。」

敗之戒，非欲王宴樂之也。但詩人優柔之辭，先從宴樂上説來，以漸及危亡警懼之意，故讀者不覺真謂刺不能宴樂同姓而已。當是時，驪山之禍將作，人情凛凛，不保朝夕，幽王方且飲酒無度，詩人豈復勸其宴樂哉？○《國風》《小雅》多寓意於言外，或意雖形於言，而優柔紆餘〔一〕，讀者不覺也。有言古不言時，而意在刺時者，如《甫田》《采菽》之類。有言乙不言甲，而意在刺甲者，如《叔于田》全述叔段之事，而實刺鄭莊；《椒聊》全述沃之盛强，而實刺晉昭。有首章便見意，餘章變韻成歌者，此類甚多。有前數章皆含蓄，而末章乃見意者，如《載驅》之類。有首尾全不露本意，但中間冷下一二語，使人默會者，如《碩人》《猗嗟》之類。有言輕而意重者，如《凱風》言母氏勞苦，而不言欲嫁。有先從輕處説起，漸漸説得重者。如《四月》憂世亂，而先歎征役之勞，《頍弁》刺危亡，而先説不宴樂同姓。讀《詩》與他書别，唯涵泳浸漬乃得之。

有頍者弁，《傳》曰：「頍，弁貌。弁，皮弁也。」○《説文》曰：「頍，舉頭貌。」○錢氏曰：「舉首則弁愈高。」

〔一〕「餘」，淡本、李本、顧本作「徐」。

〇《箋》曰：「禮：天子、諸侯朝服以宴天子之朝，皮弁以日視朝。」〇疏曰：「《王制》云：『周人冕而祭，玄衣而養老。』注云：『凡養老之服，皆其時與羣臣燕之服。』如彼注，則天子之燕用玄衣，此言皮弁者，蓋天子燕服有二：燕羣臣用玄冠，親同姓用皮弁也〔一〕。《賓之初筵》三章，《箋》云：『此祭末王與族人燕。』而經云『側弁之俄』，是燕同姓用皮弁之事也。」**實維伊何？**《箋》曰：「實，猶是也。」**爾酒既旨，爾殽既嘉。**《箋》曰：「旨、嘉，皆美也。」**豈伊異人？兄弟匪他。蔦與女蘿，**蔦音鳥。蘿音羅。〇《傳》曰：「蔦，寄生也。」〇疏曰：「陸璣云：『蔦，一名寄生，葉似當盧，子如覆盆子，赤黑色。』」〇曰：女蘿，今菟絲子也，即《桑中》所謂「爰采唐矣」。〇《釋草》曰：「唐蒙，女蘿。女蘿，菟絲。」〇陸璣曰：「毛云松蘿也，今菟絲蔓連草上生，黄赤如金，今合藥菟絲子也〔二〕，非松蘿。松蘿自蔓延松上而生，與菟絲殊異。」〇〔三〕《本草經》云：「蔦爲女蘿。」此古今方俗名草不同也。〇山陰陸氏曰：「舊説上有菟絲，下必有伏菟之根，無此菟在下，則絲不得生乎上，然其實不屬也。《淮南子》云：『下有茯苓，上有菟絲。』又云：『菟絲無根而生，蛇無足而行，魚無耳而聽，蟬無口而鳴，皆自然也。』」**施于松柏。**施音異。〇疏曰：「松柏存而茂，松柏殞而

〔一〕「親」，阮元《毛詩正義校勘記》云：「浦鏜云：『「親」疑「燕」字誤。』」

〔二〕「也」上，《毛詩正義》卷十四之二有「是」字。

〔三〕「〇」，原無，仁本校云：「本草上宜補圈。」據補。按，下文「《本草經》」云云，非陸《疏》文：「此古今方俗名草不同也」，爲《文選》卷二十九「冉冉孤生竹」詩李善注引陸《疏》後之語，亦非陸《疏》本文。

亡。」**未見君子，**《箋》曰：「君子，斥幽王也。」**憂心奕奕**〔一〕。音亦。○《傳》曰：「奕奕然無所薄也。」○疏曰：「憂則心遊不定。」**既見君子，庶幾説懌。**音悦亦。

天子燕同姓則服皮弁，今幽王服其皮弁，頍然舉首，則弁愈高，宜何爲乎？宜燕同姓也。酒旨殽嘉，非不足於禮也，所與燕者，豈異人疏遠者乎？皆兄弟至親，非有他故，無嫌疑也，何爲不行乎？蔦與女蘿，延于松柏之上，視松柏以爲命，松柏殞則二草亡矣，猶族人依託於王，亦視王以爲存亡也。今王疎遠族人，使之不得親近，故我未見王，則憂心奕奕然無所薄；既見王，則庶幾喜悦。一見之間，所繫憂喜如此者，以死生存亡同之，思得効其忠告，豈爲區區之禮哉？

有頍者弁，實維何期？音基，本亦作其。○《箋》曰：「何期，猶伊何也。期，辭也。」**爾酒既旨，爾殽既時。**楊氏曰：「君子之食，惟其時物，如春則食麥與羊之類。」○時，有考，見《魚麗》。**豈伊異人？兄弟具來。蔦與女蘿，施于松上。未見君子，憂心怲怲。**音柄，韻亦作丙。○《傳》曰：「怲怲，憂盛滿也。」**既見君子，庶幾有臧。**《傳》曰：「臧，善也。」

〔一〕「奕奕」，原作「弈弈」，據諸本及《詩經》定本改。下同。

庶幾王之改圖而爲善，猶「庶曰式臧」也。

有頍者弁，實維在首。爾酒既旨，爾殽既阜。《箋》曰：「阜，猶多也。」**豈伊異人？兄弟甥舅。**長樂劉氏曰：「甥舅，謂母姑姊妹妻族也。」**如彼雨雪，**雨音諭。**先集維霰。**音線。○《箋》曰：「將大雨雪，始必微温。雪自上下，遇温氣而摶謂之霰，久而寒勝，則大雪矣。」○疏曰：「《大戴禮》曾子云：『陽之專氣爲霰，陰之專氣爲雹。盛陽之氣在雨水，則温暖爲雨〔一〕，陰氣薄而脅之，不相入則摶爲雹也。盛陰之氣在雨水，則凝滯而爲雪，陽氣薄而脅之，不相入則消散而下，因水而爲霰。』是霰由陽氣所薄而爲之。」○《補傳》曰：「霰，稷雪也，或謂之米雪，謂其粒若稷若米然。」○錢氏曰：「粒雪也。」**死喪無日，**喪去聲。○《箋》曰：「無有日數。」○今曰：「言不久矣。」**無幾相見。樂酒今夕，君子維宴。**

推親親之恩，當由兄弟以及甥舅也。霰集，雪即繼之，不待遲久，喻死亡之兆已見，近在旦夕，無多日矣。上二章言族人以未見王爲憂，既見王爲喜，其辭猶緩也；末章言國亡無日，族人縱得見王，其能幾乎？當急與族人飲酒，相樂於今夕。蓋王今維宜宴而已。言「今夕」，謂未保明日之存亡；言「維宴」，謂天下之事已無可爲，惟須飲

〔一〕「雨」，原無，據李本、顧本、畬本、薈本、授本、聽本、復本補。仁本校云：「『爲』『陰』間，脱『雨』字。」葉校云：「此則『温暖爲雨』，與下則『凝滯而爲雪』相類。仁本無『雨』字失之，《詩疏》亦奪『雨』字。」

耳。其辭甚迫矣，所以警告於王者，至剴切矣。族人之情，迫切如此，豈真望王宴樂之哉？○見，即上二章「未見」「既見」之見，謂見王也。君子，即上二章所指王也。《詩記》以上二章「君子」爲幽王，末章「君子」爲族人自相語，非也。

《頍弁》三章，章十二句。

《車舝》，音轄。**大夫刺幽王也。褒姒嫉妒，**褒姒，解見《正月》。**無道並進，讒巧敗國，**敗音拜。**德澤不加於民。周人思得賢女以配君子，故作是詩也。**

間關車之舝兮，《傳》曰：「間關，設舝也。」○疏曰：「舝無事則脱，行乃設之。」○錢氏曰：「間關，猶艱難也。軹轄之間縝密，故設之難。」○《釋文》曰：「舝，車軸頭鐵也。」○舝，解見《邶·泉水》。**思孌季女逝兮。**孌音臠。○《傳》曰：「孌，美貌。」○《箋》曰：「逝，往也。」**匪飢匪渴，德音來括。**音活。○德音，解見《假樂》。○《傳》曰：「括，會也。」**雖無好友，**好去聲。**式燕且喜。**《箋》曰：「式，用也。」○疏曰：「凡人之燕飲喜樂，須賢友共之。」

大夫言己欲間關然設其舝，思得孌然美好之少女，以此車往迎之。我非飢也，非渴也，欲得有賢譽之女，來與王會，如飢渴耳。時褒姒方寵，而大夫欲别求淑女以配王，則疾褻媟甚矣。凡人得同志相愛之友，則飲酒樂甚，若迎得此賢女以配王，則我心自喜樂，雖無同好之友，但尋常之人，亦可與之燕而喜樂也。

依彼平林，《傳》曰："依，茂木貌。平林，林木之在平地者也。"**有集維鷮。**音驕。○曰：鷮，長尾雉也。○疏曰："鷮是雉中之別名。"○陸璣曰："微小於翟，走而且鳴，音鷮鷮然，其色如雌雉，尾如雉尾而長，其頭上有肉冠。冠上藂毛，長數寸，如雄雉尾角也。其肉甚美，故林麓山下人語曰〔一〕：『四足之美有麃，兩足之美有鷮。』麃者，似鹿而小也。"藂音叢。麃音標。○山陰陸氏曰："薛綜云：『雉之健者爲鷮，尾長六尺。』"**辰彼碩女，**《傳》曰："辰，時也。"○疏曰："碩，大也。"**令德來教。式燕且譽，好爾無射。**好去聲。射音亦。○《箋》曰："射，厭也。"

王后褘衣畫翬，翬者，雉之五采成章者也。鷮亦雉之一種，故以喻后妃。言依然茂盛之平林，有集止者維鷮雉，興王宮之貴，宜有賢女居之也。當今之時，若彼碩大賢女，以令德來配君子而教誨之。我將燕樂相慶，且稱譽之，悦慕爾碩女無厭也。悦彼，所以惡此也。幽王昏亂，法家拂士之言不見聽矣，所信唯婦言，故思得賢女教誨之耳。

雖無旨酒，式飲庶幾。雖無嘉殽，式食庶幾。雖無德與女，音汝。○錢氏曰："女，作詩者相謂

〔一〕"麓"，《毛詩正義》卷十四之二作"慮"。阮元《毛詩正義校勘記》曰："浦鏜云『慮』誤『麓』，是也。"

也。」**式歌且舞。**

若得此賢女以配君子，則我不必旨酒嘉殽，亦與朋友飲食相樂，且相謂曰：彼賢女雖無恩德及汝，然相與歌舞，不能自已也。樂賢女如此，則惡褒姒甚矣。

陟彼高岡，《箋》曰：「陟，登也。」**析其柞薪。**析音錫。柞音鑿。○今考《釋文》於此詩「柞」獨子洛反，音作也。至《采菽》「維柞之枝」作兩音，云：「子洛反，又音昨。」至《緜》「柞棫拔矣」，又獨音子洛反。止是一木，自爲參差，今皆音鑿，昨音同。○曰：柞，櫟也，即《唐·鴇羽》所謂栩也。解見《鴇羽》。**析其柞薪，其葉湑兮。**湑，須之上。○疏曰：「湑，茂盛也。」○錢氏曰：「湑，猶沃也，葉如沃。」**鮮我覯爾，**鮮上聲。○《箋》曰：「鮮，善也。」○錢氏曰：「希有也，我見若爾者鮮矣。」**我心寫兮。**陳氏曰：「析薪者，以興昏姻，善乎我得見爾賢女，則可輸寫而無憂矣〔一〕。」○寫，解見《蓼蕭》〔二〕。

高山仰止，景行行止。上行去聲，下行如字。○《傳》曰：「景，大也。」**四牡騑騑，**音非。**六轡如琴。覯爾新昏，以慰我心。**

〔一〕「可」，畲本作「可以」，呂祖謙《呂氏家塾讀詩記》卷二十三引陳説作「心」。

〔二〕仁本校云：「第四章無正解，蓋脱失也。」按，詩章無章指，《詩緝》多見，然多爲重章，前章已有章解故可省略，此則不同。

此嘆淑女之賢也。有高山，則人瞻望而仰之；有景大之德行，則人視法而行之。賢女如高山、景行之可尊仰也，故我願具四牡之馬，騑騑然行而不息，調其六轡，如琴聲之相應，以往迎此賢女，使我見王得此賢女爲新昏，則慰我心矣。言新昏，則外其舊者也。

《車舝》五章，章六句。

《青蠅》，大夫刺幽王也。

營營青蠅，《傳》曰：「營營，往來貌。」○歐陽氏曰：「往來之飛聲。」○長樂劉氏曰：「蛆蟲所變而成者，青蠅也，其飛之聲，則營營然亂人之聽，其止於物，則穢敗之，又從而生蛆，復變爲蠅，其穢敗於物，無有紀極也。」**止于樊。**音煩。○《傳》曰：「樊，藩也。」**豈弟君子，**疏曰：「君子，謂王者也。」**無信讒言。**

蠅能汙白爲黑，如讒人之誣衊善類，衊音蔑。驅去復還，如小人之易進難退，故以取喻焉。青蠅集于在外之樊籬，若不必惡之也，然其營營往來，將入宫室，汙几席，不但止樊而已也。喻讒人爲亂，漸致迫近，當防其微也。惟王者持心樂易，無信讒言，則小人不可得而入矣。持心猜忌，則讒易入。《詩記》曰：「《前漢・昌邑王傳》云：『王夢青蠅之矢，在西階東，可五六石，以問郎中令遂，遂曰：「陛下之《詩》不云乎〔一〕：『營營青蠅，止于藩。愷悌君子，無信讒言。』陛下左側，讒人衆多，如是青蠅惡矣。」』注：『惡，即矢也。』」

營營青蠅，止于棘。丘氏曰：「謂植棘爲藩也。」○今曰：「以棘爲藩，謂荆棘之棘。解見《楚茨》。」**讒人罔極，**罔極，解見《衛・氓》〔二〕。**交亂四國。**李氏曰：「四方也。」

讒言無有窮極，豈特近者不安，雖四國之遠，亦以交亂，其禍甚大也。

營營青蠅，止于榛。《傳》曰：「榛，所以爲藩也。」**讒人罔極，構我二人。**《箋》曰：「構，合也。」○朱氏曰：「己與聽者爲二人。」

讒人罔極，將交亂四國，自構合我二人始耳。

《青蠅》三章，章四句。

《賓之初筵》，衛武公刺時也。幽王荒廢，媟近小人，媟音薛。**飲酒無度，天下化之，**

〔一〕「陛下」，授本、聽本、仁本、復本作「小雅」。按，吕祖謙《吕氏家塾讀詩記》卷二十三及《漢書》卷六十三《武五子傳》正作「陛下」。又，李本、薈本無「陛下之」三字。

〔二〕「氓」，原作「泯」，據李本、姜本、顧本、薈本、授本、聽本、仁本、復本改。

君臣上下，沈湎淫液，沈，直林反。湎音免。液音亦。○疏曰：「《酒誥》注云：『齊色曰湎。』沈湎者，飲酒過久，若沈没然，使湎然俱醉，顔色齊同也。《樂記》説樂之遲云：『咏嘆之，淫液之。』則淫液，遲久之意也。」**武公既入而作是詩也。**歐陽氏曰：「詩人之作，常陳古以刺今。此詩五章，其前二章陳古如彼，其後三章刺時如此也。」

毛氏以「大侯既抗」爲燕射，鄭氏以爲大射。董氏云：「崔靈恩《集注》以一章爲大射，二章爲燕射。」《詩記》取之，今從《詩記》。

賓之初筵，《箋》曰：「筵，席也。初即席也。」○蘇氏曰：「先王將祭，必大射以擇士，將射，必先行燕禮。」**左右秩秩。**丘氏曰：「謂據筵上左右之人。」○蘇氏曰：「秩秩，有序也。」**籩豆有楚，**曹氏曰：「楚，潔也。」○解見《曹·蜉蝣》「衣裳楚楚」。**殽核維旅。**《傳》曰：「殽，豆實也。」○《箋》曰：「豆實，菹醢也。籩實有桃梅之屬。」○今曰：「旅，衆也，言品之多。」**酒既和旨，飲酒孔偕。**《箋》曰：「偕，齊一也。」**鐘鼓既設，**《箋》曰：「鐘鼓於是言『既設』者，將射改縣也。」縣音玄。○疏曰：「天子宮懸階間，妨射位，故改懸以避射也。《鄉射禮》將射，乃云：『樂正命弟子贊工遷樂于下。』琴瑟之樂尚遷之，明鐘鼓之懸改之矣。大射不言改懸者，諸侯與臣行禮略，三面而已，不具軒懸。東西懸在兩階之外，兩階之間，有二建鼓耳，東近東階，西近西階，又無鐘鼓〔一〕，不足以妨射，不須改也。」**舉醻逸逸。**朱氏曰：「舉所奠之醻爵也。」○曹氏曰：「逸逸然整而暇。」**大侯既抗，**《傳》曰：「大侯，君侯也。抗，舉也。」○《箋》曰：「天子諸侯之射，皆張三侯，故君侯謂之大侯。將祭而射，謂之大射。下章言『烝衎烈祖』，其非祭與？」**弓矢斯張。射夫既同，**朱氏曰：「射夫既同，比其耦也。」○疏曰：「天子大射、賓射皆六耦。」○《詩記》曰：「《鄉射禮》注云：『耦，比選其才相近者也。』」**獻爾發功。**《箋》曰：「獻，猶奏也，各奏爾發矢中的之功。」**發彼有的，**《傳》曰：「的，質也。」○疏曰：「大射之侯，其中制皮爲鵠；賓射之侯，其中采畫爲正。正大如鵠，皆居侯中三分之一，其燕射則侯中畫爲獸，其中射處皆二尺。《射義》云：『循聲而發，發而不失正鵠者，其唯賢者乎？《詩》云：「發彼有的，以祈爾爵。」』則以的爲正鵠也。《司裘》注說皮侯之狀云：『以虎熊豹麋之皮飾其側，又方制之以爲質，謂之鵠。』是鄭意以侯中所射之處爲質也。」正音征。**以祈爾爵。**《傳》曰：「祈，求也。」○疏曰：「《射義》云：『求中以辭爵也。酒者，所以養老，所以養病，求中以辭養也。』《大射禮》云：『勝者之弟子洗觶，升酌散，南面坐奠于豐上。勝者皆袒決遂，執張弓，不勝者皆襲，脱決拾，却左手，右加弛弓於其上，遂執弣。勝者先升堂，不勝者進，北面坐，取豐上之觶，興，少退，立卒觶，坐奠於豐下。』」觶音志，酒器也。弣音撫，把中也。○曹氏曰：「求免於罰爵而已。」

〔一〕「鼓」，原作「磬」，據仁本及《毛詩正義》卷十四之三改。

首章述古人將祭，大射擇士，先行燕禮也。賓之初即席也，賓主分爲左右，秩秩然有序。籩豆楚而潔浄，殽實於豆，核實於籩，其品甚衆。酒既和調而旨美，飲酒之人，甚偕而齊一矣。又設鐘鼓以爲樂，醻則賓奠爵而不舉。至旅乃舉所奠之醻爵，旅醻交錯，逸逸然整而暇也。君侯謂之大侯，既抗舉之，弓矢又皆張之。射夫既同，比其耦也。各奏其發矢中的之功，射不中者飲豐上之觶，射者與其耦發矢之時，各心競，云：我發矢，中彼正鵠之的，以求免爾之罰爵。《論語》所謂「揖讓而升，下而飲，其争也君子」。○舊説謂求勝以爵不勝者，不若《射義》「求中以辭爵」之爲寬大也。疏曰：「毛以此篇爲燕射，鄭則爲大射。射禮有三：有大射，有賓射，有燕射。大射者，將祭擇士於射宫；賓射者，謂諸侯來朝，與之射於朝；燕射者，因燕賓客，即與射於寢。此三者，其處不同，其侯亦别。《冬官·梓人》云：『張皮侯而棲鵠，則春以功；張五采之侯，則遠國屬；張獸侯，則王以息燕。』三者别文，皮侯即大射也；五采之侯，賓射也；獸侯，燕射也。」春音蠢。彼注云：「作也，將祭，與羣臣射，以作其容體，與之事鬼神。」

籥舞笙鼓，《箋》曰：「籥，管也。」○解見《簡兮》。**樂既和奏。烝衎烈祖，**衎，看之去。○《箋》曰：「烝，進也。衎，樂也。」○王氏曰：「烈，業也。」**以洽百禮。**《箋》曰：「洽，合也。」○疏曰：「百禮，事神之衆禮也。」**百禮既至，有壬有林。**《傳》曰：「壬，大也。」○李氏曰：「林，盛也。」○今曰：「大謂主祭者，衆謂助祭者〔一〕。」**錫爾純嘏**，音假。○《箋》曰：「純，大也。嘏，謂尸與主人以福。」**子孫其湛**。音耽。○曹氏曰：「宗族，皆烈祖之子孫。」○《鹿鳴·傳》曰：「湛，樂之久也。」**其湛曰樂**，音洛。**各奏爾能**。**賓載手仇**，蘇氏曰：「載，則也。」○董氏曰：「仇，匹也，所謂耦也〔二〕。」**室人入又**。王氏曰：「室人，主黨也。」**酌彼康爵**，《傳》曰：「酒所以安體也。」**以奏爾時**。蘇氏曰：「薦之以時物也。」○時物，解見《頍弁》。時，有考，見《魚麗》。

上章言未祭之燕，故擇士而射，爲大射；此章言既祭之燕，故因燕而射，爲燕射也。方祭之初，秉籥而爲文舞，舞入而笙鼓交作，樂聲既和平而具奏，進以衎樂其烈祖，以會合其事神之衆禮。有大，謂主祭者，指君也；有衆，謂助祭者，指卿大夫及諸侯也。君臣皆當神之意，於是尸傳嘏辭云：賜爾君以大福，爾與子孫宜相與湛樂。助祭者皆烈祖之子孫。湛者，樂之久，令其從容燕飲也。主人既受嘏辭，於是相與湛而爲

〔一〕按，「大謂」「衆謂」云云，乃嚴氏針對前引而論，而前缺「衆」義之解，故仁本校云：「按邱氏曰：『林，衆也。』嚴氏蓋據此。此注所引，恐有誤脱。」葉校以仁本校爲是，又謂此處《詩記》所引，先《毛傳》，次邱氏説，再《鄭箋》，嚴氏取毛、邱、鄭三家之説而未及李氏説。

〔二〕「也」下，畲本有「猶云手敵也」五字。

樂，留族人以燕，燕而又射，各奏其技。賓黨射則手敵，主黨射則又手敵，皆善射也。射畢，酌彼安爵，而薦之以時物。

賓之初筵，溫溫其恭。其未醉止，威儀反反。如字。○《傳》曰：「反反，言重慎也。」○蘇氏曰：「顧禮也。」**曰既醉止，威儀幡幡。**音翻。○《傳》曰：「幡幡，失威儀也。」○蘇氏曰：「輕數也。」**舍其坐遷，**舍音捨。**屢舞僊僊。**王氏曰：「僊僊，軒舉之貌。」**其未醉止，威儀抑抑。**《傳》曰：「抑抑，慎密也。」**曰既醉止，威儀怭怭。**音弼。○《傳》曰：「怭怭，媟嫚也。」**是曰既醉，不知其秩。**董氏曰：「秩，序也。」

三章以下陳幽王君臣飲酒則不然。賓初升筵，尚溫溫然和柔而恭敬，未醉之時，威儀猶能反反然重謹。至於既醉，幡幡然失威儀，舍其本坐，遷向他處，數數起舞，僊僊然軒舉。武公疾之，又重言之云：方其未醉，威儀尚抑抑然謹密；至於已醉，威儀乃怭怭然媟嫚。是曰既醉，昏亂無次，不知其秩序矣。

賓既醉止，載號載呶。號音豪。呶音譊。○《傳》曰：「號，號呼也。呶，讙呶也。」○疏曰：「唱叫也。」**亂我籩豆，屢舞僛僛。**音欺。○王氏曰：「僛僛，傾側之貌。」**是曰既醉，不知其郵。**音尤。○《箋》曰：「郵，過也。」○朱氏曰：「郵與尤同。」**側弁之俄，**《箋》曰：「側，傾也。俄，傾貌。」**屢舞傞**

傞，音蓑，又音瑳。○《傳》曰：「傞傞，不止也。」**既醉而出，並受其福。醉而不出，是謂伐德。飲酒孔嘉，維其令儀。**

賓既醉而呼號讙呶，亂我籩豆之列，屢舞僛僛然傾側，蓋既醉則不自知其過郵也。又傾側其弁，而俄俄然不正，屢舞傞傞然不止。賓既醉而出，則可以皆受其福，言得禮也。醉至若此而不出，是自伐其德也。飲酒之所以甚美者，以其令儀耳，今何其不令也？

凡此飲酒，或醉或否。既立之監，或佐之史。彼醉不臧，不醉反恥。式勿從謂，朱氏曰：「謂，告也。」○錢氏曰：「從謂，就人之位而與言也。」**無俾大怠。**大音泰。**匪言勿言，匪由勿語。**去聲，又如字。○《箋》曰：「由，從也。」**由醉之言，俾出童羖。**音古。○《傳》曰：「羖，羊不童也。」○《箋》曰：「羖羊之性，牝牡有角。」**三爵不識，**《箋》曰：「獻也，酬也，酢也。」**矧敢多又？**

今此飲酒，或有醉者，或有醒者，立之監以正其禮，佐之史以書其過，政欲防失禮者也。彼醉者失禮而不善，乃反以醒者爲恥，非立監史之意也。此醒者遂相告以彼人已醉，勿就其位而與之言，與之言，則彼愈更號呶，是使之大爲怠慢也。吾等醒者，但自持謹，所不當言者勿言，所不當從者勿語耳。非不欲忠告於彼，彼醉人不可告語也。童羊無角，羖未有無角者，彼醉人之言，如使人出童羖，以無爲有。言語無倫如此，蓋飲至三爵，已昏然無所識矣，況又多飲，何由可與語乎？

《賓之初筵》五章，章十四句。